Knaur

Über die Autorin:

Lore Segal wurde 1928 in Wien geboren und flüchtete 1938 mit einem Kindertransport nach Großbritannien, wo sie bei verschiedenen Pflegefamilien aufwuchs. Von 1945 bis 1948 studierte sie englische Literatur und übersiedelte 1951 in die USA, wo sie den Verleger David Segal heiratete. Seit 1968 lehrt sie Creative Writing und Englisch an verschiedenen amerikanischen Universitäten. Seit 1959 veröffentlicht sie Artikel, Kurzgeschichten, Kinderbücher und Romane, die mehrmals ausgezeichnet wurden.

Lore Segal

Wo andere Leute wohnen

Roman

Aus dem Amerikanischen
von Sabina Illmer

Knaur

Besuchen Sie uns im Internet:
www.knaur.de

Vollständige Taschenbuchausgabe 2003
Droemersche Verlagsanstalt Th. Knaur Nachf., München
Copyright © 2000 by Picus Verlag Ges.m.b.H., Wien
Alle Rechte vorbehalten. Das Werk darf – auch teilweise –
nur mit Genehmigung des Verlages wiedergegeben werden.
Umschlaggestaltung: ZERO Werbeagentur, München
Umschlagabbildung: Picus Verlag, Wien/Dorothea Löcker unter
Verwendung eines Bildes von Getty Images Germany
Satz: Ventura Publisher im Verlag
Druck und Bindung: Clausen & Bosse, Leck
Printed in Germany
ISBN 3-426-62089-8

2 4 5 3 1

Für meine Mutter Franzi

1. Kapitel

Wien – Eine freie Erziehung

»Hast du das gelesen, Igo?« fragte mein Onkel Paul im Herbst 1937 beim Abendessen. »Noch so eine Rede, und Hitler hat Österreich in der Tasche. Ich weiß doch, was auf der Uni los ist, neunzig Prozent sind Nazis!«
»Alles sozialistische Propaganda«, sagte mein Vater.
Paul, der sechsundzwanzigjährige Bruder meiner Mutter, studierte Medizin und wohnte bei uns in Wien. Er war progressiv und vertrat gern extreme Positionen, um meinen Vater, einen zweiundvierzigjährigen Buchhalter, zu provozieren, damit er seine vorhersehbaren Platitüden von sich gab.
»Das sind doch nur eine Handvoll Fanatiker«, sagte mein Vater.
»Wir Juden sind ja ein erstaunliches Volk«, sagte Paul. »Unser Nachbar sagt uns, daß er sein Gewehr für uns aus dem Kasten holt. Und wir schauen ihm beim Polieren und Laden zu, und wenn er auf uns zielt, glauben wir immer noch: ›Wir sind eh nicht gemeint.‹«
»Also, was sollen wir machen? Uns jedesmal im Keller verstecken, wenn irgendein wild gewordener Fanatiker in Deutschland eine Rede hält?«
»Wir sollten packen und aus Österreich verschwinden, das sollten wir!« sagte Paul.
»Und in den Urwald gehen, nehm' ich an, und Kokos-

nüsse essen! Franzi«, sagte mein Vater zu meiner Mutter, »dein Bruder meint, wenn ein wild gewordener Fanatiker in Deutschland eine Rede hält, müssen wir gleich in den Urwald und Kokosnüsse essen!«
»Gibt's Krieg?« fragte ich meine Mutter leise. Mir war ganz flau im Magen. Ich wußte vom Ersten Weltkrieg. Ich hatte einen wiederkehrenden Alptraum, in dem meine Mutter und ich mit Tennisschlägern im Keller saßen und die Kugeln abwehrten, die durch einen waagrechten Fensterschlitz hereinkamen.
»Aber nein«, sagte meine Mutter.
Ich versuchte, mir eine Katastrophe vorzustellen, wußte aber nicht, wie. Meine Mutter läutete, damit Poldi, unser Dienstmädchen, den Kaffee brachte. Ich beschloß, es durfte nichts, es konnte nichts so Schlimmes geben, daß wir unsere Sachen packen und alles dalassen mußten. Ich fing an, nicht mehr auf die Erwachsenen zu hören.
Am 8. März des folgenden Jahres war mein zehnter Geburtstag. Am 12. übernahm Hitler Österreich, und meine Mutter nannte Tante Trude eine blöde Kuh.
Tante Trude, eine Cousine meines Vaters, und ihr Mann Hans waren zum Abendessen da. Sie hatten gehört, daß Schuschnigg zugunsten von Hitler abgedankt habe. Paul rief einen Freund in der Redaktion einer regierungskritischen Zeitung an, aber der sagte ihm: »Nein, noch nicht.« Beim Essen ließen wir das Radio an, und plötzlich wurde die Musik für eine kurze Ansprache von Schuschnigg unterbrochen, die mit den Worten endete: »*So verabschiede ich mich in dieser Stunde von dem österreichischen Volk mit einem deutschen Wort und einem Herzenswunsch: Gott schütze Österreich!*« Dann spielten sie zum letzten Mal die österreichische Bundeshymne: »*Sei gesegnet ohne Ende, Österreich, mein Vaterland.*«

»Die spielen das langsamer als sonst!« sagte Tante Trude. »Franzi, die spielen's langsamer, findest du nicht?«
»Sie nehmen wahrscheinlich die Aufnahme, die sie immer genommen haben«, sagte meine Mutter.
»Wie kannst du das nur sagen, Franzi, du als Musikerin. Hört doch, Hansi, Igo! Findet ihr nicht auch, daß die das langsamer spielen als sonst?«
»Trude, du bist eine blöde Kuh«, sagte meine Mutter. »Verstehst du denn nicht, was das für uns heißt?«
»Was heißt das denn?« fragte ich.
»Hans, die Mäntel«, sagte Tante Trude. »Du hast gehört, was sie gesagt hat, und vor dem Kind.«
Alle standen auf. »Trude, es tut mir leid«, sagte meine Mutter. »Wir sind heute alle nervös.« Aber Tante Trude ging bereits durch unsere Wohnungstür hinaus.
Am nächsten Morgen ging ich mit meinen Eltern sehr zeitig aus dem Haus. Wir standen in einer Schlange vor der Bank an der Ecke, die Bank sperrte nicht auf. Überall um uns herum waren junge Männer mit nagelneuen, fremden Uniformen, die einander die rechte Hand zum Gruß entgegenstreckten. Es war ein klarer, sonniger Märzmorgen, farbige, neue Fahnen wehten, aber meine Eltern brachten mich schnell wieder heim.
Im Mai mußte Poldi gehen, weil sie nicht mehr als Dienstmädchen für uns Juden arbeiten durfte. Meinem Vater wurde mit einmonatiger Frist von der Bank gekündigt, für die er zwölf Jahre lang als Hauptbuchhalter gearbeitet hatte. Eine Woche später beschlagnahmte ein SA-Mann unsere große, dunkle, häßliche Wohnung und alle Möbel, auch den Blüthner-Flügel meiner Mutter. Mein Vater, der bis zum Monatsende in der Stadt bleiben mußte, zog zu Kari und Gerti Gold, guten Freunden meiner Eltern, die ihm ihr nun leerstehendes Dienstbotenzimmer zur Verfü-

gung stellten. Meine Mutter und ich fuhren aufs Land zu meinen Lieblingsgroßeltern, und ich hatte den schönsten Sommer meines Lebens.

Meine Großeltern lebten in einem größeren Dorf nahe der tschechoslowakischen Grenze, ungefähr zwanzig Kilometer von Wien entfernt. Damals glaubte ich, der Name des Dorfs, Fischamend, komme von dem großen bronzenen »Fisch am Ende« des mittelalterlichen Turms am Hauptplatz, schräg gegenüber dem Geschäft meines Großvaters, aber heute denke ich, daß er mit der geographischen Lage zu tun hat, weil dort die Fischa in der Donau »endet«.

Unser Haus war alt, groß und weitläufig und hatte dicke Mauern. Im Parterre war das Kurzwarengeschäft meines Großvaters. In der ersten Woche zog und zerrte ich vergnügt an den Stoffballen in den Regalen im Magazin hinterm Geschäft, wo meine Großmutter Dirndln und Schürzen für den Verkauf nähte, bis sie mich zu meinem Großvater hinausschickte.

Vorne im Geschäft tanzte ich auf der Budel, bis mein Großvater die Schachtel mit den Orden und Ansichtskarten vom Ersten Weltkrieg für mich herunterholte. Es gab Fotos von Männern mit Schirmkappe und Schnurrbart und von Damen, die über rosige Schultern aus ovalen Wolken herausblickten, aber mir gefielen die Schubladen mit Schuhbändern, Knöpfen, Haarbürsten und Naturdarm für Geigensaiten besser. Einmal fand ich hinter den Kartons mit den Gummistiefeln eine Geige, aber die sommerlange Suche brachte keinen Bogen zutage.

Mein Großvater schickte mich in den Hof hinaus und lieh mir Mitzi, seine junge Verkäuferin, die nichts zu tun hatte, zum Spielen. Mitzi und ich saßen auf dem Abortdach in der Sonne und lutschten an den sauren kleinen Trauben eines mächtigen Weinstocks, der sich wie eine rauhe, dikke Schlange an drei Seiten des quadratischen Hofs entlangwand und so alt war, daß seine Trauben nicht mehr reif wurden. Wir redeten stundenlang, oder besser gesagt, ich redete. Ich erzählte Mitzi von meinen Lebensplänen. Wenn ich einmal groß wäre, würde ich aussehen wie sie. Mitzi war fünfzehn. Sie hatte blondes Haar, eine gesunde Farbe und einen hübschen Schmollmund. Mitzi war mein einziger Freund in Fischamend, bis sie Paul aus der Universität hinauswarfen.

Mein Onkel Paul war der Held meiner Kindheit, eine Rolle, in der er sich heute keinesfalls wiedererkennt. Er sagt, soweit er sich erinnert, sei er schüchtern gewesen, außer in vertrauter Umgebung, und immer in Gefahr, über seine eigenen Füße zu stolpern, aber auch frühreif. Er sagt, er sei eines dieser altklugen Kinder gewesen, die ihren beschränkten Eltern zeigen wollen, wo's langgeht, und die Dummheit der schnöden Welt insgesamt ans Licht bringen müssen. Seine antisemitischen Lehrer bestrafte er, indem er die Prüfungen nicht bestand, und als die Nazis alle jüdischen Studenten von der Wiener Universität entfernten, fehlte ihm noch ein Semester für seinen Studienabschluß in Medizin.

Paul war ein schlanker junger Mann mit schönem, vollem Haar. Alte Damen konnten ihn in Verlegenheit bringen, wenn sie ihn auf seine großen veilchenblauen Augen ansprachen. Wie schade, sagten sie dann, daß sie hinter seinen Brillengläsern versteckt waren. In der Art, wie er seine kluge, lange Nase trug, lag ein Hauch von Melancholie.

Der erste Mann in meinem Leben war Paul, nicht mein Vater. Unsere Liebesgeschichte, beginnend mit meiner Geburt und basierend auf wechselseitiger Zuneigung, war ganz und gar glücklich. Am Abend, bevor ich das Licht ausmachen mußte, saß Paul, der bei Tag mit seinen schillernden Freunden, allesamt Künstler und Revoluzzer, durch die Gegend zog, an meinem Bett und weihte mich in alles ein, was in Politik, Wissenschaft und Literatur vor sich ging. Zur Unterhaltung sang er mir die damals gängigen Studentenlieder vor, kleine Vierzeiler, die er passabel auf seiner Gitarre begleitete, wobei er immer wieder einen herzhaften Schluck aus einem imaginären Bierkrug nahm.

Oder wir redeten über mich. Paul ermunterte mich zu zeichnen und zu malen, wofür ich, wie er sagte, im Gegensatz zu ihm ein bemerkenswertes Talent hätte. Er war ein gutes Publikum für meine impressionistischen Tänze aus der Tanzschule, aber nach ein paar Stunden winkte er schon einmal ab und sagte, daß es jetzt reiche und er allein sein wolle, um zu lernen. Wenn ich ihn weiter sekkierte, gab er mir einen Klaps und schaute mir so gereizt ins Gesicht, daß ich mich ohne Protest davonmachte und zu meinem Vater ging, um diesen ein bißchen zu sekkieren, aber das war nicht dasselbe.

Der einzige Verrat, den mein Onkel je an mir beging, war, daß er in dem Sommer, bevor Hitler einmarschierte, eine Radtour nach Nordtirol und über die Alpen nach Italien machte. Er fuhr mit seinen Freunden. Ich wurde nicht gefragt.

Hitler beendete das. Mit dem Herumstrawanzen war es vorbei, als Paul Ende Mai nach Fischamend kam und sich durch den Hof herein- und in den Ostflügel hinaufstahl, wo meine Mutter und ich wohnten. Sein rechtes Ohr war schlimm zugerichtet und blutete stark. Meine Mutter setzte ihn auf einen Sessel und schickte mich Wasser und Verbandszeug holen. Meine Großmutter sollte nichts mitbe-

kommen, aber als ich zurückkam, war sie schon am Ort des Geschehens und bandagierte den Kopf meines Onkels, so daß er aussah, als hätte er Zahnweh, und sie sagte leise und bitter: »Du und deine obergescheiten Freund', keinen Hausverstand, wißt euch nix Besseres, als euch mit den Nazis Straßenkämpfe zu liefern.« Paul tätschelte die Hand seiner Mutter und grinste zu mir herüber.
Nach diesem Vorfall wußte ich, daß Paul bis auf weiteres bei uns bleiben würde.
Jetzt kamen seine Freunde aus Wien auf Besuch nach Fischamend. Einmal kam Liesel und blieb übers Wochenende. Liesel war schon lange Pauls Freundin. Sie war schön und geistreich und wurde sogar von meiner Großmutter akzeptiert. Sie war blonder als Mitzi und ein angenehmerer Gesprächspartner, weil sie Antworten gab und wir Zwiegespräche hatten. Ich saß auf ihrem Schoß, wenn sie und Paul mit Papier und Bleistift an einem Spieltisch im Hof saßen. Sie schrieben ein Märchen für mich: Die Heldin war Prinzessin »Vaselina«, der Held ein protziger Adelsmann mit Namen »Shampoo von Rubinstein«, und sie schrieben und lachten und lachten.
Als Liesel wieder fuhr, sagte meine Großmutter, Paul sei selber schuld. Wenn er und seine Freunde ihre Zeit nicht damit vergeudet hätten, Sozialisten zu spielen und sich in Kunstgalerien herumzutreiben, könnte er jetzt wenigstens Doktor sein. Ich wollte nicht, daß er ausgeschimpft wurde, und setzte mich auf seinen Schoß, aber er sagte, meine Großmutter habe schon recht, und schaute ziemlich niedergeschlagen drein.
Dann kam Pauls Freund Dolf. Für meine Großmutter hatte er einen verheerenden Einfluß auf Pauls Werdegang gehabt. Dolf war Dichter. Ich fand ihn großartig. Er war ein sehr langer Bursche, was ihm unangenehm zu

sein schien. Er hatte eine Art, sich am Kopf zu kratzen, daß sein schwarzer Haarschopf in die Luft stand und er noch größer wirkte. Er war so groß, daß er sich beim Hinsetzen wie eines unserer Klappbetten zusammenklappte. Paul bat ihn, ein Gedicht in mein Stammbuch zu schreiben. Er schrieb:

> Mein liebes Kind, wir sind von unsrer Wiege
> Bis ans Grab begleitet von der Lüge;
> Von unsrer Wiege bis zur letzten Ruh'
> Sieht stets uns fremder Menschen Kummer zu.
> Sei wahr und hilf. Du kommst wohl später drauf,
> Von selber, hoff' ich, nicht durch Lebens Lauf.
> Dies Stück ist etwas ernsthaft ausgefallen,
> Drum noch ein Rat: merk Dir kein Wort von allem.

Er illustrierte das Gedicht mit einer Karikatur von meinem Onkel, der im Engelsgewand über meinem Bett schwebt. Das Bild tat mir weh. Ich fand, daß es den edlen Ton meines Büchleins ruinierte. Es war das einzige Mal, daß Dolf mir Beachtung schenkte. Seine Gleichgültigkeit mir gegenüber erregte mich. Ich tanzte endlose impressionistische Tänze für ihn. Ich lernte, auf dem Kopf zu stehen – was ich immer noch kann und worauf ich stolz bin, auch wenn es mir nie mehr eingebracht hat als damals. Wenn Paul und Dolf an der Donau spazierengingen, nahmen sie mich mit. Die beiden jungen Männer hielten mich links und rechts an der Hand. Die Gesprächsfetzen über Bücher und Bilder flogen über meinem Kopf hin und her, und ich folgte ihnen mit meinen Augen, wenn schon nicht mit meinem Verstand, wie ein Zuschauer bei einem Tennismatch.

Am nächsten Tag in der Früh auf dem Abortdach erzählte

ich Mitzi von meinen neuen Lebensplänen. Ich würde auf die Uni gehen. Ich würde mit gescheiten, jungen Männern an Flußufern spazieren und über Bücher und Bilder reden. Im Sommer würde ich Radtouren machen. Mitzi sagte nie ein Wort dagegen.
Als Dolf wieder fahren mußte, begleiteten Paul und ich ihn zu dem kleinen Bahnhof. Paul schenkte Dolf zum Abschied ein Buch, und Dolf schenkte Paul ein Buch. Beim Auspacken stellte es sich heraus, daß jeder dem anderen *Die Blümlein des heiligen Franziskus* geschenkt hatte.
Am nächsten Tag kam mein Vater. Es war schon spät, und das Geschäft war zu. Wir saßen oben im Eckzimmer. Ich erinnere mich, daß Paul mit einem Buch im Fauteuil saß. Meine Großmutter legte eine Patience. Sie schauten mir bei einem neuen Phantasieballett zu und lachten über das unsinnige Lied, das meine Mutter auf dem Klavier spielte. Als ich vor mich hin tanzte, sah ich meinen Vater, der sich in der Tür duckte, weil er so groß war. Ich dachte: »Jetzt gibt's keine Hetz mehr« und erschrak über mich selbst. Mein Vater setzte sein gespielt gerührtes Gesicht auf, wie er es immer tat, wenn er meine Mutter am Klavier sah. Er drehte die Augen nach oben und sagte: »La la, la la, la laaa, sehr schön.«
»Igo! Ich hab' dich gar nicht kommen gehört.« Meine Mutter klappte den Tastaturdeckel zu und stand auf. »Setz' dich. Wie schaut's aus in Wien?«
Mein Vater sagte, Tante Trude und Onkel Hans würden nach England gehen. Sie hatten Geld im Ausland. Vor den ausländischen Konsulaten stünden die Leute Schlange. Alle seien in Panik, weil es diese antisemitischen Artikel im *Stürmer* gab.
Dann brachte mich meine Mutter ins Bett.
Am nächsten Tag zu Mittag, als wir im Magazin hinter

dem Geschäft aßen, damit mein Großvater die Tür im Auge behalten konnte, bat mein Vater mich, die Ellbogen vom Tisch zu nehmen. (Die drei Lektionen, die mein Vater zu meiner frühen Disziplin beigesteuert hat, waren, soweit ich mich erinnere, daß man bei Tisch nicht auf dem Ellbogen lümmeln darf, daß man niemals Wurst ohne ein Stück Brot essen soll und sich immer die Hände waschen muß, wenn man mit einem Tier gespielt hat.)
Mein Vater wandte sich meinem Großvater zu und schlug ihm vor, seine beträchtliche Abfertigung in das Geschäft meines Großvaters zu stecken und Partner zu werden.
»Ja so«, sagte mein Großvater und strich über sein Hitlerbärtchen, das einzig auffällige Merkmal an diesem kleinen Mann. Er sagte: »Damit könnten wir unsere Schulden zur rechten Zeit bezahlen und dem Geschäft wieder auf die Beine helfen.«
Meine Großmutter hatte ihre Gabel hingelegt und starrte von ihrem Schwiegersohn zu ihrem Mann, mit ihren schönen schwarzen Augen, die sie in voller Größe aufgerissen hatte. »Du hilfst dem Geschäft wieder auf die Beine, Józsi, damit das Geld gleich von dir in die Tasche der Nazis rinnt«, sagte meine Großmutter mit starkem ungarischen Akzent. Sie und mein Großvater waren beide als Kinder nach Wien gekommen. Meine Großmutter konnte perfekt Deutsch, aber sie machte seinen Akzent und seine komischen Sätze so gut nach, daß mein Großvater lächeln mußte. Paul und meine Mutter lachten. Mein Vater setzte sein gespielt amüsiertes Gesicht auf. Er zog die Mundwinkel hoch und sagte: »Ha ha, ha ha, ha haaa. Sehr witzig.«
Meine Mutter hörte auf zu lachen und sagte: »Igo, bitte ...«
»Vielleicht hast du heute noch nicht hinausgeschaut«, sagte meine Großmutter. Über Nacht waren auf dem Asphalt

vor dem Geschäft mannsgroße weiße Buchstaben aufgetaucht: Kauft nicht beim Juden.
»Die hiesigen Buben«, sagte mein Vater.
»Franzi, dein Mann ist fast so blöd wie meiner«, sagte meine Großmutter.
»Bitte! Mutti ...«, sagte meine Mutter.
»Franzi, deine Mutter ist fast so gescheit wie dein Bruder Paul«, sagte mein Vater.
Meine Mutter weinte. Meine Mutter weinte immer, wenn meine Großmutter und mein Vater aneinandergerieten, obwohl das in meiner Kindheit eigentlich immer der Fall war, wenn die beiden zusammentrafen.
Die zweite Möglichkeit, die mein Vater kannte, um meine Mutter traurig zu machen, war, daß er krank wurde, was er tat, wenn ich am wenigsten damit rechnete, und immer dann, so schien es mir, wenn meine Mutter und ich irgend etwas Aufregendes geplant hatten, wie eine Geburtstagsfeier oder einen Weihnachtsbesuch in Fischamend. Meine Mutter wartete an der Tür, wenn ich aus der Schule kam, und sagte: »Jetzt mußt du meine Freundin sein, Lorle. Sie haben den Vati ins Krankenhaus gebracht.« Und dann gingen wir in der blauen Abenddämmerung hinaus auf die bitterkalte Straße und fuhren mit der Tram quer durch die Stadt, um meinen Vater zu besuchen, der, ohne Polster, seine spitze, bleiche Nase auf den weißen Plafond gerichtet, ganz flach in einem weißen Krankenhausbett lag.
»Wann kann er wieder heim?« fragte ich meine Mutter, und ich sah ihr blasses, eingefallenes Gesicht, in dem ihre Augen übergroß wirkten. Ihre Lippen waren dunkelrosa und sahen rauh aus, wie aufgesprungen.
»Ich weiß es nicht, Liebes.«
»Sind es wieder die Nieren?«

»Keiner weiß, was es diesmal ist. Die Ärzte untersuchen ihn auf ein Geschwür. Lorle, ich möcht' dich um was bitten, sei jetzt bitte meine Freundin und frag' mich in den nächsten zwanzig Minuten nichts. Dann ist meine Migräne vorbei, und wir können wieder miteinander reden. Abgemacht?«
»Abgemacht. Wie spät ist es?«
»Mit der Lorle kann man wie mit einer Großen reden«, erklärte meine Mutter meiner Großmutter. Manchmal redete meine Mutter mit mir über meinen Vater. Ich fühlte mich geschmeichelt, aber ich wollte nicht zuhören, und ich kann mich nicht erinnern, was sie mir gesagt hat.
Und jedesmal ging es meinem Vater wieder besser, und er kam nach Hause. Es war seltsam, ihn wieder aufrecht und in seinem marineblauen Straßenanzug zu sehen. Meine Mutter kochte ihm Diätkost und brachte ihm sein Speisesoda, und sonntags machten er und ich unsere Vormittagsspaziergänge. »Stopf sie nicht mit Eis voll vor dem Essen«, rief uns meine Mutter nach.
Und mein Vater kaufte mir jedesmal ein Eis und sagte, wenn wir nach Hause kämen, würden wir uns einen Jux mit meiner Mutti erlauben. Der Jux war, daß wir anläuteten und verschrecktes Eichhörnchen spielten und meine Mutter uns mit hochgehaltenen, zittrigen Händen vor der Tür stehen sah, was hieß, daß wir wieder einmal schlimm gewesen waren und ich ein Eis bekommen hatte.
Am Sonntag, nachdem mein Vater nach Fischamend herausgekommen war, sagte ich, daß ich lieber zu Hause bleiben würde, um ein Buch zu lesen oder mit meinen Farbstiften zu zeichnen, aber meine Mutter sagte, die frische Luft täte mir gut, und mein Vater sagte, er würde mir eine Geschichte erzählen.
Das Problem mit den Geschichten meines Vaters war,

daß sie alle miteinander eine endlose Kipling-Geschichte über den Kampf zwischen dem Mungo Rikki-Tikki-Tavi und einer Schlange waren. Die Stimme meines Vaters brummte über meinem Kopf. Ich ging neben ihm und erzählte mir meine eigenen köstlichen, erotisch angehauchten Geschichten. Die Luft hatte die gleiche Temperatur wie meine bloßen Arme und Beine, so daß ich nicht mehr sagen konnte, wo ich aufhörte und wo die Welt anfing. Heute erinnere ich mich, daß die Auen an der Donau so dicht mit rosarot geränderten Gänseblümchen und gelben Dotterblumen übersät waren, daß man einfach draufsteigen mußte, sie waren wie ein Teppichboden. In dem Jahr waren die Gelsen besonders fett und wüteten in den Auen. Ein paar Kinder aus der Gegend ließen flache Kieselsteine übers Wasser hüpfen, und mein Vater setzte sich oben auf die Uferböschung und schickte mich zu den Kindern hinunter. Bis zum heutigen Tag erinnere ich mich genau an den Druck von Vaters Hand an der Stelle rechts am Rücken, gleich neben der Wirbelsäule, wo er mich immer anschubste, damit ich spielen ging. Tatsache ist, daß ich mich immer danach sehnte, mit den anderen Kindern zu spielen, aber nie wußte, wie. Dieses Mal war ich vorgegangen und stehengeblieben und stand da und rieb mir mit dem linken Handrücken über die Schläfe und schaute den Kindern am Fluß zu. Das größte, ein mannsgroßer Bub, drehte sich um und schmiß einen Kiesel. Ich dachte, es wäre ein Spiel, und freute mich; die Kinder kamen über die Böschung herauf auf mich zu. Dann sah ich, daß sie den Mund voll Wasser hatten, und drehte mich um und rannte davon, aber sie spuckten es mir hinten aufs Kleid und riefen »Jud«. Als ich mit meinem Vater heimging, heulte ich, ohne Unterlaß, und ich weiß nicht, ob es aus

Schreck war oder wegen der widerlichen Nässe, mit der der Stoff auf meiner Haut klebte.

»Das war der Weber Karl, der kleine Bruder vom Willi«, sagte meine Großmutter. »Der ist ein Anführer bei der Hitlerjugend.«

»Der Mistkerl!« sagte mein Onkel Paul. »Und ich hab' ihm immer beim Verbinden seiner Absätze geholfen! Unser Lehrer, der Berthold, hat's in einem Schuljahr mit dem Verbinden von Ideen gehabt, und der Weber Willi hat nie was verbinden können!«

»Ja!« sagte meine Großmutter. »Hättest du dich lieber um deine Aufgaben gekümmert, statt Aufsätze für andere Leute zu schreiben, dann könntest du jetzt mit der Liesel verheiratet und über alle Berge sein.«

Paul schaute traurig drein. Er hatte in der Früh einen Brief von Liesel bekommen. Sie schrieb, sie würde heiraten und mit ihrem Mann nach Paraguay auswandern. Paul sagte: »Der Willi hat aber immer meine Zeichnungen gemacht. Die Abmachung, die wir gehabt haben, war gar nicht so schlecht.«

Am nächsten Tag traf meine Großmutter Willi vor dem Geschäft und sagte: »Wir kriegen von euch noch fünfundzwanzig Schilling für deinen Wintermantel und die Galoschen. Kann ich die Mitzi morgen vorbeischicken, damit sie das Geld abkassiert?«

Aber als sie ins Geschäft kam und großspurig erzählte, was sie gerade getan hatte, sagte mein Großvater: »Die haben die Erdäpfelfäule gehabt, das weißt du doch. Die können nicht zahlen.«

Am nächsten Morgen war die ganze Vorderseite unseres Hauses mit »Jud« und Schimpfwörtern in roter Farbe beschmiert. Als mein Großvater hinausging, um die Balken aufzurollen, war die Farbe noch naß und rann über die

Mauer hinunter. Er wusch alles ab, und die Buchstaben verschwanden allmählich, aber die blutroten Flecken gingen nicht weg und dabei blieb es diesmal. Weder wir noch sie hatten begriffen, was noch möglich sein würde.

Ende August kam die große Angst vor dem Krieg. Wir hatten uns angewöhnt, die Vorhänge im Wohnzimmer jeden Abend um sechs zuzuziehen und uns vor dem Radio zu versammeln, um die englischen Nachrichten zu erwischen. Ich weiß nicht mehr, ob es wirklich bewölkt war oder ob die Grimmigkeit der Erwachsenen dieses Bild in meine Erinnerung gezeichnet hat, daß tagelang gelblichgraue Wolken über den niedrigen Dächern des Dorfes hingen.
Eines Tages marschierte das erste deutsche Regiment ein. Bis zu Mittag war der Platz vor unseren Fenstern schwarz vor Panzern, Kübelwagen, Lastautos und Funkantennen. Unser Hof wurde als Hauptquartier für den Zahlmeister beschlagnahmt. Die Soldaten liehen sich einen unserer Küchenstühle aus und den Spieltisch, an dem Paul und Liesel die Geschichte von »Vaselina« geschrieben hatten.
An beiden Seiten des Tischs stand je ein behelmter Wachposten, und die deutschen Soldaten in ihren graugrünen Uniformen stellten sich an, um sich ihr Geld abzuholen. Ich saß im Durchgang zwischen Magazin und Hof und schaute zu. Ich hatte die Katze auf dem Schoß. Mein Vater schaute heraus und sagte, ich solle mir die Hände waschen. Meine Mutter sagte, ich solle hinauf und oben spielen, bevor mich die Soldaten sähen. Mich störte weniger, daß sie mich sehen hätten können, als vielmehr, daß sie es nicht taten, und so packte ich die Katze und verbog ihre Ohren und wickelte ihr meine Springschnur um den Hals, bis sie jaulte.

Der Zahlmeister schaute um sich. »Aber nicht doch«, sagte er, »nicht doch, was machst du denn da mit deinem armen Kätzchen.«
»Bitte?« sagte ich höflich, obwohl ich ihn sehr gut verstanden hatte. Ich wollte ihn noch einmal *Kätzchen* sagen hören, diese ungewohnt schroffe Verkleinerungsform, die so anders in meinen Ohren klang als das liebe, drollige *Katzerl*. Das Tier war inzwischen am Ersticken. Der Zahlmeister stand auf, kam herüber und sagte: »Armes, kleines Kätzchen« und befreite es. Er fragte, ob ich Schnurspringen könne, und ich sagte ja. Er befahl einem der behelmten Wachposten, das andere Ende der Schnur zu halten. Die schlangestehenden Soldaten lehnten bequem an den weinüberwucherten Hofmauern. Ich hüpfte und sagte Sprüche auf:

»Auf der blauen Donau
Schwimmt ein Krokodil ...«

Das war ungefähr zu der Zeit, als Neville Chamberlain Hitler in München seinen Besuch abstattete.
In der Nacht schlug ich meine Augen auf, weil eine Stimme unter meinem Fenster sagte: »SQ ruft XW, SQ ruft XW, rückt zwanzig Kilometer gegen Osten auf der 46er. Ende« oder irgend so ein Kauderwelsch. Aus dem Schlaf hochgeschreckt, saß ich aufrecht in der Dunkelheit. Die Worte erschienen mir so bedeutungsvoll, daß ich sie gegen das einsetzende Vergessen festhalten wollte, gerade als ein Fahrzeug startete und die Straße hinunterraste. Es folgte ein heftiges Ankurbeln von schweren Motoren, ein Anrollen von Lastwagen um Lastwagen und ein Gedröhn, daß die Erde bebte und die Wände wackelten, als sich eiserne Panzer auf eisernen Radketten Tonne um

Tonne durch die engen Gassen schoben. Es beunruhigte mich, daß die wegfahrenden Fahrzeuge ihr Scheinwerferlicht nicht in Fahrtrichtung auf den Plafond warfen, sondern in die entgegengesetzte Richtung, und bevor ich mich tief unter der Decke verkroch, nahm ich mir vor, das am nächsten Tag Paul gegenüber zu erwähnen.

Es war Herbst, was ein neues Schuljahr mit sich brachte und ein scheinbar unlösbares Problem.
Nach dem »Anschluß« wurden die österreichischen Schulen angewiesen, jüdische Kinder abzusondern. Die Stadt Wien hatte die Umstellung in einfachen Schritten vollzogen. Am Tag nach dem »Anschluß« verkündete die Lehrerin in der Früh gleich nach dem Gebet, daß wir Handarbeiten statt Poesiestunde hatten und die österreichfreundlichen, deutschlandfeindlichen Plakate herunternehmen würden, die sie uns im hitzigen Enthusiasmus der letzten Monate hatten basteln und im Klassenzimmer aufhängen lassen. »Frau Lehrerin«, sagte ein kleines Mädchen, das Greterl hieß, »kann ich meins mit nach Haus nehmen? Da steht ›Rot-Weiß-Rot bis in den Tod‹.« »Nein, du Gans, das kannst du nicht!« sagte unsere Lehrerin, die immer eine sanfte, gutmütige Frau gewesen war, und sie zerriß das schöne Plakat und stopfte es in den Mistsack, der an dem Morgen in jede Klasse gebracht worden war. Mit papierenen Parolen vollgestopft, wurde er in aller Eile geschnürt, um im Müllbrenner zu landen. Bei Ende der Woche waren die Schulbänke so aufgestellt, daß das halbe Dutzend jüdischer Schüler in der Klasse hinten beieinandersitzen konnte, wobei zwischen uns und den Ariern vorne zwei Reihen frei blieben. Unter uns sechs hinten kam bald Unruhe auf, und ich wurde dazu bestimmt, es der Lehrerin vorzubringen: Was war jetzt mit dem »Heil-Hitler!«-Gruß,

mit dem wir von nun an die Lehrerin grüßen mußten, wenn sie ins Klassenzimmer kam und das Gebet anfing? Nach einigem Debattieren kamen wir gemeinsam zu der Lösung, daß, so wie die jüdischen Kinder in der Vergangenheit beim Vaterunser still gewesen waren, wir nun die Wörter von dem Gruß nicht zu sagen brauchten und unsere rechte Hand nicht heben mußten, obwohl wir als Zeichen des Respekts aufstehen sollten. Ich glaube, daß sowohl die Lehrerin als auch ich eine gewisse Befriedigung verspürten, weil wir ein ziemliches Problem inmitten der allgemeinen Verwirrung recht gut gelöst hatten. Innerhalb einer Woche wurden alle jüdischen Kinder in meiner Schule in einem separaten Klassenzimmer zusammengefaßt. Wir wußten sehr gut, daß kein Lehrer jüdische Klassen unterrichten wollte. Wir hörten sie heftig diskutieren. Ich erinnere mich noch an die Lehrerin, die am ersten Tag des neuen Systems in der Früh in unsere Klasse kam. Sie war eine stämmige junge Frau mit einem weichen Gesicht und hatte rote Augen. Wir standen auf, um sie mit der ehrfürchtigen Scheu zu grüßen, die Kinder haben, wenn ein Erwachsener geweint hat. Sie sagte, wir sollten unsere Lesebücher nehmen und uns still beschäftigen. Wir kramten unter den Bänken nach unseren Büchern. Wir schlugen sie auf. Wir beobachteten die neue Lehrerin, wie sie zum geschlossenen Fenster ging und die Ellbogen auf das Fensterbrett stützte. Ihre Schultern zitterten sichtlich. Bald schwoll ihr Weinen von einem unterdrückten Wimmern zu lauten, tränenreichen Schluchzern, während dreißig Kinder wie versteinert dasaßen. In der nächsten Woche waren alle Arier aus der Schule weg, und jüdische Kinder und jüdische Lehrer waren gekommen, und wir waren jetzt die jüdische Schule für den Bezirk.

In Fischamend war die Sache nicht so einfach. Es gab nur

eine einzige Schule im Dorf und einen einzigen jüdischen Schüler, und das war ich. In dieselbe Schule waren schon meine Mutter und Onkel Paul in ihrer Kindheit gegangen, nachdem meine Großeltern von Wien aufs Land gezogen waren. Sie waren die einzigen jüdischen Schüler gewesen und hatten das Problem frontal angepackt. Als Willi Weber meinen Onkel Paul einen dreckigen Juden nannte und ihn haute, haute meine um sieben Jahre ältere Mutter diesen Willi, und so wurde ein funktionierendes Gleichgewicht hergestellt. Meine Mutter sagt, danach sei sie immer mit allen gut ausgekommen, außer wenn sie im Schulhof Vogelhändler spielten und sie der alte jüdische Kaufmann sein mußte. Es brachte sie zum Weinen. Wer wollte schon ständig ein alter Jude sein, wenn alle anderen sich aussuchen konnten, was für ein Vogel sie waren?

Nun war die Rassentrennung Gesetz. Wir steckten in einer Sackgasse, von der aus sich ein höchst erfreulicher Ausweg auftat. Mein Onkel suchte seine ehemaligen, in Verlegenheit geratenen Mitschüler auf, die nun die neuen Parteiführer im Ort waren, und schlug ihnen vor, daß er mit seinem akademischen Wissen mein Privatlehrer sein könne. Mein Vater würde mir Mathematikunterricht geben und meine Mutter Klavierstunden. Paul würde sich um den Rest kümmern.

Diese Regelung, so nehme ich an, begrub in mir jegliche Neigung zu diszipliniertem Lernen, weil sie bei mir den Eindruck hinterließ, daß Wissen mit begeistertem Staunen kommt. Die Geschichte von Luther hat mich aus dem Sessel gerissen. Plötzlich verstand ich, daß sich Ereignisse aneinanderreihen, eins nach dem anderen, nach hinten hin von da weg, wo ich stand, und nach vorne hin, in eine Zeit, in der ich längst nicht mehr dastehen würde. Ich erinnere mich an die unglaubliche Strahlkraft dieser Erkenntnis, und wenn die Aussage heute etwas mager erscheint, so ist das eben manchmal so mit verzückten Sichtweisen. Wir schauten Bilder an, und Paul blieb mir immer einen Schritt voraus und forderte mich zu höheren Denkleistungen auf, als ich zu leisten imstande war. Er ließ mich Michelangelos Adam betrachten, der am Anfang der Welt auf einem Hügel liegt. Paul fragte, was ich sähe. Ich sagte, Adam hat nichts an. Paul sagte, das sei richtig, aber was ich denn noch sähe. Ich sagte, Gott hat ein Tuch an und wird von Engeln getragen. Paul sagte, ja, aber warum streckte Gott seine Hand hinunter zu Adam und wie hob Adam seine Hand zu Gott hinauf? Er sagte, ich solle das Bild länger anschauen, und morgen noch einmal, falls ich heute nicht draufkäme, und ich solle es in Ruhe anschauen, aber in mir schrie es vor Wut und Entmutigung. Es ist schon unheimlich, wenn man da, wo andere etwas sehen, nichts sieht, und es ist noch unheimlicher, wenn man versucht, sich, wenn man etwas sieht, daran zu erinnern, wie es war, als man nichts gesehen hat. Jahre später stieß ich wieder auf das Bild, und ich sah Adam, wie er seine enormen Schultern gegen die Schwere der Erde, die er noch in sich hat, vor dem sich krümmenden Finger des Lebensspenders hebt, und ich fragte mich und konnte mich nicht mehr richtig erinnern, was ich damals in jenem Herbst in Fischamend nicht gesehen hatte.

Und wir lasen Gedichte. Einmal war es Heine, der, wie Paul sagte, Jude war, dann wieder war es Christian Morgenstern, der, wie er sagte, keiner war, und wir lasen dieses Gedicht über einen Wurm:

> *Die Beichte des Wurms*
> Es lebt in einer Muschel
> Ein Wurm gar seltner Art,

Der hat mir mit Getuschel
Sein Herze offenbart.

Das war an dem Tag, an dem draußen vor dem offenen Fenster eine Hitlervolksversammlung stattfand.
Die Trupps der Braunhemden zogen mit Trommeln und Musik durch das Fischamender Turmtor ein und stellten sich in schnurgeraden Reihen auf dem Platz auf. Fahnen wehten. Bald darauf plärrte eine Hitlerrede aus den Lautsprechern, in der es um seinen letzten Besuch beim Duce in Rom ging. Als Hitler mit den Juden anfing, zog meine Mutter die Vorhänge ganz zu, obwohl es erst Mittag und schwül war. Aber ich hatte meine Freundin Mitzi erspäht und schrie aufgeregt: »Mutti, schau, die Mitzi! Da drüben, mit einer Fahne!« Ich lehnte mich zwischen den Vorhängen hinaus und wollte winken, aber Paul packte mich so fest am Arm, daß ich aufheulte, und einen Moment lang brüllten Hitler und ich kontrapunktisch über den sommerlichen, vollen, aufmerksam lauschenden Dorfplatz, bis ich schnell nach hinten gebracht wurde.
An dem Abend kam Mitzi in unseren Wohnbereich in den oberen Stock hinauf, unter dem Vorwand, daß sie eine Nachricht für meinen Großvater hätte. Sie fand uns ums Radio versammelt vor. Keine Stunde später klopfte Willi Weber an.
»Grüß dich, Willi«, sagte mein Onkel Paul.
»Grüß dich, Paul«, sagte Willi Weber.
»Na, Willi«, sagte Paul, »was willst du?«
Willi sagte, er sei gekommen, um sich unseren Radioapparat für das Parteihauptquartier auszuleihen.
»Bedien dich, Willi«, sagte mein Onkel Paul. »Das tust du ja sowieso.«
Unten riefen ein paar Männer nach meinem Großvater. Ein

großer Lastwagen stand mit der Ladefläche vor der Tür zum Geschäft, und nachdem sie das Geschäft leergeräumt hatten, gaben sie meinem Großvater ein Formular zum Unterschreiben, damit er bestätigte, daß er den Winterhilfsfonds der Gemeinde Fischamend gern unterstützte.
»Na und?« sagte meine Großmutter, als er wieder nach oben kam und uns erzählte, was passiert war.
»Du unterstützt die doch schon zwanzig Jahr' lang, hast immer alle aufschreiben lassen!«
»Pscht!« sagte mein Vater, der zufällig so saß, daß er zu den Südfenstern schaute und die Köpfe über dem Fensterbrett auftauchen sah. Wir schauten herum. In den zwei Westfenstern tauchten auch Köpfe auf. Unter den Fenstern im ersten Stock gab es ein schmales Wellblechgesims, das eine Art kleines Vordach zum Parterre bildete. Dagegen waren Leitern gelehnt, und die Dorfjugend, Mädchen und Buben in Uniform, war heraufgeklettert und saß in unseren Fenstern. Sie blieben die ganze Nacht. Ab und zu schwang einer der Buben die Beine über das Fensterbrett und stieg zu uns ins Zimmer. Es gab ein paar Bücher, die ihnen nicht gefielen, und Sachen, die ihnen schon gefielen, und sie trugen alles, was man tragen konnte, davon.
Am nächsten Tag blieb das Geschäft geschlossen. Die Familienmitglieder saßen im Eßzimmer am Tisch. Ich erinnere mich, daß ich unterm Tisch hockte und beim Zuhören mit ihren Schuhbändern spielte. Es war klar, daß wir aus Fischamend weg mußten, die Frage war, wohin. Die Leute aus dem Dorf standen auf der Straße und schmissen Steine gegen unsere Fenster im ersten Stock, bis alle Scheiben kaputt waren, und als es Abend wurde, kamen die SA-Buben und nahmen die drei Männer mit auf die Wachstube nebenan. Meine Mutter und meine Großmutter warteten

in dem Zimmer, in dem ich schlief, und lehnten sich durch den leeren Fensterrahmen hinaus. Mein Bett hatten sie gegen die Innenwand geschoben und mit einer Matratze verbarrikadiert. Die ganze Nacht lang, sogar im Schlaf, glaubte ich die beiden Frauenstimmen zu hören, die sich leise in der Dunkelheit unterhielten.

Irgendwann war ich dann wach und wußte, daß die Männer zurück waren. Ich weiß nicht, warum ich weiß, daß sie meinen Vater geschlagen und seine Brille heruntergerissen und zerschmettert haben. Ich habe eine lebhafte und völlig falsche Erinnerung an diesen brutalen Vorfall, als wäre ich selbst Zeugin gewesen.

Alle Lichter im Haus waren an, und es gab ein dauerndes Hin und Her von Schritten, ein Auf- und Zumachen von Türen und Schubladen. Ich war noch im Halbschlaf, als meine Mutter mich in der eisigen Kälte vor Anbruch der Morgendämmerung anzog.

Sie sagte, wir würden den Frühzug nach Wien nehmen und ich würde bei meinem Cousin Erwin bleiben, bis sie einen Platz gefunden hätten, wo wir wieder alle miteinander leben könnten.

Wir gingen hinten hinaus. Ich streifte mit den Händen über die Mauersteine und dachte: »Jetzt seh' ich euch zum letzten Mal!« Ich suchte nach einem angemessenen Gefühl. Es kam mir schlimm vor, daß ich bei dem Gedanken, bei Erwin zu wohnen, in erster Linie Aufregung verspürte.

(Es war tatsächlich das letzte Mal, daß irgend jemand von uns Fischamend gesehen hat. Zwanzig Jahre später sollte Paul einen Brief von einem Wiener Rechtsanwalt erhalten, der in Vertretung von Frau Mitzi K. schrieb. Frau K. zeige Interesse am Kauf des Hauses in Fischamend, das nach Kriegsende wieder in unser Eigentum zurückgestellt worden war. Frau K. wolle das Geschäft wieder eröffnen. Falls mein Onkel damit einverstanden sei, daß die seit September 1938 auf den Besitz entfallenen Steuern und die Kosten für die notwendige Sanierung, wie den Abbruch des Ostflügels, der durch die Bombardements der Alliierten zerstört worden war, von dem Kaufpreis, den Frau K. bot, abgezogen würden, so könnten die nach Abzug der Anwaltsgebühren verbleibenden 4.690,77 Schilling in die Vereinigten Staaten überwiesen werden. Dieser Brief machte Paul so wild, daß ich mich über ihn wunderte. Eine Art hilflose Wut und der Wunsch, die Vergangenheit loszuwerden, brachten ihn schließlich dazu, auf das Angebot einzugehen. Ein Jahr später erhielt er den Gegenwert von achthundert Dollar, die er mit meiner Mutter teilte, und Mitzi konnte über ihr eigenes Haus samt Geschäft walten.)

Bei Einbruch der Dunkelheit waren wir alle bei Freunden und Verwandten untergekommen – damals mußten jüdische Wohnungen unendlich dehnbar sein, um die neuen Obdachlosen aufzunehmen. Paul blieb bei Dolf, der bei seiner Mutter und seiner Schwester Suse wohnte. Meine Großeltern zogen zu Großmutters ältester Schwester Ibolya. Das Dienstbotenzimmer der Golds, wo mein Vater kurz gewohnt hatte, war nun Quartier für ihn und meine Mutter, aber vorher brachten meine Eltern mich zu Erwins Familie.

Erwins Vater bat sie herein und ins Wohnzimmer, und Erwin und ich hüpften durchs Vorzimmer. Wir waren beide Einzelkinder; wir wollten eine Hetz haben. Aber Tante Gustis Miederwarengeschäft war an dem Morgen von den Nazis beschlagnahmt worden, und sie war nervös und hielt sich die Hände an den Kopf. Erwins Vater mahnte uns zur Ruhe, und, ohne ein Mätzchen, wie ich es im Angesicht des Verbots noch schnell machte, stand Erwin still und schaute zu seinem Vater. Ich war beeindruckt. Ich glaubte nie so recht, daß dieser Onkel Eugen ein richtiger Cousin meines Vaters war. Er erschien mir so anders: schlank, athletisch gebaut, elegant gekleidet und voller Ideen. Er fragte meinen Vater, was er für unsere Emigration getan habe, und mein Vater sagte, er würde morgen zum amerikanischen Konsulat gehen, um unsere Namen registrieren zu lassen, aber Onkel Eugen sagte, die Quote für Österreicher sei bis 1950 ausgeschöpft. Mein Vater sagte, es gebe Hans und Trude in England und Kari und Gerti Gold versuchten nach Panama zu kommen, und wenn das gelänge, würden sie sich um ein Visum für uns bemühen. Onkel Eugen sagte, er stünde mit Geschäftspartnern in Paris in Kontakt und da könne eventuell was weitergehen.

Ich habe gehört, daß Leute, die hungrig sind, von nichts anderem als vom Essen reden können. 1938 in Wien redeten Juden unentwegt über Möglichkeiten, außer Landes zu kommen. Erwin und mir war bald fad. Wir verschwanden in sein Zimmer und spielten Vater-Mutter-Kind. (»Ich sage: ›Gehen wir hinein‹, und du sagst: ›Ich mag nicht‹, und ich muß weinen. Dann mußt du sagen ...«)

Am nächsten Tag ging ich mit Erwin in die jüdische Schule. Die Männer machten sich morgens auf den Weg, so pünktlich, wie sie früher einmal zur Arbeit gegangen waren, um die Konsulate abzuklappern. Einmal hatte ich frei und ging mit meinem Vater. Er traf einen Freund und blieb stehen. Der Freund hatte gehört, daß sich am Schweizer Konsulat was täte, und wollte dorthin, um sich eintragen zu lassen. Ich erspähte einen dieser kleinen, flachen Kästen, die es neuerdings an den Straßenecken gab, wo sie hinter Hühnerdraht Seiten aus dem

Stürmer zeigten, damit die Leute sie lesen konnten. Am Vortag hatte Tante Gusti zu Onkel Eugen gesagt, diese Woche gäbe es einen Kommentar über das Privatleben bekannter Wiener Juden, und die Greißlerfrau habe zu ihr gesagt: »Frau Löwy, ich hab' gar nicht g'wußt, daß alle diese berühmten Leut' Juden sind!« Die Erwachsenen hatten so heftig und ausgiebig gelacht, daß ich annahm, es handle sich um einen dieser zweideutigen Witze. Ich schob mich vorsichtig hinüber und schaute durch den Hühnerdraht. Da war ein Bild von einem alten Mann mit monströsen Lippen und eines von einer sehr dicken Frau, die mit ordinär auseinandergespreizten Beinen dastand, aber ich hatte kaum Zeit, mir einen Reim darauf zu machen, schon war mein Vater da und brachte mich schleunig weg. »Wohin gehen wir?« fragte ich verlegen, weil er mich beim Spechteln ertappt hatte.
»Zum Schweizer Konsulat«, sagte er, »damit wir auf die Liste kommen.«
Als wir beim Schweizer Konsulat ankamen, reichte die Warteschlange bis auf die Straße. Eine Frau vorne sagte, sie habe die Möglichkeit, übermorgen nach Hongkong zu gehen, aber wenn eine Chance für die Schweiz bestünde, würde sie noch bis Ende der Woche warten, und sechs Stimmen hinter ihr sagten gleichzeitig: »Worauf wollen Sie noch warten?« und erzählten Geschichten von Herrn Soundso und was ihm passiert war, weil er einen Tag zu lange gewartet hatte.
Wenn sie nicht gerade in den Wartesälen der Konsulate oder Botschaften saßen, gingen alle in Kurse, die überall in der Stadt wie Pilze aus dem Boden schossen. Jüdische Akademiker und Fachkräfte hatten es eilig, ein Handwerk zu erlernen, um sich und ihre Familien in Ländern zu ernähren, deren Sprache sie nicht sprechen würden. Mein

Vater, der das Buchhaltungssystem für seine Bank entwickelt hatte, lernte Maschinenstricken und Lederverarbeitung. Die mickrigen kleinen Taschen und Geldbörsen, die er machte, tauchten jahrelang in unserem Gepäck auf. Meine Mutter lernte, in großen Mengen zu kochen. Sie machte auch einen Massagekurs mit Paul, und wenn sie mich bei Erwin besuchten, übten sie an mir.

Am 7. November verübte ein Jude namens Grynszpan einen Anschlag auf einen unbedeutenden Nazisekretär der diplomatischen Mission in Paris, der zwei Tage später starb. Als die Nachricht von seinem Tod Wien erreichte, wurde der Unterricht abgebrochen. Wir sollten über die Nebengassen nach Hause gehen. Erwins Eltern saßen den ganzen Nachmittag vorm Radio. Gegen Abend läutete es, und draußen standen ein älterer Nachbar von gegenüber und seine Frau und eine riesige Mahagonikredenz, die sie in unsere Wohnung bringen mußten. Ein paar uniformierte Nazis standen am Stiegengeländer. Sie sagten, die Nachbarn sollten weitertun, es würde noch mehr kommen. Im Lauf der Nacht zwangen sie die fünf jüdischen Familien im Haus, mit Hab und Gut in unsere Wohnung im vierten Stock umzusiedeln. Die ganze Wohnung bot bald ein groteskes Bild von gewohnten Gegenständen in ungewohnter Lage: auf Kästen gestapelte Sessel, auf dem Kopf stehende Tische auf den Betten, mit Porzellan, Büchern und Lampen zwischen den Tischbeinen. Die Frau des älteren Nachbarn saß auf einem Sessel und weinte leise vor sich hin. Die Nazis wurden übermütig. Sie hatten den Hauptschalter entdeckt und schalteten das Licht immer wieder aus, manchmal für eine halbe Stunde, dann aus und ein und aus und ein. Mitten hinein kam Tante Gustis Bruder, in der Hoffnung, sich verstecken zu können, weil seine Wohnung überfallen worden war, aber er wurde vom Wachposten am Eingang abgefangen und abgeführt. Tante Gusti stand in der Tür und weinte. Die ganze Nacht polterten schwere, barocke Möbel über die Stiegen und quietschten über die Vorhauskacheln. Ich setzte mich nieder und plärrte nach meiner Mutter.

In den folgenden Wochen sah Erwins Wohnung mit den fünf Familien, die sich dort tummelten, wie ein Elendsquartier aus. Onkel Eugens Bett wurde freigehalten, und er sprang jedesmal hinein, wenn es an der Tür läutete. Zu Erwin und mir sagten sie, falls jemand fragen sollte, müßten wir sagen, Onkel Eugen habe Grippe und hohes Fieber, aber wir sahen ihn den ganzen Tag in seinem gestreiften Seidenpyjama herumgehen. Am Abend setzte er sich hin und spielte Schach mit Erwin. Er sagte, Erwin würde einmal ein richtiger Weltmeister werden.

Eines Tages begannen Erwins Eltern zu packen. Sie wollten nach Frankreich. Meine Mutter kam und packte meine Sachen. Erwin und ich versprachen einander, daß wir nie mit irgend jemand anderem Vater-Mutter-Kind spielen würden. Erwin sagte, er würde ein Flugzeug bauen und mich besuchen kommen.

(1946, als ich in London war und Erwin in Paris, schrieben wir uns kurz, verloren einander aber wieder aus den Augen, als er und Tante Gusti nach Brasilien gingen. Vor einem Jahr habe ich Tante Gusti getroffen, die bei ihrer Schwester in New York auf Besuch war. Sie hat mir eine seltsame Geschichte erzählt. Sie sagte, sie hätten in Paris gut gelebt, überhaupt nicht wie Flüchtlinge, weil Eugen dort Geschäftsbeziehungen gehabt hatte. Dann internierten die Franzosen alle deutschsprachigen Männer. Sie bekam eine Genehmigung für sich und Erwin, Onkel Eugen im Lager zu besuchen. Als sie hinkamen, saß er hemdsärmelig an einem langen Tisch mit hunderten Gefangenen. Er sah gesund, aber dünn aus und war unrasiert. Erwin hielt die Hände seiner Mutter. Tante Gusti sagte, seine Hände seien eiskalt gewesen und er habe diesen Besuch nachher nie wieder erwähnt. Das Thema war zwischen Mutter und Sohn so tabu, daß Tante Gusti nie wußte, ob Erwin begriffen hatte, daß die Franzosen die Lager den vorrückenden Deutschen übergeben hatten und die jüdischen Insassen nach Auschwitz geschickt wurden. Die Teilnahmslosigkeit des Buben bekümmerte und befremdete sie. Nach Kriegsende entdeckte sie in seiner Geldbörse ein Zeitungsfoto von einem dieser bis aufs Skelett abgemagerten Überlebenden aus einem Konzentrationslager – zwei riesengroße Augen in einem kahlen, zahnigen Schädel –, von dem man, mit viel Phantasie, glauben konnte, daß er Onkel Eugen ähnlich sah. Erwin trug es von einer Behörde zur nächsten und suchte auf den ersten konfusen Listen von Überlebenden nach seinem toten Vater.)

Ich erinnere mich an zwei Zimmer in einer Seitengasse, in denen ich mit meinen Eltern nach der Abreise von Erwin und seinen Eltern gewohnt habe, und da besuchten uns Paul und meine Großeltern.

»Jetzt will der Paul nach Palästina. Der Paul als Bauer! Kannst du dir das vorstellen?« sagte meine Großmutter. »Der braucht ja nur in ein Zimmer hineingehen, und schon kippen die Lampen um! Ja, wenn du ordentlich studiert hättest, wärst du jetzt ein Doktor! Oder hättest halt wenigstens Sprachen g'lernt, wie dieser Professor Glaser immer g'sagt hat ...«

»Der schon damals ein Nazi war«, sagte Paul.

»Er hat immer g'sagt, ›Frau Steiner, ihr Paul ist ein Sprachtalent ...‹«

»Ich hab' halt gedacht, Sprachwissenschaftler braucht's eh keine mehr«, sagte Paul, »aber noch ein paar ältliche Medizinstudenten.«

Meine Großmutter legte den Kopf zurück und lachte ihr wunderschönes Lachen.

»Vielleicht werd' ich als Bauer ja noch berühmt«, sagte Paul. Er streckte seine Hand aus und zog mich zu seinem Sessel. »Ich war heut' in der Früh bei der Jüdischen Kultusgemeinde, mich eintragen lassen, für einen dieser landwirtschaftlichen Ausbildungsbetriebe, die sie jetzt haben. Übrigens, habt ihr gehört, daß es heute in der Nacht im Tempel eine Brandbombe gegeben hat? Es hat immer noch geraucht. Sie haben zwölf von uns bezahlt, damit wir bleiben und den Schutt wegräumen.«

»Gratuliere«, sagte meine Großmutter. »Im Alter von siebenundzwanzig Jahren verdient der Paul sein erstes Geld bei einer Aufräumbrigade. Was hast du gekriegt?«

Paul zögerte. »Drei Mark.«

»Was? Was bitte?« schrie meine Großmutter. »Und die hast du wahrscheinlich verloren?«

»Da war ein Kind«, sagte Paul, »ein ganz kleiner Bub mit einer rotzigen roten Nase, und der hat gesagt, er weiß nicht, ob er ein Visum für Palästina kriegt, aber er hat nicht einmal einen Koffer.«

Meine Großmutter schaute Paul an, mit ihren schönen schwarzen Augen, die immer kurz vor dem Zornausbruch standen. »Und da hast du ihm deine drei Mark gegeben?«

»Mutti, man kann doch nicht mit der Zerstörung des Tempels durch die Nazis Geld verdienen.«

»Man kann mit den Nazis kein Geld verdienen? Warum bitte nicht? Sie können deinen Eltern das Geschäft wegnehmen und deinem Schwager die Arbeit ...«

»Aber Muttilein, das ist es ja, was ich meine.«
»Heirate«, sagte meine Großmutter. »Such dir eine Frau, die auf dich schaut. Ich kann nicht mehr«, und sie fing an zu weinen.
Paul ging zu ihr. Er setzte sich auf die Sessellehne und streichelte ihr Haar. »Mutti, ich würd' ja gleich morgen damit anfangen, aber überleg einmal, wie unwahrscheinlich es ist, daß mich gerade die Frau heiraten will, die ich heiraten will.«
Aber diesmal lachte meine Großmutter nicht. Sie drehte ihr Gesicht weg und machte eine wegwerfende Handbewegung.
Anfang Dezember gab es ein Gerücht über einen versuchsweisen Kindertransport, der nach England gehen sollte. Mein Vater nahm mich zur Jüdischen Kultusgemeinde mit, die ihren Sitz in den leeren Tempel verlegt hatte. Was wie Tausende Kinder und Eltern aussah, bewegte sich unten durch das ausgebrannte Gemäuer der Halle und stand in einer Schlange entlang der Empore, wo die Frauen zu den hohen Feiertagen mit ihren Hüten und schwarzen Gewändern gesessen waren. Aber mein Vater ging mit mir von Schreibtisch zu Schreibtisch und fragte nach der Verlobten von Tante Ibolyas jüngstem Sohn, die für die Organisation arbeitete, und so kam mein Name als hundertzweiundfünfzigster auf die Liste.
In der Elektrischen auf dem Heimweg hielt mein Vater meine Hand. Er sagte: »Du fährst nach England.«
Ich sagte: »Allein?«, und ich erinnere mich deutlich an dieses Gefühl, als habe man mir plötzlich die Eingeweide herausgerissen. Gleichzeitig klang mir dieses »Nach-England-Gehen« sehr mutig.
»Nicht ganz allein!« sagte mein Vater. »Es fahren noch sechshundert andere Kinder.«

»Wann?« fragte ich.
»Donnerstag«, sagte mein Vater. »Übermorgen.«
Dann spürte ich diesen eisigen Schauer gleich unter der Brust, dort, wo ich vorher meine Eingeweide gehabt hatte.

2. Kapitel

Der Kindertransport

Treffpunkt war am Donnerstag, 10. Dezember 1938, um neun Uhr abends.
»Sie kann meinen guten Krokogürtel nehmen«, sagte mein Vater, der mir etwas mitgeben wollte.
»Igo! Was soll sie mit deinem Gürtel? Außerdem sollen wir möglichst wenig einpacken. Die Kinder müssen ihre Sachen ja selber tragen. Heb einmal den Koffer auf«, sagte sie zu mir. »Schaffst du das?«
Ich zog den Koffer an meinem Bein hoch und lehnte mich mit meinem ganzen Gewicht dagegen.
»Ja, das geht schon.«
»Ich muß ihr genug zum Essen einpacken, damit sie was hat, bis sie in England sind«, sagte meine Mutter. »Das dauert zwei Tage. Was kann ich ihr nur geben? Was bleibt frisch?«
Ihr Gesicht war rot. Das Gesicht meiner Mutter sah den ganzen Tag dunkel und heiß aus, als habe sie Fieber, aber sie lief herum wie an jedem anderen Tag; ihre Stimme klang wie immer; sie war sogar lustig. Wir sollten so tun, als sei heute der Erste. Bevor mein Vater seine Stelle verloren hatte, war am Monatsersten Zahltag gewesen, und ich durfte mir ein Phantasienachtmahl ausdenken, wenn ich dann für den Rest des Monats aß, was auf den Tisch kam. Aber heute hatte mein Appetit keine Vorstellungen. Ich

sagte, ich wolle nichts. »Nicht jetzt. Zum Mitnehmen«, sagte meine Mutter. Sie wollte, daß ich etwas brauchte, das sie mir geben konnte. Ich kramte in meinem Kopf, weil ich ihr den Gefallen tun wollte. »Knackwurst?« sagte ich, obwohl ich mir in dem Moment nicht ganz sicher war, um welche Wurst es sich dabei handelte.
»Nicht ohne Brot«, sagte mein Vater.
»Knackwurst«, sagte meine Mutter. »Das magst du, gelt? Ich hol' dir gleich eine.« Aber da ging die Türglocke.
Den ganzen Tag war das Zimmer voller Leute, die sich von mir verabschieden kamen: Freunde der Familie, Tanten, Onkel, Cousins und Cousinen. Sie brachten mir Bonbons, kandierte Früchte, Datteln, saure Zuckerln, Katzenzungen, selbstgemachte Kekse und Sachertorte. Sogar meine Tante Grete kam, obwohl sie böse darüber war, daß ich noch auf den Transport geschleust worden war und ihre Zwillinge, Ilse und Erica, dableiben mußten.
Mein Vater versuchte zu erklären. »Das ist jetzt erst einmal ein Versuch, verstehst du das denn nicht? Die wissen ja selber noch gar nicht, ob sie überhaupt über die deutsche Grenze kommen. Und die Lore haben sie ja auch nur genommen, weil die Verlobte vom Karl dort beim Komitee ist und uns geholfen hat. Da hab' ich schlecht noch was verlangen können.«
»Gewiß. Wie könnte man auch erwarten, daß du für die Kinder von anderen Leuten was tust und die rettest?« sagte Tante Grete. Sie machte ein langes und bitteres Gesicht. »Aber vielleicht kann ja die Lore die Leute in England um Hilfe bitten. Sie kann von ihren Cousinen in Wien erzählen, die nicht weggekommen sind wie sie. Vielleicht findet sie ja wen, der für meine Mädeln bürgt.«
Mein Vater sagte: »Ich hab' ihr eine Liste gegeben, wo sie hinschreiben soll, wenn sie in England ist. Die Franzi hat

Cousins, die sind schon lang in Amerika, die können vielleicht was machen. Da schreibst du hin, nicht wahr? Und dann sind da noch der Eugen und die Gusti in Paris, die haben dort Kontakte, und der Hans und die Trude in London ...«
»Zu der ich Kuh gesagt hab'«, sagte meine Mutter.
»Und wir haben vielleicht Verwandte in London, allerdings schreibt man die Grossmann mit Doppel-S und nicht mit SZ wie uns. Und ein jüdisches Flüchtlingskomitee gibt's dort auch. Da schreibst du auch hin, nicht wahr?«
Ich stand mitten im Kreis meiner Verwandten und nickte feierlich. Ich sagte, ich würde allen schreiben und ich würde den Engländern sagen, wie es hier zugeht, und ich würde Bürgen finden, für meine Eltern und meine Großeltern und alle.
»Na«, sagte meine Tante, »reden kann sie jedenfalls!« und stand auf. Sie umarmte und küßte mich, und obwohl sie doch böse auf mich war, weinte sie bitterlich.
(Ich traf Erica 1946 in London, wo sie eine Stelle als Kinder- und Hausmädchen bei einer englischen Familie hatte. Sie erzählte, Ilse sei illegal nach Palästina ausgewandert und arbeite in einem Kibbuz. Die Schwestern hatten versucht, einen Bürgen für ihre Mutter zu finden, aber Tante Grete war Anfang 1940 in ihrem Haus verhaftet und nach Polen deportiert worden.)

Als Tante Grete weg war, war es nach sieben, und mein nervöser Vater sagte, wir müßten los, aber meine Mutter schrie auf. Sie hatte auf die Knackwurst vergessen. »Ich lauf' schnell hinunter«, sagte sie und hatte bereits den Mantel umgeworfen, aber mein Vater versperrte ihr den Weg.

»Bist du noch gescheit? Willst du, daß sie den Zug versäumt?«
»Sie möchte eine Knackwurst!« schrie meine Mutter.
»Weißt du, wie spät es ist? Was ist, wenn du draußen verhaftet wirst?«
Ich hatte noch nie gesehen, daß meine Eltern sich ins Gesicht schrien. Ich sagte immer wieder: »Eigentlich will ich eh keine Knackwurst«, aber sie nahmen keine Notiz von mir.
»Sie mag Knackwurst.« Meine Mutter weinte. Sie drängte an meinem großen, schwerfälligen Vater vorbei und rannte durch die Wohnungstür hinaus.
Mein Vater ignorierte mich immer noch. Er stand am Fenster. Er ging auf die Toilette. Er öffnete die Wohnungstür und schaute hinaus. Er blickte auf seine Uhr.
Meine Mutter kam zurück mit einem strahlenden, triumphierenden, traurigen roten Gesicht. Nichts war passiert, keiner hatte sie gesehen. Sie hatte eine ganze Knackwurst gekauft und sie in ein Papiersackerl packen lassen. Sie rief mich zu sich und zeigte mir, wo sie das Packerl unten in den Rucksack steckte – zwischen meine belegten Brote und die Torte.
»Gott, wir müssen gehen,« sagte mein Vater.
Wir gingen zu Fuß über die Stephaniebrücke. Ich ging zwischen meinen Eltern, die mich jeweils an einer Hand hielten. Mein Vater redete mit meiner Mutter über seine Aussichten am chinesischen Konsulat, wo er am nächsten Tag hingehen würde.
»Vati«, sagte ich. »Vati, schau!«
Meine Mutter sagte zu meinem Vater: »Die Grete hat was erwähnt, daß sie nach Holland wollen.«
Ich zog an der Hand meiner Mutter. »Schau, der Mond!« sagte ich beharrlich. Unter uns war ein weißer Mond, der

auf dem schwarzen Wasser des Donaukanals tanzte und von tausend schillernden Brückenlichtlein umgeben war.
Mein Vater sagte: »Holland ist nicht weit genug, aber vielleicht probier' ich's trotzdem. Zuerst geh' ich aber zu den Chinesen.«
Sie redeten über meinen Kopf hinweg. Ich war verletzt. Sie machten Pläne für ein Morgen, in dem ich keine Rolle spielen würde. Sie schienen bereits prächtig ohne mich auszukommen. Zornig zog ich meine Hände weg und ging für mich allein.
Wir stiegen in die Elektrische. Auf der anderen Seite des Gangs war auch ein kleines jüdisches Mädchen, das mit Rucksack und Koffer zwischen seinen Eltern saß. Ich versuchte seinen Blick einzufangen, um mir eine neue Freundin anzulachen, aber es nahm keine Notiz von mir. Es weinte. Ich sagte zu meiner Mutter: »Schau, ich plärr' aber nicht wie das kleine Mädel da drüben.«
Meine Mutter sagte: »Nein, du bist ja so brav und tapfer. Ich bin sehr stolz auf dich.«
Aber ich hatte da so meine Zweifel. Ich glaubte, daß ich wohl auch eher hätte weinen sollen.

Der Treffpunkt war auf einem riesigen unbebauten Grundstück hinter dem Bahnhof in der Wiener Vorstadt. In der Dunkelheit hielt ich in dem Gewimmel von Kindern Ausschau nach dem Mädchen, das in der Tram geweint hatte, aber ich sah es nicht oder habe es vielleicht nicht erkannt. An einem Drahtzaun standen Leute vom Komitee. Sie hatten lange Stangen in der Hand, auf denen oben Schilder mit aufgemalten Zahlen waren, die von Taschenlampen angeleuchtet wurden. Jemand kam her und überprüfte meine Papiere, und dann mußte ich mich zu einer Gruppe von Kindern stellen, die sich um das Schild

»150–199« sammelten. Der Mann hängte mir einen kleinen Pappendeckel an einem Schuhband um den Hals. Darauf stand die Nummer 152, und dieselbe Nummer kam auf meinen Koffer und auf meinen Rucksack.
Ich erinnere mich, daß ich herumgekasperlt und ganz schön viel geredet habe. Ich erinnere mich, daß ich dachte: Jetzt fahr' ich nach England. Meine Eltern standen mit den anderen Eltern rechts, fast schon im Dunkeln. Es gibt in meinem Kopf kein klares Bild von meinem Vater in dem Moment – vielleicht war sein Kopf zu hoch oben und außerhalb des Lichtscheins. Ich sehe seinen schweren Wintermantel neben dem schwarzen Ponyfellmantel meiner Mutter stehen. Aber immer, wenn ich hinschaute, war es das winzige Gesicht meiner Mutter, zerknittert und fiebrig, das ich aus ihrem Fuchsfellkragen zu mir herüberlächeln sah.
Wir wurden in einer langen Schlange, vier nebeneinander, nach Nummern aufgestellt. Der Rucksack kam auf meinen Rücken. Es gab ein Gewirr von küssenden Eltern – mein Vater, der sich zu mir herunterbeugte, das brennende Gesicht meiner Mutter an meinem. Ich hatte den Koffer noch nicht richtig angehoben, da setzte sich die Schlange schon in Bewegung, und der Koffer rutschte mir immer wieder aus der Hand und schlug gegen meine Beine. Von Panik ergriffen, schaute ich nach rechts, aber meine Mutter war da bei mir. Sie nahm den Koffer und blieb an meiner Seite, und sie lächelte, so daß es wie eine lustige Sache erschien, als machten wir zwei uns einen Spaß. Jemand vom Komitee, der die Schlange kontrollierte, nahm meiner Mutter den Koffer ab und verglich ihn mit der Nummer auf meiner Brust und gab ihn mir zum Tragen. »Geh schon«, sagten die Kinder hinter mir. Wir passierten große Türen. Ich schaute nach rechts; das Gesicht meiner Mutter war

nirgendwo zu sehen. Ich schob und zog den schweren Koffer über den Bahnhofsboden und polterte damit über eine Stiege hinunter und den Bahnsteig entlang, wo der Zug stand und wartete.

Es gab eine junge Frau, die für unseren Waggon zuständig war. Sie war zierlich und sprach leise. Sie ging den Gang ab und steckte den Kopf ins Abteil herein und sagte, wir sollten's uns bequem machen. Wir fragten, wann wir abfahren würden. Sie sagte: »Gleich. Versucht doch einfach ein bisserl zu schlafen. Es ist schon nach elf.« Der Zug stand immer noch. Ich sah Onkel Karls Verlobte am Bahnsteig, sie schaute beim Fenster herein. Ich erinnere mich, daß ich für sie auf dem Kopf stand. Sie lächelte verkehrt herum und machte Lippenbewegungen. Ich wackelte mit den Zehen.

Als der Zug abfuhr, war es nach Mitternacht. Im Abteil konnten sich eigentlich nur vier der acht Mädchen auf den Sitzen ausstrecken. Ich war die Kleinste. Ich weiß noch, daß ich einen Fensterplatz hatte und mich ins Eck drückte und mir abwechselnd den Arm, die Hand oder den Ellbogen vor die Augen hielt, um das Licht von der Glühbirne am Gang abzuwehren, das durch meine geschlossenen Lider schien. Nach und nach verstummte das Geplapper der Kinder, bis es kein Geräusch mehr gab außer das Rattern des Zuges. Ich weiß nicht, wie und wann ich eingeschlafen bin, ich weiß nur, daß ich von einer Taschenlampe geweckt wurde, die mir ins Gesicht leuchtete. In diesem Licht oder vielmehr dahinter, wie bei einem Negativ, war das Gesicht eines Mädchens zu sehen. Das Mädchen sagte, es wäre jemand anderer dran, um auf meinem Platz zu liegen. Und bevor ich meine tauben Glieder aus dem Eck geklaubt hatte, kroch dieser jemand anders schon hinein.

Das Mädchen, das mich geweckt hatte, war hübsch. Ich durfte mit ihm auf seinem Koffer sitzen. Ich mochte es schrecklich gern. Ich machte seine Art zu sitzen nach: ganz still, die Ellbogen auf die Knie, das Kinn auf die Handwurzeln gestützt. Ich dachte: Jetzt bin ich wach und schau' den Kindern beim Schlafen zu. Ich beobachtete, wie sich das Schwarz vor dem Fenster in ein seltsames, wunderschönes Blau verwandelte und allmählich in ein Grau und dann ins Mattweiße überging. Die Glühbirnen am Gang brannten immer noch blöd orangefarben. Die Schlafenden verrenkten sich, um ihr Gesicht vor dem Licht zu verstecken. Im Abteil nebenan wurde geflüstert. Jemand lachte auf und verstummte sofort wieder. Ein Mädchen in meinem Abteil setzte sich gerade auf, glotzte kurz und schien mit offenen Augen weiterzuschlafen.

Das Mädchen auf dem Koffer fragte, ob ich mir nicht das Gesicht waschen wolle. Ich ging den Gang entlang und schielte in jedes Abteil, wo ich die Mädchen schlafen sah. Im WC gab es eine Glaskugel über dem Waschbecken. Wenn man die umdrehte, spritzte unten grüne Flüssigseife heraus. Wenn man auf das Spülpedal trat, öffnete sich ein Loch in der Klomuschel und man konnte auf die wegflitzenden Geleise hinunterschauen. Ich spielte, bis das ungeduldige Klopfen an der Tür so heftig wurde, daß ich die nächsten hereinlassen mußte.

Als ich zu meinem Abteil zurückkam, waren alle auf und redeten. Die Kinder aßen ihr Frühstück aus den Jausensackerln. Ich hatte keinen Gusto auf meine Knackwurst, und die belegten Brote kamen mir umständlich vor. Also nahm ich mir eine kandierte Birne und drei Katzenzungen und ein Stück Sachertorte. Ein großes Mädchen meinte, wir wären in der Nacht aus Österreich raus und jetzt in Deutschland. Ich schaute hinaus. Ich wollte es hassen.

Aber da draußen gab es nichts außer Kühen und Wiesen. Ich sagte, vielleicht wären wir ja eh immer noch in Österreich. Das war wichtig, weil ich Länder sammelte. In Österreich geboren, auf Urlaub in Ungarn, auf Besuch bei Verwandten in der Tschechoslowakei – das machte drei Länder, in denen ich schon gewesen war, und Deutschland, das wären dann vier. Das große Mädchen sagte, das wäre schon Deutschland, und das verwirrte mich.

Mit der Zeit wurde es immer lauter. Alle waren aufgekratzt. Im Abteil nebenan hatte ein großes, lebhaftes Mädchen ein Spiel angefangen. Ich ging hinein und fand einen Sitzplatz, aber ich begriff die Spielregeln nicht, also fing ich nach einem Weilchen ein Spiel mit dem kleinen Mädchen neben mir an. Wir spielten Schifferlversenken auf seinem Jausensackerl. Als es gerade Spaß machte, war der Vormittag vorüber, und alle mußten zum Mittagessen in ihr Abteil. Die Kleine mußte mir feierlich versprechen, daß sie sich nicht von der Stelle rühren werde, damit wir nachher weiterspielen konnten, aber ich ging nie mehr zurück.

Im Zug war es immer heißer geworden. Alles schwieg. Wir aßen stumm. Ich biß in die Wurst und stellte fest, daß sie mir eigentlich gar nicht schmeckte; ich hob sie mir für den Abend auf. Die Brote waren schon zu trocken, also nahm ich mir eine Handvoll Datteln und Katzenzungen und ein Stück Torte, und dann saß ich und lutschte Zukkerln. Der Zuglärm, der im Tumult des Vormittags untergegangen war, fiel mir wieder auf, und ich schlief ein.

Am späten Nachmittag wachte ich auf. Ich ärgerte mich, daß ich so viel Landschaft verschlafen hatte. Von jetzt an würde ich wach bleiben und schauen. Ich fixierte das kleine Mädchen, das mir gegenüber saß. Es hatte einen Koffer auf dem Schoß. Das stupsnasige Profil hob sich vom Grau des Fensters ab. Ich richtete meine Augen so

lange auf sein Gesicht, daß mir vorkam, ich hätte es immer schon gekannt. Es wollte nicht mit mir reden, und ich schlief wieder ein.
Als ich aufwachte, hielt ich Ausschau nach dem kleinen Mädchen, aber ich konnte nicht sagen, welches es war. Ich studierte alle Kinder im Abteil. Keines hatte einen Koffer auf dem Schoß. Man hatte das Licht im Abteil eingeschaltet, und das Fenster war wieder schwarz. Ich schlief ein.
Ich schreckte hoch, als der Zug in einen Bahnhof einfuhr und bremste. Das große Mädchen sagte, wir wären an der Grenze und jetzt würden die Nazis sehen, was sie mit uns machten. Wir sollten möglichst ruhig sitzen. Draußen gab es ein Hin- und Hergehen. Im Licht des Bahnsteigs sahen wir Uniformen. Sie stiegen vorne in den Zug ein. Ich hielt mich so still, daß mein Kopf bebte und meine Knie sich verkrampften. Eine halbe Stunde, eine ganze Stunde. Wir wußten es, als sie in unserem Waggon waren, der sich unter dem zusätzlichen Gewicht zu senken schien. Sie kamen über den Gang näher, sie hielten bei jedem Abteil. Dann stand einer in der Tür. Seine Uniform hatte viele Knöpfe. Hinter seiner Schulter sahen wir unsere Betreuerin. Der Nazi zeigte auf eines der Kinder, das mit ihm kommen sollte, und es ging hinaus und ihm nach. Die Betreuerin drehte sich um und sagte, wir sollten uns nichts denken, sie nahmen ein Kind aus jedem Waggon, um die Papiere zu kontrollieren und nach Schmuggelware zu suchen.
Als das kleine Mädchen zurückkam, setzte es sich auf seinen Platz, und wir starrten es an. Wir fragten nicht, was passiert war, und es sagte auch nichts. Der Waggon schaukelte; die Nazis waren raus. Türen wurden zugeschlagen. Der Zug setzte sich in Bewegung. Jemand rief: »Wir sind draußen!« Dann drängte alles auf den Gang. Alle schrien, alle lachten. Ich lachte. Die Verbindungstüren zwischen

den Waggons öffneten sich, und Kinder strömten herein. Wo es nur Mädchen gegeben hatte, war plötzlich ein Bub – zwei Buben, drei Buben. Dutzende Buben. Wie Zauberer zogen sie zusammengefaltete Kappen aus Schlupfwinkeln in ihrem Gewand. Die Kappen gingen auf und landeten auf ihren Köpfen, wo zu sehen war, daß es sich um verbotene Pfadfindersachen handelte. Die Buben bogen ihre Jackenaufschläge um, und dort waren reihenweise Anstecker, Blauweiß von den Zionisten, verschiedene Pfadfinderabzeichen, das österreichische Kruckenkreuz, und es war so wunderbar fröhlich, so laut und so warm, daß ich auch gern ein Abzeichen oder so was zum Herausklappen gehabt hätte. Ich hätte gern die Lieder gekonnt, die sie sangen, und sang einfach mit. »Na na, la la«, sang ich. Jemand drückte meinen Kopf. Ich hielt jemanden um die Taille, und jemand hielt mich. Wir sangen.
Nach ein paar Minuten blieb der Zug stehen. Wir waren in Holland. Der Bahnhof war hell und voller Leute. Durchs Fenster reichten sie uns Pappbecher mit heißem Tee und glänzende rote Äpfel, Schokoladetafeln und Zuckerln – und das war mein Abendessen. Als der Zug neuerlich losfuhr, standen am Bahnsteig hundert von uns, die in Holland blieben (und zwei Jahre später in die Hände der deutschen Besatzer fielen), die Kleinsten, die vier Jahre alt waren, vorne, die Großen hinten. Sie winkten. Wir standen am offenen Fenster und winkten zurück, und der ganze Zug rief im Chor: »Gott schütze Königin Wilhelmina.«
Drinnen im Zug wurde weitergefeiert, aber ich konnte die Augen nicht mehr offenhalten. Jemand schüttelte mich. Jemand sagte: »Wir sind bald da.« Ich konnte es hören, aber nicht aufwachen. Jemand legte mir den Rucksack an und gab mir meinen Koffer in die Hand. Ich wurde aus dem Zug gehoben und in der kalten, schwarzen Nacht auf

meine Füße gestellt. Ich stand da und zitterte. Ich erinnere mich, daß ich dachte: »Jetzt bin ich in Holland, das macht fünf Länder«, aber es war zu dunkel, um was zu sehen, und ich fragte mich, ob es dann zählte.

Auf der Fähre lag ich zwischen weißen Bettüchern in einem engen Bett und war hellwach. Ich hatte eine nette Kabine für mich allein. Ich hatte mein Gewand mit übertriebener Sorgfalt zusammengelegt und mir die Zähne geputzt, um meiner abwesenden Mutter brav zu folgen. Ein großer schwarzer Steward kam mit einem dampfenden Becher, den er in einen Metallring steckte, der am Nachtkästchen befestigt war. Ich sagte: »Kaffee für mich?«, damit er wußte, daß ich Englisch konnte. Er sagte: »Das ist Tee.« Ich sagte: »Brauner Tee?« Er sagte: »Englischer Tee ist mit Milch.« Ich suchte nach etwas, das ich noch sagen könnte, damit er nicht wegging. Ich fragte ihn, ob ich seekrank werden würde. Er sagte nein, ich müsse mich hinlegen und gleich einschlafen und in der Früh auf der anderen Seite des Ärmelkanals aufwachen. Dann machte er das Licht aus und sagte: »So, jetzt schlaf schön.«
Als ich allein war, setzte ich mich auf und betete zu Gott, damit er mich vor der Seekrankheit und meine Eltern vor der Verfolgung schütze, und ich legte mich nieder und wachte am Morgen auf der englischen Seite des Ärmelkanals auf; die Fähre hatte schon angelegt. Jahre noch fragte ich mich, ob es zählte, daß ich auf dem Meer gewesen war, weil ich ja nichts mitbekommen hatte.
Den ganzen Vormittag warteten wir auf die Abfertigung. Wir warteten in dem großen, überheizten purpurroten Rauchersalon. Es gab kleine Tische und massive Sessel, die keinen Millimeter nachgaben, sosehr wir auch damit zu reiten versuchten. Zum Frühstück aßen wir, was vom Mit-

gebrachten übrig war. Die vertrockneten belegten Brote mußte ich in den Mistkübel schmeißen, sie hatten sich an den Ecken aufgerollt. Aber als ich auf die Knackwurst stieß, die komisch zu muffeln angefangen hatte, fiel mir meine Großmutter ein, die oft gesagt hatte, wegschmeißen kann man's später auch noch. Und so packte ich die Wurst wieder weg.

Reporter waren an Bord gekommen. Den ganzen Vormittag gingen sie zwischen uns durch und blitzten mit ihren Lichtern und machten Fotos. Ich versuchte, auf mich aufmerksam zu machen. Ich spielte mit meinem Jausensakkerl: Kleines Flüchtlingskind sucht Krümel. Keine Notiz. Ich versuchte nach Heimweh auszuschauen und drehte die Augen zum Plafond, als träumte ich. Keine Reaktion. Ich hüpfte wie ein Kasperl. Ich legte den Kopf auf die Tischplatte und stellte mich schlafend. Ich vergaß sie. Mir war fad. Wir wetzten herum und warteten.

Am späten Vormittag wurde meine Nummer aufgerufen. Ich wurde in einen Raum mit einem langen Tisch gebracht. Dort saß ein halbes Dutzend englischer Damen mit Stapeln von Papieren vor sich. Auf einem Blatt stand mein Name. Sogar mein Foto war daraufgeheftet. Das gefiel mir. Ich genoß es, von einer Dame zur nächsten weitergereicht zu werden. Sie fragten mich aus. Sie lächelten mich lieb an und sagten, ich sei fertig und könne gehen.

Ich stand am Gang und fragte mich, wohin. Die Fähre schien mir wie ausgestorben. Ich ging über ein paar Stiegen hinauf und durch eine Tür und kam auf ein feuchtes Deck ins Freie. Dort war der Himmel riesig und so niedrig, als hinge er in einem feinen Sprühregen bis zum Boden herab. Eine breite Holzplanke reichte von der Fähre zum Kai hinüber. Es war keiner da, um mir zu sagen, was jetzt zu tun war, und so ging ich halt über die Planke.

Ich stand auf dem Land, das England sein mußte. Der Boden unter meinen Füßen fühlte sich ganz normal an und feucht. Ein Arbeiter stapelte Holz. Ich stand und schaute ein bißchen zu. Ich weiß nicht mehr, ob es ein Mann oder eine Frau war, jedenfalls kam jemand und nahm meine Hand und führte mich in eine Baracke, die riesig und so hohl war, daß die paar Kinder, die drüben auf der anderen Seite waren, winzig aussahen und ihre Schritte verschluckt wurden. Ich sollte mein Gepäck suchen. Ich ging durch die Kofferreihen. Sie reichten von einer Wand zur anderen. Es erschien mir äußerst unwahrscheinlich, daß ich meine Sachen finden würde. Bald setzte ich mich auf den nächstbesten Koffer und weinte. Da kam ein Erwachsener und nahm mich bei der Hand und führte mich zu meinen Sachen (wir folgten den Nummern, bis wir zu 152 kamen) und begleitete mich zum Wartesaal. Der Saal war voll mit Kindern und warm. Die Fotografen waren da und machten Aufnahmen. Ich zog meinen Koffer ein Stück von der Wand weg. Ich setzte mich drauf und schaute verträumt. Dabei muß ich eingeschlafen sein.

Es scheint mir, daß ich an dem Tag und in den Wochen, die folgten, aufgeregt und schläfrig zugleich war. Umgebung und Gesichter wechselten. Wir haben immer gewartet. Wir warteten stundenlang am Kai. Es gab einen anderen Zug, einen neuen Bahnhof, andere Bahnsteige, auf denen wir jeweils zu viert hintereinander aufgereiht standen; Fotografen, die Bilder machten. Am Ende des Tages kamen wir in Dovercourt an. Ein Fuhrpark von Doppeldeckerbussen stand bereit, um uns vom Bahnhof zu einem Arbeiterferiencamp zu bringen, wo wir bleiben sollten, während das Komitee Gastfamilien für uns suchte. Ich fing wieder an, mich für meine Umwelt zu interessieren. Einen Doppel-

deckerbus hatte ich noch nie gesehen. Das mußte endlich etwas typisch Englisches sein. Ich weiß noch, daß ich fragte, ob ich oben sitzen dürfe. Ich saß oben und vorne und war die erste, die das Feriencamp durch die fahlgraue Winterdämmerung wie ein nettes Spielzeugdorf mit dem Meer im Hintergrund sah. Ich weiß noch, daß ich mir beim Hineinfahren wünschte, es gäbe wenigstens ein paar Leuchtstrahlen eines Sonnenuntergangs, irgend etwas Dramatisches, das unsere Ankunft markieren sollte.
Die Busse hielten vor einer riesigen Eisen-Glas-Konstruktion, und wir stiegen aus. Drinnen war die Halle hohl wie ein Kopfbahnhof. Wir saßen mit dem Gepäck an langen aufgebockten Tischen, und ein kleiner Mann mit einem großen kahlen Kopf stand vorne auf einer Holzbühne und sprach durch ein Megaphon. Er erklärte, er sei der Leiter des Camps. Er rief uns nach Nummern auf und teilte uns in Vierergruppen ein – jeweils drei kleine Kinder und ein größeres, um auf die kleinen zu schauen. Jede Gruppe bekam ein Cottage zugeteilt, und wir sollten unsere Sachen hinbringen und gleich wieder zum Abendessen zurückkommen.
Das Camp bestand aus ein paar hundert Holzhütten mit jeweils einem einzigen Raum. Alle sahen ganz gleich aus und standen entlang gerader Wege, die rechtwinklig angelegt waren. Rechts hinten konnte man das flache, schwarze Meer sehen, das bis zum Horizont ging, über den wir gekommen waren. Hinter uns lag England.
Unser Cottage hatte kleine Vorhänge vor den Fenstern, die auf die winzige Veranda vor der Haustür schauten. Wir fanden es herzig. Unter Geschrei bestimmten wir, wer wo schlafen sollte. Die Gruppenälteste, ein dünnes Mädchen von vierzehn oder fünfzehn Jahren, hielt sich die Nase zu und fragte, was das für ein greulicher Gestank sei. »Puh!«

sagten die kleinen Mädchen. »So ein grauslicher Gestank. Was ist denn das?«
Ich wußte, daß es meine Wurst war, und bekam Angst. Wie ein Taschendieb, dem der Fluchtweg abgeschnitten wird, mischte ich mich unter die Menge. Ich hielt mir die Nase zu, schaute demonstrativ in jedem Winkel nach und schimpfte auch auf diesen ekligen Blödian, der unser Häuschen so verpestet hatte. Es tat so gut, auf jemanden böse zu sein, daß ich beinahe vergaß, daß ja ich es war, auf die wir schimpften.
»Schluß jetzt!« sagte die Gruppenälteste. »Gehen wir wieder rüber.«
Ich sagte ihr, ich fühlte mich nicht wohl und wolle nichts essen. Ich würde im Cottage bleiben und schlafen gehen. Sobald die anderen bei der Tür draußen waren, holte ich das Papiersackerl aus meinem Rucksack. Ich schaute mich um und suchte nach einem Platz, einem Versteck für eine Wurst, wo man sie nicht riechen würde. Ich dachte, daß ich jeden Moment einen passenden Schlupfwinkel finden würde. Inzwischen wurde mir in dem unbeheizten Häuschen kalt. Ich zog die Schuhe aus und schlüpfte unter die Bettdecke. Ich lehnte meinen Kopf gegen den kleinen kalten Polster. Ich stand wieder auf. Ich wollte einen Brief anfangen, um eine Bürgschaft für meine Eltern zu erbitten, aber statt dessen kniete ich auf dem Bettende und schaute mit aufgestützten Ellbogen beim Fenster hinaus. Richtung Gemeinschaftshalle erstrahlte der Himmel in glühendem Licht. Jetzt wäre ich doch gern bei den anderen gewesen. Ich wollte gerade meine Schuhe wieder anziehen und meine Zimmerkolleginnen suchen, als ich sie auf dem Weg daherkommen hörte und mir meine Wurst wieder einfiel. Was ich jetzt zu brauchen schien, war vor allem Zeit und da waren schon Füße auf den Verandastufen. Die Tür ging

auf. Ich lag zwischen den Bettüchern, atmete schwer und hatte die Knackwurst gerade noch unters Bett bugsieren können.

Die Kinder ließen sie mich nicht mehr vergessen. Die Gruppenälteste, die neben mir schlief, sagte: »Jemand muß ins Bett gemacht haben!« Ich summte eine Melodie, um zu zeigen, daß ich mich in keiner Weise angesprochen fühlte, und eines der kleinen Mädchen fragte mich, ob ich Bauchweh hätte, weil ich so grausliche Laute von mir gab. Die Gruppenälteste kicherte. Schließlich schliefen alle ein.

In der Nacht fiel die Temperatur. An der englischen Ostküste hatte der denkwürdige, bittere Winter des Jahres 1938 angefangen. Bis zum Morgen war das Wasser in unserem Waschbecken zu einem harten Eisblock gefroren. Der Wasserhahn stotterte bloß. Wir konnten uns das Gesicht nicht waschen und gingen reinen Gewissens mit ungeputzten Zähnen zum Frühstück – und hatten unsere Mütter noch nicht einmal betrogen.

Draußen kam der beißend kalte Wind vom Meer her und nahm uns die Luft zum Atmen. Wir trotzten ihm mit eingezogenen Köpfen. Die Gemeinschaftshalle war für den Sommer gedacht. Beim ersten Frühstück schauten wir dem Schnee zu, der zwischen den Glasdachplatten und den Eisenrahmen hereingeschlupft war und in feinpulvrigen Strömen durch die Raumluft fiel. Der Schnee zuckerte uns Kopf und Schultern und blieb kurz auf dem heißen Porridge, den gesalzenen Räucherheringen und dem übrigen falschen, fremden Essen liegen. Ein Gerücht ging um, daß einem Mädchen die Zehen abgefroren wären. Wir waren fasziniert. Es erschien nur richtig, daß das Wetter genauso abnormal wie unsere Umstände sein sollte. (Solange wir im Camp waren, schliefen wir mit Strümpfen

und Fäustlingen und hatten den ganzen Tag Mütze und Mantel an.)
Bei diesem ersten Frühstück kreisten meine Gedanken um die Wurst. Ich mußte sie beseitigen, ohne sie zu beseitigen. Es war schwierig, sich auf das Problem zu konzentrieren. Ich vergaß immer wieder, daran zu denken, doch die ganze Zeit blieb der Flecken, wo die Wurst auf dem Boden an der Wand unter meinem Bett lag, eine wunde Stelle in meinem Bewußtsein, das Kernstück meines schlechten Gewissens.
Ich war nervös und aß hastig. Ich wollte noch vor den anderen zum Cottage zurück, aber als das Frühstück vorbei war, mußten alle sitzen bleiben und aufpassen, was der Campleiter durchs Megaphon zu sagen hatte. Er erklärte die Campregeln: Wir durften nicht zum Strand, wir sollten den Eltern schreiben, wir sollten in der Halle bleiben, weil englische Ladies vom Komitee kommen würden, um Kinder auszusuchen, die bei Familien in verschiedenen Teilen Englands wohnen könnten. Für die Damen würden wir lernen, Hora zu tanzen, sagte er.
Die Tische wurden zur Seite geräumt. Da und dort wurde ein bißchen gesungen. »So, Kinder, tanzen wir«, sagte der Campleiter zu einem kleinen Kreis von Kindern, die er mitten in der Halle versammelt hatte. Er wippte aufmunternd mit den Knien. Seine Augen schweiften durch die Halle. Er trabte von Gruppe zu Gruppe. »Los geht's, alle miteinander! Zeigen wir den Engländern, was wir können!« Niemand rührte sich. Der Campleiter wischte sich den Schweiß von der Stirn. Er zog die Jacke aus und krempelte die Hemdsärmel hoch. Seine Arme waren mit einem Haarpelz bedeckt. Meine Unterstützung hatte er. Ich hätte selbst mitgemacht, aber ich kannte den Tanz nicht, und außerdem wußte ich nicht, ob er mit »alle miteinander« auch mich gemeint hatte.

Ich stellte mich zu ein paar Kindern, die zuschauten, wie Arbeiter zwei zusätzliche Öfen einbauten. Es waren große schwarze Öfen mit dicken schwarzen L-förmigen Rohren, die den Rauch beim Dach hinausführten. Als die Öfen angezündet wurden, machten sie ganz heiße Luftkreise, in denen man stehen konnte und um die wir uns den ganzen Vormittag drängelten, weil sich die Hitze bei der klirrenden Kälte, die überall herrschte, kaum ausbreiten konnte.
Der Campleiter hatte ein paar größere Kinder gefunden, die Hora tanzen konnten. Sie hatten einander die Arme um die Schultern gelegt und tanzten im Reigen. Ich hielt Ausschau nach dem Campleiter und sah ihn bei einer Gruppe von Damen mit Pelzmänteln stehen. Er hatte die Jacke wieder an. Er dienerte vor den Damen herum. Er führte sie durch die Halle. Sie blieben stehen und redeten mit ein paar Kindern. Ich folgte ihnen vorsichtig mit den Augen. Ich würde sie wegen eines Bürgen für meine Eltern und die Zwillinge fragen. Sie bewegten sich auf mich zu. Ich merkte, wie ich rot wurde; es kam mir in den Sinn, daß ich die Wörter vielleicht nicht kannte, die ich sagen mußte. Eine Wolke der Verwirrung nahm mir die Sicht, doch ich wußte es, als sie vor mir standen und wann sie vorbei waren. Ich sah sie in die Küche gehen. Der Campleiter hielt ihnen die Tür auf.
Bevor ich wußte, was ich tat, ging ich schon durch die Halle hinaus in die eisige Kälte und um das Gebäude herum zur Küche. Es hatte aufgehört zu schneien. Eine Tür ging auf, und ein Mann mit einer langen weißen Schürze kam mit einem dampfenden Kübel heraus, den er in die Mülltonne kippte. Er pfiff die Horamelodie. Er winkte mir zu, ging wieder hinein und machte die Tür zu. Die Mülltonne dampfte weiter.
Einen Moment lang wußte ich, was mit meiner Wurst zu

tun war. Die Vorstellung, in eine Mülltonne zu werfen, was meine Mutter extra für mich besorgt hatte, weil ich gelogen hatte, daß ich das wollte, versetzte mir einen derartigen Stich in der Brust, wo ich ja stets mein Herz vermutet hatte, daß ich vor Schreck stillstand. Ich war entsetzt, daß es so weh tun konnte. Auf dem Weg zum Cottage weinte ich vor Schmerz und vor Empörung über den Schmerz. Ich sah mir selbst beim Weinen zu, mit meinem dick wattierten Mantel und den Fäustlingen, die über eine Kordel an meinen Armen entlang und um meinen Nacken miteinander verbunden waren. Und mein Haar war hellbraun und störrisch gekraust. Kein Wunder, daß die Fotografen von mir keine Bilder gemacht hatten. Ich merkte, daß es nicht mehr so weh tat. Ich hatte den Verdacht, daß ich irgendwie nicht richtig weinte und vielleicht nur so tat, und ich hörte auf, bis auf das Schluchzen, das noch eine Weile weiterging.

Als ich zum Cottage kam, ging ich herum und nach hinten. Ich würde meine Wurst vergraben. Ich fand einen Stecken und kratzte die Schneedecke weg, aber drunter war die Erde gefroren und gab kein bißchen nach. Ich kratzte und hackte mit dem Absatz darauf herum. Gefrorene Grasbüschel und steinharte Erdbrocken lösten sich. Ich schaute um mich. Der Wind hatte sich gelegt, die Luft stand eisig still. Und dann sah ich etwas; ich sah, daß mitten aus einem Fleckchen Schnee, das im Sommer ein Blumenbeet hinterm Cottage gewesen sein mußte, ein kahler, hoher Rosenstrauch herausragte, mit einer einzigen signalroten Knospe, die eine Haube aus frischem Schnee wie eine schiefe Kappe aufhatte. Die Wirkung war gewaltig. Damals war ich Symbolistin, und Rosen und diese Zeichen waren genau meine Wellenlänge. Ich war aufgeregt. Das mußte ich in einem Brief an Onkel Hans und Tante

Trude in London beschreiben. Ich würde schreiben, daß die Juden in Österreich wie Rosen aus dem Schnee des Naziwinters herausragten. Daß sie vor Kälte starben. Wie schön das alles zusammenging! Wie traurig, wie wahr! Sie würden sagen: »Und dabei ist sie erst zehn!« Ich rannte ums Cottage und über die Verandastufen hinauf. Ich leerte meinen Rucksack aufs Bett und suchte mit einer Eile, die mit dem Anwachsen und Ausästeln meiner Metapher Schritt hielt, Füllhalter, Papier und die Adressenliste von meinem Vater. Ich hätte am liebsten schon geschrieben. Ich würde schreiben: »Wenn gute Menschen wie ihr die Rosen nicht schnell pflücken, kommen die Nazis und mähen sie ab.« Ich hüpfte auf die Bettkante, und, behindert durch Mantel und Handschuhe und mit eiskalten Ohren, versank ich mit einer Art hitziger Gier in meine Schreibkunst.

Hinter der kalten Fensterscheibe tauchte das schmale Gesicht der Gruppenältesten auf. Sie machte die Tür auf und kam herein. Alle seien schon bei Tisch, sagte sie, und sie sei gekommen, um mich zum Essen zu holen. Ich bemerkte den genervten Ton der Erwachsenen in ihrer Stimme. Ich wollte, daß sie mich mochte. Ich plauderte. Wir gingen nebeneinander zur Halle. Ich erzählte, daß ich Leute in London anschrieb wegen eines Visums für meine Eltern. Ich beobachtete sie aus den Augenwinkeln. Ich wollte wissen, ob sie beeindruckt war. Ihr Gesicht war blau und ihre Augen klein und vom Wind gerötet. Um ihren Mund lag ein Grinsen. Ich konnte nicht sagen, ob das auf die Kälte zurückzuführen war oder ob sie mich auslachte. Ich würde nie mehr ein Wort mit ihr reden.

Zu meiner Überraschung fing sie an. Sie sagte, es heiße, es gebe wieder Verfolgungen in Wien, Juden wäre der Zutritt zu Lebensmittelgeschäften verboten und sie dürf-

ten weder bei Tag noch bei Nacht auf die Straße. Sie würden aus ihren Wohnungen geholt und in Wagenladungen weggebracht. Sie sagte, sie habe Angst wegen ihrer Mutter. Ich sagte, sie solle sich keine Sorgen machen. Es gäbe so viele Juden, sie würden ihre Mutter ziemlich sicher nicht kriegen.
Nach dem Essen machte der Campleiter eine Ansage übers Megaphon. Er sagte, er habe von den Gerüchten über neue Pogrome in Wien gehört, es gebe aber keine offizielle Bestätigung dafür und wir sollten es nicht glauben und uns nicht sorgen. Wir würden nun eine Schweigeminute abhalten und für unsere Lieben zu Hause beten. Es scharrte und knarrte, als wir aufstanden und fünfhundert Sessel weggeschoben wurden, und dann herrschte solch ohrenbetäubende Stille, daß der verängstigte kleine Hund aus der Küche es nicht aushielt und einen langgezogenen Jauler ausstieß. Die Kinder, die mir gegenüber standen, versuchten, ernst zu bleiben, aber das Lachen breitete sich in der Halle aus. Ich spürte, daß mein Gesicht sich verzog und Lachen aus meiner Kehle kam, und erschrak, denn ich wußte, daß meine Fröhlichkeit eine Sünde war, die auf meine Eltern zurückfallen würde, und zwar mit genau jener Katastrophe, die ich durch Beten hätte verhindern sollen.
Ich lieh mir einen Bleistift aus und setzte mich auf eine Bank an der Wand. Ich schrieb einen Brief nach Hause. Es war ein verschlüsselter Brief, damit er durch die Zensur käme. Ich schrieb: »Ich muß Euch ein paar Sachen *fragen,* und Ihr müßt mir *sofort* antworten. Was habt Ihr heute zu Mittag gegessen? Habt Ihr einen netten Morgenspaziergang gehabt? Wohnt Ihr immer noch in derselben Wohnung? Habt Ihr meine *Fragen* verstanden? BITTE SOFORT ANTWORTEN.« Ich hätte den Brief gern jemandem gezeigt,

keinem Kind, sondern einem Erwachsenen, der ihn auch zu schätzen wußte.
Der Campleiter war immer noch auf der Bühne und redete mit ein paar Leuten. Ich ging auf ihn zu und fragte: »Wie lang bitte braucht ein Brief nach Wien?« Er sagte, ungefähr zwei Tage. Ich sagte, ich hätte meinen Eltern geschrieben, um zu erfahren, ob es ihnen gutgehe. Er sagte, das hätte ich gut gemacht. Seine aufmerksamen Augen gingen über meinen Kopf hinweg zu einer neuen Gruppe von Damen in Pelzmänteln, die bei der Tür hereingekommen waren, und obwohl ich wußte, daß er nur darauf wartete, daß ich ihm aus dem Weg ging, damit er zu den Damen konnte, sagte ich noch: »Der Brief ist verschlüsselt.« »Sehr schön«, sagte er. »Einen Augenblick.« Und dann drehte er mich, keineswegs unsanft, weg und ging an mir vorbei. Ich schaute ihm nach, wie er mit großen Schritten davonging und vor den Damen dienerte. Ich dachte: »Der weiß ja nicht einmal, wie ich heiß« und ging weg, aber auf meiner Schulter war noch Stunden danach der Druck von seiner Hand zu spüren.
Ich ging zurück zu meiner Bank an der Wand und saß dort. Draußen senkte sich die Abenddämmerung über das Camp, die an englischen Wintertagen gleich nach Mittag einsetzt, ohne daß man viel merkt. Es schaute kalt aus. Ich saß mit meinen Fäustlingen in den Manteltaschen und versank immer tiefer in meinem Mantel. Mein plagendes Gewissen sagte mir, ich sollte einen Bürgschaftsbrief schreiben gehen; es könnte gerade dieser Brief sein, den ich jetzt nicht schrieb, der meinen Eltern das Leben rettete. Das Licht in der Halle ging an, aber ich blieb sitzen. Ich versuchte, Angst zu kriegen und dadurch munter zu werden, und deshalb stellte ich mir vor, die Nazis wären in unsere Wohnung gekommen, um meinen Vater zu verhaften,

aber ich glaubte es selbst nicht so recht. Ich versuchte mir vorzustellen, wie meine Mutter und mein Vater in einem Wagen davongekarrt wurden, aber es machte mir nicht wirklich was aus. Alarmiert versuchte ich mir vorzustellen, daß sie meine Mutter mitgenommen hätten und daß sie tot wäre. Ich stellte mir vor, daß ich selber tot und unter der Erde läge, aber immer noch war mir alles gleich. Das erste Mal seit Tagen fühlte sich mein Körper in meinem Mantel wohlig warm an, während mein Blick beiläufig auf ein Kind fiel und ihm spielerisch durch die Halle folgte, bis es zu den Horatänzern kam, deren geschickte Tanzschritte ich beobachtete. Die Musik war inzwischen wohlbekannt, und ich summte im Kopf mit.
Eine Dame in Pelzmantel kam auf mich zu und redete mich an. Sie sagte: »Möchtest du nicht mitkommen und mit den anderen Kindern tanzen?« Ich sagte: »Nein«, denn es schien mir nicht möglich, daß ich aufstehen und aus meinem Mantel herauskommen könnte. »Komm«, sagte die Dame. »Komm, tanz mit.« Ich sagte: »Aber ich weiß nicht, wie das geht« und schaute in die Tiefe ihres schwarzen Kleides unter dem offenen Pelzmantel. Ich dachte, wenn sie ein drittes Mal fragt, geh' ich mit. Die Dame sagte: »Das lernst du«, aber immer noch, so schien es mir, hatte sie mich nicht so gefragt, daß ich aufstehen und mitgehen konnte. Also wartete ich darauf, daß sie richtig fragte. Die Dame drehte sich um und ging weg. Ich blieb den ganzen Nachmittag sitzen und wartete, daß sie zurückkäme.
Am Abend gab es ein Unterhaltungsprogramm. Wir saßen in Reihen. Der Campleiter ging auf die Bühne und brachte uns englische Lieder bei: *Ten Green Bottles*, *Rule Britannia* und *Boomps-a-Daisy*. Dann präsentierte er einen Muskelmann. Der Muskelmann schleuderte seinen Umhang weg,

und drunter hatte er nichts an, außer einer kurzen pflaumenfarbenen Satinhose. Er schaute nackt und rosa aus, wie er da so allein auf der Bühne stand, aber er schien die Kälte nicht zu spüren. Er ließ seinen Bizeps für uns spielen. Er konnte sein Zwerchfell links und rechts getrennt flattern lassen und mit den Zehen einzeln nacheinander wackeln. Sein Kopf war klein und wunderbar rund wie eine Walnuß. Danach kam der Campleiter auf die Bühne und bedankte sich. Er sagte, es tue dem Muskelmann leid, daß er nicht Deutsch könne, er sei jedoch extra aus London angereist, um uns zu unterhalten. Der Muskelmann lächelte liebenswürdig, aber mir war klar, daß er nicht einmal wußte, daß ich da war.
Nach dem Unterhaltungsprogramm gab der Campleiter bekannt, daß wir morgen nach dem Frühstück in der Halle bleiben mußten, um den Bürgermeister zu begrüßen, der kommen würde, um uns willkommen zu heißen. Die Feier würde von der BBC übertragen werden. Kinder, die Englisch konnten, sollten aufzeigen. Sie würden dem Bürgermeister vorgestellt werden. Erstaunt über die Gelegenheit, die sich da bot, hob ich die Hand. Ich könnte dem Bürgermeister von der Rose im Schnee erzählen. Ich würde ihn bitten, für meine Eltern zu bürgen. Am Abend im Bett fragte ich die Gruppenälteste, wie man »wachsen« auf Englisch sagt, aber sie wußte es nicht. Sie erzählte uns, daß ein neuer Transport mit jüdischen Kindern aus Deutschland im Camp erwartet wurde. Aus dem, was sie sagte, konnte ich schließen, daß das eine Katastrophe war, weil deutsche Juden wie Deutsche redeten und meinten, daß sie immer alles besser als alle anderen wüßten und daß sie uns im Camp alles vermasseln würden. Ich war überrascht. Zu Hause hatte ich nämlich gelernt, daß es die polnischen Juden waren, die immer dachten, daß sie alles

besser wüßten, und überall aufdringlich und laut waren und den *richtigen,* also österreichischen, Juden alles vermasselten. Ich fragte die Gruppenälteste, wie man »pflükken«, wie zum Beispiel in »Blumen pflücken«, auf englisch sagt, aber sie sagte, woher sollte sie das wissen?
In dieser Nacht quälte mich ein stundenlanger, wacher Alptraum. Je länger ich mein Gespräch mit dem Bürgermeister vorbereitete, desto weniger englische Wörter schien ich zu kennen. Je weniger ich mit ihm sprechen wollte, desto mehr fand ich, daß ich mit ihm sprechen mußte, weil es sonst meine Schuld sein würde, wenn meine Eltern nicht entkommen konnten. Irgendwann muß ich eingeschlafen sein, denn ich schreckte in rasender Panik aus einem Traum auf, in dem eine Menschenmenge meine Wurst gefunden hatte. Nachdem ich mich ein wenig beruhigt hatte, lehnte ich mich im Dunkeln hinaus und tastete unters Bett. Das Papiersackerl war da. Ich zog es heraus und verstaute es heimlich in meinem Rucksack und hatte dabei das Gefühl, man könnte das Rascheln von einem Ende des schlafenden Camps bis zum anderen hören.
Am nächsten Tag standen wir den ganzen Vormittag in Reihen und warteten auf den Bürgermeister. Er schickte eine Nachricht, daß er sich verspäten würde. Die Vorbereitung für das Gespräch hatte ich bereits sausen lassen. Ich dachte, wenn ich dem Bürgermeister erst einmal von Angesicht zu Angesicht gegenüberstünde, würden mir die Wörter schon von der Zunge gehen. Ich verlagerte mein Gewicht abwechselnd von einem Fuß auf den anderen und gähnte. Ich hatte einen Tagtraum: Ich sagte dem Bürgermeister meinen Satz mit der Rose. Er schaute mich voller Staunen an. Er fragte, wie ich heiße. Er lud mich ein, bei ihm zu wohnen.

Irgendwann schaute ich zufällig zur Bühne, und dort standen ein paar Männer beim Campleiter. Sie redeten. Ich fragte mich, ob einer davon der Bürgermeister war. Vielleicht der Grauhaarige mit dem Trenchcoat. Er war verkühlt und schneuzte sich ständig, und jedesmal wenn der Campleiter ihm auf die Schulter klopfte, klopfte er dem Campleiter auf die Schulter. Oder vielleicht der andere, der ein Mikrophon hatte und ein langes Kabel hinter sich herzog. Der Campleiter redete ins Mikrophon, und dann sprach der verkühlte Mann auf englisch. Ich konnte mich nicht darauf konzentrieren, was er sagte. Es gab eine lange Schlange, in der sich viele Kinder anstellten. Ich fragte mich, was sie da machten. Sie konnten nicht die englischsprechenden Kinder sein, die dem Bürgermeister vorgestellt würden, denn dann wäre ich ja dabei gewesen. Ich begriff nicht, worum es ging, und verlor das Interesse. Auf einmal waren die Männer wieder weg, und ich setzte mich auf die Bank an der Wand, und fortan war ich mir nicht mehr so sicher, ob es den Bürgermeister überhaupt gab.

Mein Erinnerungsvermögen scheint nur eine bestimmte Menge an Platz zur Verfügung zu haben. In meinem Gedächtnis kann ich die darauffolgenden Tage nicht auseinanderhalten oder zählen. Es gab Bemühungen, uns dauernd zu beschäftigen. Ich erinnere mich, daß in verschiedenen Winkeln der Halle Englischstunden abgehalten wurden. Ich erinnere mich an einen Zeichenwettbewerb, den ich entweder gewonnen habe oder meiner Meinung nach gewinnen hätte sollen, ich weiß nicht mehr, welches von beidem. Die Horamelodie war sehr populär. Wir summten sie in der Früh beim Anziehen, und die Kinder, die draußen vorbeigingen, pfiffen dazu. Es gab immer irgendeinen Gruppentanz, bei dem man sich in der Halle wärmte. Ich glaube, ich war wahrscheinlich eine

Woche in dem ersten Camp, vielleicht auch ein bißchen länger.
Eines Abends hatte man mich und meine jüngste Zimmerkollegin ins Bett geschickt, und als wir zu unserem Cottage kamen, waren vier große Buben da. Sie beförderten gerade unsere Sachen über das Verandageländer in den Schnee. Das kleine Mädchen und ich schauten zu, mit den Händen auf den Geländersprossen und die Augen auf Höhe der Bubenbeine. Sie hatten lange Wollstutzen und kurze Hosen an, und dazwischen waren ihre Knie, und die waren knorrig. Ich fand sie lieb. Ich bewunderte die ungestüme Art, mit der sie uns ohne viel Federlesen zu verstehen gaben, daß das Cottage jetzt ihres war und wir uns trollen konnten. Dann gingen sie hinein und machten die Tür zu. »Das sind die Deutschen«, sagte das kleine Mädchen und fing zu weinen an, während mir das Herz vor Freude hüpfte, als ich mir die Buben in unseren vier Wänden vorstellte. Ich hatte das Camp liebgewonnen, und die Häuschen voller Buben und Mädchen – die Österreicher, die Deutschen und sogar die Polen –, und ich haßte das kleine Mädchen neben mir, das auf seinem Koffer kauerte und jämmerlich weinte. Sie störte mich dabei, alle zu lieben.
Ich weiß nicht mehr, wie lange wir draußen vor dem Cottage saßen. Schließlich kam jemand vorbei und fand uns auf unseren Koffern im Schnee. Das kleine Mädchen weinte immer noch, aber es hörte sich an, als sei ihm schon fad dabei. Der Passant fragte, was denn los sei, und war ziemlich bestürzt und brachte uns zum Büro, und so kam der ganze Pallawatsch ans Licht. Es war offenbar so, daß wir zu einem Teil des ersten österreichischen Transports gehörten, der am darauffolgenden Tag in ein anderes Camp übersiedelt werden sollte. Die Deut-

schen hatten wirklich alles vermasselt. Das kleine Mädchen und ich verbrachten die Nacht in einem engen Zimmer mit Stockbetten. Wutentbrannt schimpften wir auf die verfluchten Deutschen und schaukelten uns gegenseitig auf. Wir redeten bis spät in die Nacht. Wir erzählten uns alles mögliche und verstanden uns recht gut.

Vom zweiten Camp weiß ich nur noch, daß es gar kein richtiges Feriendorf mehr war, nicht so wie das erste. Das Gemeinschaftsgebäude war aus Backstein. Die Häuschen hatten Gipsmauern statt Holzwände. Alles schien falsch und fremd, und noch bevor das Gefühl der Fremdheit weggehen konnte, zog ich schon wieder weiter.
Eines Abends saß ich bei einem der Öfen und schrieb meinen Eltern einen Brief, als zwei englische Damen auf mich zukamen. Eine hatte einen Block in der Hand und sagte: »Wie wär's mit der da?«, und die andere Dame sagte: »Gut.« Sie lächelten mich an. Sie fragten mich nach meinem Namen und wie alt ich sei, und ich sagte es ihnen. Sie sagten, ich könne sehr gut Englisch. Ich strahlte. Sie fragten, ob ich orthodox sei. Ich sagte ja. Sie waren erfreut. Sie fragten, ob es mir vielleicht gefallen würde, bei einer orthodoxen Familie in Liverpool zu leben? Mit Begeisterung sagte ich ja, und wir strahlten uns alle gegenseitig an. Ich fragte die Damen, ob sie einen Bürgen für meine Eltern finden könnten, und sah, wie sie Blicke wechselten. Eine der Damen tätschelte mir den Kopf und sagte, wir würden sehen. Ich sagte, vielleicht könnten sie auch Bürgen für meine Großeltern und meine Cousinen Erica und Ilse finden, die anders als ich keinen Platz auf dem Kindertransport bekommen hatten. Die Damen lächelten angestrengt. Sie sagten, wir würden noch darüber reden.
Ich schrieb den Brief an meine Eltern fertig und teilte

ihnen mit, ich würde bei dieser netten orthodoxon Familie in Liverpool wohnen und sie sollten mir bitte schreiben, was »orthodox« heiße.

Am nächsten Tag standen in aller Früh Autos bereit, um zwanzig kleine Mädchen zum Bahnhof zu bringen. Den ganzen Tag fuhren wir nordwärts. Den ganzen Tag schneite es. Im Geist schrieb ich einen Bittbrief, über die Büsche draußen, die sich unter der schweren Last des Schneekleids beugten wie alte, bucklige Bauern, aber ich konnte das nicht so gut mit den Juden und den Nazis verbinden. Ich hatte die fixe Idee, daß es immer gerade auf der Seite, wo ich nicht hinausschaute, was zu sehen gab, und so rannte ich zwischen Abteil und Gang hin und her, um hinauszusehen. Nach einer Weile schnalzten die größeren Mädchen genervt mit der Zunge und sagten, ob ich nicht wenigstens eine Minute stillsitzen könne, und ich sagte, ich müsse hinaus, und ging und traute mich nicht mehr zurück. Ich schaute beim Gangfenster raus, bis ich müde wurde, und dann ging ich in die Toilette und sudelte mit der Seife. Als ich fand, daß ich jetzt lange genug weg gewesen sei, ging ich zu meinem Abteil zurück. In der Tür blieb ich wie angenagelt stehen. Mein Rucksack stand auf meinem Platz. Das Papiersackerl lag heraußen und war aufgerissen, und meine beweislastige Wurst war dem Tageslicht ausgesetzt. Sie war unappetitlich, verschrumpelt und an einem Ende angenagt. Das Ding hatte den strengen Fäulnisgeruch schon hinter sich und muffelte nach Schimmel. Die Luft im Abteil war stickig. Eine der englischen Damen stand da und schaute naserümpfend auf meine Wurst. Die sieben Kinder im Abteil saßen und schauten mich an, und ich versank in einem Meer von Scham. Über mir schlugen die Wellen zusammen, und durch das Pochen und Klopfen in meinen Oh-

ren hörte ich eines der kleinen Mädchen sagen: »Und noch nicht einmal koscher.« Die englische Dame sagte: »Du kannst das am nächsten Bahnhof wegschmeißen, wenn wir den Zug wechseln.« Nachdem ich vor den Augen der anderen vor Scham gestorben war, ging ich zu meinem Platz. Ich packte die Wurst ein. Ich nahm den Rucksack vom Sitz und setzte mich hin. Nach einer Weile bemerkte ich, daß mich die anderen nicht mehr anstarrten und daß die englische Dame freundlich lächelte, wenn sie hereinschaute, um zu sehen, wie es uns ging. Ich traute mich trotzdem nicht von meinem Platz weg, obwohl ich inzwischen wirklich dringend auf die Toilette mußte.
Am Bahnhof war ein großer Mistkübel, und da hab' ich meine Wurst hineingeschmissen. Ich stand davor und weinte vor Kummer. Durch die Tränen hindurch sah ich die blöden Kinder herumstehen, und ich hörte, wie eine der englischen Damen sagte: »Komm jetzt. Geht's wieder?« Beide Damen schauten bestürzt und ängstlich. »Wird's wieder?« fragten sie.

3. Kapitel

Liverpool –
Das Haus der Mrs. Levine

Wir kamen am frühen Abend in Liverpool an. Dort warteten Leute vom Komitee mit Autos und brachten uns zu einem großen Haus.
Ich erinnere mich, daß alle Türen offenstanden. In allen Zimmern und Gängen brannte Licht, und überall gingen viele Leute herum. Auf dem Treppenabsatz standen unsere Koffer und Rucksäcke. Ein paar Ladies nahmen unsere Mäntel und Mützen und Handschuhe und legten alles auf die Betten. Jemand fragte, ob ich auf die Toilette gehen wolle, und obwohl ich eigentlich mußte, und zwar schon recht dringend, fragte ich mich, ob ich je wieder zurückfinden würde, und außerdem wußte ich ja nicht einmal, wo sie war. Es erschien mir zu kompliziert. Ich sagte, daß ich nicht müsse.
In einem großen Zimmer war ein langer Tisch, der mit einem weißen Tuch wie für ein Fest gedeckt war. Auf der anderen Seite des Raums brannte ein Feuer in einer quadratischen Öffnung in der Wand. Ich ging hin und stellte mich davor. Ein großer Herr stand da und schaute mir zu. Ich sagte ihm, daß ich noch nie ein Feuer in der Wand gesehen hätte und daß wir in Wien Öfen hätten. Er sagte, ich spräche gut Englisch, und wir plauderten, bis eine Dame

vom Komitee kam und mir meinen Platz zeigte. Es muß der erste Tag des Chanukkafests gewesen sein. Kerzen wurden angezündet. Alle standen und sangen ein Lied, das ich nicht kannte. Dann setzten sich die Kinder rund um den Tisch. Wir bekamen Kuchen und kleine Teller mit buntem Gelee, wie ich es noch nie gesehen hatte: Wenn man mit dem Finger dranstupste, wackelte es noch ein Weilchen.

Eine Dame vom Komitee, die mit einer Namensliste herumging, blieb mit einer anderen Dame hinter mir stehen. Die Komiteedame sagte: »Hier ist ein nettes kleines Mädchen.« Ich wollte möglichst charmant wirken und drehte mich um. Über mir ragte ein riesengroßer, kratziger Pelzmantel. Eine alte Frau schaute mit einem säuerlichen Gesichtsausdruck hinter ihren Augengläsern hervor. Sie machte mir angst. Sie hatte ein kleines, graues, unordentliches Gesicht mit recht viel Brille, Hut und Haar. Ich hatte mir vorgestellt, daß ich zu ganz besonderen, sehr schönen Menschen kommen würde. Ich deutete der Dame mit der Liste, daß ich zu jemand anderem wollte, aber sie bemerkte es nicht. Sie widmete sich der Frau im Pelzmantel, die sagte: »Wie alt ist sie denn? Wir wollen ja eine so um die zehn, nicht wahr, selbständig, aber noch nicht zu alt, um gute Manieren zu lernen.«

Ich sah, wie sie über meinem Kopf miteinander redeten, und dachte die ganze Zeit, ich würde sie verstehen, wenn ich mich nur anstrengte. Aber meine Gedanken wanderten, und als mir wieder einfiel, daß ich zuhören wollte, wußte ich nicht, ob ich jetzt mit dieser Person mitgehen mußte. Ich war nicht einmal mehr sicher, ob sie noch über mich redeten, und deshalb sagte ich vor Verzweiflung ganz laut: »Ich bin nicht zehn. Ich bin *halb elf*. Ich bin fast elf.«

Sie schauten überrascht. Die alte Frau im Pelzmantel grinste mich schüchtern an, und es ging mir besser. Sie fragte, wo meine Sachen waren. Sie nahm mich bei der Hand, und wir fanden meinen Mantel im Schlafzimmer. Ein junger Mann brachte mein Gepäck hinaus auf die Straße zu einem der Wagen, die im Schnee warteten. Er setzte sich auf den Fahrersitz. Die alte Frau schob mich auf den Rücksitz und stieg bei mir ein. Ich weiß noch, daß ich beim Anspringen des Motors in einem Moment der Panik durch die Heckscheibe zurückschaute, ob ich eine der Komiteedamen sehen konnte. Ich fragte mich, ob sie wußten, daß ich von dort weggebracht wurde. Und ob meine Eltern herausfinden würden, wo ich war. Aber ich konnte mich nicht lange ängstigen. Meine Kindheit hatte mich nicht darauf vorbereitet, bei Erwachsenen Gefahr zu vermuten. Ich glaube, ich dachte vielmehr, ich könne ganz gut mit ihnen umgehen, und sobald wir im Auto saßen, erzählte ich dieser alten Frau, wie ich in der Schule Englisch gelernt und außerdem Privatstunden genommen hatte und daß ich im Zeugnis immer lauter Einser gehabt hatte. Im Halbdunkel des Rücksitzes konnte ich nicht erkennen, ob diese stumpfe, in Pelz gewickelte Person neben mir auch richtig beeindruckt war. Ich sagte: »Ich kann eiskunstlaufen und auf den Zehenspitzen tanzen.« Sie sagte was zu dem jungen Mann auf dem Vordersitz, das ich nicht verstand. Ich war zu schläfrig, um mir noch was auf englisch auszudenken. Ich beschloß, alles auf später zu verschieben, und ließ die Augen zufallen.

Jemand stellte mich in die kalte Dunkelheit, und ich zitterte und machte die Augen zu und wollte nur wieder zurück in den Schlaf, aber sie brachten mich über einen Gartenpfad zu einer offenen Tür, aus der Licht kam. Dort

waren Leute. Im Hintergrund konnte ich ein Dienstmädchen mit schwarzem Kleid, weißer Haube und weißer Schürze sehen, das mich über die Köpfe der anderen hinweg anschaute. Wieder zog mir jemand meinen Mantel aus. Auf der anderen Seite eines weiteren offenen Kamins saß ein alter Mann mit Brille. Er zog einen kleinen Schemel unter seinem Sessel heraus und schob ihn vors Feuer, damit ich mich draufsetzen konnte, neben einen großen Schäferhund, der, wie sie mir sagten, Barry hieß. Ein Dienstmädchen in Uniform brachte eine Tasse Tee, der wie der Tee auf der Fähre war, mit Milch drin, und der schmeckte mir überhaupt nicht. Ich sagte, er sei zu heiß zum Trinken und daß ich schlafen gehen wolle, aber sie sagten, vorher müsse ich noch baden, und ein Dienstmädchen wurde gerufen. Das Dienstmädchen hieß Annie, sagten sie. Sie würde mich baden, sagten sie, aber ich genierte mich. Ich sagte, zu Hause hätte ich immer alleine gebadet. Sie brachten mich nach oben in ein Badezimmer und ließen das Bad ein und gingen und machten die Tür zu, und ich war so schläfrig, daß ich dachte, ich würde am besten einfach stehenbleiben und das Bad vortäuschen, aber es erschien mir einfacher, mich ins Wasser zu setzen.
Ich glaube, es war eine der Töchter des Hauses, von denen es mehrere gab, die mich über die Stiege in den nächsten Stock hinaufbrachte. Ich weiß, daß mich eines der Dienstmädchen durchs Stiegengeländer angestarrt hat, und als ich im Bett war, bevor das Licht ausging, dachte ich, daß ich eine weiße Haube im Türrahmen sähe. Das machte fünf Dienstmädchen. Ich war beeindruckt. Wir hatten nie mehr als ein Dienstmädchen auf einmal gehabt. Dann schlief ich wieder ein.
Es gab ein Dienstmädchen bei vollem Tageslicht, als ich aufwachte. Es war einen Schritt ins Zimmer gekommen.

Es schaute mich an und sagte: »Taimtarais.« Ich erwiderte den Blick, ohne den Kopf vom Polster zu heben. Es stand sehr gerade, Fersen aneinander, Fußspitzen nach außen. Die Arme baumelten brav an seiner Seite. Es hatte ein mittelblaues Leinenkleid an, und darüber hing eine weiße Schürze, die so lang war, daß sie über den Saum des Kleids ging. Es war ein großes, starkes Mädchen mit schwarzem Haar und runden, rosigen Wangen. Seine Nasenspitze war unglaublich weit nach oben gebogen.
Ich sagte: »Pardon?«, da ich nicht verstanden hatte, was es gesagt hatte, und wieder sagte es: »It's taimtarais« und ging hinaus.
Ich wußte nicht, ob ich aufstehen sollte. Ich blieb liegen und schaute mich in dem großen, hellen, eiskalten Zimmer um. Jemand hatte meine Sachen heraufgebracht und auf die Kommode gestellt. Sie wirkten in dieser neuen, fremden Umgebung merkwürdig vertraut. Bald stand ich auf und zog mich an. Ich wußte nicht, ob ich hinuntergehen sollte. Ich dachte, es könnte blöd ausschauen, wenn ich bei all den Leuten, die ich nicht kannte, auftauchte, deshalb ging ich mit Schreibblock und Füllhalter. Ich würde hineingehen und sagen: »Ich muß meiner Mutter schreiben«, und sie würden sagen: »So ein braves Kind! Das hat seine Eltern lieb.«
Als ich den Treppenabsatz erreichte, pochte mein Herz. Gegenüber gab es noch eine Tür. Sie stand einen Spalt offen. Ich konnte die Oberfläche einer schönen Frisierkommode sehen, die im eigenen Spiegel reflektiert wurde. Der Rahmen war vollgesteckt mit Fotos, und auf der Tischfläche lagen Kamm und Bürste und ein herzförmiger Nadelpolster. Ich hielt den Atem an. Ich gab der Tür einen leichten Schubs. Ich erspähte ein Stück von einem Bett mit einem grünen Satinüberwurf und wollte noch mehr sehen,

aber die Stille im Haus machte mir angst, und ich wich zurück. Ich fragte mich, wo die vielen Leute waren, und schaute über das Stiegengeländer auf den nächsten Stock hinunter. Ich sah einen grünen Teppich und ein paar Türen, aber die waren zu. Ich glaube, da habe ich mir vorgestellt, daß die fünf Dienstmädchen mit ihren Hauben und Schürzen in diesen Zimmern waren und aufräumten. Ich schlich in den Stock mit dem grünen Teppich und dann über die nächste Stiege ins Parterre hinunter. Ich glaubte, hinter einer der Türen Stimmen zu hören, und versuchte, durchs Milchglas zu schauen. Ich konnte nichts erkennen, aber meine Umrisse müssen sich darauf abgezeichnet haben, denn drinnen sagte eine Stimme: »Komm herein. Du kannst schon hereinkommen.«
Ich trat in eine warme, angenehme Wohnküche mit einem großen Tisch in der Mitte und einem Kamin, in dem ein prasselndes Feuer brannte. Barry, der Hund, lag dort und hatte seine Pfoten auf das Messing gelegt, und eine dicke Frau saß beim Fenster und nähte. Sie sagte: »Komm herein. Setz dich. Annie wird dir das Frühstück bringen.«
Ich sagte: »Ich muß meinen Eltern schreiben, wo ich bin.«
»Ist gut. Aber vorher kannst du noch frühstücken.«
Das Dienstmädchen im blauen Kleid kam herein, mit einem gekochten Ei und Tee und Toast für mich. Es schob mich mit dem Sessel zum Tisch und strich Butter auf meinen Toast. Mir war ganz kläglich zumute, als ich sah, daß es Milch in meinen Tee goß. Ich schaute zu ihm hinauf. Seine Nase hatte einen solchen Aufwärtsschwung, daß ich von dort, wo ich saß, in die schwarzen Höhlen seiner runden kleinen Nasenlöcher hineinsehen konnte. Mir kam vor, daß es mir zuzwinkerte, aber ich war nicht sicher, und ich hielt die Augen auf das Essen auf meinem Teller gerichtet und aß, nicht ohne ab und zu aufzuschauen. Ich

rechnete jeden Moment damit, daß die Türen oben aufgehen und die vielen Leute herauskommen würden. Es war ganz ruhig. Das Feuer knisterte. Die dicke Frau nähte. Der Hund kratzte sich und trommelte mit der Hinterpfote gegen die Messingstange vor dem Kamin. In der Spülküche klapperte das Dienstmädchen mit Pfannen und Töpfen, und als ich mit dem Frühstück fertig war, kam es und trug mein Geschirr davon.

Ich saß am Tisch und war froh, daß ich meinen Brief schreiben konnte. Ich schrieb, daß man uns am Abend zuvor in ein Haus gebracht hatte und daß eine häßliche alte Frau dagewesen war, die mich ausgesucht hatte, und daß ich überhaupt nicht mit ihr gehen hatte wollen. Es sei wie auf einem Sklavenmarkt gewesen. Ich fand das ziemlich geistreich. Ich schrieb: »Die Leute, bei denen ich wohne, sind sehr reich. Sie haben fünf Dienstmädchen. Es gibt eine dicke Frau, die näht. Sie hat gesagt, daß ich sie Auntie Essie nennen soll, aber das tu' ich nicht. Sie schaut überhaupt nicht wie eine Tante aus. Sie ist sehr dick.« Ich fand es lustig und aufregend, meiner Mutter von dieser Person zu schreiben, die zum Greifen nahe neben mir saß. Ich merkte, wie mir das Blut in den Kopf schoß – blitzartig war es mir in den Sinn gekommen, daß sie dieselbe Person war wie die alte Frau im Pelzmantel, und dann eben wieder nicht. Die Frau da trug ein bequemes Baumwollkleid. Sie war ganz anders. Aber auch sie war ein bißchen älter und korpulent und hatte eine Brille. Vielleicht war es dieselbe Person, vielleicht auch nicht. Ich schaute immer wieder verstohlen zu ihr hinüber. Sie hob den Kopf. Schuldbewußt senkte ich meinen schnell wieder über den Brief. Ich schrieb, daß ich die Schokolade gefunden hätte, die meine Mutter für mich ganz unten im Koffer versteckt hatte. Dann schrieb ich, daß ich sie alle lieb hätte, in Blockbuch-

staben, und daß es *sehr* wichtig wäre, daß sie mir schreiben würden, was »Taimtarais« bedeutet.
Als der Brief mit dem Empfänger versehen und zugepickt war, gab mir Mrs. Levine eine Marke und sagte, ich solle Annie suchen, die würde den Brief für mich aufgeben.
Annie war im Salon im vorderen Teil des Hauses und machte gerade Feuer im Kamin. Die Flammen züngelten laut zischend in den Rauchfang hinauf. Ich setzte mich auf den Schemel und schaute zu. Ich wollte weinen. Ich bettete den Kopf in die Hände. Ich stemmte die Ellbogen auf die Knie und ließ das Heimweh über mich kommen wie eine Bettdecke, die man sich über den Kopf zieht. Ich wußte nicht, wann das Dienstmädchen aus dem Zimmer gegangen oder wie die Zeit verstrichen war. Irgendwann kam ich wieder zu mir, in einem fremden Zimmer, nüchtern und emotionslos, als ob die Wirkung einer Droge nachgelassen hätte. Ich schaute neugierig um mich.
Auf der anderen Seite des Kamins saß ein alter Mann. Seine kleinen Augen hinter der dicken Brille blinzelten unentwegt. Er schaute mich durch die Stille des Raums an. Ich wußte sofort, wer er war: Er war der Mann, der am Abend zuvor den Schemel für mich herausgezogen hatte. Es kam mir in den Sinn, daß er die ganze Zeit da gesessen war und mich gütig und geduldig angeschaut hatte, während zwischen uns das Kaminfeuer geknistert hatte. Er winkte mich mit dem Zeigefinger zu sich. Ich stand auf und ging zu ihm. Von der Seite konnte ich sein runzeliges, winziges linkes Auge sehen, und dann durchs Glas noch einmal, vergrößert und gleichzeitig wie aus großer Entfernung, hinter den sieben oder mehr Ringen des dicken Brillenglases. Er kramte ein silbernes Sixpence-Stück aus seiner Geldbörse. Als er mir die Münze gab, legte er den Zeigefinger auf die Lippen und zwinkerte mir zu, um

Stillschweigen anzudeuten. Ich nickte verschwörerisch. Ich mußte lachen – und das machte mir angst. Ich setzte mich schnell hin und wollte mich wieder in meinem Kummer verlieren.
An diesem Tag entwickelte ich eine Methode: Ich fand heraus, daß ich meinen ganzen Kopf auf Kommando mit Tränen füllen und sie bis kurz vors Weinen bringen und dann in meinen Augen aufhalten konnte, so, daß sie weder flossen noch weggingen, wenn ich in mich eingeigelt auf dem niedrigen Schemel vorm Kamin saß und in die Mitte der Flamme starrte, bis meine Augen brannten und mein Brustkorb voll war mit schwerem düsteren Schmerz. Ich merkte zwar, daß sich das Haus gegen Abend wieder mit Leuten füllte und daß sie im Zimmer waren und über mich tuschelten, aber ich drehte mich nicht um, um das empfindliche Gleichgewicht meiner Tränen nicht zu stören.

In dieser ersten Woche muß ich für die Levines eine schwere Prüfung gewesen sein.
»Trink doch eine Tasse Tee«, sagte Mrs. Levine. »Annie, hol ihr eine gute heiße Tasse Tee. Da wirst du dich gleich besser fühlen.«
Ich schüttelte den Kopf. Ich sagte, daß ich Tee nicht mochte.
»Sie mag Tee nicht«, sagte Mrs. Levine. »Gut, wie wär's denn mit einem kleinen Spaziergang. Na? Die frische Luft wird dir guttun.« Sie lächelte mir aufmunternd ins Gesicht. »Möchtest du mit Auntie Essie eine Runde im Park drehen?«
Ich sagte, ich wolle nicht spazierengehen. Es sei kalt, sagte ich.
»Ich weiß, was sie will«, sagte Mrs. Levine und schaute zu Annie auf. »Sie hätte gern jemanden zum Spielen. Ich werd'

diese Mrs. Rosen anrufen, die dieses andere Flüchtlingskind hat. Das laden wir dir zum Spielen ein. Na, wie wär's damit?« sagte sie zu mir. »Das wird dir bestimmt gefallen, wenn ein liebes kleines Mädchen zu dir spielen kommt?«
Ich sagte, nein, mir gefiele es auch so bestens und ich wolle nicht mit anderen Kindern spielen, und ich versuchte, mir etwas Erwachsenes einfallen zu lassen, das ich zu Mrs. Levine sagen könnte, damit sie bei mir bleiben und weiterreden würde. »Wie lang bitte braucht ein Brief von Wien nach England?«
»Zwei, drei Tage«, sagte Mrs. Levine, und das Lächeln auf ihrem Gesicht gefror. Sie seufzte und ächzte, als sie sich von ihren Knien erhob. Sie war zu alt und zu dick, um sich mit mir zu unterhalten, wenn ich nicht unter dem Eßzimmertisch herauskommen wollte. »Das ist jetzt das dritte Mal seit dem Frühstück, daß sie mich das fragt«, sagte Mrs. Levine und schaute mich aus der Entfernung ihrer vollen Größe an. Ich glaube, es jagte ihr Angst ein, daß das Flüchtlingskind, das sie in ihrem Haus aufgenommen hatte, um es vor der Verfolgung zu retten, zurückredete und sie aus melancholischen, prüfenden Augen anschaute; ich fing den Blick auf, den sie Annie über meinen Kopf hinweg zuwarf, während sie die Handflächen nach oben kehrte und den rechten Mundwinkel nach unten verzog.

Am Nachmittag des darauffolgenden Tages stand ich beim Fenster und sah die dünne, knochige große Frau, die ein dickes kleines Kind über den Gartenpfad zur Haustür brachte. Das kleine Mädchen hatte rotes Haar und eine weiße Kaninchenwollkappe, die unterm Kinn zugebunden war. Es trug eine rote Lackledertasche.
Mrs. Levine ging ins Vorzimmer, um sie hereinzulassen, und ich ging bis zur Salontür und schaute gespannt. Das

Kind stand wie gelähmt; es ließ sich aus dem dicken Mäntelchen schälen und nahm die Tasche in die rechte Hand, während ihm der linke Ärmel des Mantels und der Handschuh ausgezogen wurden, und dann zurück in die linke, um den rechten Handschuh runterzukriegen.
Dann rief Mrs. Levine nach mir, damit ich meinen Besuch zum Spielen ins Eßzimmer brachte und Annie uns unseren Tee servieren konnte.
Das kleine Mädchen stand mit der Tasche in der Hand vor dem Kaminfeuer und starrte geradeaus. Es war ein äußerst unscheinbares Kind, und ich wußte, daß ich bei ihm anschaffen konnte. Ich fing an mit diesem Austausch von wesentlichen Informationen, die im späteren Leben hinter unseren ersten Höflichkeitsfloskeln stecken.
»Wie heißt du?« fragte ich.
»Helene Rubicek.« Sie fragte mich nicht nach meinem Namen, also sagte ich ihn ihr und fragte, wie alt sie sei.
»Sieben.«
Ich sagte, ich sei zehn. Ich erzählte ihr, daß mein Vater bei einer Bank sei, und fragte, was ihrer mache. Sie sagte, ihr Vater habe eine Zeitung gehabt, aber jetzt arbeite er nichts mehr. Ich sagte, meiner arbeite auch nicht mehr bei der Bank, und weil es so leicht war, das erste Mal seit einer Woche wieder etwas auf deutsch zu sagen, redete ich weiter und erzählte von meiner Mutter, die Klavier spielte, und von meinen Großeltern, die ein Haus hatten. Ich sagte: »Ich kenn' ein Spiel. Raten wir, wer von unseren Eltern als erstes kommt, deine oder meine.«
»Meine kommen nächsten Monat«, sagte sie.
»Ich wette, meine kommen vor deinen«, sagte ich, und dann fragte ich, was sie in ihrer Tasche hätte, aber Helene legte den Kopf auf die Seite, so daß ihre Wange wie ein praller Sack auf ihrer Schulter lag, und antwortete nicht.

»Macht nichts«, sagte ich, »spielen wir was«, weil mir das Spiel einfiel, das ich mit Erwin gespielt hatte, und es jetzt spielen wollte. »Spielen wir Vater-Mutter-Kind. Möchtest du?«
»Ja«, sagte Helene.
»Fein«, sagte ich, »ich weiß, wo wir das spielen können.« Ich nahm sie bei der Hand und führte sie zum Eßtisch, der in der Mitte des Zimmers stand. Ich schickte sie unter den Tisch und kroch hinterher. Wir hockten beieinander. »Jetzt können sie uns nicht mehr sehen«, sagte ich und schaute mich erfreut in unserer feinen kleinen Welt unter dem Tischdach um, die von einem Sesselbeinzaun umgeben war. »Jetzt machen wir's uns richtig bequem«, sagte ich. »Hast du's bequem?«
»Ja«, sagte Helene.
»Gut, dann spielen wir. Ich bin die Mutter. Du bist das Kind. Du mußt weinen, und dann mach' ich, daß es dir wieder gutgeht. Leg die Tasche weg, damit du's bequem hast.« Helene neigte den Kopf zur Seite und schaute geradeaus.
»Schon gut«, sagte ich, »mach«, und in meiner Aufregung wippte ich auf und ab, weil ich ganz genau wußte, was ich wollte, daß sie tat, damit ich tun konnte, was ich wollte. »Jetzt wein doch!« Aber Helene saß und wurde mit jedem Moment dicker und stumpfer. Ich glaubte, es hätte damit zu tun, daß sie es mit der Tasche in der Hand nicht richtig bequem hatte, und sagte: »Stell sie doch da drüben hin.« Helene sagte: »Nein.«
»Du kriegst sie ja wieder zurück, wenn wir fertig sind. Bitte«, schmeichelte ich. »Ich nehm' sie für dich, komm schon«, und ich streckte die Hand aus, um sie ihr wegzunehmen, aber Helene hatte ihre Tasche mit überraschender Kraft gepackt. »Komm schon«, sagte ich und zerrte

daran: »Bitte!« Aber als ich ihr ins Gesicht schaute, sah ich, daß es sich auflöste, es war nicht wiederzuerkennen und komplett rot. Die Wangen schwollen über die Augen. Ich wußte, was los war. Helene weinte wirklich. Wo sie ihren Mund gehabt hatte, war jetzt ein rundes schwarzes Loch, aus dem entsetzliches Gebrüll kam.
Die Tür ging auf, und Mrs. Levine und Mrs. Rosen kamen angerannt. Ich kroch unter dem Tisch hervor und beteuerte, ich hätte ja bloß gewollt, daß Helene es bequem hatte. Mrs. Rosen griff unter den Tisch und erwischte Helenes Handgelenk. Sie zerrte den Rest von ihr heraus, eine kleine, dicke, zusammengekrampfte Kugel, die eintönig schrie. »Komm«, sagte sie dauernd, »hör doch auf zu weinen, hörst du? So hör schon auf.«
Mrs. Levine sagte zu mir: »Warum willst du denn streiten mit dem kleinen Mädchen, wenn es dich besuchen kommt? Du mußt doch eine kleine Gastgeberin sein, nicht wahr?«
»Aber ich hab' eh ›bitte‹ gesagt«, erklärte ich, als Mrs. Rosen über meinem Kopf zu Mrs. Levine sagte: »Das hat sie noch nie gemacht. Um Gottes willen, so hör doch auf, hörst du? Daheim kriegt sie den Mund nicht auf. Sie ist mir nicht ganz geheuer. Ich hab' zu meinem Mann gesagt, wenn ihre Eltern nicht in einem Monat kommen würden, ich wüßte nicht, was ich mit ihr machen soll, sie macht mich ganz nervös. Mein Mann lacht mich aus. Er sagt, die wird schon wieder. Er hat sich immer Kinder gewünscht. Am Abend kommt er nach Haus und bringt ihr Spielzeug mit oder die Tasche da, und er macht Witze und lacht, aber ich bin schließlich diejenige, die den ganzen Tag mit ihr allein ist, und alles, was sie macht, ist herumstehen, und ich weiß nicht, was sie will, oder ob sie versteht, was ich zu ihr sag', und das macht mich so nervös.« Fasziniert beob-

achtete ich, wie Mrs. Rosens linke Wange scheinbar unabhängig von der restlichen Mrs. Rosen auf und ab hüpfte. Jetzt hatte Mrs. Levine angefangen, über mich zu reden, und ich hörte mit der hungrigen Aufmerksamkeit zu, mit der man Gespräche verfolgt, bei denen es um einen selbst geht. »Die da hat immer was zu sagen«, sagte Mrs. Levine, »nicht wahr?« Und sie tätschelte meinen Kopf. »Wenn ich zu ihr sag', sie soll doch unter dem Tisch herauskommen und mit uns Spaß haben, sagt sie, da drunten hat sie mehr Spaß. Sie hat auf alles eine Antwort.« Mrs. Levine beugte sich zur kleinen Helene hinunter, deren Gebrüll erschöpft und mechanisch klang. »Jetzt trinken wir eine gute Tasse Tee, hm? Und essen Kuchen. Geh und ruf Annie«, sagte sie zu mir.
Annie kam mit dem Tablett und legte das Tischtuch auf, sie goß den Tee ein und machte Helenes Teller randvoll mit Kuchen, während ich gequält und ungeduldig zuschaute. Ich brannte darauf, wieder unter den Tisch zu kriechen, getrieben von dem klaren und glühenden Wunsch, Helene neben mir zu haben und in unserem Spielzeughaus eine Gemütlichkeitsorgie zu feiern, aber Helene stopfte sich gemächlich den Kragen voll. Ihre Tasche lag neben ihrem Teller. Als sie fertiggegessen hatte, gab Annie ihr noch ein Stück Kuchen, und dann kam Mrs. Rosen und brachte Helenes Mantel und sagte, es sei Zeit zu gehen.
»Sag auf Wiedersehen zu dem kleinen Mädchen«, sagte Mrs. Levine an der Haustür.
»Wiedersehn«, sagte ich, und dann rief ich ihr nach: »Kommst du wieder?«, aber Mrs. Rosen führte sie den Gartenpfad hinunter, als wäre es etwas Zerbrechliches und zugleich nicht sehr Appetitliches, was sie da an der Hand hatte, und Helene hat sich nicht umgedreht.
Ich fragte Mrs. Levine, ob Helene wiederkommen dürfe,

und sie sagte: »Komisches kleines Ding, zuerst brichst du einen Streit vom Zaun und dann willst du, daß sie wiederkommt!« Aber sie sagte, Helene dürfe wiederkommen. Ich fragte, wann. Mrs. Levine sagte, nächsten Samstag vielleicht.

Dann passierte es. Es fing heiß an zwischen meinen Beinen, triefte über meine Strümpfe hinunter, und da wußte ich, daß ich mich naß gemacht hatte. Ich sah, wie Mrs. Levine auf meine Füße schaute, wo ein nasser Fleck auf dem Vorzimmerteppich entstand, aber ich dachte noch: »Vielleicht schaut sie ja gar nicht zu mir. Vielleicht schaut sie dem Hund zu, der an der Haustür scharrt.« Ich sagte: »Schau'n Sie, der Barry an der Haustür. Der weiß, daß jemand kommt.«

Mrs. Levine zog einen Mundwinkel hoch. Sie sagte: »Lauf jetzt lieber hinauf ins Bad. Annie! Kommen Sie doch einmal mit einem Wischtuch«, und als ich über die Stiegen hinaufging, hörte ich sie etwas zu ihrer Tochter Sarah sagen, die gerade bei der Tür hereinkam, das ich in dem Moment nicht verstand, aber der genaue Wortlaut blieb mir im Gedächtnis, und als ich an dem Abend in meinem Zimmer war und im Bett lag, wußte ich, daß sie gesagt hatte: »Ich hab' dir ja gesagt, daß die da drüben die Kinder nicht so erziehen, wie wir hier in England«, und Sarah hatte gesagt: »Ach Ma, was weißt du schon davon, was die ›da drüben‹ machen. Oder wie man Kinder erzieht!«

Ich hatte meine eigene Erklärung dafür. Mrs. Levine hatte es wohl nicht verstanden, daß ich immer lauter Einser gehabt hatte. Ich mußte ihr sagen, daß ich immer Klassenbeste gewesen war. Ich würde ihr die Sache mit dem Sklavenmarkt erzählen. Ich würde gleich am nächsten Tag meinem Vater schreiben und ihn fragen, wie man das auf englisch sagt. Ich lag im Bett und dachte mir kluge Sachen aus, die ich zu Mrs. Levine sagen könnte. Ich stellte mir sentimentale Situationen vor, in denen ich sie Auntie Essie nennen würde, aber als ich am nächsten Tag in der Früh nach unten kam, saß Mrs. Levine mit dem Kopf über ihrer Näharbeit, und ich fand, daß ich »Auntie Essie« nicht sagen konnte; bei Tag und von Angesicht zu Angesicht klang es blöd. Aber Mrs. Levine konnte ich sie auch nicht nennen, weil sie ja gesagt hatte, ich solle »Auntie Essie« sagen. Ich schaute und wartete darauf, daß sie von ihrer Arbeit aufblickte, damit ich sie anreden konnte, und die arme Mrs. Levine, die zufällig aufschaute, weil sie im Feuer stochern wollte, erschrak, als sie merkte, daß sie unter Beobachtung stand. »Was starrst du mich so an, um Himmels willen!« schrie sie. Sie fing sich zwar sofort wieder, blieb aber gereizt. »Warum liest du nicht ein Buch oder gehst ein bißchen spazieren? Geh mit ihr in den Park«, sagte sie zu Annie, die eine Art hatte, immer dann auf der Bildfläche zu erscheinen, wenn was los war. »Komm schon«, sagte sie ziemlich verzweifelt zu mir, »wein' doch nicht, ich wollte dich doch nicht anschreien. Na komm schon, hörst du?«

Es kam mir in den Sinn zu sagen: »In Wien dürfen Juden nicht in den Park.«
Die Wirkung war unmittelbar und hinreißend. Mrs. Levine beugte sich herab und nahm mich in ihre Arme, aber ich hatte bereits gesehen, daß ihr Gesicht rot anlief und ihre Augen sich mit Tränen füllten, und ich wußte, daß sie für mich waren. Ich war enorm beeindruckt. Ich blieb hölzern an ihrer fremden und massiven Brust. Ich wurde unruhig unter ihrer Umarmung und befreite mich langsam und höflich. Ich sagte, ich müsse gehen und meinem Vater schreiben, um ihn etwas zu fragen.

Aber den ganzen Tag lang war ich bekümmert, weil Mrs. Levine mich in die Arme genommen hatte und ich das nicht gewollt hatte. Ich versuchte, mir Sachen auf englisch einfallen zu lassen, damit ich mich mit ihr ohne direkte Anrede unterhalten konnte, aber mir fiel nie was ein, wenn ich es brauchte. Und jetzt getraute ich mich nicht mehr, sie anzuschauen, falls sich unsere Blicke trafen, weil sie dann denken könnte, daß ich sie anstarrte. Meine Nervosität in ihrer Nähe stieg, bis ich schließlich am Abend immer aufstehen und aus dem Zimmer gehen mußte, wenn Mrs. Levine hereinkam. Ich bin mir sicher, daß ich ihr weh getan habe. »Gut«, sagte sie. »Du gehst jetzt besser hinauf ins Bett«, und genau in dem Moment habe ich mich noch einmal naß gemacht.

Ich betete damals zu Gott, daß er es nicht mehr geschehen lassen sollte. Ich weiß noch, daß ich Pakte mit dem Schicksal schloß. Ich sagte: »Wenn ich's den ganzen Weg hinauf bis zu meiner Tür schaff', ohne die Augen aufzumachen, mach' ich nicht mehr in die Hose«, aber als die Tage ins Land zogen, passierte es immer öfter.
Inzwischen erhielt ich am Samstag den ersten Brief von meinen Eltern. Er war an das Dovercourt Camp adressiert, wurde dann an das andere Camp weitergeleitet und gelangte über das Flüchtlingskomitee von Liverpool zu mir.
Als Helene am Samstag nachmittag kam, konnte ich es kaum erwarten, sie ins Eßzimmer zu führen und die Tür zuzumachen. Ich sagte: »Ich weiß ein Spiel. Komm unter den Tisch.«
Helene sagte: »Nein.«
»Gut. Wir können es auch heraußen spielen. Es ist ein Ratespiel. Du mußt erraten, in wie vielen Tagen du einen

Brief von deinen Eltern bekommst. Zuerst rätst du und dann ich, und wer zu früh gesagt hat, verliert. Also, du zuerst.«
Helene schaute geradeaus. »Komm schon«, sagte ich, »rat doch, in wie vielen Tagen?«
Helene sagte: »Drei.«
»Gut«, sagte ich, »du sagst also drei Tage. Jetzt bin ich dran, ich muß überlegen.« Ich rechnete mir aus, daß der Brief, den ich in der Früh zum nächsten Briefkasten gebracht hatte, zwei, drei Tage nach Wien brauchte, ich nahm vier, um sicherzugehen, und sie würden am nächsten Tag antworten oder am übernächsten, also noch einmal vier Tage, ergab acht, und dann noch einmal vier Tage für den Rückweg, zwölf, zwei Tage dazu, um ganz sicher zu sein, macht vierzehn. »Ich sag' vierzehn Tage. Komm, jetzt gehen wir unter den Tisch.« Aber Helene wollte nicht und weinte, und Mrs. Levine kam angerannt und schimpfte mit mir, und Annie brachte uns Tee, und nachher brachte Mrs. Rosen Helene nach Hause. Doch am darauffolgenden Montag wurden die zwanzig Flüchtlingskinder, die auf verschiedene Familien in Liverpool aufgeteilt waren, in die jüdische Tagesschule geschickt, und von da an sah ich Helene jeden Tag. Am Donnerstag kam ich voller Stolz hin. Ich sagte, daß ich einen Brief bekommen hätte, das waren fünf Tage, und ich hatte ja vierzehn geraten, also hätte ich um neun Tage gewonnen.

Am nächsten Tag in der Pause im Schulhof sagte Helene, sie hätte auch gewonnen, weil sie auch einen Brief bekommen hatte. »Du hast aber nicht gewonnen«, sagte ich. »Ich hab' gewonnen. Weil du drei Tage gesagt hast, und dein Brief hat sechs Tage gebraucht, also hast du um drei Tage verloren, verstehst du?« Helene verstand es nicht. Sie

schaute geradeaus. »Spielen wir noch einmal«, sagte ich. »Ich hab' heute einen Brief weggeschickt, und jetzt muß ich überlegen.« Diesmal rechnete ich so großzügig, daß ich einundzwanzig Tage schätzte. »Einundzwanzig Tage«, sagte ich vergnügt. »Jetzt du. Rate.«
»Zwei Tage«, sagte Helene. Während all der Wochen, in denen wir unser Spiel spielten, hat sie es nicht durchschaut.
In der Zwischenzeit hatte sich etwas Erfreuliches ergeben. Ich hatte meinen Eltern von meiner Freundin Helene Rubicek geschrieben, und daß ihre Eltern nach England kommen würden. Meine Eltern kannten den Journalisten Anton Rubicek vom Namen her. Sie nahmen Kontakt mit ihm auf und regelten alles, um mir ein Geschenk, möglicherweise eine Schachtel mit Süßigkeiten, jedenfalls ein Überraschungspaket mitzuschicken. Noch aufregender war, daß meine Eltern Helenes Eltern am Samstag nachmittag besuchen würden, und zwar genau zu der Zeit, wenn Helene mich besuchen kam. Das faszinierte mich. Ich wollte, daß Helene mir das Zimmer beschrieb, in dem sie Kaffee trinken würden, damit ich eine Vorstellung hatte, wie es eingerichtet war und mir besser ausmalen konnte, wie sie dort saßen, aber Helene war leider nicht sehr begabt, anderen Leuten irgendwelche Vorstellungen zu vermitteln, und so machte ich mir mein eigenes Bild. Der nächste Brief von zu Hause zerstörte dieses Bild. Offenbar sind meine Eltern gar nicht in dem Zimmer gesessen. Die Erklärung dafür stand in einer separaten Mitteilung, die in einem verschlossenen Umschlag beigelegt und an Mrs. Levine adressiert war, die sie dann ihren Töchtern vorgelesen hat. Sie waren sehr erregt, und dann rief Mrs. Levine Mrs. Rosen an, und sie redeten sehr lange. Ich hatte ein neues Bild: Diesmal standen meine Eltern vor der Wohnung von Hele-

nes Eltern, die verschlossen und behördlich versiegelt war. Die Nachbarn sagten, die Rubiceks seien an dem Tag in der Früh abgeholt worden.

Das beunruhigte mich zutiefst. Ich stellte mir immer wieder vor, was meine Eltern gerade machten und wo sie gerade waren, wenn ich an sie dachte, und dann versuchte ich mir vorzustellen, daß sie in Wirklichkeit ganz woanders waren und etwas völlig anderes taten. Davon wurde mir schwindlig, und ich ging zu Mrs. Levine und sagte ihr, mir sei schlecht. Sie gab mir ein Medikament und ich erbrach, und danach ging es mir besser. Ich setzte mich hin und schrieb einen Brief nach Hause.

Ich gab ihn am nächsten Tag auf dem Weg zur Schule auf. In der Pause sah ich Helene und sagte: »Diesmal sag' ich dreißig Tage.«

Helene sagte: »Ich spiel' nicht mehr mit.«

»Tust du doch«, sagte ich entsetzt, weil ich mir die Wochen, die vor uns lagen, nicht vorstellen konnte, ohne sie in kleine Zeiträume aufzuteilen, bis zu deren Ende ich sehen konnte, mit einem Brief, auf den ich wartete, wie auf das Schokoladestück, das meine Mutter immer in die Mitte des Tellers unter einen Berg von Milchreis gegeben hatte. »Warum willst du nicht spielen?« sagte ich schnell, weil Helene die Wange auf die Schulter legte. »Ich zeig' dir, wie du gewinnen kannst. Rat einfach zwanzig Tage, und dann erwartest du gar keinen Brief, und plötzlich kommt die Überraschung, verstehst du?«

Aber Helene sagte: »Ich krieg' keine Briefe mehr.«

»Vielleicht doch«, sagte ich, aber ich wußte, daß Helene stur bleiben würde und mit ihr nichts mehr zu machen war.

Ich hatte damit angefangen, zu Hause nach der Schule meine Autobiographie zu schreiben, um die Engländer, wie ich es meinem Vater versprochen hatte, wissen zu lassen, was wir unter Hitler mitgemacht hatten. Aber als ich es niederschrieb, merkte ich, daß es ein bißchen platt war. Die Ereignisse mußten herausgestrichen, vertieft und verfinstert werden. Mit Gusto beschrieb ich die »Nacht des Schreckens«, als Schuschnigg abdankte, erwähnte aber nicht, wie unpassend und frech meine Mutter zu Tante Trude gewesen war. Ich schrieb, wie am nächsten Morgen die roten Fahnen wie böse Gespenster im Wind wehten und ich innehielt und mir die Hände vor Schreck vor die Augen hielt, weil ich bereits eine vage Vorstellung vom Charme der lieblichen Deutschen hatte. (Ich hatte meine Mutter von den »lieblichen Deutschen« reden gehört.) Ich schrieb: »Die Sonne schien am wolkenlosen Himmelsblau. Waren wir es, für die sie strahlte, oder war es der Feind? Oder galt sie den glücklichen Menschen in fernen Landen, die uns gewiß zu Hilfe eilen würden?« Ich zeigte es Sarah.

Sarah muß damals fünfzehn Jahre alt gewesen sein. Sie war die Elizabeth Bennet der Levines: mit Abstand die intelligenteste, geistreichste und phantasievollste in der Familie. Sie ärgerte sich ständig über die anderen und setzte sie unter Druck: ihren Vater, damit er sich durchsetzte; ihre Mutter, damit sie sich besser informierte; ihre Schwestern, damit sie mehr Bewußtsein und Eleganz entwickelten. Für mich war sie der Prüfstein für alles Englische. Mein Buch wurde unser gemeinsames Projekt. Sie ermunterte mich, es fertigzuschreiben, und wollte mir helfen, es zu übersetzen und herauszubringen. Gemeinsam würden wir Hitler der Welt ausliefern.

Am Abend im Bett träumte ich von Sarah, aber untertags suchte ich den bequemen Schutz von Annies Küche. Ich schaute ihr gerne zu, wenn sie geschäftig herumtrippelte, wie die gute Schwester in dem Märchen im Kindertheater, zu dem mich mein Vater mitgenommen hatte. Sie sah so sauber aus in ihrem langen Leinenkleid und mit ihrer Schürze. Ihre Augenlider waren bescheiden nach unten geschlagen, aber ihre runden kleinen Nasenlöcher glotzten ungeniert. Es gab ein Spiel, das ich spielte: Ich blieb ihr auf den Fersen und versuchte Blickwinkel zu finden, von denen aus ich tief in Annies Nase schauen konnte.

Annie verlangte nie, daß ich meinen ungustiösen Milchtee austrank oder daß ich den Kopf nicht hängen lassen oder sonstwas *tun* sollte, wie Mrs. Levine. Sie tadelte nie meine Wiener Tischmanieren oder korrigierte mich, wenn ich ein deutsches Wort verwendete statt eines englischen, das ich nicht kannte, wie Sarah. Meistens hörte mir Annie nicht gerade aufmerksam zu, und das machte mich gewissermaßen unbeschwert, wenn ich mit ihr redete.

Ich sagte zum Beispiel: »Annie, mögen Sie Mrs. Levine?«
Und Annie sagte: »Ja, Mrs. Levine ist eine sehr nette Lady.«
Ich sagte: »Ich mag sie. Am Anfang hab' ich sie nicht mögen, aber jetzt schon.« Und ich besprach mit Annie, welchen Eindruck ich von den Töchtern des Hauses hatte, und fragte Annie, wer für sie die hübscheste war. Ich sagte, ich fände Sarah schön. Ich mochte sie am liebsten; die anderen verwirrten mich immer noch. Ich wußte, daß sie sechs waren. Ich brauchte Wochen, bis ich heraußen hatte, welche von ihnen in welchem der Zimmer im zweiten Stock wohnte und welche verheiratet waren und nur zu Besuch kamen. Ich getraute mich nicht, mit einer von ihnen zu sprechen, weil ihre Gesichter und Namen so ähnlich waren. Dann sagte ich: »Und Uncle Reuben, der ist nett« und war überrascht, daß er mir eingefallen war, wie ich jedesmal überrascht war, wenn ich in ein Zimmer kam und ihn dort sah. Dieses Haus voller Frauen vergaß gern,

daß es Uncle Reuben gab, außer zu den Mahlzeiten, bei denen sie ihn fütterten, oder zeitweise, wenn seine Augen wieder einmal schlecht waren, und sie ihn bemutterten. Aber wenn ich mich daran erinnerte, daß es ihn gab, hatte ich ihn gern. »Er ist gut zu mir«, sagte ich. »Er gibt mir jeden Sonntag eine Sixpence-Münze. Ich mag ihn sehr gern.«
Annie sagte, ja, Mr. Levine sei ein sehr netter Mann. Ich besprach mich gern mit Annie, und wenn Annie mir zuzwinkerte und mich zum Lachen brachte und ich mich naß machte, sagte ich schamlos und beinahe unbekümmert: »Annie, schau'n Sie doch, was der blöde Barry getan hat.«
Annie sagte dann: »Dieser Hund, der wird auch immer schlimmer« und nahm ein Tuch und wischte die Lacke auf.
Einmal muß der Hund sich die Blase verkühlt haben, weil er wirklich ein Lackerl gemacht hatte. Ich schaute ihm dabei zu und freute mich so, daß ich rief: »He, Annie, raten Sie, was passiert ist? Der Hund hat Lackerl gemacht. Schau'n Sie doch hinters Sofa im Wohnzimmer.«
Annie sagte: »Miss Sarah, schon wieder dieser Hund. Ich hab's Ihnen gesagt, es wird immer schlimmer mit ihm.«
Sarah sagte: »Barry, komm sofort her.« Sie packte ihn am Kragen und sagte: »Lore, hat Barry das Lackerl gemacht?« und schaute mir direkt in die Augen.
»Ja, dort hinterm Sofa, da kommt sonst ja überhaupt niemand hin außer dem Hund«, sagte ich im Brustton tiefster Überzeugung, denn es war ja die Wahrheit.
»Na, wenn das so ist«, sagte Sarah, »meinst du nicht, daß wir ihm beibringen müssen, daß er das nicht darf? Er ist jetzt schon lang genug bei uns, meinst du nicht auch, Lore? Vielleicht müssen wir ihn bestrafen. Gib mir seine Leine.«

Ich schaute ihr zu, wie sie den Hund haute, nicht sehr fest oder lang, aber er streckte die Vorderpfoten aus und den Kopf in die Höhe und jaulte dreimal auf, bevor er in die Küche flüchtete.

Später hörte ich Besucher im Wohnzimmer. Ich wußte nicht, ob ich reindurfte. Barry war allein in der Küche, und dort wollte ich nicht hin, also ging ich nach oben und suchte Annie.

Im Gang mit dem grünen Teppich war niemand. Alle Türen waren zu. Ich horchte und dachte an die fünf Dienstmädchen mit ihren Hauben und Schürzen. Ich hatte keine von ihnen ein zweites Mal gesehen, aber auch nicht aufgehört, jeden Moment mit ihnen zu rechnen. (Irgendwann muß es mir in den Sinn gekommen sein, daß es keine anderen Dienstmädchen außer meiner lieben Annie gegeben hat, aber ich hatte mich an das Rätselhafte gewöhnt. Erst jetzt, wenn ich das schreibe, wird mir klar, daß Annie mit ihrer Neugier das Flüchtlingskind am ersten Abend fünfmal gemustert hat; erst jetzt verschmilzt Auntie Essie endgültig mit der häßlichen Alten im Pelz; jetzt verstehe ich auch »Taimtarais«, was Annie jeden Tag in der Früh sagte, wenn sie mich wecken kam, und was mein Vater in keinem Wörterbuch gefunden hat.)

Vor meinem Zimmer im obersten Stock lehnten Annies Kehrschaufel und der Besen. Annie war drinnen, aber sie räumte nicht auf. Sie stand vor meiner Frisierkommode und aß meine Schokolade. Ich hörte es rascheln, als sie mit dem Finger in der Schachtel mit den Süßigkeiten herumstocherte, die meine Mutter für mich im Koffer versteckt hatte, ich sah es mit eigenen Augen, wie sie sich ein Stück Schokolade stibitzte und in den Mund steckte. Ich getraute mich nicht zu atmen, falls Annie sich umdrehen sollte, weil sie dann wissen würde, daß ich sie gesehen hatte.

Mein Herz pochte, und ich wich zurück. Ich wußte nicht, wie ich ihr jemals wieder ins Gesicht schauen sollte oder was ich sagen würde, wenn ich sie das nächste Mal sah. Ich schlich hinunter.
Aus dem Salon kam das fröhliche Gekreische von einem Kleinkind. Ich machte die Tür auf und trat unsicher ein. Eine der verheirateten Töchter war auf Besuch und hatte ihren kleinen Buben mitgebracht. Das Kind rannte im Kreis. Mrs. Levine sagte: »Das hier ist die kleine Lore. Schau, wer zu dir spielen kommt, Lore. Das ist unser Bobby«, und sie erwischte das Kind und drückte und umarmte es und sagte, am liebsten würde sie es auffressen.
»Aber Ma!« sagte Sarah. »Du verziehst ihn.« Mrs. Levine sagte: »Sag Guten Tag zu dem kleinen Mädchen. Geh und gib ihm die Hand.« Aber das Kind befreite sich aus dem Griff der Großmutter. Es rutschte an seiner Mutter und an seiner Tante Sarah vorbei und rannte wieder wie verrückt im Kreis und machte Flugzeuggeräusche dazu. Es blieb kein einziges Mal stehen, um mich anzuschauen.
Der kleine Bobby hatte diese eigentümlichen Ghettoaugen, als ob seine tiefgründigen Kinderaugen die ganze Geschichte der Feilscherei und der Träume in sich bergen würden. Seine Wangen waren zart und rund. Er war das schönste Kind, das ich je gesehen hatte. Ich empfand große Zärtlichkeit für ihn. Seinem Großvater ging es ebenso. Uncle Reuben krümmte den Zeigefinger und zeigte ihm einen Silvershilling, den der Bub sich abholte wie ein Staffelläufer den Stab, ohne stehenzubleiben und ohne zu sehen, daß sein Großvater zwinkerte und den Finger verschwörerisch auf den Mund legte. Bobbys Mutter sagte: »Sag schön danke zu deinem Großvater, und komm her. Komm doch, wenn ich es sage. Ich geb' deinen Shil-

ling für dich in meine Tasche, sonst verlierst du ihn noch. Nimm ihn bei der Hand«, sagte sie zu mir, »und bring ihn zu mir her.«
Ich streckte meine Hand nur zu gerne aus, aber Bobby duckte sich und schrie und rannte davon. Ich lief hinterher, aber ich kam mir bald blöd vor und blieb stehen. Ich dachte, er ist ja noch ganz klein. Ich renn' nicht mehr so herum. Ich wollte dastehen und ihn lächelnd betrachten, wie Erwachsene Kinder betrachten, aber ich wußte nicht, wie man das macht. Gequält und unsicher rieb ich mit dem Handrücken an meiner Schläfe. Ich hätte gern meinen Schemel gehabt, um mich draufzukauern, aber der war auf der anderen Seite des Kamins, und es war nicht daran zu denken, so weit zu gehen, wenn alle dabei zuschauten.
Jetzt redeten sie über mich. »Sie tut nichts«, sagte Mrs. Levine zu ihrer Tochter, »als Briefe nach Hause schreiben, oder sie sitzt herum. ›Beschäftig dich doch‹, sag ich zu ihr. Sie muß sich doch ein bißchen anstrengen und versuchen, gern bei uns zu sein. Aber sie versucht es ja nicht einmal.«
»Laß sie doch, Ma«, sagte Sarah.
»Aber ich bin's eh«, sagte ich, »ich bin gern da.«
»Warum sitzt du dann den ganzen Tag herum und bläst Trübsal?« sagte Mrs. Levine und schaute mich durch ihre Brille an.
»Ich blas' kein Trübsal«, sagte ich. Die Wahrheit war, daß ich nicht genau wußte, was »Trübsal blasen« bedeutete. Nach den ersten paar Tagen konnte ich nicht mehr auf Kommando weinen, und jetzt war mir nicht einmal mehr danach. Oft, wenn ich mit Annie in der Küche kicherte, hörte ich erschrocken auf, weil ich bemerkte, daß ich herzlos war: Ich hatte Spaß; ich hatte schon stundenlang nicht

mehr an meine Eltern gedacht. Ich stellte mich öfters vor den Spiegel, um zu sehen, was Mrs. Levine in mir sah.
»Oh ja! Du bist trübselig«, sagte sie.
Kleinbobby, der geteilte Aufmerksamkeit nicht dulden konnte, kroch seiner Großmutter zwischen die Knie und stupste sie mit seinem Shilling am Kinn an: »Schau, was ich da hab', Grandma! Grandmaaa!«
»Ich bin nicht trübselig«, sagte ich, »ich sitz' einfach gern vorm Kamin.«
»Immer eine Antwort parat«, sagte Mrs. Levine. »Ich kenn' kein Kind, das so viel zurückredet. Und glaubst du etwa, daß ich sie dazu bringen kann, auch einmal an die frische Luft zu gehen?«
»Schau her, Grandma!« sagte der kleine Bobby. »Schau, was ich kann!« Und er warf den Kopf zurück und legte sich die Münze auf die Stirn.
»Mein kleines *Bubele!*« rief Mrs. Levine. Sie drückte sein Gesicht mit ihren Händen und gab ihm ein Busserl auf den Mund.
»Ich geh' schon«, sagte ich, »ich geh' spazieren.«
»Jetzt willst du?« sagte Mrs. Levine. »Gehst du mit Annie?«
Vor Verlegenheit wurde ich ganz rot im Gesicht, denn ich dachte an Annie und die Schokolade, aber jetzt konnte ich nicht mehr zurück und mußte ja sagen. Fast war ich froh, mit Annie spazierenzugehen. Ich wollte nämlich böse auf sie sein.
Ich beschloß, nicht mit Annie zu reden. Wir gingen durch das Parktor. Ich wußte, daß Annie gemein gewesen war. Als Zeichen der Trennung entzog ich ihr meine Hand. Von Zeit zu Zeit schaute ich voller Abscheu und Distanz zu dieser Annie auf, die meine Schokolade gestohlen hatte, aber sie ging sehr gerade und mit der Nasenspitze nach

oben. Ich trat kleine Steinchen weg. Annie sagte nichts. Meine weggezogene Hand war mir immer wieder im Weg. Ich steckte sie in die Tasche, aber da schien sie nicht hinzugehören, und so zog ich sie wieder heraus. Bald hielt ich sie Annie entgegen, und sie nahm sie und schwang sie beim Gehen auf und ab. Ich half ihr dabei, sie höher zu schwingen.
»Wissen Sie«, sagte ich und schaute erwartungsvoll, »da, wo ich herkomme, dürfen Juden nicht in den Park.«
»Das dürfen sie also nicht«, sagte Annie. Wir gingen weiter.
»Wissen Sie was? Wissen Sie, was ich mit meinem ganzen Geld mache? Ich spare es, bis meine Eltern kommen.«
Annie sagte: »Wieviel hast du denn?«
»Drei Shilling. Uncle Reuben gibt mir jeden Sonntag Six pence. Er gibt Bobby einen ganzen Shilling, und der sagt nicht einmal danke«, sagte ich in einem boshaften Tonfall. »Er ist verwöhnt«, sagte ich, weil der Zorn, der in meinem Bauch arbeitete und von Annie abgeprallt war, jetzt ein Objekt gefunden hatte. »Der kann ja nur herumrennen und Lärm machen. Er ist noch ein richtiges Baby, nicht wahr, Annie! Ich wett', der weiß nicht einmal, was er mit dem ganzen Geld machen soll.«
»Na ja«, sagte Annie ruhig, »es gibt immer was, was man mit seinem Geld machen kann.«
Am selben Abend klopfte Annie an meine Tür. Sie hatte sich feingemacht und trug ein marineblaues Kostüm mit einem roten Kragen und eine Haube mit roter Schleife. Sie sah sehr flott und ungewohnt aus, fast wie jemand, den ich gar nicht kannte. Sie fragte, ob sie eintreten dürfe, und dann kam sie herein und blieb an der Tür stehen.
Ich war stolz, sie in ihrer Uniform in meinem Zimmer zu haben. »Wohin gehen Sie in dem Aufzug?« fragte ich, um ins Gespräch zu kommen.

»Heute ist mein Tag bei der Heilsarmee. Wir haben ein Treffen«, sagte Annie. »Wir machen Musik und singen. Wir singen Lobgesang und Kirchenlieder, und es wird gesammelt, für arme Leute, um ihnen Essen und das Wort Gottes zu bringen.«
Ich hörte verständig zu. Annie hatte noch nie so einen langen Satz zu mir gesagt. Ich war geschmeichelt. Sie kam sogar herüber und setzte sich auf die Bettkante.
»Ich weiß aber nicht, ob ich heute überhaupt gehen soll, ich hab' nämlich kein Geld für die Kollekte, ich weiß nicht.«
Annie schaute auf ihre makellosen schwarzen Schuhe hinab und polierte sie kurz mit einer ihrer Hände, die in schwarzen Handschuhen steckten.
Abwesend bemerkte ich, daß ihre Strümpfe auch schwarz waren. Ein völlig neuer Gedanke arbeitete in meinem Kopf. Er war so enorm, daß mir schwindlig davon wurde. Ich wurde rot. Ich sagte: »Wenn Sie wollen, kann ich Ihnen was borgen.«
»Aber nein«, sagte Annie, »nein, das geht doch nicht, ich würd' mir von dir kein Geld ausborgen, obwohl du schon ein Schatz von einem Kind bist, ja das bist du, und ich zahl' dir bestimmt jeden Penny zurück, wenn Zahltag ist. Eine halbe Krone, wenn du das vielleicht übrig hättest.«
Ich war entsetzt über die Höhe der Summe, denn, obwohl mir Freundschaft mehr bedeutete als Geld, hing ich an den Silbermünzen, die ich über die Wochen gehortet hatte. Ich zählte fünf der sechs Münzen in Annies offene Hand und schaute zu, wie sie ihre schwarze Tasche zückte und das Geld hineinfallen ließ und sie zuklappte.
Dann fragte Annie mich, ob ich in ihr Zimmer kommen wolle. Wieder wurde ich rot, weil Annie mir so viel Beachtung schenkte, und weil ich so schrecklich gern in ihr Zimmer gehen wollte, sagte ich nein und bereute es sofort

und besonders, nachdem Annie gegangen war und ihre Schritte über die Stiegen davonhallten.

Es war, glaube ich, am nächsten Tag am Nachmittag, als ich nach unten kam und Mrs. Levine beim Fenster sitzen sah, genau dort, wo sie am ersten Tag in der Früh gesessen war. Sie nähte ein blaues Kleid für mich. Schuldbewußt mußte ich daran denken, daß ich sie am Anfang nicht ausstehen hatte können und was ich meiner Mutter über sie geschrieben hatte. Plötzlich hatte ich sie sehr lieb. Ich war froh, daß sie alt und häßlich war, so daß ich sie immer liebhaben könnte, sogar, wenn ich die einzige wäre, die das tat, und ich kramte in meinem Gehirn, weil ich etwas sagen und sie mit Auntie Essie anreden wollte, aber sie sprach als erste.

»Bist du's, Lore? Komm her. Komm da her.« Sie hatte ihren Kopf nicht gehoben, und ich konnte an ihrer Stimme erkennen, daß etwas nicht in Ordnung war. Ich schaute herum und war froh, daß Annie da war, die sich auf der anderen Seite des dämmrigen Zimmers sehr geschäftig gab. »Ich muß mit dir reden«, sagte Mrs. Levine. »Ich hab' gehört, daß du herumläufst und anderen Leuten erzählst, daß wir dir nicht genug Taschengeld geben. Ich hab' mich sehr gekränkt. Ich finde, daß das sehr undankbar von dir ist.«

»Das hab' ich nicht gesagt«, sagte ich wenig überzeugend. Ich versuchte, mich zu erinnern, zu wem ich so etwas gesagt haben könnte. »Nie«, sagte ich.

Mrs. Levine sagte: »Ich hab' mich sehr gekränkt. Wir tun alles für dich, und wenn ich höre, daß du sagst, Uncle Reuben gibt Bobby mehr Geld als dir, dann kränkt mich das wirklich sehr. Und über alle nörgelst du. Wie mein Enkel verwöhnt wird, und wen du magst und wen du nicht magst. Das tut man nicht, wenn man wo sein darf, wo andere Leute wohnen.«

Ich spürte, wie das Blut in meinem Kopf pochte, ich war durcheinander, weil sie mir Gedanken vorwarf, die ich nicht wiedererkannte, und mir Gedanken nicht vorwarf, für die ich mich schon lange schuldig fühlte. Ich wollte weggehen und das Ganze überdenken, aber ich wußte, daß ich stillstehen und Mrs. Levine schimpfen lassen mußte.

Die Hand, mit der sie die Nadel führte, zitterte. »Ich erwart' mir keine Dankbarkeit«, sagte sie. »Aber du könntest wenigstens ›danke Auntie Essie‹ sagen, wenn du siehst, daß ich da sitz' und ein Kleid für dich näh', aber du merkst es ja nie, wenn die anderen was für dich tun.« »Doch«, sagte ich, »ich merk's schon.« Aber eine leise Schmollstimme in mir sagte: »Wenn sie nicht weiß, daß ich sie lieb hab', dann sag' ich's ihr auch nicht.«

Mrs. Levine war noch nicht fertig mit mir. Sie war richtig aufgebracht und sagte: »Und wie oft hab' ich dir gesagt, daß du mich Auntie Essie nennen sollst, aber das fällt dir nicht ein, aber zu ihm sagst du schon ›Uncle Reuben‹, und dann rennst du herum und erzählst den Leuten, daß er dir nicht genug Taschengeld gibt, und dabei bin ich mir sicher, daß er dir soviel gibt, wie er kann.« Mrs. Levine sagte nichts mehr und nähte gereizt an meinem Kleid weiter.

Ich stand da und zitterte. Ich schaute zu Annie hinüber. Ich dachte, sie würde jeden Moment den Mund aufmachen und Mrs. Levine sagen, daß alles ein Mißverständnis wäre, und alles aufklären, aber Annie schien immer noch dasselbe Regal abzustauben, und ihr Rücken war mir zugewandt.

Ich rannte hinaus und hinauf in mein Zimmer und warf mich aufs Bett. Ich wollte nichts als weinen, aber ich

schaffte nicht mehr als ein paar tränenlose Schluchzer. Jetzt wurde mir bewußt, daß der kleine Bobby wirklich zweimal soviel Taschengeld bekam wie ich. Ich war überrascht, daß mir das nicht früher aufgefallen war. Ich wurde zornig. Ich beschloß, daß ich zum Abendessen nicht hinuntergehen würde und ebensowenig zum Frühstück am nächsten Tag noch sonstwann. Ich würde in meinem Zimmer bleiben und verhungern. Ich versuchte, noch ein bißchen zu weinen, aber mir war nicht sehr nach Weinen zumute. Vielleicht stimmte mit mir was nicht. Ich fing an, einen Traum zu träumen: Ich stellte mir vor, ich würde bitterlich weinen und Sarah würde in mein Zimmer kommen, und sie würde mich so sehen und mit sanften Worten bitten, ihr zu sagen, warum ich weinte, und ich könnte nicht sprechen, wegen der Tränen, die in meiner Kehle steckten. Mein Herz tat wunderbar weh, wenn ich mir vorstellte, wie Sarah meinetwegen weinte.
Ich hob meinen Kopf vom Polster und horchte auf die Schritte, die nach oben kamen. Vielleicht kam Mrs. Levine, um nach mir zu sehen. Ich hielt den Atem an, aber die Schritte hatten im Stock darunter aufgehört. Eine Tür wurde geöffnet und geschlossen. Ich hörte das Ziehen an der Klospülung, und dann ging jemand wieder hinunter. Das war jetzt die Türglocke. Uncle Reuben kam von der Arbeit oder Sarah. Bald würden alle zu Haus sein. Sie würden ohne mich am Tisch sitzen.
Ich wollte meiner Mutter einen Brief schreiben, aber ich rührte mich nicht aus dem Bett. Es gab jetzt zu viel, was ich ihr nicht mehr sagen konnte; es hatte mich tief erschüttert, daß mich nicht alle gern hatten, und ich wußte, daß meine Mutter es nicht aushalten würde, wenn sie herausfinden würde, daß es Leute gab, für die ich nicht absolut bezaubernd und liebenswert war. Im Zimmer war es dunkel

und kalt geworden. Mir war bald fad. Ich dachte daran, daß Annie in meinen Stock kommen mußte, wenn sie zu Bett ging. Vielleicht würde ich sie rufen. Vielleicht würde sie hereinkommen. Ich dachte, »Wenn sie mich noch einmal fragt, ob ich in ihr Zimmer komm', geh' ich mit.« Ich fragte mich, wie lange es noch dauern würde, bis Annie nach oben kommen würde.
Nach einer Weile ging ich hinaus zum Treppenabsatz und setzte mich auf die oberste Stufe. Bald darauf ging ich in den Stock mit dem grünen Teppich und lungerte dort herum, und dann ging ich hinunter ins Parterre. Jetzt waren bestimmt alle da. Ich konnte sie im Wohnzimmer reden hören, aber ich war mir nicht sicher, ob ich reingehen sollte. Ich wußte nicht, ob Mrs. Levine den anderen alles über mich erzählt hatte. Ich stand draußen vor der Tür und versuchte zu verstehen, was geredet wurde, aber meine Umrisse zeichneten sich auf dem Milchglas ab, und Mrs. Levine rief: »Na, was ist? Komm herein. Du brauchst nicht an der Tür zu horchen.«
Ich ging mit brennendem Kopf hinein. Mrs. Levine biß den Heftfaden ab. Sie fragte Annie, ob vor dem Abendessen Zeit zum Anprobieren bliebe. Noch erwartete ich die Katastrophe, aber Mrs. Levine sagte bloß: »Du möchtest also, daß die kleine Helene zu dir spielen kommt?«
Ich sagte, nein, mit Helene spielte ich nicht mehr, aber ich hätte eine neue Freundin in der Schule, die Renate hieß. Mrs. Levine sagte, ich solle sie für Samstag zum Tee einladen.

Renate war zwei Monate älter als ich. Sie hatte dichtes schwarzes Haar und eine Brille und war so schlau wie ich. Nachdem ich ihr das Spiel mit dem Brieferaten beigebracht hatte, verlor sie nur einmal, und sie hatte sich so phantastische und abenteuerliche Hindernisse für ihre Post ausgedacht, daß sie mich in immer größere Unwahrscheinlichkeiten trieb. Wenn sie ihre Briefe rund um die Welt schickte, mußte ich meine über den Mond kommen lassen, und so geriet die Sache außer Rand und Band und machte eigentlich gar keinen Spaß mehr. Aber Renate ließ sich ein neues Spiel einfallen. Wir mußten raten, wann unsere Eltern kommen würden. Ich sagte: »Ich rate: zwei Jahre.« Renate riet fünf Jahre. Ich sagte: »Also gut, ich sag' sechs Jahre«, aber sie sagte, das zähle nicht, weil ich ja schon dran gewesen sei. Ich sagte, das sei mir auch gleich. Ich wüßte ein Geheimnis. Sie sagte, was denn. Ich sagte, ich hätte gehört, wie Mrs. Levine zu ihrer ältesten Tochter gesagt hatte, daß Mrs. Rosen nicht wüßte, was sie mit Helene machen sollte, jetzt, wo ihre Eltern tot wären.

»Ach«, sagte Renate, »dann ist die Helene ja ein Waisenkind.« Und so steckten Renate und ich zusammen und hatten Geheimnisse. Ich fragte sie, ob sie meine beste Freundin sein wolle, statt Helene, und sie sagte ja.

Aber ich schaute weiterhin neugierig auf Helene, die ein Waisenkind war. Sie stand allein in der Mitte des Schulhofs und schaute geradeaus. Sie trug immer noch ihr dickes Mäntelchen und die Kaninchenwollmütze, die unterm Kinn zugebunden war. Wenn man sie sah, hätte man sich nie gedacht, daß ihre Eltern tot waren. Ich versuchte mir vorzustellen, daß meine Eltern tot wären, aber wenn ich versuchte, an meinen Vater zu denken, sah ich ihn immer vor mir, wie er, alle viere von sich gestreckt, spaßig mit den Armen und Beinen zappelte, während er versuchte, von einem Telegraphenmast herunterzukommen, auf den er oben draufgesteckt war. Ich fragte mich, ob das bedeutete, daß er tot war, und versuchte mir vorzustellen, daß er herunterkletterte, aber davon konnte ich mir kein Bild machen, und deshalb richtete ich mein inneres Auge auf meine Mutter, aber, hoppala, weg war sie und oben auf dem Telegraphenmast, und ich wußte, daß sie erst herunterkommen würde, wenn ich aufhörte an sie zu denken. Den Rest der Woche verbrachte ich damit, nicht an meine Eltern zu denken, damit sie mit den Füßen auf dem Boden bleiben konnten. Mrs. Levine machte sich Sorgen: Sie sah, wie ich plötzlich den Kopf schüttelte oder Sessel wechselte oder unter den Tisch tauchte und sagte: »Um Himmels willen, kannst du denn nicht wenigstens eine Minute stillsitzen? Ich kenn' kein Kind, das so viel herumzappelt.«

Am Samstag kam Renate. Ich brachte sie ins Eßzimmer, und wir spielten Vater-Mutter-Kind. Wir saßen unterm Tisch und zogen die Sessel dicht zueinander, um uns einzusperren. Renate sagte, sie sei die Mutter und ich das Kind, was nicht ganz das war, was ich mir vorgestellt hatte, und sie schaffte mir dauernd an, anstatt daß ich ihr anschaffen konnte, und sie redete zu schnell und bewegte sich zu abrupt, und alles war dermaßen falsch, daß ich mir von Herzen wünschte, die fügsame Helene bei mir unterm Tisch zu haben.

In den darauffolgenden Monaten wurden Renate und ich sehr gute Freundinnen. Wir hatten verschiedene Spiele, und zum Schluß war ich es, die mit einem Vorsprung von eineinhalb Jahren gewann. Wegen eines Komplotts der Erwachsenen, die mir eine Enttäuschung ersparen wollten, wußte ich nicht, daß meine Eltern an meinem Geburtstag in Liverpool erwartet wurden.

An einem Dienstag im März wurde ich während des Unterrichts zum Direktor gerufen. Mrs. Levine war da, und beide schauten mich äußerst liebenswürdig an. Mrs. Levine schickte mich meinen Mantel holen. Zu Hause würde eine Überraschung auf mich warten.

»Meine Eltern sind da«, sagte ich.
»Na!« sagte Mrs. Levine, »du komisches kleines Ding, freust du dich denn gar nicht?«
»Aber ja doch, natürlich freu' ich mich«, sagte ich, aber ich war zu beschäftigt damit, zu beobachten, wie mein Brustkorb sich leerte und mein Kopf sich klärte. Mir fiel eine enorme Last von den Schultern, die die ganze Zeit dagewesen sein mußte, ohne daß ich es gemerkt hatte, weil ich ja spürte, wie sie sich von mir hob. Ich stand und atmete und spürte mich mit all meinen Sinnen, wie wenn ein Gefühl der Übelkeit vergeht oder ein Krampf sich löst und der Körper sich neu erfährt.
Mrs. Levine sagte zum Direktor: »Kinder! Da weiß man nie, was los ist. Alles, was sie tut, ist Trübsal blasen und Briefe nach Hause schreiben, und jetzt freut sie sich nicht einmal.«
»Aber ich freu' mich *sehr*«, sagte ich und hüpfte auf und ab, obwohl ich am liebsten ruhig geblieben wäre, um das überwältigend süße Gefühl der Erleichterung auszukosten. Aber das wäre nicht genug gewesen, um Mrs. Levine davon zu überzeugen, daß ich mich freute, und deshalb mußte ich auf dem ganzen Weg nach Hause im Taxi Freudentänze aufführen.
Und in den zwei Fauteuils vorm Kamin im Wohnzimmer saßen meine Mutter und mein Vater, und ich umarmte sie und lachte und grinste und umarmte sie noch einmal, und ich ging mit ihnen nach oben und zeigte ihnen mein Zimmer, und ich führte sie meiner neuen englischen Familie vor, und ich führte meinen Eltern meine neue englische Familie vor und die bereits vertrauten Sachen, und dann kamen die Kinder zu meiner Geburtstagsparty und brachten Geschenke. Knallbonbons krachten. Wir hatten Papierhüte und kleine Torten und Gelatinepudding zum Essen. Ich hüpfte und zappelte und rannte herum und plapperte,

und die ganze Zeit über wußte ich, daß meine Mutter, unglaublicherweise, da bei mir im Zimmer war. Ihre riesengroßen, durch die Tränen der Erschöpfung und der Erleichterung geweiteten Augen folgten mir durchs Zimmer wie die Augen eines Liebhabers.
Dann kamen die Nachbarn vorbei, um sich die Eltern des jüdischen Flüchtlingskinds anzuschauen. Die Frauen redeten jiddisch mit meiner Mutter. Sie lächelte und versuchte, ihnen in ihrem brüchigen Schulenglisch zu erklären, daß sie kein Jiddisch verstand, aber sie glaubten es nicht und redeten lauter. Sie wandten sich an meinen Vater, der in der Familie für Sprachen zuständig war, aber der war sprachlos. Wenn ich an ihn während dieses Besuchs bei den Levines denke, sehe ich ihn in dem Fauteuil sitzen und aufstehen, sobald meine Mutter aufstand, und wiederholen, was meine Mutter sagte. Wenn ich zu ihm ging und ihn küßte, lösten sich seine Gesichtszüge, und er weinte.
Am Abend, als alle gegangen waren, machte meine Mutter den Koffer auf. Sie hatte Sachen von zu Hause mitgebracht, auch meine Puppe Gerda, die ein Loch auf der Stirn hatte, weil die Leute vom deutschen Zoll sie auf Schmuggelware untersucht hatten, und eine Schachtel mit Süßigkeiten für meine kleine Freundin Helene Rubicek.
»Ach, die«, sagte ich, »die ist nicht einmal mehr in unserer Schule.«
»Nein«, fügte Mrs. Levine hinzu, »Mrs. Rosen hat sie nicht behalten können. Sie ist jetzt bei einer anderen Familie.«
»Wo ist sie?« fragte ich und runzelte einen Moment lang die Stirn, weil ich die kleine Helene auf dem Telegraphenmast sah, wo sie hilflos zwischen Himmel und Erde zappelte.

»Das weiß ich nicht genau«, sagte Mrs. Levine, »ich glaube, sie ist in einer anderen Stadt.«
Und so verschwand Helene aus meinen Gedanken.

Meine Eltern blieben drei Tage bei den Levines, und am vierten Morgen mußten sie zu ihrer ersten Arbeitsstelle in einem Haushalt in Südengland. Mr. Levine brachte sie zum Bahnhof. Sie standen im Vorzimmer an der Haustür. Sie hatten ihre Mäntel an. »Komm herunter und sag schön auf Wiedersehen zu deinem Vater und deiner Mutter«, sagte die dicke Mrs. Levine, doch ich saß mitten auf der Stiege. Ich wußte nicht, wie ich mich verhalten sollte. Ich hatte einen Arm ums Stiegengeländer geschlungen und winkte und wackelte mit dem Kopf.
Ich blieb bis zum Sommer in Liverpool. Er scheint mir, daß das Leben bei den Levines weniger anstrengend war, nachdem meine Eltern nach England gekommen waren; ich kann mich nicht so sehr daran erinnern.
Annie erinnerte sich nie an die halbe Krone, die ich ihr geliehen hatte. Ich beobachtete sie. Ihre befreite und unbeschwerte Art, wenn sie mit mir redete oder lachte, sagte mir, daß sie vergessen hatte, daß sie mir zwei Shilling und sechs Pennies schuldete. Ich war zu schüchtern, um sie darauf aufmerksam zu machen, aber ich hörte nie auf, daran zu glauben, daß sie sich eines Tages erinnern und mir mein Geld zurückgeben würde. Diese Erwartung blieb an Annie hängen, wie eines ihrer Markenzeichen, wie der schelmische Aufwärtsschwung ihrer Nase und der warme Druck ihrer Hand, mit der sie meine Hand auf- und niederschwang, wenn wir zusammen im Park waren.
Ich hab' Annie immer mögen.
Ich hatte Mrs. Levine weiterhin lieb, wenn sie nicht herschaute. Es gab jetzt keine Hoffnung mehr, daß wir zusam-

menkommen würden. Die Sätze, die sie zu mir sagte, und der Ton, in dem ich antwortete, waren zu einem Ritual geworden. Wenn sie mich jetzt untätig vorm Kamin sitzen sah, sagte sie oft: »Willst du nicht wenigstens deinen Eltern schreiben?«, und ich sagte: »Nein, mir ist nicht nach Schreiben.«

Mrs. Levine sagte: »Um Himmels willen, ich kenn' kein Kind, das so viel herumsitzt und nichts tut.«

»Ich tu' nicht nichts«, sagte ich, »ich schau' dem Feuer zu.«

»Und immer eine Antwort parat«, sagte Mrs. Levine, und Sarah sagte: »Hör doch auf, Ma. Laß sie in Ruh'.«

Ich ließ meine Gedanken an Sarah ruhen, bis ich ins Bett ging, und dann stellte ich mir Situationen vor und Sachen, die sie zu mir sagen würde, tiefsinnige Antworten, die ich ihr geben würde, daß ich ganz aufgeregt wurde und nicht mehr einschlafen konnte. Es entstand eine Fortsetzungsgeschichte, die ich über die Jahre mit mir führte, von einer Pflegefamilie zur nächsten. Neue Personen kamen dazu, aber die Hauptdarstellerin blieb ein blasses Mädchen mit traurigen Augen. Sein Haar war lang und trist. Es weinte oft. Es litt. Es war verschlossen.

Ich bedauerte meine Art, immer mit den anderen sein zu wollen, aber ich habe es nie gelernt, ein Zimmer zu betreten, ohne draußen stehenzubleiben und zu horchen, ob über mich gesprochen wird, um mich zusammenzunehmen und einen klitzekleinen Vorwand oder etwas Geistreiches zu erfinden, als ob es blöd ausschauen würde, wenn ich die Tür einfach aufmachen und hineingehen würde.

4. Kapitel

Illford House –
Das Married Couple

Als ich eine Jugendliche war, zeigten mir Tante Trude und Onkel Hans den Brief über die Rose mit der Schneehaube, den ich ihnen aus dem Dovercourt-Camp geschrieben hatte. Es war mir peinlich für sie, weil sie auf meine Propaganda hereingefallen waren. Sie hatten den Brief an eine ganze Reihe von Flüchtlingskomitees geschickt und die Familie Willoughby dazu gebracht, für das Visum meiner Eltern als *Married Couple* zu bürgen. (Married Couple war die offizielle Bezeichnung für ein Ehepaar, das als Köchin und Butler eingestellt wurde. Damals, als die Engländer Ersatz für ihre schwindende Dienerklasse finden mußten, waren Visa für Hausgehilfen die einzigen, die Ausländer leicht bekommen konnten. Es gab eine weit verbreitete Anekdote über eine junge Wiener Dame aus reichem Haus, die am ersten Tag im Haus der Engländer, die sie als ihre Lebensretter betrachtete, um halb elf in der Früh in einem blauen Crêpe-de-Chine-Mantel mit Quasten über die Stiege herunterkam und ihr Frühstück wollte.)
Durch die Briefe, die meine Mutter mir nach Liverpool schickte, und die Geschichten, die sie seitdem erzählt hat, habe ich eine Vorstellung vom Leben meiner Eltern während dieser ersten Monate in England bekommen. Sie rei-

sten einen Tag lang nach Süden. Mr. Willoughby holte sie vom Bahnhof in Mellbridge ab und brachte sie mit dem Auto nach Illford Village in der Grafschaft Kent. Es war schon gegen Ende des Tages. In diesem Teil des Landes ist der Himmel groß. Die runden Hügel erheben sich edel und sanft. Die schmalen Reitwege und Hecken zwischen den benachbarten Feldern zeichnen liebevoll, wie mit Cézanneschem Strich, die großen Landschaftszüge und ihre kleinsten Windungen nach. Da und dort stehen Gruppen von sehr alten Ulmen. Sie fuhren auf den Nebenstraßen. Meine Mutter schaute durch die kahlen Haselnußsträucher auf beiden Seiten der Straße und war gerührt von diesem freien und liebenswürdigen Land, in dem sie leben würde. Mr. Willoughby fuhr durch ein breites, offenes Tor und über eine Kieseinfahrt, bis er zu einem schönen, ruhigen, weißen Haus kam. Er fuhr rundherum und setzte meine Eltern beim Hintereingang ab.

Mrs. Willoughby war in der Küche und begrüßte sie sehr herzlich. Sie müßten müde sein, sagte sie, und würden sich bestimmt ausruhen wollen. Sie sagte, mein Vater solle das Gepäck bringen, und führte sie durch einen Gang mit Steinboden nach hinten und zwei Stockwerke hoch auf den Dachboden. Die enge Holzstiege führte direkt in eine Schlafkammer. Es gebe keine Tür, sagte Mrs. Willoughby, aber Groszmann könne morgen einen Vorhang aufhängen. Sie würde ein Stück Stoff finden, aber inzwischen sollten meine Eltern sich einfach nur ausruhen und heute nicht ans Arbeiten denken oder würde Mrs. Groszmann etwa später nach unten kommen wollen, damit Mrs. Willoughby ihr kurz zeigen könne, wo das Porzellan war und welche Tassen für Mrs. Willoughbys Morgentee waren, den sie sich gerne um sieben Uhr auf einem Tablett aufs Zimmer bringen ließ, aber keine Sorge, sie sollten nur aus-

packen und sich wie zu Hause fühlen. Meine Mutter sagte, sie würde sofort mit Mrs. Willoughby runtergehen.
In der Küche schaute meine Mutter über Mrs. Willoughbys Schulter in Küchenkästen und Besenkammer und ließ sich die Becken in der Spülküche und die Regale mit Essensvorräten in der Speis zeigen. Mrs. Willoughby sagte, vielleicht sei Mrs. Groszmann hungrig und wolle ein kleines Abendessen? Sie würde ihr und Groszmann in der Küche ein Ei servieren. Aber jetzt, wo sie schon einmal da sei, könne Mrs. Willoughby meiner Mutter genausogut den vorderen Teil des Hauses zeigen. Wieder gingen sie durch den Gang mit dem Steinboden und durch eine grüne Filztür und kamen in eine teppichbelegte Vorhalle. Hier, sagte Mrs. Willoughby, sei die Bibliothek. Meine Mutter sagte, was für ein schöner Raum und sie würde gerne was fragen: Vielleicht könne Mrs. Willoughby ihr einen Rat geben, was sie lesen solle, um ihr Englisch rasch zu verbessern. Habe Mrs. Willoughby *Die Forsyte-Saga*, die meine Mutter auf deutsch sehr gut kenne und die hilfreich sein könne, wenn sie sie auf englisch lese? Mochte Mrs. Willoughby die Romane von Galsworthy? Mrs. Willoughby sagte, das wisse sie nicht, aber meine Mutter könne später nachsehen, ob es ein Exemplar davon gebe, und sie könne es borgen, wenn sie es wieder zurückbringe, nachdem sie es gelesen habe. »Und das ist der Salon.« »Ah«, rief meine Mutter, »ein Klavier! Ein Bechstein, nicht wahr?« und erzählte Mrs. Willoughby, daß sie einen Blüthner gehabt hatte, den die Nazis beschlagnahmt hatten, und daß sie auf der Musikakademie in Wien studiert hatte.
»Ach ja?« sagte Mrs. Willoughby. »Da können Sie ja einmal herkommen und spielen, wenn alle außer Haus sind.«
Meine Mutter war nicht zufrieden. Sie wollte die Eng-

länderin wissen lassen, daß auch sie einmal in besseren Verhältnissen gelebt und eine gut ausgestattete Wohnung mit Herrenzimmer gehabt hatte. »Mein Mann«, sagte meine Mutter zu Mrs. Willoughby, »war Buchhalter, wie Ihr Mann, nicht wahr?«
»War er das?« sagte Mrs. Willoughby. »Mr. Willoughby ist Beamter, müssen Sie wissen.«
»Mr. Groszmann«, entgegnete meine Mutter, »war bei einer Bank. Er war, wie sagt man: Hauptbuch…?«
»Hauptbuchhalter?« bot Mrs. Willoughby an.
»Hauptbuchhalter«, sagte meine Mutter, »und er hat, wie sagt man: ein System bauen?«
»Aufgebaut?« sagte Mrs. Willoughby.
»Ja, das System für die Buchhalter aufgebaut.«
»Ach ja?« sagte Mrs. Willoughby. Dann gab sie meiner Mutter einen Zettel, den sie an der Küchentür anbringen sollte, mit einer Liste von Zimmern und dem jeweiligen Tag, an dem jedes gründlich gereinigt werden mußte – um meiner Mutter beim Aufbau ihres Systems zu helfen. Meine Mutter dankte ihr aufrichtig. Sie habe keine bestimmte Arbeitsmethode, sagte sie, aber sie würde für Mrs. Willoughby ihr Bestes geben. Sie dankte Mrs. Willoughby für das Visum und die Stelle. Sie bat Mrs. Willoughby, Geduld mit ihr zu haben.

Meine Eltern waren für zusammen ein Pfund in der Woche im Illford House beschäftigt. Oder, genauer gesagt, meine Mutter war für ein Pfund pro Woche beschäftigt, mit dem Zusatz, daß mein Vater im Haus wohnen durfte und als Gegenleistung für seine Dienste als Butler Essen erhielt. Sie hatten, wie alle englischen Hausangestellten, Donnerstagnachmittag und jeden zweiten Sonntagnachmittag frei.

Im Bett an diesem ersten Abend sagte mein Vater im Dunkeln: »Franzi ...? Mir ist was eingefallen. Erinnerst du dich an den Schlupf hinter der Küche, den wir als Dienstbotenzimmer benutzt haben?« In dem Moment, sagt meine Mutter, habe sie sich meinem Vater sehr nahe gefühlt, weil sie auch daran dachte, auf was für einer Matratze die arme Poldi wohl geschlafen hatte. Um auf den Matratzen der Willoughbys zu schlafen, brauchte man einen kleinen Trick: Man mußte die Kapokklumpen zur Seite drücken und in der Mitte eine Ausbuchtung machen und dann stilliegen.
Am nächsten Morgen war meine Mutter um sechs Uhr unten, sie war nervös und wollte gleich anfangen. Sie stand in Mrs. Willoughbys großer, leerer Küche und fragte sich, was zuerst zu tun war. Im Haus war es ganz still. Meine Mutter stellte sich vor, was Poldi daheim in der Früh als erstes getan hätte. Sie hatte ein lebhaftes Bild von Poldi, mit einem langen Besenstiel in der Hand: Poldi beim Kehren. Meine Mutter öffnete die Kastentüren und suchte nach dem Besen, als ihr plötzlich der Morgentee einfiel. Sie überlegte, wo sie das Tablett gesehen hatte. Während sie danach suchte, fragte sie sich, ob von ihr erwartet wurde, daß sie Mrs. Willoughby das Tablett ans Bett brachte. Würde sie Mr. und Mrs. Willoughby gemeinsam im Bett antreffen? Dann erschrak sie, weil sie ja Teewasser kochen und dafür die Kohlen im Herd anzünden mußte. Es war schon halb sieben. Von dem Moment an und in all den folgenden Jahren passierte es meiner Mutter nie mehr, daß sie nicht wußte, was es zu tun gab.
Ich erhielt einen Brief von meiner Mutter, in dem sie mir von diesem komischen ersten Morgen schrieb: Sie kam pünktlich um sieben mit dem Tablett. Mrs. Willoughby trank ihren Tee und sagte, zum Frühstück wolle sie

»scrambled eggs«, und drehte sich wieder auf die Seite zu Mr. Willoughby, der nicht einmal aufgewacht war. Meine Mutter hoffte, mein Vater würde wissen, was »scrambled eggs« sind, aber das tat er nicht. Während er in die Bibliothek ging und ein Wörterbuch suchte, rannte meine Mutter nach oben und packte ihre Bücher aus, um das Kochbuch »Mrs. Beeton's English Cookery« zu finden. Das Frühstück kam spät, aber Mrs. Willoughby beschwerte sich nicht.

Alle, schrieb meine Mutter, seien sehr gut zu ihnen. Mr. Willoughby war besonders höflich. Er stellte Fragen über Wien. Er war Buchhalter im Staatsdienst und fuhr jeden Tag nach dem Frühstück nach London. Außer ihm und Mrs. Willoughby gab es noch zwei Töchter. Miss Elizabeth, die ältere, arbeitete in einem Museum in London und nahm den Frühzug in die Stadt. Meine Mutter brachte ihr den Tee hinauf ins Kinderzimmer, und Miss Elizabeth röstete ihren Toast auf einem kleinen Ölofen. Meine Mutter schrieb, daß es angenehm war, wenn es im schlafenden Haus nach Tee und Toast und Öl roch, während es draußen vorm Fenster noch dunkel war. Miss Elizabeth war sehr nett und redete leise, obwohl sie nie besonders viel sagte. Die jüngere Tochter hieß Joanne. Sie blieb daheim bei ihrer Mutter. Sie hatte ein Pony, das Picket hieß. Es gab noch einen Sohn namens Stephen, aber der war auswärts in einem Internat.

Meine Mutter hatte mit Mrs. Willoughby über einen Bürgen für meine Großeltern gesprochen, damit sie nach England kommen könnten. Sie schrieb, daß Mrs. Willoughby sie oft an ihre eigene Mutter erinnere, was eigenartig sei, weil Mrs. Willoughby ganz anders aussähe – sie sei sehr dünn und habe sehr blaue Augen. Sie habe Mrs. Willoughby von mir erzählt, und an diesem Morgen habe

Mrs. Willoughby gesagt, ich dürfe in den Sommerferien zwei Wochen bei meinen Eltern verbringen. Sobald mein Vater von seiner Pause käme, würde sie ihn einen entsprechenden Brief an die Levines schreiben lassen, es solle aber nicht so ausschauen, als wollte ich weg von ihnen.

Meine Mutter schrieb, sie müsse nun Schluß machen und das Abendessen vorbereiten. Als Überraschung würde sie Apfelstrudel machen. Sie schrieb, sie liebe mich, und sie und mein Vater lebten für den Tag, an dem sie mich bei sich haben könnten.

Die Butlerkarriere meines Vaters dauerte drei Tage. Seine erste Aufgabe in der Früh war es, die Halle zu reinigen, aber meine Mutter sagt, daß sie, nachdem sie im Eßzimmer Staub gewischt und Feuer gemacht und den Frühstückstisch gedeckt hatte, hinter ihm herspionierte und das Wachs wegwischte, von dem er viel zuviel auf die roten Bodenfliesen gegeben hatte. Als mein Vater sein erstes Abendessen servierte, war er so lange im Eßzimmer, daß meine Mutter zur Tür kam, um nachzuschauen, was los war. Mr. und Mrs. Willoughby saßen an den Tischenden und die Töchter an den Seiten. Die vier Köpfe waren meinem Vater zugewandt, der mit einer Serviette überm Arm stand und eine Terrine mit Kraut in der Hand hatte. Mrs. Willoughby sagte: »Versuchen Sie's noch einmal, Groszmann, hören Sie, von links.« Mein Vater sah aus, als habe er schon vor einer ganzen Weile aufgehört zuzuhören. Meine Mutter schlich zurück in die Küche und weinte bitterlich – vor Mitleid, er hatte so lächerlich ausgesehen.

Zwei Tage später, als Gäste zum Abendessen erwartet wurden, fragte meine Mutter Mrs. Willoughby, ob sie das Essen servieren dürfe. Sie dachte, sie lerne ziemlich schnell. Mrs.

Willoughby war zwar von den nicht vorhandenen Fortschritten meines Vaters entmutigt, zögerte aber: »Ich weiß nicht, ob Sie in ihrer Küchenschürze ins Eßzimmer kommen können.« Meine Mutter rannte hinauf in den Dachboden und holte ihr Ausgehkleid, ein klassisches schwarzes aus Wolle, das sie sich im Winter vor Hitler hatte machen lassen. »Na«, sagte Mrs. Willoughby, »das sieht nicht schlecht aus! Ich hol' Ihnen eine Haube und eine Schürze, ja, doch, ich glaube, das geht.«

»Das ist unsere Mrs. Groszmann«, sagte Mrs. Willoughby zu ihren Abendgästen. »Sie kommt aus Wien.« Die Gäste nickten meiner Mutter freundlich zu. Sie lächelte und stellte die Suppe gekonnt vor jeden hin, von links, und so hat sie ihre Sache gut gemacht, und alle waren angetan.

Mein Vater wurde vom Butler zum Gärtner degradiert, wovon er noch weniger Ahnung hatte. Er hatte ein Städtergespür für alles, was wächst, und werkelte nach seiner eigenen Uhr in den Gemüsebeeten.

In diesen ersten Wochen entwickelte meine Mutter moderaten Widerstand. Eines Abends bemerkte Mrs. Willoughby, daß sie weder weiße Haube noch Servierschürze trug. Meine Mutter sagte, sie habe es vergessen, und als sie den zweiten Gang brachte, trug sie beides. Am nächsten Tag hatte sie es wieder vergessen. Mrs. Willoughby schaute sie an und sagte nichts. Danach servierte meine Mutter in ihrem guten schwarzen Kleid, und die Angelegenheit wurde nie wieder erwähnt.

Noch etwas beschäftigte meine Mutter. Sie brauchte ein paar Tage, um es ins Englische zu übersetzen. Eines Tages, als sie vor Mrs. Willoughby stand, die nach dem Frühstück am Eßzimmertisch saß und die Speisenfolge für den Tag aufschrieb, machte meine Mutter den Mund auf. Sie fragte Mrs. Willoughby, ob es möglich wäre, meinen Vater mit

Mister Groszmann anzureden, weil sie ja auch Missis genannt würde. Mrs. Willoughby schaute auf, mit ihren sehr blauen Augen, und überlegte kurz. Sie sagte, sie wisse nicht, wie das gehen sollte. Sie sagte, die Köchin würde immer mit Missis, der Butler aber nur mit dem Nachnamen angeredet, und sie sähe nicht, wie man das ändern könnte.
Meine Mutter war empört über die Ablehnung ihres direkten Gesuchs und schaute durchs Fenster hinaus, wo Mr. Willoughby und mein Vater im lieblichen weißen Aprilmorgenlicht zwischen den Blumenbeeten gingen. Sie sah sie von hinten, Seite an Seite. Mr. Willoughby trug seinen schwarzen Straßenanzug und die Melone und war auf dem Weg zur Arbeit. Mein Vater war zwei Köpfe größer. Sie fand, daß er trotz seines runden Rückens sehr gut aussah mit seinen Knickerbockern aus Tweed. Die Männer beugten sich hinunter, um die Hyazinthenrabatte am Ende des Pfads zu begutachten. Sie drehten sich um, und meine Mutter sah, daß mein Vater seine grüne Gärtnerschürze anhatte.

Wochentags, wenn Mrs. Willoughby und Miss Joanne allein waren, bekamen sie ihr Mittagessen auf einem Tablett in den Salon serviert, und wenn meine Mutter mit dem Abräumen und Abwaschen fertig war, standen ihr die eineinhalb Stunden bis zum Tee zur freien Verfügung. Meine Mutter überlegte den ganzen Vormittag, was sie in der Zeit alles tun könnte: Sie wollte mir schreiben; sie wollte ihren Eltern schreiben, und sie mußte dem Komitee in London einen Brief schicken, um einen Bürgen für sie zu finden; sie wollte ein Bad nehmen; sie wollte an der frischen Luft spazierengehen; sie wollte Englisch lernen, weil sie am Abend nach dem Kochen, Servieren und Abräumen zu erschöpft dazu war; sie hatte Schlaf nötig, aber mein Vater war nach oben gegangen, um sich hinzulegen, und was sie am meisten wollte, war allein sein. Sie saß am Küchentisch und sah ihre Freizeit verstreichen. Sie schaute immer wieder auf die Uhr und rechnete sich aus, wieviel Zeit bis zum Tee blieb. An einem Nachmittag ging die Tür auf, und Miss Joanne ging durch die Küche und zog eine Spur von Heu und Gras aus dem Stall hinter sich nach. Sie ließ eine schmutzige Bluse in die Abwasch in der Spülküche fallen und ging wieder hinaus, ohne die Türen zuzumachen. Deshalb zog es dort, wo meine Mutter saß, und sie stand auf und schlug die Tür hinter dem Mädchen zu. Dann tat es ihr leid. Sie erinnerte sich daran, wie sie die mieselsüchtigen Dienstmädchen bei ihrer Mutter nicht gemocht hatte, die sich wegen ihrer sauberen Böden aufgeregt hatten. Sie erinnerte sich, daß sie diesen Engländern ihr Leben verdankte. Sie ging zur Spüle und wusch Miss Joannes Bluse und stärkte sie; dann war sie auf sich selbst böse, weil sie so unterwürfig gewesen war, und deshalb ging sie zum Küchenkästchen, nahm sich von Mrs. Willoughbys bestem Minton-Porzellan und machte sich eine Schale starken Wiener Kaffee. Sie spürte das kunstvoll kannelierte Porzellan an ihren Lippen und hatte einerseits Angst, daß Mrs. Willoughby hereinkommen und sie erwischen könnte, andererseits hoffte sie es. Meine Mutter wollte, daß die andere Frau wußte, mit wem sie es zu tun hatte.

Es wurde meiner Mutter immer klarer, daß es vieles gab, was Mrs. Willoughby nicht wußte. »Warum sind Sie nicht in Österreich an Bord gegangen und direkt hergefahren?« fragte sie meine Mutter eines Tages. »Warum haben Sie so einen fürchterlichen Umweg gemacht?« Mein Vater, der gerade in die Küche gekommen war, riß die Augen auf.

»Wissen Sie denn, daß wir auf Sie und Groszmann elf Wochen gewartet haben?« sagte Mrs. Willoughby.
Meine Mutter versuchte Mrs. Willoughby ein paar Dinge zu erzählen, die Juden in Österreich und Deutschland zugestoßen waren.
»Ts ts, ist das nicht unglaublich?« sagte Mrs. Willoughby. »Wirklich, unglaublich.« Und ihre Augen fingen an herumzuschweifen. Mrs. Willoughby wollte das, was sie zu hören bekam, eigentlich lieber nicht wissen, und außerdem müssen die Erzählungen meiner Mutter, an denen sich Mrs. Willoughby aktiv beteiligen mußte, um meiner Mutter die fehlenden Wörter zu liefern, ermüdend gewesen sein.
Meine Mutter hatte noch eine Waffe: Sie hat stets an die Kraft des Lachens geglaubt. Sie lacht oft und mit ganzer Seele, bis sie ausschaut, als hätte sie geweint. Sie war immer schon die Komikerin in der Familie und macht dauernd Gesichter und witzige Gesten, weshalb ihre Onkel und Tanten gesagt hatten, es wär' schad um Franzis vergeudetes Talent. Sie hat immer ein Wortspiel auf Lager und genießt ihre besten Ansager genauso wie ihre schlechtesten. Jetzt wollte sie Mrs. Willoughby daran teilhaben lassen, indem sie ihre Witze auf englisch übersetzte. Wenn Mrs. Willoughby entgeistert schaute, erklärte meine Mutter sie lang und breit. Mrs. Willoughby sah müde aus.
Eines Tages sagte Mrs. Willoughby zu meiner Mutter, sie würde es nett finden, wenn meine Eltern ein paar Engländer kennenlernen würden. Meine Mutter war überrascht und erfreut. Mrs. Willoughby sagte, sie habe die Pfarrersköchin zum Tee mit meiner Mutter und meinem Vater eingeladen, und zwar für den nächsten Sonntagnachmittag, an dem sie frei hatten.

Es war ein sehr feuchter Nachmittag. Mrs. MacGuire stand um Punkt vier vor dem Lieferanteneingang. Sie war eine stämmige, schwarz gekleidete Frau mittleren Alters, die einen ordentlichen Eindruck machte. Sie ließ sich von meinem Vater den Mantel und die Stiefel abnehmen, behielt aber den Hut auf, während sie in der Küche Tee tranken. Sie sprach mit einem starken irischen Akzent, und meine Eltern verstanden nur ein paar Fetzen von dem, was sie sagte. Meine Mutter hatte eine Wiener Torte für sie gebacken, von der Mrs. MacGuire, soweit sie sie verstanden, sagte, sie sei viel zu üppig. Mrs. MacGuire bat um Papier und Bleistift, damit sie meiner Mutter das Rezept für englischen Rührkuchen aufschreiben konnte. Um fünf zog Mrs. MacGuire Mantel und Stiefel an und ging nach Hause.
Danach gingen meine Eltern an ihren freien Nachmittagen immer aus.
Eines Tages Ende Mai fiel meine Mutter über die Stiege. Sie war überarbeitet und hatte schlecht geschlafen, und als sie durch den Vorhang hinaus auf den Treppenabsatz trat, stürzte sie und polterte mit dem Kopf voran über die Stiege hinunter. Mr. Willoughby sprang vom Vorderhaus hinauf zum Treppenabsatz im zweiten Stock und rannte ihr von oben nach, aber da hatte meine Mutter sich schon wieder aufgerappelt und saß mit vornübergebeugtem Kopf auf einer Stufe. Sie hörte Mr. Willoughbys zitternde Stimme sagen: »Was ist passiert?« Meine Mutter hob den Kopf. Mr. Willoughby, der noch im Pyjama war, hatte seine funkelnden Augen auf meinen Vater gerichtet, der wie versteinert auf der obersten Stufe stand und hinunterschaute. »Sagen Sie die Wahrheit!« rief Mr. Willoughby. »Haben Sie gestritten?«
Meine Mutter erklärte, ihr Sturz sei ein Unfall gewesen.

Sie hat mir erzählt, daß ihr schwindlig und schlecht war und sie nichts mehr sagen wollte, als ob es zu mühsam – als ob es zu spät – wäre, irgend etwas zu erklären.
Und so hatten die Willoughbys meine Eltern in ihre Schranken gewiesen: Die Flüchtlinge gehörten zu jener Klasse von Leuten, die in der Küche essen, auf billigen Matratzen schlafen und ihre Frauen bei einem Streit über die Stiege hinunterwerfen, was nur beweist, daß die Menschen doch einen angeborenen Gerechtigkeitssinn haben und es ihnen unangenehm ist, sich von ihresgleichen bedienen zu lassen, wenn diese ihnen zu sehr ähneln.
Meine Eltern rückten inzwischen ihr Bild von ihren Herrschaften zurecht. »Sie hat keinen Sinn für Humor«, sagte meine Mutter. »Sie kennt sich in Geographie nicht aus«, sagte mein Vater, »und die naiven Fragen, die sie mir über die Nazis stellt!« »Sie haben keine Ahnung vom Essen«, sagte meine Mutter. »Weißt du noch, wie ich Apfelstrudel gemacht habe, und sie wollten Vanillesoße dazu?« »Die begreifen überhaupt nichts«, sagten meine Eltern, und so wiesen sie die Engländer in *ihre* Schranken.
Aber meine Mutter hatte ein Problem: Sie mochte Mrs. Willoughby. Sie schaute ihr gern zu, wenn sie in den Garten ging, mit ihrem blaugrünen Halstuch, das ihre Augen noch erstaunenswert blauer machte, und es gab an dieser adretten, dünnen Dame eine stille Zähigkeit, eine Haltung und eine Fähigkeit, ihren Haushalt leichthändig und bestimmt zu dirigieren, die meine Mutter nicht kannte und die sie bewunderte.
Sogar Mrs. Willoughbys Stumpfheit war unerschütterlich. An einem stark verregneten Sonntag, als meine Eltern nicht aus dem Haus konnten, kam sie in die Küche

und sagte: »Ach, Mrs. Groszmann! Jetzt, wo Sie sowieso da sind, macht es Ihnen doch wohl nichts aus, uns den Tee zu bringen?«
Es machte meiner Mutter sehr viel aus. Sie fügte sich mit empörtem Schweigen. An der Tür drehte sich Mrs. Willoughby um. »Aber kommen Sie vorher noch mit, wir suchen Bettzeug für Ihr kleines Mädchen heraus«, sagte sie. »Sie kommt am Donnerstag, nicht wahr?«
Meine Mutter folgte Mrs. Willoughby zum Wäschekasten und schwor sich, daß sie nie mehr einen undankbaren Gedanken über irgendeinen Engländer haben würde. »Die nicht«, sagte die Dame des Hauses und legte meiner Mutter ein paar zusammengelegte Leintücher auf den Arm. »Das sind unsere guten Leintücher, und Sie wollen doch nicht, daß sie sich an das Zeug gewöhnt. Legen Sie sie da auf die Kommode.«
Mit Hilfe meiner Mutter räumte Mrs. Willoughby den Wäschekasten aus, bis sie zu einem Stoß Leintücher mit Rostflecken kam, die ganz hinten lagen. »Da«, sagte Mrs. Willoughby, »und Sie und Groszmann nehmen sich in der Früh frei und fahren nach London, um das kleine Mädchen abzuholen.«
»Sie sind ja so gut«, sagte meine Mutter und war den Tränen nahe.
»Sie können ja vielleicht den 5-Uhr-15-Zug in Waterloo nehmen und rechtzeitig zurück sein, um uns ein Abendessen zu machen? Irgendwas Schnelles, wissen Sie, vielleicht Aufschnitt und Blattsalate und Aspik, das könnten Sie in der Früh herrichten, bevor Sie fahren, nicht wahr?«

Meine Eltern holten mich am Donnerstag in der Früh in Paddington ab. Wir aßen im Bahnhofsrestaurant und ver-

brachten einen fröhlichen Nachmittag mit Auslagenanschauen. Wir trafen Tante Trude und Onkel Hans, die uns zu Kaffee mit Begleitmusik in ein beliebtes Londoner Restaurant einluden, und um fünf Uhr fünfzehn nahmen wir den Zug und waren kurz nach sechs in Illford.
Ich ging in die Küche und schaute mich neugierig um. Die Küche war groß und hatte einen roten Klinkerboden. An den Wänden waren hellgrüne Tapeten, und in einem schwarzen Herd brannte Feuer.
Meine Mutter legte ein Tischtuch auf den Küchentisch und brachte Semmeln und Knackwurst, die sie in London besorgt hatte. Sie machte wunderbare Wurstsemmeln und drängte mich zu essen. »Iß«, sagte mein Vater, »iß«, und beide saßen da und schauten mir zu, bis ein schnarrendes Geräusch durch die stille Küche surrte. Ich folgte den Augen meiner Mutter, die auf die Wand über der Tür blickten. Dort war ein Kasten mit einem Glasdeckel, in dem es drei Reihen mit Löchern gab. Aus jedem Loch hing eine kleine rote Zunge. Unter den Löchern stand:

SCHLAFZ. VORN   SCHLAFZ. SÜD   SCHLAFZ. OST
SCHLAFZ. WEST   GÄSTEZ.   KINDERZ.
ESSZIMMER   SALON   BIBLIOTHEK

Die Salonzunge wedelte wild.
Meine Mutter stand auf und rief mich zu sich, sie fuhr mir mit dem Kamm durch die Haare und richtete den Kragen meines Baumwollkleids.
»Das ist Mrs. Willoughby, und ich will, daß du nett ausschaust. Und sag brav danke, daß du da bei uns sein darfst.«
Wir gingen über den Steinboden des Hinterhauses und durch die Filztür, die lautlos hinter uns zuging. Die Halle

war mit Teppich ausgelegt, und es war still. Eine Tür stand offen. Der Salon unterlag einer klassischen Ordnung und ruhte in einem warmen Licht. In einem tiefen Fauteuil saß eine schlanke Dame im geblümten Kleid. Die Dame sagte: »Mrs. Groszmann, es wird ein bißchen kalt. Ich frage mich, ob wir nicht einheizen sollen.«
»Ich mach' sofort Feuer«, sagte meine Mutter. »Mrs. Willoughby, das ist meine Lore.«
»Guten Tag«, sagte die Dame. Ich sah die blauen Augen, von denen mir meine Mutter geschrieben hatte. Das Zimmer war voller Blumen. Die mit Damaststoff überzogenen Sessel hatten filigrane O-Beine, die auf einem weichen, gemusterten Teppich standen.
Ich sagte: »Guten Tag.«
Meine Mutter hatte sich gebückt, um die Scheite im Kamin mit einem Streichholz anzufachen. Die züngelnden Flammen röteten das glänzende Holz des Kaminsimses.
Ich sagte: »Ich bin ganz allein aus Liverpool gekommen, nur der Mann vom Gepäckwagen war da, um auf mich aufzupassen.«
»Ach, wie nett«, sagte Mrs. Willoughby. Sie sagte zu meiner Mutter, daß Miss Elizabeth in der Stadt bliebe, so daß sie beim Abendessen nur zu dritt wären.
Ich schaute zu meiner Mutter und sagte: »Danke, daß ich dasein kann.«
Mrs. Willoughby sagte: »Es freut mich, daß du kommen konntest.«
Zurück in der Küche räumte meine Mutter den Tisch ab und sagte: »Also, bevor wir was anderes anfangen, solltest du dich hinsetzen und den Levines schreiben.«
»Kann ich das morgen machen?«
»Jetzt gleich«, sagte meine Mutter. »Du willst doch nicht,

daß sie denken, daß du gleich vergißt, was sie für dich getan haben, nur, weil du bei deinen Eltern bist. Du willst doch nicht undankbar sein.«
Ich war nicht undankbar. Manchmal hatte ich ziemlich große Dankbarkeit empfunden. (Da war dieser erste Freitagabend gewesen, als bei dem unbekannten, orthodoxen Zeremoniell Kerzen angezündet wurden und es mir seltsam vorkam, daß ich überhaupt da war. Es erschien mir wunderbar, daß die Levines mein seltsames, unbehagliches Ich in das Innerste ihres Hauses vorgelassen hatten. Ich war so bewegt, daß mir die Tränen kamen, was wiederum Mrs. Levine irritierte, und sie fragte mich immer wieder, was denn jetzt schon wieder sei, und ich konnte es ihr nicht sagen.) Aber an dem Abend bewegten mich andere Sachen. »Kann ich hinaus zu den Hendln?« fragte ich.
»Wenn du mit dem Brief fertig bist«, sagte meine Mutter.
Ich wand mich und seufzte und schimpfte, daß ich nicht wüßte, was ich schreiben sollte, und schrieb und patzte und weinte, so daß ich noch einmal von vorne anfangen mußte. Und so verging der erste Abend.
Am nächsten Morgen frühstückte ich mit meinem Vater am Küchentisch, während meine Mutter im Eßzimmer aufräumte und das Geschirr abwusch und ihr Putzzeug wegräumte. Mein Vater sagte, ich könne mit ihm die Hühner füttern gehen, aber ich wollte lieber bei meiner Mutter bleiben, die den Salon »machen« wollte. Mir gefiel es vorne im Haus.
Wir waren allein im Salon. Ich stellte mich ins Erkerfenster, das über den Rasen und durch eine Zeile von Zwetschkenbäumen auf die runden Hügel dahinter blickte. Auf einem kleinen Intarsientisch stand eine große Vase mit Rosen. Ich kniete mich hin, um mein goldgrünes Spiegelbild verzerrt

und mit einer monströs vergrößerten Nase auf der Kupfervase zu sehen. »Greif die Blumen nicht an«, sagte meine Mutter vom Kamin her, wo sie kniete und die Asche ausputzte. Ich ging auf Zehenspitzen über den Teppich und steckte mein Gesicht in die Gartenwicke, mit der ich mich niedlich und pastellfarben auf dem glänzenden Klavierdeckel gespiegelt sah. »Greif das Klavier nicht an«, sagte meine Mutter, die das Kaminsims abstaubte. Ich saß in Mrs. Willoughbys Fauteuil und fühlte die gemusterte Seide und das schnörkelige Holz zwischen meinen Fingern, während ich die Füße in die Luft hob, damit meine Mutter drunter saugen konnte. Ich träumte, ich sei Mrs. Willougbys jüngste Tochter. »Darf ich mit der Dienstbotenglocke läuten?« fragte ich. Meine Mutter sagte, natürlich dürfe ich das nicht und warum ich nicht zu meinem Vater in den Garten ginge, aber ich sagte, ich würde lieber mit ihr nach oben gehen.

Oben stand ich am Schlafzimmerfenster der Willoughbys und schaute meinem Vater zu, der unten, von einer Hühnerschar verfolgt, durchs Tor auf die Wiese hinausging. Das hysterische braune Federvieh flatterte so dicht um seine Beine, daß er sich seine Schritte vorsichtig bahnen mußte und den Kübel hochhielt, während er die Hühner mit der anderen Hand sanft wegscheuchte.

»Da geht er ja«, sagte ich zu meiner Mutter, die das Bett machte.

»Wer?«

»Der Vati.«

Meine Mutter kam zu mir. Sie schaute hinaus und lächelte.

Ich sagte: »Warum steht er eigentlich nie auf, wenn geläutet wird?«

Meine Mutter sagte: »Weil ich das immer mache ... weil

ich weiß, was sie wollen. Lorle! Wir müssen miteinander reden, wir zwei.« Ich spürte, daß sie mich anschaute, aber ich wollte nicht reden. Ich wußte, auf wessen Seite ich war.
»Ich möchte, daß du weißt, daß es mir nichts ausmacht zu arbeiten. Ich arbeit' sehr gern, wirklich! Und der Vati ist kein starker Mann.«
»Aber momentan ist er nicht krank«, sagte ich.
»Nicht so, daß er ins Krankenhaus muß, aber stark ist er eben auch nicht. Es geht ihm nie richtig gut, und er hat Angst, daß er wieder krank wird.«
Ich sagte: »Da kommt die Mrs. Willoughby mit ihrem Strohhut«, aber jetzt konnte meine Mutter nicht mehr zu reden aufhören.
»Ich frag' mich, ob es falsch ist, daß ich ihm die ganze Verantwortung abnehm', aber ich hab' ihn ja alles machen lassen, damit du auf den Kindertransport kommst. Er war es, der zum Komitee gegangen ist und zum Konsulat und zur Auswanderungsbehörde, und er hat alles gemacht, und er ist mir so stark vorgekommen wie schon lange nicht mehr. Sogar wie du schon im Bahnhof drinnen warst und sie uns nicht hineingelassen haben, wollte er bleiben, bis sie uns gesagt haben, daß der Zug abgefahren ist. Aber dann sind wir heim, und er ist zusammengebrochen, weißt du, es war zuviel für ihn. Und da hab' ich angefangen, alles zu übernehmen, und wenn es ihm wieder bessergeht, kommt's mir immer noch einfacher und schneller vor, wenn ich gleich alles selber mach'. Ich gewöhn' mich dran, und vielleicht tu' ich ihm ja auch unrecht.«
Ich schaute Mrs. Willoughby zu, die mit ihrem Korb und der Gartenschere zwischen den Rosenbeeten ging.
»Glaubst du, daß es falsch von mir ist, wenn ich dir das erzähle? Aber du bist ja bald wieder weg, und dann ist wie-

der niemand mehr da, mit dem ich reden kann, und du bist doch meine Freundin, gelt?«
Ich sagte: »Ja, kann ich jetzt nach oben und ein Buch lesen?«
»Lore«, sagte meine Mutter, »sei so gut und geh' ab und zu zu deinem Vater. Er hat dich so lieb.«
Aber ich wollte nichts wissen von der Liebe meines Vaters, die so viel größer war als meine kleine Gegenliebe.
»Frag ihn, ob er dir eine Geschichte erzählt.«
»Später«, sagte ich.
»Ja«, sagte meine Mutter. »Geh nur hinauf und lies ein bißchen. Ich ruf dich, wenn das Essen fertig ist.«
Vom Dachbodenfenster aus schaute ich meinem Vater zu, der hinter Mrs. Willoughby herging, die ihn gerufen hatte, damit er seinen Kübel abstellte und den Korb mit den Schnittrosen und die Gartenschere hinter ihr ins Haus trug. Ich hatte Mitleid mit ihm, weil ich ihn nicht gern genug hatte. Ich dachte, es müsse einsam für ihn sein außerhalb dieser Freundschaft, die meine Mutter und mich aneinanderband. Ich probierte, wie es wäre, wenn es einem nie richtig gut ginge. Ich dachte an den Tag bei Mrs. Levine, an dem ich erbrechen mußte, und versuchte, mich daran zu erinnern, wie das war, und dann stellte ich mir vor, daß es den ganzen Tag nicht aufhörte und den nächsten auch nicht. War es *so*, wie mein Vater sich fühlte? An diesem Sommertag schaute ich ihm zu und wurde zur Expertin für den Gang meines Vaters – umsichtig, die Lippen leicht geöffnet, die Augen geradeaus gerichtet und jede Faser angespannt, um ruckartige Bewegungen oder jähe Richtungswechsel zu vermeiden, als hüte er ein wackeliges Wohlbefinden vor der Rückkehr der Übelkeit.
Mein Vater und Mrs. Willoughby verschwanden unter dem Vordach. Ich schwor mir, daß ich am Nachmittag lieb

zu meinem Vater sein würde und ihn bitten würde, mir eine Geschichte zu erzählen, aber zu Mittag hatte er einen Schwächeanfall, der so schlimm war, daß er sich wie betäubt nach oben schleppte und ins Bett legte.
Meine Mutter und ich blieben allein in der sonnigen Küche. Sie pfiff, während sie den Tisch abräumte und das Geschirr zur Abwasch trug. Die Spülküche war von Sonnenlicht durchflutet. Die Wasserhähne blitzten silbrig. Über der Spüle stieg der Dampf auf wie heller Nebel, in dem meine Mutter stand, und das Wienerlied, das sie pfiff, klang ausgesprochen lieb und fröhlich. Ich konnte sehen, daß es ihr wirklich nichts ausmachte zu arbeiten.
Nachher saßen wir am Tisch und träumten miteinander: Eines Tages würden wir wieder alle zusammen in unserer eigenen Wohnung sein. Und dann kam mein Vater wieder nach unten, es ging ihm besser. Mrs. Willoughby läutete wegen ihres Tees, und danach fing meine Mutter mit den Vorbereitungen fürs Abendessen an.
Sonntag war unser freier Tag. Mein Vater wollte mir Mellbridge zeigen, das eine halbe Autostunde entfernt war. Als wir drei endlich in unserem guten Wiener Gewand hinuntergingen, hatte es zu nieseln angefangen.
»Und es ist fünfundzwanzig Minuten zu Fuß bis zur Hauptstraße, wo der Bus stehenbleibt«, sagte meine Mutter. »Was meinst du?«
Mein Vater stand da und wartete darauf, daß meine Mutter zu einer Entscheidung kam und sich die Antwort selber gab.
»Wir haben genug Zeit für den Bus um zehn nach drei, wir brauchen uns nicht abhetzen«, sagte meine Mutter.
Wir dachten, daß wir großes Glück hätten, weil wir bloß eine Minute auf den Bus warten mußten und es erst dann heftig zu regnen anfing, als wir schon im Bus saßen. Wir

rechneten eigentlich fast damit, daß es aufklaren würde, wenn wir im Stadtzentrum aussteigen würden – so war es dann allerdings auch nicht. Die Kinos seien sonntags zu, sagte meine Mutter, aber wir könnten die Hauptstraße hinaufgehen und schauen, ob wir ein Café finden, und einen Kaffee trinken gehen. Die Straßen waren wie ausgestorben. Es hörte nicht auf zu gießen. »Die Engländer sind jetzt alle daheim«, sagte ich.

Es gab einen kleinen Tearoom in der Nähe der Hauptstraße, der offen hatte. Drinnen war es recht nett. Auf den Tischen lagen saubere weiße Tücher. Im Kamin brannte Feuer. Das Lokal war leer. Die Kellnerin trug ein schwarzes Kleid, eine weiße Schürze und eine weiße Haube. Meine Mutter lächelte sie an, doch sie machte ein langes, säuerliches Gesicht. Es gab keinen Kaffee, also bestellten wir Tee wie die Engländer, das heißt, Tee und Buttergebäck und Orangenmarmelade. Solange die Kellnerin in der Nähe war, unterhielten wir uns laut auf englisch, aber sobald sie außer Hörweite war, flüsterten wir auf deutsch. Die Kellnerin schaute überhöflich ins Leere. Meine Mutter schaute immer wieder zu ihr. »Ich frag' mich, ob sie sich vielleicht nicht hinsetzen darf, solang Gäste da sind, was meint ihr?« sagte meine Mutter. Wir verlangten die Rechnung, zogen unsere feuchten Mäntel an und gingen.

»Gut, bleiben wir einmal da im Hauseingang und überlegen wir, was wir machen. Der nächste Bus kommt erst um zwanzig vor sechs.« Meine Mutter fragte meinen Vater, ob er nasse Füße habe. Er sagte, er sei sich nicht sicher. Ich sagte, ich sei mir schon sicher, daß meine naß seien. »Und wir müssen dann ja auch noch vom Bus zu Fuß nach Hause«, sagte meine Mutter. »Ein Taxi kostet bestimmt ein paar Pfund. Ich weiß, was wir jetzt machen. Gehen wir

zum Bus. Die Haltestelle ist überdacht, und da können wir uns hinsetzen. Wir können ein Ratespiel spielen. Bist du müde, Igo?« fragte sie meinen Vater, der so gebeugt und schleppend ging, daß er fast über seine eigenen Füße stolperte. Er sagte, er sei schon ziemlich müde. »Na«, sagte meine Mutter, »es ist ja nicht mehr weit. Siehst du, wir sind schon da.«
»Wo?« sagten mein Vater und ich und schauten um uns.
»Na da«, sagte meine Mutter, »und bald sind wir dort.«
Auf dem Weg machte sie kleine Witze und schaute meinen Vater immer wieder an. Ich konnte sehen, daß sie Angst hatte.
Zurück im Illford House gingen wir gleich hinauf in unser Zimmer. Es war feucht, und wir schlüpften unter die Decke. Mein Vater schlief beinahe augenblicklich ein. Meine Mutter und ich taten so, als wären wir bester Laune. Wir tuschelten, vielleicht könnte ich nächstes Jahr nach Südengland in die Nähe meiner Eltern ziehen, und wir würden die freien Nachmittage immer miteinander verbringen. Wir fragten uns, ob wir wohl ein Zuhause für mich finden würden, das so gut war wie das, das ich bei den Levines in Liverpool hatte.
Miss Joanne öffnete die Vorhangtür. »Oh!« sagte sie. »Ich wußte nicht, daß jemand da ist«, und sie trat ins Zimmer und ging in die Dachkammer dahinter. Sie kramte in der Kammer herum und blieb eine halbe Stunde. Mein Vater wurde wach und setzte sich auf. Ein paarmal ging sie mit Schachteln durch. Ich beobachtete sie genau. Ich wußte nicht, ob sie mich überhaupt gesehen hatte.
Am Montag kam ein Brief von den Levines. Es schien, daß Uncle Reuben sich noch einmal an den Augen operieren lassen mußte. Mrs. Levine war sehr mitgenommen, und es ging ihr ziemlich schlecht, und die Seite tat ihr weh, aber

sie sei froh, schrieb sie, daß ich glückliche Tage mit meinen Eltern verbrachte.
Meine Mutter zwang mich, postwendend zu antworten und Uncle Reuben meine besonderen Grüße zu schicken. »Schreib aber nichts davon, daß du von ihnen weg willst«, sagte sie. »Wir dürfen sie in so schweren Zeiten nicht betrüben.«
Ende der Woche kam noch ein Brief. Uncle Reubens Augen ging es zwar wieder besser, aber jetzt hatte irgendeine Cousine von Mrs. Levine irgend etwas Schreckliches, und Mrs. Levine ging jeden Tag zu ihr, um sie zu pflegen, obwohl ihr doch die Seite weh tat. Wenn meine Eltern wollten, daß ich länger bei ihnen bliebe, sei das für Mrs. Levine schon in Ordnung. Mrs. Levine sei überzeugt, daß meine Eltern sehr traurig darüber wären, daß ich praktisch am anderen Ende von England lebte. Die Levines würden immer voller Zuneigung an mich denken.
Jetzt begriffen wir, daß ich nicht nach Liverpool zurück sollte und ab Donnerstag, wenn mein Besuch im Illford House zu Ende ging, keine Bleibe mehr hatte. Mein Vater fing zu weinen an. Meine Mutter ging mit Mrs. Levines Brief hinein zu Mrs. Willoughby. Mrs. Willoughby rief den Pastor an. Er gab ihr die Adresse von einem Komitee von Kirchenfrauen in Mellbridge, das Flüchtlingen aus Europa half. Am nächsten Tag rief die Leiterin des Komitees an: Sie habe eine Familie für mich gefunden, die Hooper hieß und in Mellbridge wohnte – wenn es meinen Eltern nichts ausmachte, daß ich bei Christen wohnte. Meinen Eltern machte es nichts aus. Wir sagten, ich sei doch ein Glückspilz und das sei genau das, was wir uns gewünscht hätten. Alles wende sich zum Besten.
Am Donnerstag brachten meine Eltern mich zu meiner neuen Pflegefamilie.

Die Hoopers wohnten in einer Straße mit einheitlichen Doppelhäusern aus orangefarbenem Backstein, mit schmalen Wegen dazwischen, die zum Hintereingang führten. Vor jeder Doppelhaushälfte war ein quadratisches Rasenstück. Rundherum war eine nette Ligusterhecke und vorne ein kleines Eisengatter, durch das man auf einen sauberen Steinplattenweg kam, der zu drei Stufen führte, die zur Vordertür gingen. Diese Vordertür wurde während der ganzen Zeit, in der ich bei den Hoopers wohnte, nie benützt, außer an diesem ersten Donnerstag nachmittag, als ich mit meinen Eltern hinkam.

Mrs. Hooper machte uns auf. Sie war eine große, weiche Frau mit schönen schwarzen Augen. Sie muß so um die fünfunddreißig, sechsunddreißig gewesen sein, ein paar Jahre älter als meine Mutter. Mrs. Hoopers Oberlippe war ein bißchen eingefallen, weil ihr ein Zahn fehlte. »Hallo«, sagte sie. »Guten T-t-t-t-t ...« – die Zeit stand still, wir warteten auf den Stufen vorm Haus und schauten zu, wie Mrs. Hoopers Zunge gegen ihren Gaumen schlug und ihr ganzes Gesicht mitging – »...t-tag.« Wir folgten ihr in das kleine Wohnzimmer, das die kühle Atmosphäre eines unbewohnten Raums ausstrahlte. An den Wänden war die blauste Tapete, die ich je gesehen hatte. Mrs. Hooper bat meine Mutter und meinen Vater, auf der Sofagarnitur Platz zu nehmen. Sie selbst hockte sich auf den Klavierschemel. Sie lächelte schüchtern und versuchte, einen Schürzenzipfel um die linke Hand zu wickeln. Ich schaute mich im Zimmer um. Im schmalen Erker war ein geschlossener Sekretär, auf dem ein reichlich verzierter Bilderrahmen stand, mit einem vergrößerten Schnappschuß von zwei kleinen Mädchen in weißen Kleidern, die mit zusammengekniffenen Augen in die Sonne schielten.

Meine Mutter schaute sehnsüchtig aufs Klavier. Es war ein Piano, mit einem Spitzendeckchen und einer Porzellanvase mit Papierrosen obendrauf. Meine Mutter fragte Mrs. Hooper, ob sie Klavier spiele. Mrs. Hooper sagte, als Mädchen habe sie es gekonnt, und sie fragte meine Mutter, ob sie spielen könne. Meine Mutter sagte, sie habe schon ein ganzes Jahr nicht mehr geübt, seit ihr die Nazis den Blüthner weggenommen hätten. Meine Mutter stand auf und berührte die Tasten und spielte einen Durakkord und einen zerlegten in Moll.

»Ach«, sagte Mrs. Hooper. »Sie spielen aber schön.« Sie bat meine Mutter, sich ans Klavier zu setzen. »Sie sind doch aus Wien, nicht wahr? Können Sie einen Walzer spielen?« Meine Mutter schüttelte den Kopf: »Nicht besonders gut.« »Oder können Sie was von Chopin? Kennen Sie das, es geht so: tra la la, t-t-ra lalalala t-t-t-t-tra la la la ...«
Meine Mutter spielte die *Polonaise in A-Dur* für Mrs. Hooper. Das Piano klimperte wie ein altes Barpiano, und Mrs. Hooper weinte. Sie sagte, das sei ja so schön.

Der Hund bellte. Über den Weg kamen Schritte näher. Mrs. Hooper sagte, das sei Gwenda, und in dem Moment kam ein Mädchen herein und blieb in der Tür stehen. Es hatte ein kluges, zartes, unterernährtes Gesicht und trug den häßlichen schwarzen Faltenrock und die weiße Bluse, die man in England tragen mußte, wenn man zur Schule ging. Es schaute mich prüfend an. Ich hielt seinem Blick stand.

Mrs. Hooper und meine Mutter unterhielten sich weiter. Meine Mutter dankte Mrs. Hooper dafür, daß sie mich aufnahm. Mrs. Hooper sagte, es tue ihr leid, daß Mr. Hooper nicht rechtzeitig daheim sein würde, um meine Mutter und meinen Vater zu treffen. Und dann bellte der Hund wieder. Gwenda schaute ihre Mutter an und sagte:

»Albert.« Hinten wurde heftig mit Türen geschlagen, die Wohnzimmertür flog auf, und für den Bruchteil einer Sekunde stand ein blonder Kerl mit Pickelgesicht da. Ich dachte, er wäre ein Mann. Er muß siebzehn oder achtzehn gewesen sein. Er starrte die fremden Leute im Zimmer an, wich einen Schritt zurück und machte die Tür wieder zu.

Mrs. Hooper entschuldigte sich und ging hinaus und kam gleich wieder zurück und sagte zu Gwenda: »Geh du und red mit ihm.« Zu uns sagte sie: »Sie müssen Albert entschuldigen, er sagt, er ist noch schmutzig von der Arbeit, er kann uns nicht Gesellschaft leisten. Er ist schüchtern, wissen Sie«, sagte sie, »aber er ist ein guter Junge. Er hat eine gute Stelle unten bei den Gaswerken, und er verdient gut.« Es schien, als versuche sie, gleichzeitig zuzuhören und das heftige Gezischel und Geflüster im Hintergrund zu verdecken. Gwenda kam herein und rieb sich die Schulter.

»Was hat er gemacht?« fragte Mrs. Hooper.
»Nichts«, sagte Gwenda und setzte sich mit zitterndem Kinn hin. Ihre Augen füllten sich langsam mit Tränen.
»Was hat er dir getan?«
»Nichts, Ma!«

Meine Mutter sagte, sie müßten sich auf den Weg machen, um den Bus zurück nach Illford zu erwischen. Sie nahm Mrs. Hoopers Hände und sagte, sie wünschte, ihr Englisch, in dem sie Mrs. Hooper dankte, wäre besser. Mrs. Hooper sagte, ich solle meine Eltern vorne hinausbegleiten. »Weißt du, er wäscht sich gerade«, sagte sie und nickte nach hinten.

Vor dem Eisengatter verabschiedete ich mich von meinen Eltern. Mein Vater weinte, mit einem leisen Wimmern. Das Gesicht meiner Mutter war eingefallen, mit wunden Lippen und roten Augen, wie ich es bereits kannte. Mein Vater sagte, er glaube, er sei krank, und sie führte ihn weg. Ich sah sie von hinten Seite an Seite die Straße hinuntergehen – die große, schwerfällige, bucklige Person meines Vaters, angetrieben von meiner kleinen, rundlichen Mutter, die sich bei ihm eingehängt hatte und ihn zu stützen schien und ihm gleichzeitig liebevoll ins Gesicht schaute, als hielte sie sich an ihm an.

5. Kapitel

Mellbridge – Albert

Ich ging in mein neues Zuhause, machte die Haustür zu und stand im Vorzimmer. Die Tür zur Wohnküche hinten stand offen. Ich wußte nicht, ob ich da hineingehen sollte. Ich konnte einen quadratischen Tisch sehen. Er war so groß, daß nur ein schmaler Saum für Sessel übrig blieb. An einer Wand stand eine hohe Kredenz mit Geschirr, und auf der anderen Seite war ein Kamin, in dem Feuer brannte. Draußen sprang ein großer gelber Hund ans Fenster und bellte. Gwenda und Mrs. Hooper sprachen zu der geschlossenen Tür der Spülküche, die gleichzeitig als Badezimmer diente.
»Komm schon, Albert!« sagte Mrs. Hooper. »Rover will ins Haus, und ich muß raus.«
»Albert«, sagte Gwenda, »komm schon, mach auf. Ma muß hinaus aufs Klo. Komm schon! Albert?«
»Ah, da bist du ja«, sagte Mrs. Hooper, als sie mich in der Tür sah. »Wie heißt du gleich?«
»Lore«, sagte ich.
»Laurie, hm? Na, willst du nach oben? Gwenda, bring sie rauf, und du, denk dir nichts wegen Albert.« Sie senkte ihre Stimme, als spreche sie hinter dem Rücken eines Kranken.
»Er ist sauer. Er regt sich ja so leicht auf, weißt du!«

Gwenda war vierzehn, drei Jahre älter als ich. »Deine Ma und dein Dad arbeiten in einem Haushalt, stimmt's?« sagte sie, als wir über die enge Stiege hinaufgingen.
»Ja«, sagte ich. »Aber in Wien war mein Vater Hauptbuchhalter bei einer Bank, und meine Mutter kann Klavier spielen. Sie hat in Wien an der Musikakademie studiert. Was macht dein Vater?«
»Dad ist Heizer bei der Bahn, er ist bei der Gewerkschaft.«
»Ah ja«, sagte ich. »Und dieser Albert, wohnt der auch hier?«
»Ja. Den haben sie aus dem Waisenhaus adoptiert, vor drei Jahren. Albert ist okay, er wird Dawn heiraten, sie ist meine Schwester.«
»Wie alt ist sie?«
»Sechzehn. Das da ist das Zimmer von meiner Ma und meinem Dad.«
Mr. und Mrs. Hooper hatten das Schlafzimmer vorne über dem Wohnzimmer. Gwenda und Dawn teilten sich das Zimmer über der Küche, und das Zimmer über der Spülküche war für mich. In meinem Zimmer gab es einen Kleiderkasten und ein Bett. Es hatte einen Linoleumboden und war eng wie ein Schlauch. (Ich weiß noch, daß ich damals einen wiederkehrenden Traum hatte, in dem Wohnungen vorkamen, die so riesig waren wie die Säle des Kunsthistorischen Museums in Wien, und in diesem Traum tat sich immer noch ein Zimmer auf.)
Ich ging zum Fenster und schaute hinaus auf den Hof und auf den Streifen Garten hinter dem Haus. Er war so breit wie die Doppelhaushälfte und hatte einen Steinplattenweg, der über die ganze Länge von ungefähr zehn Metern ging. Am Fuß des Gartens, hinter der verwilderten Ligusterhecke, konnte ich in der zunehmenden Dun-

kelheit eine weite Fläche, eine abfallende Wiese ausmachen. »Was ist das?«
»Das ist das Gelände von der County School«, sagte Gwenda. »Da gehen diese eingebildeten Mädchen hin. Die haben grüne Uniformen, die hochnäsigen Dinger.«
»In welche Schule gehst du?«
»In die Central School, unten beim Bahnhof. Ma hat gesagt, ich soll dich mitnehmen, wenn die Schule wieder anfängt.«
»Warum gehst du nicht in die County School?« sagte ich.
»Was, ich?« sagte Gwenda. »Mit denen da und ihrem gespreizten Geschwätz!«
Ich sagte nichts, aber insgeheim zweifelte ich nicht daran, daß ich in die eingebildete Schule gehen und selbst gespreizt schwätzen würde.
Gwenda sagte: »Das war vorher Alberts Zimmer. Er wird jetzt auf dem Sofa im Wohnzimmer schlafen. Du kannst auspacken, und ich bring' seine Sachen hinunter.«
Als sie weg war, fing ich an, Kleider aus meinem Koffer zu nehmen und in den Kasten zu hängen, aber ich war zu ungeduldig, um fertig auszupacken, bei allem, was ich vermutlich unten verpaßte. Ich hörte den Hund immer noch bellen und Schritte auf dem Weg zum Haus. Türen gingen auf und zu. Durch die dünnen Bodenbretter drangen Stimmen und Tanzmusik aus dem Radio nach oben. Ich nahm Zeichenpapier und Farbstifte aus dem Koffer, und damit ging ich in die Küche, die voller Leute war.
Das Licht war an. Unter dem niedrigen Plafond dröhnte *A Tisket, a Tasket* in solcher Lautstärke aus dem Radio, daß ich zusammenzuckte. Am Tisch aß ein Mädchen Mandarinenspalten aus der Dose. Sie schaute ein bißchen wie Gwenda aus, außer daß sie ein langes Kinn hatte und alles

an ihrem Gesicht dicker und größer war. Sie war frisiert wie die meisten Mädchen in diesem Jahr: vorne Hörnchen auf den Schläfen und hinten langes, offenes Haar, und das schüttelte sie immer wieder weg von diesem Albert, der hinter ihr stand und es zu erwischen versuchte. Sie sagte: »Ts, aber, A-l-b-e-r-t! Hallo«, sagte sie zu mir und starrte mich einen Augenblick lang an.
»Hallo«, sagte ich.
Albert funkelte knapp an meinem Kopf vorbei. Er ging auf der Kaminseite um den Tisch und zog einen Sessel heraus. Er saß auf zwei Sesselbeinen und lehnte sich so weit nach hinten, daß wir die Luft anhielten. Dann legte er beide Füße auf den Tisch.
In der offenen Spülküchentür knöpfte ein Mann sein kragenloses Hemd auf. Sein Gesicht war schwarz vor Ruß. Als er lächelte, kamen weiße Zähne zum Vorschein, mit einem kleinen Spalt zwischen den Vorderzähnen, was sehr freundlich aussah. Ich mochte ihn. Er schien mich anzuschauen und lächelte. »Na?« sagte er.
»Komm schon, Gwenda«, sagte Mrs. Hooper. »Gib deinem Vater das Handtuch, damit er sich waschen kann und ich ihm sein Abendessen bringen kann.«
»Wie soll ich das machen?« sagte Gwenda. »Albert ist mir im Weg.« Mit dem Kopf gegen den Kaminsims und mit den Füßen auf dem Tisch versperrte Albert den Durchgang zwischen Tisch und Wand.
»Laß Albert in Ruh'«, sagte Mrs. Hooper, »und komm auf der anderen Seite herum. Dawn, steh auf und laß sie vorbei.«
»Ts, ach.« sagte Dawn. Sie stand auf. Sie ging um den Tisch herum und schaltete das dröhnende Radio leiser. Die Erleichterung war enorm. Albert langte hinüber und drehte es wieder laut.

Mrs. Hooper deckte für Mr. Hooper auf, und er kam aus der Waschküche, mit geschrubbtem Gesicht und mit naßglattem Haar und mit einem sauberen blauweißgestreiften Hemd, dessen Ärmel über seine braunen Arme hinaufgekrempelt waren. Mrs. Hooper brachte ihm einen Teller mit Fleisch, Erdäpfeln, Gemüse und einer dicken Soße und setzte sich neben ihn. Mit den Armen am Tisch schaute sie ihm beim Essen zu und erzählte alles, was passiert war: daß meine Mutter ja so schön Klavier gespielt hätte und daß Albert nicht einmal hereingekommen wäre, um Guten Tag zu sagen.
»Oh, Albert«, sagte Dawn. »Du bist eine Nervensäge.«
Mrs. Hooper sagte: »Laß ihn in Ruh'«, und Dawn sagte: »Schau, Dad, er hat die Füße auf dem Tischtuch.«
Aber Mr. Hooper wischte sich mit der Serviette über den Mund und ging zum Fauteuil, der zwischen Fenster und Kamin stand, und grinste mich an, bevor er die Zeitung herauszog und sie zwischen sich und seine Familie hielt.

Albert wußte wohl, daß er eine Nervensäge war. Am nächsten Tag nach der Arbeit kam er mit einem Geschenk nach Haus, das er von seinem Lohn gekauft hatte. Es war ein Spiel mit Karten und Bildchen, und er erklärte, daß es wie Bingo gespielt werde. Aber Mr. Hooper aß auf der einen Seite des Tischs zu Abend, und ich hatte meine Zeichensachen ausgebreitet. Ich war gerade bei einem perspektivischen Dorf, mit Häusern, Straßen und Autos. Ich machte diese Zeichnung nun schon seit Jahren und konnte sie ziemlich gut. Gwenda schaute zu und wollte auch zeichnen, und ich gab ihr Papier und borgte ihr ein paar Farben.
»Du kommst spät«, sagte Mrs. Hooper zu Albert.
»Na, ich hab' doch in die Stadt müssen – wegen dem Spiel!«

»Auch gut«, sagte Mrs. Hooper. »Geh in die Spülküche und wasch dich, damit ich dir dein Abendessen bringen kann.«
Aber Albert murmelte etwas in seinen Bart, und Mrs. Hooper sagte, er solle aufhören zu fluchen. Albert fand Tanzmusik im Radio und schaltete es so laut, daß der Apparat schepperte, und er ging hinaus in die Spülküche und knallte die Tür zu. »Oh je, jetzt ist er sauer«, flüsterte Mrs. Hooper. Ich war bestürzt über seine Brutalität, und aus Angst, daß ich irgendwie schuld dran war, blieb ich mit dem Kopf unten, als er zurückkam, mit seinem gelben Haar, das ihm naß in die niedrige Stirn fiel, und einem roten Gesicht, aber er setzte sich Gwenda und mir gegenüber und aß brav wie ein Lamm.
Ich machte noch eine Zeichnung. Diesmal war's eine mit Häusern, Straßen, einer Kirche mit Turm und einem Dorfplatz. Gwenda zeichnete ein Haus mit einem Zaun. Dawn stand daneben und schaute zu. Albert fragte Dawn, ob sie sich neben ihn setzen wolle, aber sie sagte, nein, sie wolle lieber zeichnen. Es tat mir wohl für Albert. Ich dachte, wenn er mich gefragt hätte, ich hätte mich neben ihn gesetzt. Albert aß sein Abendessen auf, und dann kam er herüber und stellte sich hinter Dawn und strich ihr übers Haar, und das war lästig, sagte sie. »Ts, ach. Daad!« sagte sie. »Sag Albert, er soll mich in Ruhe lassen. Daaaad!«
»Albert, laß Dawn in Ruh'«, sagte Mr. Hooper von seinem Fauteuil her.
»*Ich* tu' ja nichts. Sag ihr, sie soll mich in Ruh' lassen.«
»Dawn, laß Albert in Ruh'«, sagte Mr. Hooper und vertiefte sich wieder in seine Zeitung.
Ich wußte, daß Albert auch gern gezeichnet hätte, und mein Herz schlug wild, aber ich war zu schüchtern und

hatte zu große Angst vor ihm, um ihm Papier und Farbstifte anzubieten, und Albert war zu schüchtern zu fragen.
»Was soll denn das sein?« fragte er Gwenda in einem boshaften Ton.
»Das sind Vögel«, sagte Gwenda, »auf dem Hausdach.«
»Vögel«, sagte Albert, »richtig!«
Gwenda sagte: »Albert ist morgen im Tor für sein Team, nicht wahr, Albert?«
»Ja«, sagte Albert, und dann ging er und setzte sich hin, und diesmal behielt er die Füße unten.

Abgesehen von Mr. Hooper, der seinen freien Tag hatte und früh losging, um in seinem Schrebergarten zu arbeiten, wo er Gemüse anbaute, standen wir alle im Nieselregen und schauten Albert zu, wie er das Fußballspiel für seine Mannschaft verlor.
»Er ist richtig gut«, sagte Mrs. Hooper. »Aber der Boden ist ja so rutschig.«
Dawn blieb bei ihrer Mutter am Feldrand, wie eine junge Dame, aber Gwenda und ich leisteten Albert hinter den Torstangen Gesellschaft. Jedesmal, wenn der Ball auf ihn zukam, sprang er hoch und warf sich mit der vollen Länge seines Körpers über den Ball, der unter ihm ins Tor schoß. Wir litten für ihn, und wir gingen hin und putzten ihn ab. Ich hielt Gwendas Handtasche, während sie ihm mit ihrem Taschentuch den Schlamm aus den Augen wischte. »Das war schon ganz gut«, sagten wir. »Den hättest du nicht mehr kriegen können, in hundert Jahren nicht.«
Wir gingen nach Hause, mit Albert in der Mitte zwischen uns. »Du warst richtig gut«, sagten alle. Dawn gab ihm ihren Arm zur Stütze und schaute ihm bewundernd ins Gesicht.

»Dieses andere Team«, sagte sie, »die haben die halbe Zeit nicht gewußt, was sie tun.«
Ich sah eine Möglichkeit, bei Albert zu punkten. »Und die waren alle so groß«, sagte ich.
»Waren sie nicht, nicht sehr groß, jedenfalls«, sagte Dawn. »Albert ist ja auch nicht so klein.«
»Der Boden war ja so rutschig!« sagte Mrs. Hooper.
Aber Albert wußte, daß er für einen Tormann zu klein war und daß er das Spiel vermasselt hatte. Er versuchte den ganzen Nachmittag lang, witzig zu sein. Gwenda und ich waren hinauf in mein Zimmer gegangen, und sie stand beim Fenster, mit dem Rücken zur Tür. Über die Stufen kam ein hart aufschlagendes Poltern herauf, das sie zusammenfahren ließ, und in der Tür erschien ein riesiger kopfloser Schatten mit erhobenen Armen. Gwenda wurde rot und dann weiß und fing an zu zittern und zu weinen. Ich fing auch an zu weinen. Ich weiß nicht warum, denn ich habe keinen Moment lang daran gezweifelt, daß es sich nur um Albert handeln konnte, der sich die Jacke vorne herum über den Kopf gezogen hatte. Mein Herz stand kein bißchen still, als ich ihn in der Tür stehen sah, wo er knurrte und mit einem Ledergürtel wie mit einer Peitsche knallte. Ich heulte, um Gwenda Gesellschaft zu leisten. Mrs. Hooper kam angerannt und sagte: »Albert, schau her, was du angerichtet hast!« Sie setzte sich auf den Bettrand und klemmte Gwenda unter den einen Ellbogen und mich unter den anderen und wiegte uns auf ihrer weichen Brust. Wir brüllten.
Albert wich zurück und murmelte irgendwas von wegen kleiner Scherz, zum Teufel.
»Und hör auf zu fluchen, in meinem Haus wird nicht geflucht!« sagte Mrs. Hooper. Sie trieb uns sanft über die Stiege hinunter, wo wir unsere tränennassen Gesichter vor

Albert zur Schau stellten. Albert streifte durch die Spülküche. Dann ging er weg und kam mit einem neuen Kartenspiel zurück, das alle spielen sollten, aber wir sagten, wir wären viel zu aufgebracht, um Himmels willen, um Karten zu spielen, und er solle das Zeug doch weggeben.
Ich erinnere mich an das Fach, ganz unten rechts in der Küchenkredenz, wo Alberts Spiele lagen. Halb erwartete ich, daß sich alle eines Abends um den Tisch setzen und miteinander spielen würden, aber Mr. Hooper verschwand immer in seinem Fauteuil und hinter seiner Zeitung, und Mrs. Hooper trug Teller und Besteck zwischen Küche und Spülküche hin und her und machte sich Sorgen. Gwenda und ich saßen am Tisch und zeichneten, Dawn keppelte mit Albert, und Albert fingerte an den Radioknöpfen herum und suchte die Programmskala nach Tanzmusik ab. Alberts Radio ging mir echt auf die Nerven, mit Ausnahme einer Melodie, die ohne Gesang auskam und *Ein Salon des 18. Jahrhunderts* hieß. Einmal waren meine Eltern donnerstags auf Besuch, und ich wartete den ganzen Nachmittag darauf, weil ich sie meiner Mutter vorspielen wollte: »Wie findest du das?« sagte ich. »Hör zu. Gefällt's dir?«
»Mein Gott!« sagte meine Mutter. »Das ist eine Klaviersonate von Mozart. In C-Dur. Das hab' ich oft gespielt! Was haben die denn damit gemacht!«
»Schrecklich!« sagte ich und war recht dankbar, daß es mir erspart geblieben war zuzugeben, wie reizend und lieb, wie wunderbar wohlgeordnet das in meinen Ohren klang.
Albert war hereingekommen, um mit uns Tee zu trinken. Er saß da und hatte seine scheuen, bockigen Augen nach unten geschlagen. Solange meine Eltern da waren, sagte er kein einziges Wort, aber nachher tanzte er um den Tisch

herum und sang meine Melodie mit einer spöttischen Fistelstimme. Ich wandte meine Augen ab von diesem kurzgewachsenen Albert, der mit hochgezogenen Schultern und leicht gekrümmten Beinen ein Menuett tänzelte – um ihn wie mich zu verschonen, so wie man wegschaut, um es nicht zu sehen, wenn sich jemand in einer peinlichen Lage befindet.

Normalerweise versuchte ich Albert nicht zu sehen. Ich schaute Gwenda zu, die mit ihm redete und die ewig gerötete Haut um seine Nasenlöcher und den heftigen rotvioletten Ausschlag auf seiner jugendlichen Haut anschauen konnte, ohne dabei angeekelt zu wirken. Das wunderte mich.

Einmal trafen Albert und ich vor dem Haus aufeinander, und es blieb uns nichts anderes übrig, als nebeneinander auf dem schmalen Weg bis zur Hintertür zu gehen. Ich hielt mich dicht an der Mauer auf meiner Seite, um jeden Kontakt mit seinem Körper zu vermeiden, von dem Wärme ausströmte. Die ganze Zeit über bestritt ich eine hirnlose Unterhaltung, die wie ein Flirtversuch geklungen haben muß. »Dieser Hund! Hörst du?« sagte ich. »Der weiß, daß wir kommen. Ob er uns erkennt?« Albert sagte kein Wort. Einen Moment lang herrschte Verwirrung rund um die Hintertürschnalle, nach der wir beide die Hand ausstreckten, und unsere Augen trafen sich kurz. Bevor ich meine abwenden konnte, überraschte mich dort, wo ich reinen Haß vermutete – denn hatte nicht ich ihn um Bett und Zimmer gebracht? –, eine blaue Oberfläche, eine Beleidigung. Ich ging ihm voraus in die Küche. Im Haus war es still. Es war keiner da, und ich hatte Angst, mit Albert allein in einem Raum zu sein, und deshalb murmelte ich, daß ich meinen Kleiderkasten aufräumen müsse, und rannte hinauf in mein Zimmer.

Unten lärmte das Radio. Ich saß auf dem Bett. Ich träumte einen Tagtraum: Ich schaute Albert ins Gesicht. Ich sagte: »Weißt du denn nicht, daß dich alle lieber hätten, wenn du netter wärst und dich besser benehmen würdest?« In meinem Traum wurde Albert bekehrt, zum braven Knaben und Gentleman, dank mir.

Ich blieb oben, bis ich Mr. Hooper nach Hause kommen hörte, und dann ging ich hinunter in die Küche. Ich schaute verstohlen auf Mr. Hoopers Augen. Er hatte braune Augen, nicht fremde, kalte Christenaugen wie Albert. Ich wußte, daß Mr. Hooper auch ein Christ war, aber keiner mit blauen Augen. Im Grunde waren Mr. Hooper und Gwenda Juden; ich adoptierte sie.

Gwenda hatte ich schrecklich gern. Der einzige Streit, an den ich mich erinnere, passierte wegen unserer gemeinsamen Zeichnerei und brachte mir erste politische Einblicke. Gwenda hatte nun ihre eigenen Farbstifte, und zwar andere Farben als ich, also entwickelten wir ein Tauschsystem: Borgte sie mein Rosarot, borgte ich, sagen wir, ihr Himmelblau. War jedoch mein Rosarot, das ich nie verwendete, ein langer Stift und ihr Himmelblau, das sehr beliebt war, ein kurzer, borgte ich mir zusätzlich noch ihr Grün aus, um den Längenunterschied auszugleichen. Komplikationen gab es, wenn sie ihr Himmelblau zurück wollte, während ich ihr Grün noch benutzte, weil sie dann das Blau mit einem Stift gleicher Länge ersetzen mußte, und wir nicht mehr wußten, was wem gehörte, und es gab Streit. Ich weiß nicht mehr, wem von uns die Erleuchtung zuteil wurde, daß wir unsere Schätze zusammenlegen sollten und jede aus dem gemeinsamen Besitz nehmen konnte, was sie brauchte. Wir nahmen eine große Schachtel und taten alle Farbstifte hinein. Für den Rest des Abends gingen wir eng um-

schlungen. Am nächsten Tag kam die Gegenerkenntnis: Wir wollten beide zugleich den Himmel machen, und es gab Streit. Trotzdem scheint mir, daß Gwenda und ich lieb zueinander waren, und als die Wochen verstrichen, wurden wir Freundinnen. Wenn die eine weinte, weinte die andere mit.
Einmal an einem Sonntag, bevor ich auf Besuch zu meinen Eltern ging, ruinierte Albert das Dorf, das ich gezeichnet hatte und als Geschenk für sie mitnehmen wollte. Darauf gab es Häuser, Straßen, Kirchtürme, einen Kirchplatz und sogar Spaziergänger, und ich hatte es offen liegenlassen, damit die Hoopers es bewundern konnten, ohne daß meine Absicht allzu offensichtlich war, weshalb es genausogut Zufall gewesen sein konnte, daß Albert es zum Schuhputzen verwendet hatte. Augenblicklich überkam mich der Schmerz über den Verlust, und ich fing an zu weinen. Gwenda kam angerannt und wollte wissen, was los war, und als ich es ihr sagte, weinte sie so aufrichtig, daß ich mich fragte, ob es nun wirklich so schlimm war. Das war der Tag, an dem Albert ein Monopoly mit nach Hause brachte.
Gegen Ende des Sommers brachte Mrs. Hooper Dawn und Gwenda und mich in die Stadt zur Luftschutzzentrale, wo wir Gasmasken kriegen sollten. Wir setzten die häßlichen schwarzen Masken mit den flachen Schnauzen auf. Wir sahen fremd und monströs aus. Für die Kleinen gab es Mickey-Mouse-Masken mit blauen Schnauzen und rosaroten Schlappohren, auf die sie nicht hereinfielen. Sie brüllten aus panischer Angst vor dem übelriechenden Gummi, den man ihnen übers Gesicht zog. Auch Mrs. Hooper bekam Angst. Auf dem Heimweg fragte sie mich immer wieder, ob es wirklich Krieg geben würde. Ich sagte, nein, würde es nicht. Hitler würde nie einen Krieg anfangen, wenn er erst einmal erkannte, daß

die Alliierten es ernst meinten. Mrs. Hooper war ganz erleichtert. Ich mußte es schließlich wissen, ich kam ja von dort.
Am 3. September wurde der Krieg erklärt. Wir hörten es im Radio, und Mrs. Hooper wurde hysterisch und fing an zu zittern und schickte Gwenda und mich, um Mr. Hooper schnell von seinem Schrebergarten am Fluß zu holen. Wir rannten den ganzen Weg. »Krieg!« riefen wir von weitem, sobald wir Mr. Hooper sahen, der neben der kleinen Wellblechhütte auf seinem kleinen Grundstück hockte, wo er Paradeiserstauden, Karotten, Salat und Bohnen anpflanzte. »Mum sagt, du mußt gleich heimkommen, es ist Krieg!« schrie Gwenda, als sie atemlos und panisch bei ihm ankam.
Mr. Hooper richtete sich auf. »Charlie!« rief er hinüber zu einem Kerl, der am anderen Ende des Nachbargärtchens Unkraut jätete. »Krieg!«
»Was?« rief Charlie und legte die Hand hinters Ohr, als habe er nichts gehört.
»KRIEG!« schrie Mr. Hooper und formte dabei die Hände vorm Mund zu einem Lautsprecher.
»OH!« schrie Charlie zurück und nickte mit dem Kopf, als Zeichen, daß er verstanden hatte, und jätete weiter.
Mr. Hooper schickte uns heim. Er sagte, er wolle seine Bohnen ernten, bevor der Regen anfing, und er würde bald nachkommen.
Aber wir hatten nicht den Eindruck, daß es bald regnen würde. Es war phantastisch, wie blau der Himmel immer noch war, trotz des Krieges. Die Sonne stand hoch und schien heiß, und wir schlenderten zurück. Albert war inzwischen heimgekommen, und aus dem Radio kam Musik wie immer. Ich war beruhigt. Kriegszeit war wie jede andere Zeit, außer daß wir unsere Gasmasken in Kartons

mit einem Band um den Hals trugen, wo immer wir hingingen.

Die Schule hatte angefangen. Gwenda und ich kamen und gingen zusammen, obwohl sie zwei Klassen über mir war. Am ersten Morgen hatten wir Lauskontrolle. Ich zeigte meinen Kopf gnädig, es mußte allen klar sein, daß es dabei nicht um mich gehen konnte. Es gab eine einzige Lehrerin für alle Fächer, und ich weiß noch, daß ich dachte, sie habe mir nichts Neues zu erzählen. Ich fing an zu lesen. Ich las den ganzen Tag unter der Schulbank. Ich las den ganzen Abend und spätabends im Bett und nahm mein Buch zum Frühstück mit. »Wem gehört das?« fragte Albert, ohne mich anzusehen, und hielt das Buch zwischen Zeigefinger und Daumen, als wäre es etwas Unappetitliches, was er da auf seinem Sessel gefunden hatte.
Kurz vor den Weihnachtsferien fand an der Central School die jährliche Abschlußprüfung statt, und Gwenda und ich bekamen beide ein Stipendium für die County School. Meine Eltern begrüßten diese Wendung in meinem Schicksal mit begeistertem Stolz; mein Vater weinte Tränen, meine Mutter ging zu Mrs. Willoughby hinein und erzählte es ihr. Die Hoopers aber reagierten mit einer anderen Art von Stolz. Keines ihrer Kinder würde, sagten sie, mit Mädchen einer Klasse in die gleiche Schule gehen, der sie nicht angehörten.
Voller Entrüstung teilte ich Gwendas Leid, aber zu meiner Verwunderung teilte sie die Ansicht ihrer Eltern. »Ma und Dad sind auch in die Central School gegangen«, sagte Gwenda.
»Aber willst du denn nicht in eine bessere Schule«, sagte ich, »wo sie Latein unterrichten und du nachher auf die Uni gehen kannst? Mein Onkel Paul ist auf die Universität

Wien gegangen, bis die Nazis ihn hinausgeworfen haben. Ich werd' auf die Uni gehen.«
»Ich werd' heiraten«, sagte Gwenda. »Dad und Albert sind nicht auf die Uni gegangen, und Albert arbeitet beim Gaswerk, und meinen Vater haben sie zum Gewerkschaftssekretär gewählt.«
»Magst du Albert?« fragte ich beiläufig.
»Ja«, sagte Gwenda. »Er gehört zu uns.«
Wir hockten beieinander in einem Loch, das wir in die Ligusterhecke am Ende des Gartens gemacht hatten. Ich schaute über das Gelände meiner neuen Schule – die Spielfelder, die Tennisplätze, die Bäume, die rund um die Freilichtbühne gruppiert waren, und das weitläufige Gebäude, das sich oben auf dem Hügel erstreckte. Ich wollte es nicht glauben, daß Gwenda die Dinge wirklich anders sah als ich, und ich sagte: »Findest du das denn nicht hübsch?« und beobachtete ihr Gesicht mit Neugier.
»Es ist eine Frechheit«, sagte Gwenda. »Das alles für eine Handvoll Mädchen.«
»Aber es ist hübsch«, sagte ich. »Und die Mädchen mit ihren grünen Uniformen, sehen die etwa nicht hübsch aus?«
»Sie sind eingebildet«, sagte Gwenda. »Ich mag die Mädchen in der Central School. Sie sind meine Freundinnen.«
»Ich werd' mich mit den Mädchen in der County School anfreunden«, sagte ich. Gwenda und ich saßen eng beieinander und verglichen unsere Überheblichkeiten. »Was wirst du dann sein, wenn du nicht auf die Uni gehst?«
»Ich lern' Schreibmaschinschreiben in meiner Abschlußklasse«, sagte Gwenda, »und dann werd' ich Sekretärin.«
»Ich werd' Malerin«, sagte ich. »Und dann reise ich. Mein Onkel Paul ist immer mit seinen Freunden durch Italien

gereist, vor Hitler. Ich werd' eine Menge Freunde haben. Dichter und solche Leute.« Gwenda hörte mit ganzem Herzen zu. Ihre Augen leuchteten vor Begeisterung, während ich in meiner köstlichen Zukunft schwelgte und mir alles nahm, was ich wollte, wie ein kleines Kind, das sie im Zuckerlgeschäft herumtollen lassen, bis Mrs. Hooper aus der Spülküche rief, daß wir kommen und unsere Hände waschen und zu Abend essen sollten.
»Also, wer besorgt jetzt deine neue Uniform?« sagte Mrs. Hooper. »Ich weiß bestimmt nicht, was man da oben in dieser vornehmen Schule alles braucht.«
Am nächsten Tag nahm ich meine Gasmaske und ging zu der Dame vom Flüchtlingskomitee und erzählte es ihr, und sie sperrte das Büro zu und ging mit mir einkaufen. Sie kaufte mir den grünen Prinzessinnenkittel und die grüne Baskenmütze mit dem Schulemblem, und ich habe nie erfahren, wer dafür bezahlt hat.
»Aha!« sagte Albert. »Da kommt Miss Wichtig.«
Albert konnte mich nicht ausstehen. Zu Weihnachten schenkte er mir ein Spiel – ein kleines. Für den Rest der Familie hatte er einen zusammenklappbaren Billardtisch gekauft, mit Kugeln und Stöcken und Kreiden, auf dem er während der ganzen Feiertage allein spielte.
Heiligabend war auch Dawns siebzehnter Geburtstag, und Albert gab ihr einen Ring. Nach dem Tee drehte er das Radio so richtig laut auf, stellte sich hinter Dawns Sessel und trommelte mit der flachen Hand *A Tisket, a Tasket* auf ihre Brüste. Mrs. Hooper fing an, das Teegeschirr in die Spülküche zu räumen, und Gwenda ging aus dem Zimmer. Ich tat so, als ob ich zeichnen würde, aber ich schaute voll Faszination auf das, was Alberts Hände sich getrauten, und auf Dawn, die es erlaubte. Ihre Hände lagen locker auf dem Schoß, die linke, die den Ring trug, in die

rechte gebettet. Sie starrte geradeaus, mit einem Ausdruck der Geduld in den Augen.

Mit Anfang des neuen Halbjahres wurde ich in die vierte Klasse aufgenommen, in der Schule am Hügel hinter dem Haus der Hoopers.
»Kannst du dich um Lore kümmern? Sie ist neu hier«, sagte die Lehrerin zu einem Mädchen, das in der ersten Reihe saß. »Katherine wird dir alles zeigen. Du sitzt hier, und Daisy, kannst du dich bitte in die freie Bank hinten setzen?«
»Oh nein!« sagte diese Katherine. »Warum muß Daisy sich wegsetzen?« Sie schaute mich mit ihren kalten und überheblichen blauen Augen an.
Ich redete mit Katherine. Ich erzählte ihr, wie ich zu dem Stipendium für die County School gekommen war. Katherine schaute nach hinten zu Daisy und fuhr mit dem Daumen zur Nase. Ich beschloß, daß sie nicht mich gemeint haben konnte, nicht, wenn ich dabeistand. Ich sagte: »Ich bin aus dem Ausland, und in England bin ich in die jüdische Schule gegangen, und nach dem ersten Halbjahr war ich Klassenbeste.«
»Gefällt's dir denn nicht in der neuen Schule?« fragte meine Mutter am darauffolgenden Donnerstag.
»Doch! Natürlich gefällt es mir«, log ich. »Sehr sogar!« Voll Begeisterung erzählte ich von den Sportplätzen und Grünflächen und Bäumen und daß es einen eigenen Zeichensaal gab, mit Staffeleien.
»Es dauert immer ein bisserl, bis man in einer neuen Schule Freunde findet«, sagte meine Mutter.
»Ich hab' viele Freunde«, sagte ich, denn ich konnte es nicht ertragen, daß meine Mutter wußte, daß ich so eine war, die keine hat. Ich hatte mich in das Zimmer von

Dawn und Gwenda geschlichen, wo es einen kleinen Spiegel an der Wand gab, um zu sehen, was andere Leute sahen, wenn sie mich anschauten. Meine Augen starrten zurück, kritisch, unsicher und übereifrig. Meine Nase hatte ihre kindliche Rundlichkeit verloren und war spitz, wie die meines Vaters. Mein Gesicht war schmal und wirkte noch schmäler durch die Haarmassen, die in hellen kleinen Kringeln wegstanden. (Meine Mutter wollte, daß ich mir das Haar kurz schneiden ließ, aber das tat ich nicht. Ich dachte, wenn es erst einmal lang genug wäre, würde es auch schwarz, fein und seidig sein und mir in tragischer Weise ums Gesicht hängen. Dann sähe ich interessant aus und traurig, und sogar Albert hätte Mitleid mit mir.)
Ich fragte mich, warum Gwenda und Mr. Hooper mich gern hatten. Ich beobachtete sie. Ich fing ihre Blicke, wenn sie mich anschauten, und versuchte mir mich selbst vorzustellen, wie ich für sie wirkte – und da war ich mit meinem spitzen und schmalen Gesicht. Ich studierte auch Mrs. Hooper und war unsicher. Oft, wenn sie mit mir sprach, schaute sie nervös zu Albert, und doch glaubte ich nicht, daß sie mich gar nicht mochte.

Anfang 1940 kam ein Inspektor nach Illford House, um zu überprüfen, ob meine Eltern befreundete Ausländer oder Spione waren, und einen Monat später wurde mein Vater vor ein Tribunal gerufen, gemeinsam mit allen Ausländern aus Feindesländern. Mr. Willoughby begleitete ihn und verbürgte sich dafür, daß mein Vater befreundet war und weder explosive noch entflammbare Stoffe, noch Landkarten in einem Maßstab von mehr als einem Inch pro Meile, noch Fahrzeuge besaß. Dann fuhr er meinen Vater nach Hause.
In London hatten die Luftangriffe begonnen. Mr. Hooper

und Albert buddelten für einen Bunker hinterm Haus. Ich fragte Mrs. Hooper, ob sie uns bombardieren würden, und sie sagte, sie hoffe, daß die das doch bestimmt nicht tun würden. Am Abend hörte ich, wie sie zu Mr. Hooper sagte, daß die doch bestimmt keine Bomben auf uns abwerfen würden. »Das würden die doch nie tun, auf uns doch nicht«, sagte sie, »nicht wahr, Fred?« Sie saß da und schaute ihm zu, wie er sein Fleisch aufschnitt.

»Nein«, sagte Mr. Hooper. »Sie werfen sie rundherum ab. Stimmt's, Laurie?«

»Ts, aber Freddy!« sagte Mrs. Hooper. »Ich meine, die würden doch England nicht bombardieren, wenn wir ihnen erst einmal zeigen, daß wir's ernst meinen. Wir schicken doch unsere rüber und zeigen's denen, und die trauen sich nie.«

»Na, da fällt mir aber ein Stein vom Herzen«, sagte Mr. Hooper.

Und so wurde mir zweifelsfrei klar, daß die Erwachsenen nicht mehr davon verstanden als ich und daß sie genauso wenig Macht hatten, es zu verhindern, wie ich, und jetzt wußte ich, daß die Bomben bestimmt fallen würden.

Es stellte sich bald heraus, daß alle Ausländer über sechzehn, weiblich oder männlich, feindlich waren. Bestimmte Zonen im Umkreis von einer gewissen Anzahl von Meilen an der Ost- und an der Südküste wurden zu *Schutzzonen* erklärt, und meine Eltern mußten das Haus der Willoughbys innerhalb von vierundzwanzig Stunden verlassen. Das Komitee betrieb ein Auffanglager im Landesinneren, in dem die Flüchtlinge bleiben konnten, während sie sich eine neue Arbeit suchten, und auf dem Weg dorthin machten meine Eltern bei den Hoopers halt. Bald, sagte meine Mutter, würden wir auf die eine oder andere Weise wieder zusammenleben.

Es war wieder Sommer. Die Lady vom Kirchenkomitee brachte mir einen Tennisschläger aus zweiter Hand. Er lag elegant in meiner Hand. Ich ließ ihn in der Küche herumliegen, damit ihn alle sehen konnten. Albert klaubte ihn auf, und er lag kraftvoll in seiner Hand. Er schwang ihn durch die Luft. »Jauuuh!« johlte Albert. Er hätte mir damit wahrscheinlich gern eins übergezogen, aber statt dessen jagte er Gwenda um den Tisch. Er hatte meine grüne Baskenmütze auf dem Kopf.
»He, das gehört mir!« sagte ich.
»Huuuups!« rief Albert.
»Albert, leg das weg, bevor jemand verletzt wird«, sagte Gwenda, mit dem Tisch zwischen sich und ihm.
»Dad!« rief Dawn. »Schau, was er macht!«
»Paß bloß auf!« sagte Mrs. Hooper, und der Arm, den sie zu ihrem eigenen Schutz erhoben hatte, bekam die volle Wucht des niedergehenden Schlägers ab. Mrs. Hooper saß plötzlich zwischen Kamin und Tisch auf dem Boden, mit einem derart überraschten Gesichtsausdruck, daß wir alle lachen mußten, bis wir den Schmerz in ihrem Gesicht sahen. Ihr Arm hing schlaff und nutzlos aus dem Ärmel. Gwenda und ich fingen an zu weinen. Mr. Hooper kniete neben seiner Frau und packte den verletzten Arm, und trotz Mrs. Hoopers Gebrüll renkte er ihn wieder in die Gelenkpfanne ein und half ihr auf einen Sessel, wo Mrs. Hooper saß und sich die Schulter hielt und dabei vor und zurück wippte. Ihr Gesicht war weiß, und aus ihren Augen kamen immer noch Tränen, aber sie konnte den Arm bewegen, sagte sie, und es ginge wieder.
Albert hatte beim Anblick dessen, was er angerichtet hatte, die Flucht ergriffen und ging in der Spülküche auf und ab, mit einem bockigen, tiefroten Gesicht. »Verdammter Tennisschläger«, sagte er. Ich ging hin und stand in der

Tür. »Du bist genau wie die Deutschen«, schrie ich mit pochendem, heißem Kopf, und mein Herz zersprang vor Erleichterung. »Du Nazi!« schrie ich, nicht wegen dem, was er Mrs. Hooper angetan hatte, sondern, weil er mich all die Monate in Angst und Schrecken gehalten hatte. Erst jetzt klapperten seine Zähne, und als Gwenda und Dawn immer wieder vorbeigingen, angeblich um der armen Verletzten zur Hand zu gehen, in Wirklichkeit aber nur, um Albert böse Blicke zuzuwerfen, wünschte ich mir, sie würden ihn in Ruhe lassen.
Es scheint mir, daß ich Albert nachher weniger bemerkte und seine Gegenwart mir weniger ausmachte.
Eines Tages kam ich aus der Schule heim. Mrs. Hooper war allein zu Haus. Sie war nervös und wickelte die Hand dauernd in die Schürze, und ihr Kinn zitterte. Ich sagte, sie solle sich doch in Mr. Hoopers Fauteuil beim Küchenfenster setzen. Sie erzählte mir, daß eine Großtante von Mr. Hooper, die in einem Altersheim lebte, Lungenentzündung gekriegt hatte und sehr krank war. Mrs. Hooper fing an zu weinen.
»Sie wird wieder gesund, nicht wahr?« tröstete ich.
Mrs. Hooper schüttelte energisch den Kopf. »Nein, sie ist ja so krank. Weißt du, Lungenentzündung in dem Alter! Ich werd' sie vermutlich pflegen müssen, weißt du, und sie muß vielleicht herkommen und bei uns wohnen, und d-d-d-da gibt's ja kein B-b-b-bett mehr.«
Ich sagte: »Ach. Na ja, vielleicht kann sie ja mein Bett haben?«
Mrs. Hooper weinte so heftig, daß ich meine Arme um sie legte.
»Ja, ich nehm' an«, sagte Mrs. Hooper.
»Und wo werd' ich schlafen?«
Mr. Hooper weinte noch heftiger.
»Sie brauchen sich keine Sorgen zu machen«, sagte ich.

»Ich find' schon was«, und ich schaukelte Mrs. Hooper an meiner Brust, »und dann, wenn's ihr bessergeht, komm' ich wieder zu Ihnen.«
Mrs. Hooper trocknete sich die Augen. »Ja«, sagte sie. »Und vielleicht wär's sowieso besser, wenn du bei Leuten wohnst, die Kinder haben, die in die County School gehen.«
Ich ging in die Stadt, um der Komiteedame zu sagen, daß ich ein neues Zuhause brauchte. Sie schaute ihre Kartei durch und sagte, es gebe eine Familie namens Grimsley, die einen Flüchtling aufnehmen wollte.
Ich ging geradewegs zu den Grimsleys, die in einer Straße mit einheitlichen Doppelhäusern aus austernrosa Backstein wohnten, die so neu waren, daß die Straße noch nicht einmal asphaltiert war und die Vorgärten aus aufgewühlter Erde bestanden. Mrs. Grimsley öffnete die Haustür. Sie wirkte zerstreut und hielt über meinen Kopf hinweg Ausschau nach ihren zwei Buben, die, wie sie sagte, irgendwo vorm Haus spielten. Sie muß sechsundzwanzig oder siebenundzwanzig gewesen sein, mollig und blond, mit einer runden sanften Stirn, die vor lauter Verlegenheit gerunzelt war, so daß ich sie bat, sich zu setzen, während ich sie über Haus und Familie ausfragte. Mrs. Grimsley schien darauf bedacht, einen guten Eindruck zu machen. Als ich wieder ging, fragte sie, ob ich glaubte, daß ich herkommen und bei ihnen wohnen würde, und ich sagte: »Aber sicher, ja.«
Am Wochenende half Gwenda mir beim Übersiedeln. Sie packte meinen Koffer auf den Gepäckträger ihres Fahrrads, und während wir gingen, versprachen wir einander, daß wir für immer Freundinnen bleiben würden und daß ich sie besuchen würde. Ich schrieb meinen Eltern, die eine neue Stelle in Sussex bei einer Mrs. Burns-Digby hatten,

um ihnen meine neue Adresse bei den Grimsleys zu geben.
Ich erinnere mich, daß Mr. Grimsley mir am ersten Abend einen Sack Murmeln mitbrachte. Murmeln waren damals der letzte Schrei für die Kinder in der Straße, und nach dem Abendessen in der Küche erklärte er mir, wie man damit spielte. Ich hatte Anfängerglück und gewann sieben seiner Murmeln, auch eine wunderschöne Kristallkugel mit weißer Maserung.
Mr. Grimsley war ein sehr blonder, junger Mann, der jeden Tag mit dem Fahrrad in die Fabrik fuhr und Mrs. Grimsley verloren inmitten der nagelneuen Möbel und der glänzenden billigen Armaturen zurückließ. Die Grimsleys hatten drei Kinder. Sylvia war acht Jahre alt, ein einfältig lächelndes Kind mit der sanften, gewölbten Stirn seiner Mutter. Sie ging in die Central School. Der siebenjährige Patrick war spastisch. Er kugelte mit jähen, unkontrollierten Bewegungen durchs Haus und schielte stark. Alan, der fesche, gescheite und zornige Fünfjährige, setzte gelegentlich die Plastikvorhänge im nagelneuen Badezimmer in Brand. Mrs. Grimsley fragte mich, was sie bloß mit ihm machen solle, während wir in der Küche bei unserem Tee saßen. Ich sagte, es handle sich hier wohl um die schlechten Manieren, die sie von der Straße hatten. In Wien, sagte ich, war es mir nie erlaubt gewesen, mit den Kindern von der Straße zu spielen. Mrs. Grimsley stimmte mir zu, aber nach dem Abendessen hämmerte er mit den Fäusten gegen die geschlossene Haustür, und der arme Patrick wollte das auch und verfehlte die Tür völlig. Mrs. Grimsley öffnete sie, schuldig zu mir blickend, und sagte: »Nur für ein paar Minuten, bevor sie ins Bett gehen.«
Ich kniete auf dem Sofa vor dem Fenster. Ich hatte die Stirn gegen das Glas gelehnt und betastete die Murmeln in mei-

nem Sack, während ich den Kindern zuschaute. Ich weiß noch, daß ich dachte: Wenn ich das Fensterbrett loslasse, geht mein Kopf durchs Glas, und ich ließ los und hörte den Knall und spürte den Luftzug um meinen Kopf und sah die Fensterscheibe wie einen Kragen um meinen Hals und heulte auf. Mr. und Mrs. Grimsley kamen angerannt, und in der Straße liefen die Kinder zusammen, um Mr. Grimsley dabei zuzuschauen, wie er die Glaszacken, die auf meine Kehle gerichtet waren, vorsichtig abbrach, und mich unverletzt ins Haus zog. Ich sagte: »Meine Hände sind vom Fensterbrett abgerutscht. Ich bin so dagelehnt, sehen Sie, und abgerutscht«, und selbst mir kam vor, als könnte es nur so passiert sein.

In der Schule waren die Mädchen weiter ekelhaft zu mir. Am Nachmittag rannte ich über die Spielfelder zum Loch in der Ligusterhecke und suchte meine alte Gemeinschaft mit Gwenda. Ich bat sie, mir ein paar Schimpfwörter beizubringen, aber sie schaute ernst und sagte, sie würde sie nie laut sagen. Ich sagte: »Na, es sind ja bloß ein paar Buchstaben«, aber Gwenda sagte, sie würde es nicht tun, auf keinen Fall. »Nehmen wir an, jemand sagt, du mußt ein paar Schimpfwörter sagen, sonst darfst du nächste Woche keine Geburtstagsparty feiern, würdest du dann auch nicht?« Gwenda dachte darüber nach, und dann sagte sie, nein, sie würde sie auf keinen Fall sagen. Ich sagte, ich schon. Ich würde sie auf jeden Fall sagen, es sei nur so, daß ich keine kannte. Gwenda war fast fünfzehn, lernte Steno und wurde immer hübscher.

Als ich wieder ging, sah ich, wie Albert Gwenda und mich vom Fenster meines alten Zimmers aus beobachtete. Gwenda sagte, er schlafe jetzt wieder dort. Ich fragte, ob die Großtante ihres Vaters einziehen würde. Gwenda sagte nein.

Dann bekam ich einen verzweifelten Brief von meiner Mutter. Zwei Polizisten waren mit einem Kastenwagen gekommen und hatten meinen Vater abgeführt. Mrs. Burns-Digby hatte überall herumtelefoniert, und es schien, daß sie alle männlichen Ausländer über sechzehn, die aus Feindesländern kamen, internierten. Mrs. Burns-Digby hatte herausgefunden, daß die Ausländer aus diesem Teil von England in einem Transitlager in West Mellbridge festgehalten wurden, wo meine Mutter nicht hinkonnte, weil es innerhalb der Schutzzone lag, und sie machte sich Sorgen um meinen Vater, dem es überhaupt nicht gut ging. Sie bat mich, zu ihm zu fahren und ihn zu besuchen.

Ich lieh mir Gwendas Fahrrad aus und fuhr die zwanzig Meilen bis zur nächsten Stadt. An der Adresse, die meine Mutter mir in dem Brief gegeben hatte, war ein altes Schulgebäude, das vorübergehend in ein Männerlager umgewandelt worden war. Die Sport- und Spielplätze waren mit einem zwei Meter hohen Maschendraht eingezäunt, und drinnen waren Männer, die auf und ab gingen oder in Gruppen zusammenstanden. So wie sie aussahen, hätten sie alle meine Onkel oder Großonkel sein können, aber mein Vater war nirgends zu sehen. Am Eingangstor standen zwei Wachen. Ihre riesigen gestiefelten Füße waren weit auseinandergepflanzt, und die dicke, kratzige Khaki-Uniform hatte etwas Gutmütiges, aber sie hatten lange Klingen an ihren Gewehren, und ich wußte nicht, ob man mit ihnen reden durfte. Ich radelte zwei oder drei Mal um die Einzäunung und fuhr dann zurück nach Mellbridge.

Es stellte sich heraus, daß meine Mutter falsch unterrichtet war. Mein Vater war direkt auf die Isle of Man gebracht worden, wo er meinen Onkel Paul traf, der im Jahr zuvor nach England gekommen war, und andere Freunde und Verwandte.

Ungefähr zur selben Zeit fusionierte Mr. Grimsleys Fabrik mit der Munitionsfabrik in Croydon, einem Vorort von London. Als die Familie wegzog, übersiedelte ich zu Mr. Grimsleys Eltern.
Die alten Grimsleys wohnten gegenüber der Bahn in einer alten Straße mit Reihenhäusern aus purpurrotem Backstein. Vor dem Haus war eine blitzweiße Stiege, die von der Haustür direkt in einen Wohnsalon führte. Dort stand ein großer quadratischer Tisch, der den Raum ausfüllte, abgesehen von einem Fauteuil zwischen Tisch und Kamin und einem dunklen, behäbigen Buffet, auf dem ein Tischläufer aus Spitze lag. Darauf standen ein Porzellanhund und eine Porzellanschale mit gewelltem Rand und der Aufschrift »Greetings from Blackpool«, die voller Bleistiftstumpen, Gummiringe, Haarnadeln und Dreipennystücke war. Die Tapete war flaschengrün mit gelbgrünen Paradiesvögeln auf einer Wildrosenhecke, und es gab jede Menge Bilder: ein ovales Hochzeitsbild der Grimsleys, um 1880; Fotos von Kindern (einschließlich eines Schnappschusses von einem in die Sonne schielenden Matrosen in einem verzierten Goldrahmen); Enkelkinder und lang verblichene Haustiere; Landschaften mit Kühen und Häuschen mit Malven; ein Bild von Watts, auf dem die Gestalt der Hoffnung – an ihre grüne Kugel gekettet – durchs kalte grüne Wasser schwebt; und ein lebensgroßes kleines Mädchen in braunem Samt mit Spitzenkragen, das die Arme um einen lebensgroßen Bernhardiner schlingt.
Im Fauteuil ruhte, inmitten dieses Getümmels von sauberen Gegenständen, den Kopf gegen den Sesselschoner aus Spitze gelehnt, Mr. Grimsley, ein feingliedriger, gebrechlicher alter Mann, der immer noch vor Tagesanbruch seine Milchrunde mit einem kleinen Ponywagen machte.

Draußen in der Spülküche, die der Familie als Badezimmer diente, stand Mrs. Grimsley, das nette weiße Haar hochgesteckt wie die heutige Queen Mum und mit einem sanften, strahlenden Lächeln, das ihre schlechtsitzenden falschen Zähne zum Vorschein brachte, und füllte den Napf für den zotteligen Mischling und die Tigerkatzen, für den Papagei, den der Matrosensohn bei seinem letzten Besuch dagelassen hatte, und für den Kanarienvogel, der Pearl gehörte. Pearl, die magere, fromme, vierzigjährige Tochter, hatte dünnes Haar und eine winzige Nase. Sie arbeitete als Dienstmädchen am anderen Ende der Stadt, und sobald sie weg war, fing Mrs. Grimsley an, die Eier und den Speck für die Söhne herzurichten, die nacheinander vom Dachboden über die Stiegen herunterpolterten, wo sie in Feldbetten, wie in einem Schlafsaal, schliefen.

Am ersten Tag nach meiner Ankunft stellten sie ein Extrabett für den jungen Tony auf, der aus London evakuiert worden war. Tony stahl ein Dreipennystück aus der Blackpool-Schale und sagte dann, er hätt's nicht getan. Ich nahm ihn mit in den Hof. Ich ließ ihn neben mir auf dem Zaun sitzen und redete mit ihm. Ich sagte, wir beide lebten von der Güte der Grimsleys. Ich sagte, Pearl ginge sogar jeden Tag ins Nachbarhaus schlafen, damit ich ihr Zimmer über der Küche haben konnte, und es sei undankbar, sie zu bestehlen und anzulügen. Ich versuchte ihm tief in die Augen zu schauen, aber sein Gesicht war abgewandt. Mit einem verschämten Grinsen im Gesicht sprang er vom Zaun und rannte mit gesenktem Kopf los, um den kleinsten Buben der Grimsleys anzurammen, der gerade aus der Hintertür kam. Sie fielen beide um und wälzten sich lachend auf dem Boden.

Die Luftangriffe auf London wurden ernst. Mellbridge lag

sowohl auf der Strecke der schweren britischen Geschwader, die ihre nächtlichen Missionen nach Deutschland starteten, als auch auf der Route der Deutschen, die zwei Stunden später herflogen, mit diesem anderen fremdklingenden Gedröhne, und die den ganzen Weg nach London und eine Stunde später zurück zur Küste von Suchscheinwerfern und Fliegerabwehrfeuer begleitet wurden. In der frühen Morgendämmerung kamen die britischen Flugzeuge heim, in den gleichen Formationen, in denen sie am Abend zuvor weggeflogen waren. Die Grimsley-Buben, Tony und ich und alle Nachbarn lehnten sich aus den Fenstern, um die Lücken zu zählen.

Die Bomben, die bei uns fielen, waren vorwiegend Irrläufer, aber meine Mutter war besorgt und unruhig. Es ging ihr nicht aus dem Kopf, daß sie nicht einmal zu mir kommen konnte, wenn etwas passieren würde. Sie hatte einen Brief von Kari und Gerti Gold gekriegt, die als Köchin und Butler für eine Arztfamilie in einem netten Städtchen in Surrey arbeiteten. Kari war nicht interniert worden, aber er und Gerti wurden ausländerbehördlich erfaßt und mußten zur Ausgangssperre um elf zu Hause sein. Es gab ein hilfreiches Flüchtlingskomitee, das bestimmt eine Stelle für meine Mutter und einen Platz für mich finden würde, damit ich nahe bei ihr wohnen konnte, und die Golds drängten darauf, daß meine Mutter kam. Meine Mutter kündigte bei Mrs. Burns-Digby und schickte nach mir.

Ich ging und verabschiedete mich von den Hoopers, die in heller Aufregung waren. Albert war einberufen worden und würde zur Armee gehen. Dawn war in Tränen. Dawn und Albert hatten heiraten wollen und dann beschlossen zu warten, bis er aus dem Krieg zurückkäme. Gwenda sagte, sie würde mich zum Bahnhof bringen.

Albert und ich sagten auf Wiedersehen. Unser Hände berührten sich kurz, aber unsere Augen glitten ab, denn er und ich teilten – wie eine Obszönität zwischen uns beiden – die Gewißheit, daß wir einander gehaßt hatten.

ich wohnten. Mein Vater verirrte sich in der verdunkelten, fremden Stadt und hielt einen Polizisten an, um nach dem Weg zu fragen. Der Polizist nahm ihn fest, weil er als feindlicher Ausländer nach der Ausgangssperre noch auf der Straße war. Auf der Wachstube vermerkte er das Delikt in den fremdenpolizeilichen Papieren meines Vaters, so daß mein Vater später jedesmal, wenn er seine Stelle oder Unterkunft wechselte, vorgeladen und befragt wurde. Nachher brachte der Polizist meinen Vater persönlich zu unserer Bleibe.

Ich schlief schon in dem engen Einzelbett und wußte bis zum nächsten Tag nichts von seiner Ankunft. Meine Mutter erzählte mir später, daß ihm zehn Shilling von seinem Fahrtgeld geblieben waren und daß sie noch ungefähr zehn Shilling und eine Birne hatte. Sie saßen die ganze Nacht auf der Bettkante und weinten miteinander.

In der Früh suchte meine Mutter die Nummer vom Flüchtlingskomitee heraus und telefonierte. Man sagte ihr, daß wir gleich hinkommen sollten.

Hinter dem Komiteeschreibtisch saß eine gewisse Mrs. Dillon, die gerade Dienst hatte. Mrs. Dillon war eine kleine Frau in ihren Endvierzigern mit grauen Haaren und einem Kurzhaarschnitt wie ein kleines Mädchen. Sie trug einen marineblauen Baumwollturban und ein blaugeblümtes Kleid. (Blau, so erzählte sie den Leuten gerne, war ihre Lieblingsfarbe.) Ihre Augen waren sehr hell und sehr blau, und eines saß ein bißchen höher und weiter drin in ihrem Gesicht als das andere. Sie fragte meine Mutter, was mit mir los sei, ich sähe so grün aus.

Ich war tief in einen Sessel versunken und hörte nur halb zu. Meine Mutter erzählte Mrs. Dillon, daß mir gestern den ganzen Tag schlecht gewesen war, und Mrs. Dillon sperrte das Büro zu und chauffierte meine Mutter und mich auf dem offenen Notsitz ihres alten Ford über die West Street. Die Straße war sonnig und ruhig, mit Arkadengeschäften und englischen Leuten, die ihren Angelegenheiten nachgingen. Mrs. Dillon nickte und winkte, wenn sie Bekannte sah. Mit fröhlicher, scheppernder Sopranstimme sang sie *Un Bel Di*. Als Mädchen habe sie in Italien Gesang studiert, sagte sie. Sie zweigte ab und fuhr über einen Hügel hinauf, wo es elegante, stille Häuser hinter hohen Mauern gab – ich konnte Obstbäume und Kletterrosen in den Gärten sehen –, und daran vorbei bis zum letzten und vornehmsten: einem roten Backsteingebäude aus dem 18. Jahrhundert. Dahinter tat sich das offene Land auf.

Mrs. Dillon führte uns zu Fuß durch das Tor, auf dem »Adorato« stand, und rechts am Haus vorbei in den Nutzgarten. Ein schwarzer Cockerspaniel kam angerannt, um Mrs. Dillon zu begrüßen, die ihn umarmte und küßte. Sie setzte meine Mutter und mich auf zwei Sessel unter einem Birnbaum und ging ins Haus. Der Garten hatte die Form eines riesigen Dreiecks und lag in der Gabelung von zwei Straßen, von denen eine nordwärts nach London und die andere ostwärts durch die Stadt und weiter Richtung Meer führte. Alles wirkte üppig und grün. In den Gemüsebeeten jätete ein Gärtner Unkraut. Es gab viele Reihen von Beerenstauden – Stachelbeeren, Himbeeren, rote und schwarze Ribisel –, die unter einem großen Netz reiften, das an den Ecken von Stangen gehalten wurde, wie ein niedriges Zimmer mit einem Netzdach. Das Netz bog sich unter dem Gewicht einer großen, schwarzen Katze, die darauf schlief. Wir konnten einen abfallenden Rasen im Schatten eines Nußbaums sehen, und dahinter, eine Etage tiefer, hinter dem Steingarten und an den sechs Pappeln vorbei, einen Rosengarten hinterm Haus, aus dem bald darauf Mrs. Dillon kam, mit einer anderen Dame an ihrer Seite. Sie sagte, das sei ihre Schwester, Miss Douglas. Diese Dame wirkte in derselben Art Blümchenkleid eleganter und dünner und steifer und älter und häßlicher. Mir wurde wieder schlecht. Miss Douglas sagte, sie und ihre Schwester würden mich gerne bei sich aufnehmen. Ich könne gleich dableiben. Meine Mutter fuhr mit Mrs. Dillon zum Büro zurück. Miss Douglas brachte mich ins Haus, wo ich hastig nach der Toilette fragte, um mich zu übergeben. Und so wurde ich ein Mitglied dieses Frauenhaushalts. Da waren Miss Douglas und Mrs. Dillon und ich; und in der Küche gab es noch Milly, das Dienstmädchen, mit ihrem Baby, Lila. Das einzige männliche Wesen, das je in dieses Haus kam, war Reverend Godfrey, ein sehr großer, schöner alter Mann, der pastorenschwarz gekleidet war und einen breitkrempigen Hut trug. Ich sah ihn ab und zu während der Woche, wenn er mit nach außen gedrehten Fußspitzen lautlos über die mit Teppich belegten Stufen in das vordere Zimmer hinaufging, das Miss Douglas für ihn in ein Arbeitszimmer umgewandelt hatte. Der Gärtner hieß Bromley und kam täglich. Er holte sich sein Mittagessen beim Lieferanteneingang ab und ging zum Essen in den Schuppen hinter dem Nutzgarten.

Mrs. Dillon schickte meine Mutter zu einer schottischen Familie, die in einer alten Mühle in der Nähe der Stadt wohnte. Die suchten eine Köchin und Haushälterin. Mein Vater war schwerer unterzubringen. Er blieb in dem winzigen Zimmer an der steilen Stiege, das Kari Gold für uns gefunden hatte, und Mrs. Dillon fand ihm eine Tagesstelle als Gärtner.

Ich sah meine Eltern jeden Donnerstag, wenn meine Mutter frei hatte. Manchmal luden uns die Golds in das Haus ein, wo sie arbeiteten.

Kari war ein gutaussehender, geselliger Mann und Gerti eine gastfreundliche Frau. Die Küche war immer voller Leute. Ein ehemaliger Journalist, mit dem Kari als Sportreporter bei einer Wiener Zeitung gearbeitet hatte, kam aus London herunter. Ein junger Komponist namens Hans Frankel war dort, und seine Verlobte, die als Kinder- und Dienstmädchen in der Gegend von Allchester arbeitete, und ein Wiener Anwalt und seine Frau, die auch als sogenanntes *Married Couple* angestellt waren. Die Küche war in einen angenehmen Rauchschleier getaucht und roch nach dem starken Kaffee, den Gerti ständig machte.

Einmal ging die Tür von der Küche zum vorderen Teil des Hauses auf, und die Dame des Hauses stand regungslos, als sie ihre Küche voller zwanglos plappernder Ausländer sah. Sie wich zurück, aber bevor sie die Tür lautlos schloß, trafen sich unsere Augen. Sonst hatte sie keiner gesehen.

Die Frauen saßen um den Tisch und redeten. Sie erzählten einander Anekdoten über ihre absurden »Ladies«; sie sprachen von ihren verschollenen Eltern und Verwandten, von denen sie nichts mehr gehört hatten, abgesehen von den raren fünfundzwanzigzeiligen Standardtelegrammen vom Roten Kreuz. Sie saßen beieinander und weinten. Die Männer standen und redeten über Politik und erörterten die Kriegsentwicklung.

Manchmal kamen wir alle zu einem Donnerstagsclub zusammen, den das Komitee für die Flüchtlinge von Allchester in einem aufgelassenen Feuerwehrhaus in der Stadt organisierte. Dort gab es einen großen Saal mit Holzboden, der staubig aussah im Schein der nackten Glühbirnen, die hoch vom Plafond hingen. An den Wänden waren gerahmte Fotografien von den Fußballmannschaften der Feuerwehr von 1927 bis 1940. Hinter einem Tisch auf Böcken stand Mrs. Dillon und goß Tee in Pappbecher. In einer separaten Kammer, die als Büro diente, wurden Englischkurse für Anfänger abgehalten. Ein Professor kam aus London angereist und hielt Vorträge zum Thema »Was wird von einem Ausländer erwartet«. Einmal gab Mrs. Dillon ein Konzert. Sie sang Arien und begleitete sich selbst auf dem Klavier.

Meine Mutter hat mir eine Geschichte erzählt, die ich offensichtlich lieber vergessen hatte, denn ich will nicht, daß irgend etwas meine Schwäche für diese wohlgeordnete, geruhsame Stadt verdirbt. Die eleganten Häuser aus dem 18. und 19. Jahrhundert standen in parkähnlichen Gärten mit Rasenflächen, Vogelbädern, Steingärten und Blumenbeeten, die von hohen efeu- und rosenbewachsenen Mauern umgeben waren. Mein Vater arbeitete als Hilfsgärtner in einem kleinen Park, der einer Mrs. Lambston gehörte. Mrs. Lambston hielt einen Esel, damit ihre Kinder in den Schulferien was zum Spielen hatten. Während des Schuljahres half er, den Dünger zu ziehen und die Abfälle zum Feuer zu transportieren. Meine Mutter erzählte, daß Mrs. Lambston eines Tages meinte, der Esel sehe müde aus, und zu meinem Vater sagte, er solle das arme Ding ausspannen und den Wagen selber ziehen. Meine Mutter schwört, daß es das war, was bei meinem Vater neuerliche Blutungen verursachte, so daß er ins Allchester County Hospital gebracht werden mußte, das gleich hinter Adorato lag.
Als mein Vater wieder entlassen wurde, lud ihn Mrs. MacKenzie, die Dame, für die meine Mutter arbeitete, zu sich ein, damit meine Mutter auf ihn schauen konnte. Die MacKenzies wohnten in der denkmalgeschützten elisabethanischen Wassermühle, die dem National Trust gehörte –

Mr. MacKenzie war Architekt. Sonntags, wenn ich hinging, um meine Eltern zu besuchen, saßen wir alle an einem großen, schweren Eichentisch im Wohnzimmer und aßen zu Abend. Die Wände, die Böden und die Decken waren aus altem Naturholz in warmen Farbtönen. Was war das für ein prächtiger Tisch, an dem Platz für alle war! Da waren die vier MacKenzie-Töchter und deren Schulfreundinnen, eine alte Großmutter und eine einfältige Cousine, und, meistens, noch ein paar Freunde von Mr. und Mrs. MacKenzie – Architekten, Schriftsteller und Ballettänzer, die kamen, um sich von den nächtlichen Blitzangriffen auf London zu erholen –, und da war auch Platz für die Flüchtlingsköchin, die Tochter der Köchin und ihren kranken Mann.
Ich liebte die MacKenzies und hätte an diesen Sonntagen wohl im Glück geschwelgt, wenn da nicht mein Vater gewesen wäre, der sich immer zu meiner Mutter drehte, damit sie für ihn übersetzte, was die Leute zu ihm sagten, und der die Witze, die gemacht wurden, nie verstand. Wenn die fünfzehnjährigen Zwillinge herumkicherten und meine Mutter ansteckten, blickte Mr. MacKenzie vom Kopfende der Tafel zu den dreien hinüber, die sich kaum mehr halten konnten, und reichte die Gerichte auf der anderen Seite weiter, aber mein Vater setzte sein gespielt amüsiertes Gesicht auf und sagte: »Ha ha ha, sehr witzig.« Ich hielt meine Augen auf den Teller gesenkt. Meine Mutter hörte auf zu lachen und sagte, sie müsse in die Küche, um nach dem Dessert zu sehen.
Mrs. MacKenzie sagte: »Mr. Groszmann war in einem dieser lächerlichen Internierungslager, und er war sehr krank, aber jetzt geht's Ihnen besser, nicht wahr? Ich finde, Sie haben schon wieder etwas mehr Farbe im Gesicht.«
»Was?« sagte mein Vater und drehte sich zu mir, damit ich

es für ihn übersetzte, und er antwortete: »Nicht viel besser. Die Holzstiegen sind viel zu hart, und die Luft ist zu feucht, das kann einem ja nicht guttun. Sag ihnen das.«
»Er sagt, ja, danke, es geht ihm schon viel besser«, sagte ich und lief schamrot an, »und er dankt Ihnen, daß er hier in der Mühle bei meiner Mutter sein darf.«

Nach ein paar Wochen wurde mein Vater wieder kräftiger. Mrs. Dillon fand für ihn ein kleines Zimmer in Allchester, und als Mrs. Lambston ihn nicht mehr zurückhaben wollte, überzeugte sie Miss Douglas, daß er an drei Tagen in der Woche Bromley in unserem Garten helfen konnte. Eines Tages im darauffolgenden Frühling, als ich von der Schule kam und über den Hügel hinaufging, sah ich, daß Mrs. Dillon die Haustür aufhielt und auf mich wartete. Sie hatte ein zusammengewuzeltes Taschentuch in der Hand. Sie führte mich in den Salon und setzte mich aufs Sofa. Sie nahm neben mir Platz und streichelte meine Hand. Sie sagte, mein Vater habe einen Schlaganfall gehabt, gleich unten am Ende des Gartens, und daß sie ihn ins County Hospital gebracht hätten. »Deine Mutter ist bei ihm.« Mrs. Dillon streichelte immer noch mit dem Taschentuch über meine Hände. »Du Armes«, sagte sie.
»Ist schon gut«, sagte ich, ihr Mitgefühl war mir unangenehm, weil ich dachte, daß ich es nicht verdiente, denn meine Augen waren trocken und mein Herz schlug gleichmäßig.
»Kindchen, deine Hände sind ja ganz kalt«, murmelte Mrs. Dillon. »Komm näher zum Feuer. Ich mach's schön warm für dich.«
»Meine Hände sind immer kalt«, sagte ich.
Am Abend brachte mir das Dienstmädchen heiße Schokolade an den Kamin, und Miss Douglas sagte zu Mrs.

Dillon: »Wir schicken ihm ein paar Humorblätter, Mary, denk dran, daß wir ihm die alten *Tatlers* und *Punches* einpacken.«
Als sie dachten, daß ich schon schlafengegangen war, erzählte Mrs. Dillon Miss Douglas, die außer Haus gewesen war, was passiert war. »Er hatte wohl gerade den Rasen fertig und wollte den Mäher verstauen, der arme Kerl! Jedenfalls lag er vor dem Geräteschuppen und hatte sich nicht mehr in der Hand, der arme Mann.«
Ich hörte auf zu horchen und ging hinauf in mein Zimmer. Ich dachte, daß das, was Mrs. Dillon über meinen Vater gesagt hatte, nämlich, daß er sich nicht mehr in der Hand gehabt hatte, nicht heißen mußte, daß er in seinen eigenen Exkrementen vor dem Schuppen gelegen war, aber ich konnte dieses Bild nicht aus meinem Kopf verscheuchen. Später ist es mir oft passiert, besonders wenn ich mit meinem Vater redete und ihm ins Gesicht schaute, daß ich mich fragte, ob es das war, was Mrs. Dillon gemeint hatte.
Am nächsten Tag ging ich direkt von der Schule ins Krankenhaus. Meine Mutter wartete am Gang vor dem Krankenzimmer auf mich. Sie lächelte, weil sie sich so freute, mich zu sehen, aber ihr Gesicht war rot, und ihre Augen glänzten naß. »Dieser schreckliche Hut, den sie dich aufsetzen lassen«, sagte sie und richtete meine Haare unter dem Panamahut mit dem Schulband. »Der Dr. Adler hat gesagt, daß es dem Vati schon viel besser geht. Du darfst nicht erschrecken, wenn er dich nicht erkennt oder komische Sachen sagt. Das sind die Medikamente, die sie ihm geben. Du brauchst nur eine Minute zu bleiben. Ach, Liebes, ich weiß nicht, ob man dir gesagt hat, daß der Vati auf der linken Seite gelähmt ist, so was kommt oft vor nach einem Schlaganfall. Der Doktor sagt, es ist gut mög-

lich, daß es wieder ganz weggeht. Komm jetzt. Nur eine Minute.«
Meine Mutter ging vor mir in den riesigen Krankensaal und um einen Wandschirm herum. Gerti und Kari standen am Fußende des Betts, in dem mein Vater ganz zugedeckt unter den Krankenhausdecken lag. Ich konnte die Erhebungen von seinen Füßen sehen. Meine Mutter ging auf der rechten Seite ums Bett herum. Sie setzte sich auf einen Sessel und beugte ihr trauriges, rotes, lächelndes Gesicht über seinen Polster. »Da ist sie, mit ihrem furchtbaren Schulhut«, sagte meine Mutter in ihrer normalen, hellen Stimme. »Der Vati fragt schon den ganzen Nachmittag nach dir.«
Die Augen meines Vaters schauten geradeaus auf den Plafond. Sein Gesicht war weiß, und er runzelte die Stirn, offensichtlich war er damit beschäftigt, seine rechte Hand unter der Decke hervorzuholen. Meine Mutter half ihm dabei. Die Hand sah blutleer aus, weiß und weich, als wären sogar die Nägel weich. Er wackelte ungeduldig mit den Fingern in Richtung Betthaupt hinter seinem Polster. Er sagte: »Sag ihr, sie soll herauskommen. Sie soll da hinten herauskommen.« Es schien, als versuche er, den Kopf zu drehen, als könne er hinter das Betthaupt schauen.
»Da ist sie, schau. Komm vor, wo der Vati dich sehen kann«, sagte meine Mutter zu mir.
Ich trat näher, bis mein Gesicht zwischen seinem Gesicht und dem Plafond war. Sein Mund zuckte. Er fing an, mit der rechten Seite seines Gesichtes zu weinen, ohne daß die linke sich bewegte. Als er wieder aufhörte, schaute er mich an und sagte: »Ist das da hinten Miss Douglas? Sie soll herauskommen.«
Ich schaute entsetzt zu meiner Mutter. Sie sagte: »Kommen Sie heraus, Miss Douglas.«

Mein Vater beruhigte sich. Eine Minute später sagte er wie beiläufig: »Franzi, bevor ich's vergess', die Dokumente, sie sind in einem Winkerl hinterm Ofen im Herrenzimmer. Die Ent ... Ent ... Papiere.« Er lag mit krauser Stirn da, verstört und ärgerlich wegen des entschlüpften Wortes. »Die Ent ... die Ent... die Papiere halt«, sagte er und wackelte mit seinen ungeduldigen Fingern.
»Die Entlassungspapiere, ja«, sagte meine Mutter, »die sind in Ordnung.«
»Ich muß sie herzeigen bei der Polizei«, sagte mein Vater. »Ich nehm' sie mit.«
Erschöpft machte er die Augen zu.
»Geh jetzt«, sagte meine Mutter, »und wart draußen auf mich.«
Als ich mich umdrehte, bemerkte ich das Gewicht von Karis Hand auf meiner Schulter und wußte, daß sie die ganze Zeit über da gelegen war. Als ich zurückschaute, sah ich, wie meine Mutter die Hand meines Vaters unter die Bettdecke steckte. Die rechte Seite seines Gesichts hatte wieder zu weinen begonnen.
Meine Mutter besuchte meinen Vater jeden Tag. Am Vormittag erledigte sie die Hausarbeit bei den MacKenzies und machte das Mittagessen. Dann nahm sie den Bus in die Stadt und blieb bis fünf bei ihm. Dann nahm sie den Bus heim und kochte das Abendessen. Am Donnerstag und jeden zweiten Sonntag, wenn sie frei hatte, blieb sie auch am Abend dort.
Eines Tages massierte sie seinen gelähmten linken Fuß und spürte ein leichtes Zehenkrümmen. Dr. Adler sagte, das sei ein gutes Zeichen. Der Arzt war auch Jude, aber kein Flüchtling. Er war dick und alt und hatte einen klobigen, graumelierten Kopf. Er tätschelte meiner Mutter den Arm und sagte, sie sei eine gute Frau und sie solle versu-

chen, ein bißchen leiser zu treten. »Nehmen Sie sich doch ab und zu frei«, sagte er.
Meine Mutter bat mich, die Stunden, in denen sie nicht bei meinem Vater sein konnte, bei ihm im Krankenhaus zu verbringen. Ich saß bei ihm und wunderte mich, daß ich nichts als entsetzliche Langeweile empfand. Später, als es ihm besserging, erlaubte ich mir, ein Buch mitzunehmen.
»Was liest du da?« fragte mein Vater.
»Meine Hausübung, na ja, irgendwie.«
Mein Vater sagte: »Ich mag nicht mehr im Krankenhaus bleiben. Warum kann mich deine Mutter nicht nach Hause bringen?«
»Aber du weißt doch, daß du nicht über die Holzstiege in der Mühle kommst. Du mußt dableiben, bis es dir bessergeht.«
»Es geht mir erst besser, wenn ich aus dem Krankenhaus komm'. Die Schwestern verstehen kein Wort von dem, was ich sag'. Deine Mutter soll dem Paul schreiben. Der hat in Wien Medizin studiert, die Wiener Schule ist die beste auf der Welt.«
»Erstens hat der Paul nie fertigstudiert, und zweitens ist er jetzt Bauer in der Dominikanischen Republik. Was soll der denn wissen, was die Ärzte da nicht wissen?«
»Diese englischen Ärzte da wissen gar nichts.«
»Sie sind gut genug, um auf ein ganzes Krankenhaus voller Engländer zu schauen«, sagte ich, und dann beugte ich mich schnell über ihn, um die unfreundlichen Worte wegzuküssen. Die Haut meines Vaters lag unangenehm kalt und schlaff an meinen Lippen. Ich dachte, es wäre gemein, daß ich ihn nicht küssen wollte, und küßte ihn noch einmal.
Einen Moment lang schaute er aus, als finge er gleich zu

weinen an, aber er sagte nur: »Schau!« und bewegte die Finger seiner linken Hand ein klein wenig auf der Bettdecke.
»Siehst du«, sagte ich. »Das hättest du vor ein paar Wochen noch nicht können.«
»Nein«, sagte mein Vater. Er lag ganz still.
Verstohlen griff ich nach meinem Buch.
Mein Vater sagte: »Der Doktor sagt, daß eine physikalische Therapie gut für mich wär'. Das Fach hat der Paul in Wien auch studiert.«
Ich sagte nichts.
Mein Vater sagte: »Der Doktor ist heute nicht einmal zur Visite gekommen.«
»Weil es dir schon bessergeht. Er muß ja nicht jeden Tag kommen.«
»Es geht mir besser, und warum kann mich deine Mutter dann nicht nach Hause bringen?«
»Weil sie bei den MacKenzies kündigen müßte«, sagte ich mit steigendem Ärger. »Sie müßte ein Zimmer für euch finden und für euch beide arbeiten. Also, du bleibst jetzt im Krankenhaus, bis du wieder selber auf dich schauen kannst.«
»Du könntest doch auf mich schauen«, sagte mein Vater.
»Und die Schule?« Ich war im März vierzehn geworden und somit nicht mehr schulpflichtig, und daran wollte ich nicht denken.
»Du könntest nach der Schule zu mir kommen«, sagte er.
»Und die Hausaufgaben? Und was machst du, wenn ich nicht da bin? Wer bringt dir dein Essen?«
»Du und deine Mutter könntet das schon schaffen, wenn ihr nur wolltet.«
»Vati!« Ich beugte mich vor und zitterte, als ich ihm mitten ins Gesicht schaute. »Du mußt mir was versprechen. Versprich, daß du der Mutti nicht sagst, daß du nicht mehr

dableiben willst. Sie sorgt sich so schon genug. Versprichst du mir das? Tu es mir zuliebe. Sie kann ja gar nichts machen, ich mein', wirklich nicht.«
»Sie kann mich von da wegbringen«, sagte mein Vater.
»Liest du schon wieder?«
»Ich schau' nur mein Buch an.«
»Bist du bös auf mich?«
»Nein.«
»Franzi!« sagte mein Vater.
Ich versteckte mein Buch.
Meine Mutter lächelte und kam zwischen den Betten des langen Saals auf uns zu. Sie küßte mich und setzte sich auf der linken Bettseite in einen Sessel. Sie massierte die Hand meines Vaters und erzählte uns alles mögliche. »Habt ihr den Krach gestern so um neun gehört? Das war eine verirrte Bombe, die ist direkt in Mr. MacKenzies Garten gelandet, ein Volltreffer auf Mr. MacKenzies Kürbis. Alle Westfenster sind zerplatzt. Wir haben den ganzen Vormittag Scherben zusammengeklaubt.«
»Franzi«, sagte mein Vater, »hast du dem Paul geschrieben?«
»Noch nicht. Ich bring' morgen was zum Schreiben mit, und dann schreiben wir ihm gemeinsam.«
Mein Vater mied meine Augen und sagte: »Wann holst du mich da heraus?«
»Wenn der Doktor sagt, daß es dir gut genug geht. Lore, hast du dem Vati schon vom Schulkonzert erzählt?«
»Wir haben ein Abschlußkonzert in der Schule, und ich spiel' die *Fantasie* von Mozart.«
Mein Vater schaute mich an und sagte: »Wenn du willst, kannst du meinen guten Krokogürtel haben.«
»Aber der ist mir ja viel zu groß«, sagte ich, »und außerdem ist es ein Männergürtel.«

Mein Vater hatte zu weinen angefangen. »Schau, Franzi«, sagte er. »Das ist alles, was ich kann«, und er zuckte mit den Fingern auf der Bettdecke.

Meine Mutter fand eine Stelle als Köchin in Harvey's Restaurant. Die Küche war im Keller, und im Gehsteig davor gab es ein Gitter, damit Licht hinunterkam. Ich sah den Dampf aufsteigen, wenn ich zur Schule ging. Am Heimweg, wenn ich mit einer Freundin vorbeiging, sagte ich: »Da unten arbeitet meine Mutter.«
Meine Mutter holte meinen Vater aus dem Krankenhaus. Er trug seinen guten Fischgrätanzug aus Wien. Die Hosen hingen wie graue Elefantenhaut um seine dünnen Beine, und sein Hemdkragen stand vom Hals ab. Sein Gesicht hatte die kranke Farblosigkeit einer Kellerpflanze. Er hatte sich zwar rasiert, aber über dem Mund und auf der linken Wange waren kleine weiße Stoppelfleckerln übrig. Er lächelte sein verlegenes, einseitiges Lächeln.
Das Zimmer, das meine Mutter an der Straße nach London auf der anderen Seite der Stadt gefunden hatte, deprimierte mich. Ich bat Miss Douglas um ein paar Blumen, und sie gab mir drei Rosen und eine Schwertlilie – die waren ein großer Reinfall. Weder machten sie den Plafond höher, noch brachten sie die Wände weiter auseinander, noch belebten sie den grünen Linoleumboden. Es waren vier Blumen in einer Milchflasche in einem schäbigen Zimmer. »Warum nehmen wir nicht wenigstens eine Teekanne?« fragte ich meine Mutter. »Warum kommst du mit dem Teekessel zum Tisch?« »Vielleicht hab' ich ja mein Porzellan heraußen, wenn du das nächste Mal kommst«, sagte meine Mutter, »aber ich glaub', es ist im untersten Koffer, und ich will nicht auspacken, die Vermieterin mag uns, glaub' ich, nicht.« Im Stiegenhaus stießen wir auf

diese Vermieterin, die erschrak. Sie war eine nervöse, große, hagere Geschäftsfrau mit braunen Zähnen. Nach zwei Wochen sagte sie zu meiner Mutter, Mr. Groszmann mache sie nervös, weil er die ganze Zeit so still sei und dann plötzlich auf den Stiegen stehe. Außerdem habe sie eine Tochter, die in zwei Wochen in die Stadt komme und ihr Zimmer brauchte.

Meine Mutter kam nach Adorato, um mit Mrs. Dillon zu reden. Sie tranken Tee im Eßzimmer, und als meine Mutter gehen wollte, lud Miss Douglas sie ein, ein bißchen bei uns im Salon zu sitzen. Mrs. Dillon sagte »Franzi« zu meiner Mutter und hatte ihr offensichtlich angeboten, sie »Mary« zu nennen. Nachdem meine Mutter weg war, hatten Mrs. Dillon und Miss Douglas eine Auseinandersetzung darüber, sie redeten sehr leise.

Bald danach kaufte Mrs. Dillon um die Ecke ein Haus. Es hieß Clinton Lodge und war eine kleinere, weniger elegante Ausgabe von Adorato. Sie vermietete das vordere Zimmer an meine Eltern, und die anderen Zimmer an andere Flüchtlinge, die Schwierigkeiten hatten, eine Bleibe zu finden, denn damals wollten die Leute keine deutschsprachigen Ausländer in ihren Häusern haben. Dort wohnten: Herr und Frau Katz aus München, die einen Bruder in den Vereinigten Staaten hatten und auf die »amerikanische Quote« warteten; zwei ältere Damen aus Berlin, die sich ein Zimmer teilten; eine Wiener Witwe, Frau Bauer, deren Sohn mit dem gleichen Kindertransport wie ich Wien verlassen hatte, aber in Holland geblieben war. Sie wartete auf das Kriegsende. Die Zimmer waren vollgestapelt mit Schrankkoffern, in denen die Leute unter Tischtüchern und Teppichen alles, was sie noch hatten, versteckten. Die Zimmer hatten etwas dauerhaft Provisorisches.

Die sieben Flüchtlinge lebten friedlich miteinander. Deutsche und österreichische Klangfarben vermischten sich in wohlwollender Atmosphäre. Die Clinton Lodge wurde in der Stadt bekannt als Musterbeispiel für ein Haus, in dem Fremde ohne Feindseligkeiten zusammenwohnen – bis auf meinen Vater, der mit jedem stritt. Einmal ging ich am Abend hin, um sein Essen aufzuwärmen, das meine Mutter in der Früh vor der Arbeit hergerichtet hatte. Sie war noch außer Haus und spielte Klavier bei einer Wiener Gesangslehrerin. Frau Bauer fing mich im Vorzimmer ab. »Ich wär' dir dankbar, wenn du deinen Vater dazu bringen könntest, die Küche zu räumen. Die Frau Katz und ich wollen abendessen. Ich hab' ihn gebeten, Platz zu machen, aber er tut so, als ob er mich nicht hört.«
Mein Vater saß mit seinem Heft am Tisch und hatte Tintenfaß, Bleistifte und Radiergummis um sich herum ausgebreitet. Der Arzt hatte gesagt, daß er nicht mehr gärtnern könne. Er machte jetzt einen Fernkurs in englischer Buchhaltung und beantwortete die Fragen in seinem schlechten Englisch, fein säuberlich rot unterstrichen.
»Guten Abend, Frau Katz. Hallo, Vati. Komm, wir gehen ins Wohnzimmer. Die anderen brauchen den Küchentisch.«
»Ich brauch' den Tisch auch«, sagte mein Vater.
»Komm schon, Vati, ich nehm' die Teller mit«, sagte ich mit der Gereiztheit, die ich jetzt immer hatte, wenn ich mit ihm redete. Ich fragte mich, wie er es wohl schaffen würde, sein halb gelähmtes linkes Bein zu lösen, das um das Sesselbein gewunden war, als gehöre es nicht zu ihm, doch ich dachte: »Er schafft es den ganzen Tag, wenn ich nicht da bin, auch« und ging ins Wohnzimmer.
Bald darauf hörte ich ihn hinter mir durch das Vorzimmer humpeln. »Ich kann heute nichts essen«, sagte er.

»Du könntest es wenigstens versuchen. Der Doktor sagt, du mußt essen.«

»Der Doktor, der Doktor! Immer mit diesem Doktor!« sagte mein Vater.

»Warum kannst du ihnen den Küchentisch nicht lassen, wenn sie dich fragen«, sagte ich.

»Ich hab' genauso ein Recht auf den Küchentisch wie sie«, sagte er.

»Aber du hast kein Recht, der Mutti alles noch schwerer zu machen. Sie ist neun Stunden im Restaurant, und dann spielt sie noch drei Stunden Klavier, um etwas dazuzuverdienen, und wenn sie heimkommt, muß sie sich Beschwerden anhören und sich für dich entschuldigen. Du denkst nie an sie!«

»Doch, das tu ich«, sagte mein Vater, der bei meinem Geschrei mit dem Kopf zurückgewichen war. Seine Weste stand von seinem eingefallenen Brustkorb weg. »Mir geht's heut' nicht besonders«, sagte er.

»Dann denk nicht dauernd dran. Denk an all die tausend Leute, die jeden Tag getötet werden.«

»Was nützt mir das?« sagte mein Vater.

»Vati! Was wär' dir lieber, daß du gesund wirst oder daß der Krieg aufhört?«

»Daß der Krieg aufhört und ich gesund bin«, sagte mein Vater mit einem schwachen Lächeln.

»Nein, im Ernst. Vati, wenn du nur einen Wunsch frei hättest, entweder, daß der Krieg morgen vorbei ist und du noch ein Jahr krank bist oder daß du morgen gesund wirst und der Krieg noch ein Jahr dauert. Was wär' dir lieber?«

»Ich will gesund werden«, sagte mein Vater. »Bist du jetzt bös? Warum bist du denn bös?«

»Ich bin nicht bös.«

»Gib das weg, bitte«, sagte mein Vater und schaute verzweifelt auf das Faschierte, das auf seine Gabel gespießt war.
»Nicht, bevor du nicht wenigstens gegessen hast, was da auf der Gabel ist.«
Mein Vater steckte die volle Gabelladung in den Mund und erbrach.
Herr Katz half mir meinen Vater hinaufzubringen, und ich half ihm ins Bett. Er lag erschöpft da und lächelte verlegen mit einer Gesichtshälfte. Ich saß am Bettrand und massierte seine linke Hand.
»Jetzt geht's wieder besser, nicht wahr?«
»Ja. Bleibst du bei mir, bis deine Mutter kommt?«
»Selbstverständlich. Glaubst du, ich würd' weggehen, wenn's dir nicht gutgeht? Zeig mir, wie du deine Finger bewegen kannst.«
Mein Vater wackelte für mich mit den Fingern seiner linken Hand.
»Möchtest du schlafen?«
»Ja«, sagte er.
»Vati«, sagte ich, »wir sagen der Mutti nichts davon, daß dir schlecht war, ja?«
»Na gut.«
Doch als meine Mutter heimkam, rannte ich zur Tür und sagte: »Der Vati hat gebrochen. Der Herr Katz hat mir geholfen, ihn ins Bett zu bringen, und wie ich wieder hinunter bin, hat die Frau Katz schon alles weggeputzt gehabt. Du mußt nicht hinauf. Er schläft jetzt.«
»Ich schau' kurz nach.«
Ich deckte für sie am Küchentisch auf, und als sie herunterkam, sagte ich: »Die Frau Bauer und die Frau Katz wollten sich ihr Abendessen machen, aber der Vati hat ihnen den Tisch nicht lassen.«

»Und deswegen hast du mit ihm gestritten?«
»Wie kann man überhaupt mit ihm streiten? Manchmal versteh' ich ihn nicht mehr. Ich sag' was, und er gibt mir eine Antwort, die gar keine ist. Das ärgert mich halt.«
»Liebes, er ist krank. Stell dir vor, du hast das Gefühl, du mußt jeden Moment brechen, und da steht jemand und streitet mit dir.«
»Aber ich muß mich so ärgern.«
»Na, dann versuch', dich nicht zu ärgern. Er ist krank, und du bist jung und gesund. Streit nicht mit ihm.«
»Ich kann's nicht versprechen.«
»Versuch's«, sagte meine Mutter.
»Ich hab' Kaffee aufgestellt. Will jemand Kaffee?« fragte meine Mutter, als wir zu den anderen ins Wohnzimmer kamen. »Katzerl, du hast der Lore mit dem Malheur vom Igo geholfen, das war lieb von dir.«
»Ja, leider ist es dem Ärmsten heute nicht gutgegangen.«
»Ich stell' morgen einen kleinen Kartentisch hinauf, da kann er dann oben arbeiten«, sagte meine Mutter.
»Schon gut, mach dir keine Sorgen. Setz dich nieder und verschnauf erst einmal. Bist du denn gar nicht müde?«
Meine Mutter setzte sich auf den Sessel, streckte die Beine von sich und ließ die Arme an den Seiten hinunterhängen. Sie hatte sich die Haare über die Augen gezogen wie eine Fetzenpuppe.
»Franzi!« rief Frau Katz. »Franzi, du Clown, das schaut ja fürchterlich aus. Hör auf!«
»Du wolltest doch wissen, ob ich müde bin«, sagte meine Mutter.
»Aber Mutti«, sagte ich, und alle lachten, so daß wir die angsterfüllte Stimme von oben nicht gleich hörten, die »Franzi!« rief.
Ich rannte mit meiner Mutter hinauf. Mein Vater saß in sei-

nem Bett, und sein Oberkörper hob und senkte sich, als müsse er jeden Atemzug mühsam aus einer tief in ihm sitzenden Quelle herausziehen. »Ich krieg' keine Luft«, keuchte er.
»Komm, setz dich auf und laß die Beine heraushängen.« Sie setzte sich neben ihn. »Gleich geht's dir besser. Die Anfälle sind rasch vorbei, das weißt du ja.«
Zwischen seinen beschwerlichen Atemzügen sagte mein Vater: »Dieser Doktor hat gesagt, ich hab' kein Asthma. Aber da siehst du's.«
»Er sagt, du hast nervöses Asthma. Sitz still, gleich ist es vorbei.«
»Ich hab' Asthma«, sagte mein Vater. »Meine Mutter hat Asthma gehabt, ich weiß, wie das ist.«
»Siehst du, schon geht's dir besser. Vor ein paar Minuten hast du nicht einmal was sagen können. Möchtest du dich wieder hinlegen?«
»Ja.«
Aber sobald meine Mutter meinen Vater zugedeckt hatte, setzte er sich wieder auf und ließ die Beine aus dem Bett hängen. Er keuchte, daß man Angst kriegen konnte. »Das Fenster, mach es auf«, sagte er.
»Aber wenn du Asthma hast, nützt das nichts«, sagte ich.
»Mach' das Fenster auf«, befahl meine Mutter. Sie deckte den Schoß meines Vaters zu, und bald ging es ihm besser, und sie half ihm, sich wieder hinzulegen, und richtete seinen Polster.
Er sagte: »Geh nicht weg.«
»Aber Mutti, du hast deinen Kaffee noch nicht getrunken.«
»Das mach' ich später.«
»Aber dem Vati geht's eh schon besser.«
Meine Mutter sagte: »Liebes, hast du nicht gesagt, du

6. Kapitel

Allchester – Der Fremde

Im Zug nach Allchester sagte meine Mutter, sie habe Schreibpapier mit und ich könne mit meinen Dankeschönbriefchen anfangen, an all die Leute in Mellbridge, die gut zu mir gewesen waren: die Hoopers, die Grimsleys und die Komiteedame, und nicht zu vergessen, die Levines in Liverpool. Aber mir war schlecht, und ich ging auf die Toilette am Ende des Ganges und übergab mich fast den ganzen Vormittag lang.
Als wir in Allchester ankamen, gingen wir geradewegs zu der Unterkunft, die Kari für uns gefunden hatte: ein ganz kleines Zimmer an einer steilen Stiege. Meine Mutter brachte mich ins Bett, und dann saß sie bei mir und las mir aus *David Copperfield* vor. Wir aßen Birnen direkt aus dem Sackerl, und es war gemütlich und nett. Wir wußten nicht, daß mein Vater inzwischen so krank war, daß die Behörden ihn zum befreundeten Ausländer erklärt und entlassen hatten und daß er bereits auf dem Weg nach Allchester war.
Mein Vater hatte nur die Adresse, an der die Golds arbeiteten, um mit uns in Verbindung zu treten. Er kam am späten Abend hin, als sie gerade ins Bett gehen wollten, und schaute so müde und krank aus, daß sie ihn in die Küche holten und ihm eine Schale Kaffee gaben. Sie schrieben ihm auf einen Zettel auf, wo meine Mutter und

mußt um neun zurück bei Miss Douglas sein? Es ist fast halb zehn.«
Als ich meinen Mantel anzog, sagte mein Vater: »Schreib doch dem Paul von meinem Asthma. Diese englischen Ärzte verstehen meinen Fall nicht.«
»Gut, ich schreib' ihm morgen«, sagte meine Mutter.
»Bleibst du jetzt da?«
»Ja, ich geh' gleich ins Bett. Schau, ich zeig' dir, wie müd' ich bin.« Sie zog sich die Haare über die Augen und machte ihre Arme und Beine steif wie eine Fetzenpuppe.
Als ich am nächsten Tag bei meinem Vater vorbeischaute, fand ich Frau Bauer in der Küche. »Es ist zum Verzweifeln. Jetzt hat er schon zu Mittag fürs Abendessen aufgedeckt!«
»Ich hab' für deine Mutter aufgedeckt«, sagte mein Vater, als ich hinaufging, um mit ihm zu streiten. »Du hast doch gesagt, ich denk' nie an sie, aber da siehst du's.«
»Aber du kannst doch nicht den ganzen Nachmittag den Küchentisch blockieren, wenn noch fünf andere Leute da sind.«
»Die Franzi hat gleich viel Anspruch auf den Tisch wie alle anderen«, sagte mein Vater. »Warum setzt du den Hut auf? Gehst du wieder?«
Ich hatte mich zum Spiegel gedreht, um mir die Haare unterm Schulhut zu richten.
»Warum bist du bös auf mich?«
Ich gab ihm keine Antwort. Im Spiegel sah ich ihn hinter mir näherkommen.
»Willst du meinen Krokogürtel? Ich schenk' ihn dir.«
»Vorsicht!« sagte ich und machte einen Schritt rückwärts, als bräuchte ich etwas mehr Abstand vom Spiegel. In Wirklichkeit wollte ich, daß er zurücktrat. Ich wußte zwar, daß er seine Beine nicht flink genug wenden konnte, aber trotzdem ärgerte es mich so, daß ich mich umdrehte,

meine Hand auf seinen Brustkorb legte und ihn wegstieß. Verwundert sah ich die Verwunderung in seinem Gesicht, als er umkippte. Er fiel, so schien es mir, unendlich langsam, streifte dabei mit seiner Schulter einen Bettpfosten und glitt beinahe sanft zu Boden. Ich kniete nieder. Ich sagte: »Du bist hingefallen.« Wir hörten bereits Schritte oben auf der Stiege. Meine Mutter, die gerade rechtzeitig gekommen war, um den dumpfen Krach zu hören, kam angerannt. »Du hast wahrscheinlich nicht gemerkt, daß er hinter dir war«, sagte sie.
»Nein, ich hab' ihn nicht gesehen«, sagte ich.
»Und du hast ihr nicht schnell genug ausweichen können, Igo?«
»Ja, ich hab' nicht schnell genug ausweichen können.«

»Glauben Sie, daß er wieder arbeiten kann?« fragte meine Mutter Dr. Adler, als er wie jede Woche zur Kontrolle kam.
»Was denken Sie?« fragte der Doktor meinen Vater und klopfte ihm aufs Knie.
Mein Vater saß mit offenem Hemd da. Er hob seine rechte Schulter und drehte die Handfläche fragend nach oben. Er lächelte verlegen und schaute zu meiner Mutter.
»Er kann schon viel besser gehen, meinen Sie nicht?« sagte meine Mutter.
»Oh ja«, sagte der Arzt.
»Er müßte nur mehr essen.«
»Sie müssen mehr essen«, sagte der Arzt zu meinem Vater. »Essen, essen, essen«, und seine rechte Hand stopfte imaginäres Essen in seinen Mund, während er aufmunternd mit dem Kopf nickte.
Mein Vater hob seine rechte Schulter und kehrte die Handfläche nach oben.
»Sie müssen brav sein«, sagte der Arzt und klopfte ihm

aufs Knie. »Sie haben ja eine wunderbare kleine Frau, die sich um Sie kümmert. – Ich will auch nicht, daß Sie sich überanstrengen«, sagte er an der Tür zu meiner Mutter. »Sie sollten sich jetzt ausruhen.«
»Hast du gehört, was der Doktor gesagt hat? Du sollst dich ausruhen«, sagte ich zu meiner Mutter.
»Ja«, sagte sie. »Ich mach' mir gleich einen Kaffee.«
»Das kann ich machen. Setz dich nieder. Wie du dasitzt! Immer am Sprung. Du bist ja nur zur Hälfte am Sessel.«
»Ja, mit der müden Hälfte«, sagte meine Mutter.
»Ach, Mutti! Warum mußt du Gesangsstunden begleiten? Die Mrs. Dillon hat gesagt, du mußt nicht Klavier spielen, um das Schulgeld zu verdienen. Das Komitee zahlt das eh.«
»Aber ich will's selber zahlen. Und außerdem spiel' ich gern Klavier.«
»Und warum hast du zum Feuerwart gesagt, daß du deine Nacht und die vom Vati übernehmen kannst?«
»Weil der Vati nicht jedes Mal aufstehen kann, wenn die Sirene heult. Und er kann auch nicht in der Nacht durch die Straßen gehen.«
»Aber das verlangen sie ja gar nicht. Der Vati könnte doch eine ärztliche Bestätigung vom Dr. Adler kriegen.«
»Liebes, darum geht's nicht. Wir sind Flüchtlinge. Wir müssen schauen, daß wir überall anpacken. Weißt du, sie heben sogar die Ausgangssperre auf, wenn wir Dienst haben.«
»Aber der Doktor hat gesagt, du sollst dich ausruhen. Du machst viel zu viel.«
»Liebes, willst du wirklich etwas für mich tun?«
»Ja.«
»Dann bekrittel mich nicht. Ich versprech' dir, wenn ich merk', daß es mir zuviel wird, hör' ich auf mit den Gesangsstunden. Gut?«

Aber ich konnte genausowenig aufhören, meine Mutter zu bekritteln, wie sie aufhören konnte, von einer Arbeit zur nächsten zu sausen, und in der Woche hatte Frau Bauer Grippe, und meine Mutter meldete sich, um ihren Brandschutzdienst auch noch zu übernehmen. Ich weiß noch, daß ich auf dem Heimweg nach Adorato deswegen geweint habe.

Ich beobachtete jetzt meine Mutter genauso wie meinen Vater. Ich stellte mir ihre Körper unter der Haut vor, wie die komplizierten anatomischen Zeichnungen, die ich in Pauls Lehrbüchern gesehen hatte, mit dem Unterschied, daß sie bewegliche Teile hatten, die alle Gefahr liefen, jeden Moment zu versagen. Ich dachte an die Zeit in Wien, als mein Vater immer krank wurde, genau dann, wenn ich nicht damit rechnete, und war deshalb ständig in Alarmbereitschaft. Ich rechnete dauernd mit Katastrophen, als ob ich sie dadurch verscheuchen könnte. Wenn ich nachts im Bett lag, wenn es mir in der Schule einfiel und immer, wenn ich auf dem Weg zur Clinton Lodge war, erfand ich greuliche Dinge, die meinem Vater passieren könnten, und zwar in allen Einzelheiten, wie und wo sie sich zutrugen. So bekam ich eine gewisse Vertrautheit mit den ständigen Leiden meines Vaters. Ich kann mir jenen Nachmittag vorstellen, als wär's meine eigene Erinnerung, als er auf der Toilette der Molkerei war und sich nicht hinausgetraute, aus Angst, er könne wieder erbrechen. Es war sein erster Arbeitstag als Bürohilfe. Er erzählte es meiner Mutter, und sie muß es mir erzählt haben: Bis zu Mittag ging es ihm zunehmend schlecht. Ein Mädchen erklärte ihm gerade die Aktenablage, als es losging. Er sagte: »Pardon« und stolperte zwischen den Sesseln zur Herrentoilette. Die Tür war von innen versperrt. Mein Vater betete: »Bitte, laß mich jetzt nicht speiben«, er wußte, daß die Augen des

Mädchens verwundert auf seinem Rücken lagen, und dann schwankte er nach hinten, als die Tür aufging und ihn im Gesicht traf. »Aber hallo!« sagte der Mann, der herauskam, und streckte meinem Vater die Hand entgegen, um ihn zu stützen, doch er stürzte an ihm vorbei in die Toilette und übergab sich. Danach ging es ihm zwar besser, aber seine Knie waren weich und sein Körper ächzte wie bei einem beginnenden Asthmaanfall, und deshalb stieß er hastig das Fenster auf. Die kalte Luft legte sich eisig auf seine verschwitzte, bloße Haut im Gesicht, auf den Händen und im Nacken. Er konzentrierte sich, als horche er auf ein Gemisch aus wilden, beängstigenden Regungen, und wußte nicht, ob er jetzt wieder einen Schlaganfall bekam. Draußen rüttelte jemand am Türknopf, rüttelte und rüttelte und ging weg. Mein Vater atmete ruhiger. Er wusch sich die Hände unter laufendem kalten Wasser und dachte, er könne jetzt wieder hinaus ins Büro, als er sich noch einmal übergeben mußte. Den ganzen Nachmittag lang kamen Leute zur Tür und gingen wieder weg. Um halb sechs, als alle gegangen waren, kam mein Vater heraus und ging auf die Straße. Er hatte Angst, auf der Stelle zusammenzubrechen. Er wäre am liebsten zusammengebrochen, aber statt dessen schob er sich blindlings vorwärts. Dann bog er um die Ecke und sah meine Mutter und mich über den Hügel herunterkommen.
Ich hatte auf dem Heimweg von der Schule zufällig meine Mutter getroffen. Sie ging flott, den Mantel um die Schultern gehängt. »Was ist los?« fragte ich.
»Nichts, Liebes. Ich geh' spazieren.«
»Spazieren? Hast du schon gegessen?«
»Noch nicht. Ich hab' gedacht, ich geh' deinem Vater entgegen, und Liebes, sag jetzt bitte nichts! Es ist sein erster Arbeitstag.«

»Aber dem Vati geht's eh gut. Der Doktor hat gesagt, er kann wieder arbeiten. Du brauchst ja nicht jede Sekunde Angst haben, wenn du nicht bei ihm bist.«
»Ich hab' keine Angst. Da ist er ja.« Wir blieben stehen und horchten auf die schlurfenden Schritte und den Gehstock, der um die Ecke auf den Boden klopfte.
»Das ist nicht der Vati, das ist ein alter Mann«, sagte ich und erblickte ihn in Sichtweite, meinen Vater, mit seinem Stock, und lief dunkelrot an. »Ach so, ich hab' gedacht, du meinst den Alten da drüben auf der anderen Straßenseite. Ich hab' gedacht, du meinst den.«
Mein Vater war unten am Hügel stehengeblieben, um zu verschnaufen. Sein Trenchcoatkragen war hinten eingeschlagen, und seine Fliege hing lose.
»Igo!« rief meine Mutter.
Er sah uns, und sein einseitiges, ausgezehrtes Gesicht strahlte. Auf seiner schlecht rasierten linken Wange klebten Eireste.
Wir gingen über den Hügel hinauf, aber es schien meinem Vater nicht möglich, sein linkes Bein zu bewegen. Er blieb stehen.
»Vielleicht sollten wir ein Taxi nehmen«, sagte meine Mutter, »aber weit wär's ja nicht, zwei Häuserblöcke, nein, das ist lächerlich. Siehst du die Stechpalme dort hinter der Mauer? Dort rasten wir. In Wien hat die Lore nie weiter als einen Block gehen wollen, erinnerst du dich, Igo? Sie hat geplärrt: ›Ich will schon daheim sein!‹ So, da ist ja die Stechpalme. Jetzt rasten wir erst einmal. Geht's?«
Bei jedem Atemzug hob sich der Oberkörper meines Vaters, bevor er wieder einsackte.
»Da ist ja ein Taxi«, sagte meine Mutter. »Aber jetzt ist es nicht mehr weit. Jetzt schaffen wir's bis zur Miss Douglas.«

Mein Vater arbeitete einen Monat lang in der Molkerei. An einem Sonntagmorgen, als ich gerade in Miss Douglas' Salon abstaubte, hatte er wieder einen Schlaganfall – im Badezimmer in der Clinton Lodge. Er fiel gegen die Tür, die von innen zugesperrt war; ein Umstand, den ich mir nicht vorgestellt hatte, und zu einem Zeitpunkt, als ich nicht an ihn dachte. Während der nächsten Wochen war es eine Erleichterung, ihn zu jedem erdenklichen Moment sicher im Krankenhaus aufgehoben zu wissen.
Eines Abends, als meine Mutter gerade Mantel und Schuhe auszog und den Teekessel aufstellen wollte, läutete ein Mann und fragte nach ihr.
Er lächelte meine Mutter an. »Sind Sie Frau Groszmann? Der Doktor will, daß Sie zum Krankenhaus kommen, Ma'am.«
»Was ist passiert? Wie geht's meinem Mann?« fragte meine Mutter und nahm den Mantel, um ihn umzuhängen.
Der Mann hielt die Tür für uns. Wir rannten neben ihm her. »Glück, daß Sie so nahe wohnen«, sagte er.
»Ja, ja, es ist ein Glück«, sagte meine Mutter.
»Kalt«, sagte der Mann. »Erst Viertel vor neun und schaut aus wie tiefe Mitternacht.«
Ein unbarmherziger Wind fuhr durch den offenen Hof zwischen der Portiersloge und den riesigen Krankenhaustüren und schlug uns die Röcke gegen die Beine. Drinnen war der offenstehende Lift im Parterre festgemacht und kein Liftboy zu sehen, also rannten wir über die Stiegen hinauf. Die Türen zur Station, auf der mein Vater lag, waren zu. Eine Krankenschwester, die kaum älter aussah als ich, kam heraus.
»Schwester«, sagte meine Mutter. »Ich soll zu meinem Mann.«
»Nein, das geht jetzt nicht. Jetzt ist keine Besuchszeit.«

»Man hat mich gerufen. Wo ist die Oberschwester?«
»Weiß nicht, wo die ist«, sagte die junge Schwester und schaute den leeren Gang auf und ab. »Sie wird gleich dasein, nehm' ich an. Ich muß jetzt auf eine andere Station.« Sie ging weiter.
Meine Mutter machte die Tür auf. Von den blauen Lampen, die in der Mitte des Krankensaals am Plafond hingen, kam schwaches Licht, aber wir konnten die Erhebungen im Bett meines Vaters ausmachen, die von seinen Knien stammten. Meine Mutter ging auf das Bett zu. Es lag ein anderer Mann drin. Er schlug die Augen auf, sah uns, streifte mit der Zunge über die Lippen, und machte die Augen wieder zu.
Die Oberschwester kam bereits auf uns zu, mit der jungen Krankenschwester dahinter, die sich die Hände vor den Mund schlug und kicherte. »Mrs. Groszmann, Ihr Mann ist auf eine andere Station verlegt worden. Ich hab' eine Nachricht beim Portier hinterlassen. Zu dumm von denen.«
»Wie geht's ihm? Wie schlimm ist es?« fragte meine Mutter.
»Die Schwester da arbeitet auf der Station, wo Ihr Mann jetzt ist. Gehen Sie mit ihr mit.«
Wir folgten der jungen Schwester durch ein Labyrinth von Gängen, die zu den älteren Gebäuden führten. Ich erinnere mich, daß ihr Kopf vor uns auf und ab wackelte und daß sie mit der Hand über die Wände streifte und um die Ecken wippte.
Vor der anderen Station wartete eine fremde Oberschwester auf uns. »Ist das Mrs. Groszmann? Mrs. Groszmann, der Arzt möchte Sie sprechen.«
»Bitte, wie geht's meinem Mann?«
»Warten Sie hier, die Schwester wird Ihnen einen Stuhl bringen.«

Man brachte uns in ein nüchternes Umkleidezimmer. Auf den Haken an der Wand hingen ein Straßenmantel und ein scharlachrot gestreifter Umhang. Es gab ein paar Schilder: »Bitte Licht ausschalten!« »Keine Haftung für zurückgelassene Gegenstände.«
»Ich frag' mich, was mit dem Sessel ist«, sagte meine Mutter.
Ich stellte mich in die Tür und schaute hinaus auf den fensterlosen Gang mit der nackten Glühbirne, die sich im braunen Linoleum auf dem Boden und in der glänzenden gelben Ölfarbe an den Wänden spiegelte. Gegenüber wurde eine Tür aufgestoßen, und ich sah in eine Küche. Über der Abwasch stieg Dampf auf, eine Krankenschwester saß am Tisch und ließ die Beine pendeln. Jemand lachte. Die Tür ging zu.
Leute kamen auf uns zu – die Oberschwester und ein junger Arzt, den ich nicht kannte. Ich trat einen Schritt ins Zimmer zurück. Sie gingen an der Tür vorbei und blieben stehen. Sie standen draußen und redeten. Ich konnte den Ärmel des Arztes sehen. Der Ärmel verschwand, und der Arzt stand bei uns im Zimmer. »Sie können jetzt zu Ihrem Mann«, sagte er.
»Wie geht's ihm? Wie schlimm ist es?« fragte meine Mutter.
»Er hat noch einen Schlaganfall gehabt, er hat den ganzen Nachmittag nach Ihnen gerufen. Es ist ein Wunder, daß er noch lebt. Er hat ein Herz wie ein Ochs«, das hat der Arzt, glaub' ich, gesagt, und ich schaute ihn erstaunt an. Ich hatte den Eindruck, daß er meine Mutter anschrie. »Dr. Adler hat ausrichten lassen, daß Sie über Nacht bleiben können. Die Oberschwester kümmert sich um alles, und ich hab' Dienst. Sie können mich rufen lassen. Oder die Oberschwester. Es wird schon, Sie werden sehen.«

Mein Vater lag ausgestreckt in einem Bett. Sein Kopf war unter einem Netz von Schläuchen und Beuteln und Flaschen. Seine Augen waren ein winzigen Spalt offen, und man konnte das Weiße des Augapfels sehen. Ich fragte mich, ob er tot war, aber dann sah ich einen kleinen, wilden Pulsschlag unten an seinem Hals.

»Da ist ein Stuhl«, sagte die Oberschwester, »und Sie können sich von dem anderen Bett noch einen nehmen. Ich bin am Schreibtisch dort drüben in der Ecke, hinter dem Wandschirm, wenn Sie was brauchen. Möchten Sie eine schöne heiße Tasse Tee?«

»Ja, Schwester, bitte«, sagte meine Mutter, »das ist sehr lieb von Ihnen, danke.«

»Gerne. Machen Sie sich's bequem. Die Nacht kommt einem immer lang vor.«

»Mutti«, flüsterte ich, »was meint der Doktor damit, daß der Vati ein Herz hat wie ein Ochs?«

»Ich glaub' nicht, daß er das gesagt hat. Er hat gesagt, Ochsenherz. Ich glaub', das ist was Medizinisches, aber ich weiß nicht, was es heißt.«

Die junge Schwester, die uns hergeführt hatte, kam mit einer Tasse Tee für meine Mutter. »Ich hab' Zucker hineingetan, dabei hab' ich Sie gar nicht gefragt.«

»Ich nehm' eigentlich keinen, aber das macht nichts«, sagte meine Mutter.

»Nein, warten Sie. Ich bring' Ihnen einen neuen. Immer alles verkehrt, so bin ich.« Sie nahm den Tee wieder mit, und das war das Letzte, was wir davon gesehen haben.

»Wie spät ist es?« fragte ich.

»Fünf nach halb zehn. Liebes, warum gehst du nicht heim? Du hast doch bald Prüfung.«

»Und du mußt arbeiten gehen. Solang' du da bleibst, bleib' ich auch da.«

Ich wetzte auf dem harten Sessel hin und her. Der Mann, der im Bett neben meinem Vater lag, richtete sich auf und klopfte seinen Polster zurecht. Der Raum hinter ihm war voll ungeduldiger Bewegungen von Körpern, die Linderung suchten, und voller Geräusche – Husten, Keuchen, Schnupfen und ein leises Geräusch irgendwo zwischen Wimmern und Lachen. Es wurde wärmer im Saal, und die Hitze und der Lärm verschmolzen zu einem Tosen. Ruckartig fuhr ich aus dem Schlaf hoch. »Wie spät ist es?«
»Fünf vor zehn.«
Um Mitternacht herum holte meine Mutter einen Briefumschlag aus der Tasche und lächelte vor sich hin, als sie daraufkritzelte.
»Was schreibst du denn da?«
Sie reichte mir den Umschlag. Darauf stand: WGDNH
»Was heißt das?« fragte ich.
»Es heißt: Warum gehst du nicht heim?«
»Leih mir einmal den Bleistift.« Ich schrieb: »S du D B, B ich A D.«
Meine Mutter lächelte und steckte den Umschlag in die Tasche. Um halb eins öffnete mein Vater die Augen und fragte, ob heute Dienstag sei. Meine Mutter rief die Schwester, und die Schwester rief die Oberschwester, die den jungen Arzt holte. Sie fühlten seinen Puls und berührten seine Wangen und standen ums Bett, aber er hob die rechte Hand, mit der alten ungeduldigen Geste, er wollte alle weg haben. Für heute nacht hatte er sich's mit dem Sterben anders überlegt.
Als wir aus dem Krankenhaus kamen, legte sich ein seltsames Stahlblau über die Straßen. Bäume und Häuser gewannen allmählich Umriß und Gestalt zurück. Es war sehr kalt. Der Milchmann an der Ecke klapperte mit dem Leergut. Er berührte seine Kappe zum Gruß.

Ich schaute zu meiner Mutter und sah, daß ihr Tränen übers Gesicht rannen. »Liebes, eins versprech' ich dir«, sagte sie. »Wenn der Vati stirbt, werd' ich nicht mehr betrübt sein.« Jetzt, wo sie zu sprechen begonnen hatte, schluchzte sie los. »Ich werd' mich sehr schnell wieder fangen, das versprech' ich dir. Du brauchst dir dann wegen mir keine Sorgen mehr machen. Aber jetzt ist er so arm.«

Ich erwog die Möglichkeit, daß mein Vater sterben könnte, voll Schrecken, weil ich dann vielleicht keine Tränen für ihn hätte und die Leere meines widernatürlichen Herzens für meine Mutter sichtbar und für mich zur Gewißheit würde.

Aber es schien, daß mein Vater schließlich doch nicht sterben würde. Er fing an, sich zu erholen, zu sitzen, zu gehen und meine Mutter darum zu bitten, daß sie ihn nach Hause hole.

Eines Tages kreuzte der alte Dr. Adler in der Clinton Lodge auf.

»Geht's meinem Mann wieder schlechter?« rief meine Mutter. »Ich bin doch erst vor einer Stunde bei ihm gewesen.«

»Aber nein. Darf ich eintreten? Ich komm' gerade aus dem Krankenhaus und wollte Sie kurz sprechen. Könnte ich vielleicht eine Tasse Kaffee haben? Ihrem Mann geht's gut, er erholt sich bestens, und wir werden ihn bald in ein Rekonvaleszenzzentrum schicken können. Ich hab' bereits mit Mrs. Dillon vom Flüchtlingskomitee gesprochen, es ist alles geregelt.«

»Sie sind ja alle so gut zu uns!« sagte meine Mutter.

»Mrs. Dillon und ich haben auch über Sie gesprochen. Sie sollten wirklich einmal Urlaub machen.«

»Ja, vielleicht, wenn's meinem Mann wieder bessergeht...«

»Mrs. Dillon hat mit Mr. Harvey gesprochen, und Sie sollen sich eine Woche freinehmen, und zwar ab Freitag.«
»Danke sehr, aber ich glaube, ich kann ... jetzt nicht.«
»Ich geb' Ihnen jetzt die Adresse von einem Arzt aus dem Krankenhaus«, sagte der Arzt. »Er fährt mit seiner Familie eine Woche auf Urlaub, und Sie können in seinem Haus wohnen. Es gibt eine deutsche Haushälterin, die sich um Sie kümmern wird. Da ist der Fahrplan für den Bus. Freitag nachmittag hab' ich unterstrichen.«
Ich besuchte meine Mutter am Sonntag und traf sie beim Erbsenauslösen an. »Ich hab' gedacht, du ruhst dich aus und erholst dich!« sagte ich.
»Tu' ich ja«, sagte meine Mutter. »Liebes, es ist nicht sehr erholsam, wenn ich untätig herumsitz'.«
»Warum setzt du dich nicht wenigstens ganz auf den Sessel?«
»Hab' ich vergessen. Aber ich ruh' mich aus. Bin ich etwa am Vormittag nicht im Wohnzimmer gesessen, Frau Hubert?«
»Das stimmt, nachdem Sie die Zimmer oben gefegt und die Betten gemacht haben«, sagte die alte deutsche Haushälterin.
»Aber es geht mir schon viel besser«, sagte meine Mutter. »Liebes, du besuchst den Vati im Rekonvaleszenzzentrum, gelt?«
»Du sollst doch nicht über den Vati nachdenken, wenn du auf Urlaub bist!« schrie ich, beinahe in Tränen. »Ruh dich aus!«
Als ich an dem Abend nach Hause kam, hörte ich, wie Mrs. Dillon im Eßzimmer telefonierte. »Er benimmt sich unmöglich, und ich glaube, sie können ihn nicht behalten. Die Leute vom Personal sagen, daß er sie dauernd ruft und sich weigert, englisch zu sprechen«, sagte sie. Ich wußte,

daß sie von meinem Vater sprach. »Und die anderen Patienten beschweren sich, daß sie nicht schlafen können, weil er die ganze Nacht nach Ihnen ruft.« Da wußte ich, daß sie mit meiner Mutter redete. Ich lehnte mit dem Kopf gegen die Tür und weinte.
Meine Mutter kam am selben Abend zurück und brachte meinen Vater zur Clinton Lodge.

Es war das Jahr 1943. Ich war fünfzehn. Die ständige Spannung aufgrund der Rückfälle und teilweisen Genesung meines Vaters, die hilflose Erschöpfung meiner Mutter, die Geschosse der Deutschen in der Nacht – das waren inzwischen unsere Lebensbedingungen.
Anfang Juni 1944 war mein Vater wieder im Krankenhaus. Es war die Woche, in der die Alliierten an den französischen Stränden landeten. Wir erzählten es ihm, aber er hörte es nicht.
Eines Nachts starb mein Vater. Ich hatte einen kurzen, rauhen Anfall von Trauer, und auch danach, so dachte ich, war ich in der Lage, einen glaubwürdigen Schmerz in meinem Brustkorb zu erzeugen, wenn ich mich daran erinnerte, wie mein Vater mich mit der Geschichte von Rikitikitavi unterhalten wollte, mir für alle wichtigen Anlässe in meinem Leben seinen Krokogürtel borgen und ihn mir schenken wollte, an dem Tag, als ich ihn zu Boden stieß.
Meine Mutter und ich saßen in ihrem Zimmer. Frau Katz brachte uns unser Essen auf einem Tablett und blieb zum Reden. Sie sagte, meine Mutter sei ja so gut zu meinem Vater gewesen und sie dürfe sich keine Vorwürfe machen und es müsse für sie eine Erleichterung sein.
Meine Mutter schüttelte den Kopf und sagte: »Nein, ich war gar nicht so gut, wie ihr denkt. Du weißt ja nicht, wie oft ich neben ihm gelegen bin, so mit den Händen.« Meine

Mutter verschlang die Finger und preßte die Hände heftig zusammen. »Ich hab' mir gewünscht, daß er sterben kann, seinetwegen, aber auch wegen der Lore und mir.«
»Das ist nur natürlich«, sagte Frau Katz. »Du wolltest nicht, daß er so leiden muß.«
»Ach, deshalb mach' ich mir keine Vorwürfe«, sagte meine Mutter. »Ich sag' dir, was ich mir nicht verzeih'. Weißt du noch, wie er am ersten Tag von der Molkerei heimgekommen ist? Es hat ja sein Bein kaum bewegen können, erinnerst du dich? Ich wollte ein Taxi über den Hügel nehmen, aber ich dachte die ganze Zeit, das ist ja lächerlich, es sind ja nur zwei Häuserblöcke, und deshalb hat er zu Fuß gehen müssen.«
»Es ist vorbei«, sagte Frau Katz, weil meine Mutter zu weinen angefangen hatte. Ihr Gesicht war eingefallen und rot.
»Wir hätten ein Taxi nehmen sollen«, sagte meine Mutter. »Es war ja nicht einmal wegen dem Geld. Ich hatte Angst, daß der Fahrer denkt, es wär' lächerlich, wenn wir für zwei Blöcke ein Taxi nehmen, weil wir doch Flüchtlinge sind. Ich hab' ihn über den Hügel hinaufgehen lassen, weil ich Angst hatte, vor dem Taxifahrer lächerlich auszuschauen. Ich hör' schon auf«, sagte meine Mutter, die tief aus ihrer Brust herausschluchzte. »Ich hab' der Lore nämlich versprochen, daß ich mich schnell wieder fang', wenn der Igo stirbt. Und das werd' ich, ihr werdet sehen.«
Eines Sonntags, ungefähr eine Woche nachdem mein Vater gestorben war, kam ich wieder zur Clinton Lodge und fand den dicken Dr. Adler dort, der mit meiner Mutter Kaffee trank. »Fehlt dir was?« fragte ich sie.
»Ach, du meine Güte, nein. Der Dr. Adler war so lieb, sich meinetwegen Sorgen zu machen.«

»Ich war gerade auf dem Heimweg vom Krankenhaus und dachte, ich seh' einmal nach deiner guten Mutter. Sie hat gerade Kaffee gemacht, und da hab' ich gefragt, ob ich vielleicht auch eine Tasse bekomme. Als Freund, weißt du. Als Arzt müßte ich Ihnen sagen, daß Sie nicht so viel Koffein trinken sollten.« Er klopfte ihr mit dem Zeigefinger zärtlich aufs Handgelenk. »Ich glaube, daß Sie zuviel Kaffee trinken, das ist nicht gut für die Nerven.«

»Meine Nerven haben mir in der letzten Zeit öfter einen Streich gespielt«, sagte meine Mutter. »Sie wissen ja nicht, was für unglaubliche Fehler ich im Restaurant gemacht hab'. Der arme Mr. Harvey! Gestern hab' ich die Erbsen doppelt gesalzen und heut' die Erdäpfeln gleich gar nicht. Also, ich rat' Ihnen, morgen nicht bei Harvey zu essen, weil da gibt's nämlich Fleischauflauf mit ungesalzenen Erdäpfeln.«

»Ich versprech' Ihnen, daß ich nicht zu Harvey gehe, wenn Sie mir versprechen, daß Sie mir einmal ein richtiges Wiener Essen auftischen.«

»Wiener Schnitzel«, sagte meine Mutter. »Jederzeit, wann immer Sie möchten.«

Mitte der Woche sagte meine Mutter: »Du errätst nie, was ich heute getan hab'. Ich hab' mir ein Kleid gekauft. Ich bin eine halbe Stunde früher aus dem Restaurant weg und zur Bank, ich hab' zwanzig Shilling abgehoben, und dann hab' ich mir ein rosarotes Kleid gekauft.«

»Was meinst du mit Rosarot? Du meinst eine Art Graurosa?«

»Rosarrrot«, sagte meine Mutter. »Es war das einzige nette Kleid im ganzen Geschäft, und ich hab's zum Spaß anprobiert. Aber dann hab' ich meinen Knoten aufgemacht und die Haare ein bisserl aufgelockert, so, schau! Ich hab' immer noch eine Welle drin, und die rosarote

Farbe betont meinen Rotstich. Es hat richtig gut ausg'schaut.«
Ich war mir ziemlich sicher, daß sie mich aufzog. »Aha, wo ist es denn?«
»Es wird noch abgeändert. Jetzt kann ich's nicht einmal mehr zurückgeben. Ich hab' gesagt, sie sollen die Änderungen machen, dann hab' ich's am Wochenende.«
Am Wochenende kam Dr. Adler auf Besuch, und es gab Wiener Schnitzel. Meine Mutter hatte das rosarote Kleid an. Es war ordentlich rosarot. Ich beobachte Dr. Adler, weil ich wissen wollte, ob er es nicht seltsam fand, aber er war guter Dinge und sagte, meine Mutter sähe aus wie ein Mädchen. Ihr Gesicht war hochrot und ihre Augen glänzten. Nach dem Abendessen gingen wir ins Wohnzimmer, und sie saß dem Arzt gegenüber. Sie machte Scherze und lachte mit abrupten, schrillen Glucksern im Hals. Dann fragte der Arzt, ob sie mit ihm eine Runde um den Block gehen wolle.
Am Montag paßte mich Mrs. Dillon in Adorato an der Haustür ab. Sie sagte, ich solle kurz mitkommen. »Komm einen Moment in den Salon. Setz dich.« Sie nahm neben mir am Sofa Platz.
»Ist was?« fragte ich alarmiert.
»Na ja, wie soll ich sagen. Was glaubst du, wer heute zu mir ins Büro gekommen ist? Mr. Harvey. Er macht sich Sorgen um deine Mutter.«
»Aber warum denn? Meiner Mutter geht's gut. Ich hab' sie schon lang' nicht mehr so viel lachen gesehen.«
»Tja, das' scheint auch das Problem zu sein. Mr. Harvey sagt, sie ist wie ausgewechselt. Sogar in besonders schlimmen Zeiten war sie immer gewissenhaft, aber jetzt scheint sie's von der leichten Seite zu nehmen. Er sagt, sie macht dauernd was falsch. Er hat ihr schon gesagt, daß sich das

Restaurant das nicht leisten kann, und sie hat ihm bloß ins Gesicht gelacht.«
»Und was passiert jetzt?« fragte ich. Panische Angst machte sich auf eine mir vertraute Art in meinem Brustkorb breit.
»Er sagt, er weiß auch nicht, was er machen soll. Heute hat sie vergessen, den Backofen mit dem Braten anzumachen, und dann haben sie ihn von der Karte nehmen müssen. Er sagt, er hat sie beiseite genommen, um ein ernstes Wort mit ihr zu reden, aber sie ist regelrecht explodiert. Er sagt, er hat sie noch nie schreien gehört. Sie hat gesagt, warum kann sie's nicht auch einmal weniger schwer nehmen, so wie alle anderen Leute auch. Er will, daß ich mit ihr rede. Aber ich dachte, vielleicht solltest du das tun. Du kannst das. Sag ihr, daß sie sich zusammennehmen muß. Sie darf nicht so viele Fehler machen.«
Meine Mutter war in der Küche der Clinton Lodge. »Brathendl und Gurkensalat«, sagte sie, »und diesmal nicht für den Boss und seine Gäste, sondern für dich und mich. Braterdäpfel gibt's auch. Zieh den Mantel aus.«
»Wie geht's denn im Restaurant?«
»Gut«, sagte meine Mutter.
»Machst du noch immer so viel falsch?«
»Was meinst du damit?«
»Na ja, du hast es ja selbst zum Dr. Adler gesagt, nicht wahr?«
»Setz dich und iß, bevor es kalt wird. Andere Leute machen auch Fehler«, sagte sie. »Alle machen Fehler. Der Harvey hat einmal ein ganzes Fischmenü verhaut. Das hat er mir selbst erzählt.«
»Vielleicht passieren dir einfach zu viele?«
»Hat der Harvey was zu dir gesagt?«
»Geh, wo soll ich den denn treffen? Er war bei der Mrs. Dillon. Ich mein', vielleicht solltest du einfach ein bisserl

besser aufpassen, daß dir nicht so viele Fehler passieren. Und er sagt, es tut dir nicht einmal leid, du hast heute vergessen, den Ofen mit dem Braten anzumachen, und das Restaurant kann sich das nicht leisten. Weißt du, wenn du ein bisserl weniger Kaffee trinken tätest, Mutti!«

Das Gesicht meiner Mutter wurde vor meinen Augen weiß und schrumpfte zusammen. Ihr Mund wurde dunkel und sah wund aus, als zögen sich feine Risse über die geöffneten Lippen. Ihre Augen füllten sich mit Tränen und wurden immer größer. Sie starrte auf den Teller und legte die Gabel nieder. Als Frau Katz hereinkam und freundlich »Guten Abend« sagte, stand sie auf und ging in die Spülküche. Ich hörte sie mit dem Geschirr klappern, und nach kurzer Zeit ging sie hinauf und schloß die Tür.

In den darauffolgenden Wochen war meine Mutter sehr in sich zurückgezogen. Das jähe Geräusch einer Stimme konnte sie zum Weinen bringen, wir hatten alle Angst, sie anzusprechen. Sie lud den Arzt nicht mehr ein. Sie ging jeden Tag zur Arbeit. Sie hat mir erzählt, daß diese Wochen die härtesten waren, die sie je durchgemacht hat, weil sie sich jede Minute auf jede einzelne Nervenfaser konzentrieren mußte, um sich zusammenzunehmen, weil sie spürte, daß sie in dem Moment, wo sie nachließ, auseinanderfallen würde.

Ich beobachtete ihr Gesicht verstohlen. Ich weiß nicht mehr, wann mir klar wurde, daß die Katastrophe, auf die ich vorbereitet war, nicht eintreffen würde. Meine Mutter machte wieder Witze und lachte auf die alte Weise, aus dem Bauch und mit zurückgeworfenem Kopf. Sie redete mit den Leuten, die ins Haus kamen. Wenn sie meinen Vater erwähnte – und das tat sie oft –, schaute ich mich schnell nach einem Buch um. Meine Mutter erzählte jedem die Geschichte, wie sie meinen Vater zu Fuß über den Hügel gehen hatte lassen, anstatt ein Taxi zu nehmen. Sie erzählt mir diese Geschichten heute noch manchmal, aber es ist noch nicht so lange her, daß ich ihr erzählt habe, daß mein Vater damals vor dem Spiegel auf den Boden gefallen ist, weil ich ihn mit der Hand weggestoßen hatte.

7. Kapitel

Allchester –
Miss Douglas und Mrs. Dillon

Als ich noch nicht lange in Adorato war, stand ich einmal in der Früh in der halbdunklen Eingangshalle vor der Eßzimmertür. Die Damen des Hauses dachten, ich sei bereits in der Schule, und ich hörte Mrs. Dillon sanft mit Miss Douglas schimpfen, daß sie zu fest mit mir schimpfe. Sie sagte: »So wirst du nie eine Christin aus ihr machen.«

Es gab eine Art Wettstreit zwischen dem jüdischen Komitee, das mich aus Wien herausgebracht hatte, und dem Kirchenflüchtlingskomitee, das für mein körperliches Wohl in England sorgte. Jedes kämpfte um meine Seele – ohne große Leidenschaft.

Meine frühe Erziehung war assimiliert österreichisch: jüdisch vorwiegend zu den hohen Feiertagen. Zwar richtete meine Mutter eine Pessachtafel, um den Auszug der Israeliten aus Ägypten mit einem üppigen Festmahl und den üblichen Ritualen zu feiern, aber wenn sie die hartgekochten Eier (im Gedenken an die freudigen Opfer vor der Zerstörung des Tempels in Jerusalem) auf den Tisch brachte, gackerte sie wie die Henne, die sie gelegt hatte. Mein Onkel Paul trug seine in Salzwasser getauchte Petersilie und das Bitterkraut (im Gedenken an die bittere Verfolgung der Juden) im Knopfloch. Während des Gebets, in dem wir die Ägypter verdammen – Hätte uns Gott nur aus Ägypten geführt ... – *dayenu (es wäre genug für uns).* Hätte er sie gerichtet ... – *dayenu.* Hätte er ihre Erstgeburt genommen ... – *dayenu* –, zog meine Mutter einen imaginären Strich drunter und zählte alle zusammen.

Zu Jom Kippur, dem Großen Versöhnungstag, gingen wir in die Synagoge. Ich saß mit meiner Mutter und den anderen Frauen oben auf der weißen Empore aus falschem Marmor. Die Männer saßen unten. Mit ihren Hüten auf dem Kopf beteten sie auf hebräisch und wiegten ihre Körper im Takt. Ihre Lippen hörten nie auf, sich zu bewegen, während die rechten Fäuste auf die Brust klopften, als traditionelles Zeichen der Buße. Der Jom-Kippur-Gottesdienst dauert von Sonnenaufgang bis Sonnenuntergang. Ich wurde unruhig. Ich schmiß meine Kappe in die Luft, und der Schammes, der Synagogendiener, setzte mich auf die strahlend sonnige Straße. Meine Großmutter sagte, zu Jom Kippur sei es immer schön und zu den christlichen Feiertagen regne es.

An einem sonnigen Sonntag bin ich einmal in eine Palmsonntagsprozession geraten. Ich war mit meinen Eltern auf Besuch bei meinen Großeltern in Fischamend. Ich ging zufällig an der Kirche vorbei, als die Prozession gerade herauskam. Vor dem Kirchenportal verteilte Pater Ulrich Palmkätzchen. Er drückte mir welche in die Hand, zusammen mit einem Farbbildchen von Jesus, der seinen Umhang offen hatte, um zu zeigen, wo sein Herz blutete. Ich ging bei den kleinen Mädchen. Sie waren ganz weiß angezogen und hatten Blumenkränze im Haar. Ich hielt eines der blauen Bänder, die vom Samthimmel herunterwallten, der auf vier Stangen über die gold-blaue Madonna gehalten wurde. Dahinter kamen ihre Krone und ihr Zepter auf purpurroten Polstern. Die Ministranten schwenkten Weihrauchfässer. Zum Schluß ging der Pfarrer, der auf lateinisch aus seinem heiligen Buch vorsang. Als wir durch das Turmtor auf den offenen Platz kamen, sah ich meine Familie, die aus dem Eckfenster unseres Hauses schaute. Ich wachelte mit meinen Palmkätzchen in der Luft. Sie winkten mir zu und gestikulierten. Ich machte ein paar Tanzschritte für sie.

Als der Umzug beim Haus meiner Großeltern vorbeikam, stand meine Mutter schon im Hofeingang und beförderte mich hinein. (Das war 1937, als Juden in Österreich bereits nervös waren.) Meine Mutter steckte die Palmkätzchen in eine Vase. Zum Heiligenbildchen meinte sie, warum brächte ich es nicht zu Marie hinauf, wenn sie aus der Kirche käme. Ich hatte versucht, mich zu entscheiden, ob das Bildchen wunderschön war oder überhaupt nicht schön – damals richtete ich mich in Geschmacksfragen nach meiner Mutter –, und aus ihrem Gesicht konnte ich schließen: Es war überhaupt nicht schön. »Ich will's eh nicht«, sagte ich.

Die Dienstbotenkammer war im Dachboden. Marie öffnete mir die Tür, und ich äugte hinein. Die Kammer war düster. Über den Vorhängen hing ein fliederfarbenes Tischtuch. Der Raum sah anders aus als alle anderen Zimmer im Haus meiner Großeltern. Er roch anders: nach geschlossenen Fenstern und den Kerzen, die unter dem Bild der Jungfrau mit dem Kind brannten. Ich durfte neben Marie auf dem Bett sitzen. Ich gab ihr das Bildchen. Sie sagte, das sei lieb von mir. Sie habe eine richtige Sammlung, falls ich die sehen wolle. Sie holte eine alte Zuckerldose und leerte den Inhalt aufs Bett. Es gab Heiligenbildchen von Maria und den Heiligen und das Jesuskind in den Lilien. Es gab Hochglanzkarten, die waren von einem gewissen jungen Mann, sagte Marie, und die hatten rote

Rosen und Herzen und Mascherln, aber mein Bildchen gefiele ihr am besten und sie würde mir zeigen, wo sie es ihrem Herzen nahelegen würde. Sie knöpfte ihre Bluse so weit auf, daß ich den Spalt zwischen ihren gealterten Brüsten sehen konnte, und preßte es da hinunter. Ich sagte, ich müsse gehen, meine Mutter warte unten auf mich.

Die Christen waren komische Leute. Meine Großmutter hatte einen Haufen Geschichten über sie parat. Einmal hatte der fesche, junge Pater Ulrich seine Gemeinde aufgefordert, Silberpapier zu sammeln, das zu einem großen Ball zusammengewickelt wurde, um den kirchlichen Winterhilfsfonds zu unterstützen, und die kleine Grete Wellisch hatte eine Nacht mit dem dicken Säufer Kopotski in seinem Zuckerlgeschäft verbracht, um eine in Silberpapier verpackte Schokoladetafel zu kriegen. Die Erwachsenen fanden das ungeheuer lustig. In den Geschichten meiner Großmutter redeten die Christen immer g'schert daher.

Als Hitler da war und ich bei Erwin in Wien wohnte, ging ich regelmäßig zu einer Miss Henry, einer jungen Dame aus London, um Englisch zu lernen. Miss Henry machte einen intelligenten Eindruck. Ihre Wohnung am Ring war so ähnlich wie unsere. Sie wohnte mit ihrer Mutter zusammen, die im Salon Stunden gab, während ich meinen Unterricht in Miss Henrys Schlafzimmer hatte. Die einzigen Bilder, die es dort gab, waren ein Schwarzweißstich, unter dem der Titel »Tintern Abbey« stand, und ein Foto von einem jungen Mann in SS-Uniform, dem ich nachher oft im Vorzimmer begegnete, wo er auf Miss Henry wartete. Ich hatte meinen Vater gefragt, ob sie Christin sei. Mein Vater sagte, ja, aber die Engländer seien Protestanten, nicht Katholiken wie die Österreicher. Von da an schielte ich bei den Diktaten neugierig zu Miss Henry, die keine richtige Christin war. Ich lauerte auf ein Erkennungszeichen.

Das war also die Vorbereitung auf meine Wahl zwischen Judentum und Christentum – meine Mutter hatte immer gesagt, es wäre allein meine Entscheidung –, als ich aus Österreich wegmußte.

Als ich meinen Eltern aus dem Camp schrieb, die zwei englischen Komiteedamen hätten mich gefragt, ob ich bei einer lieben orthodoxen Familie wohnen wolle, antwortete mein Vater postwendend und flehte mich an, sofort zu jemand Zuständigem zu gehen und zu sagen, ich sei nicht orthodox und solle deshalb einer anderen Familie zugeteilt werden. Er schrieb, »orthodox« bedeute, sehr religiös zu sein und Gebote zu befolgen, die ich ja nicht einmal kannte, weshalb ich alles falsch machen würde und die betreffenden Leute mir bös sein würden, aber sein Brief kam erst, als ich schon bei den Levines untergebracht war.

Die Levines waren perplex über meine Unkenntnis des jüdischen Religionsgesetzes. Sarah erklärte mir die Gebote, und bis zum Ende des Winters machte ich ihr alle Ehre. Für Religion war ich leicht zu haben. Ich war Puristin. Mrs. Levine mußte mir schon sagen, daß ich mir die Schuhe binden solle, wenn ich mit baumelnden Bändern herunterkam, weil ich den Schabbes, den Tag des Herrn, nicht mit meiner Hände Arbeit beflecken wollte. Das Eis, das sie mir anbot, nahm ich erst an, wenn auf die Sekunde genau sechs Stunden seit dem Mittagessen vergangen waren, weil sich dann, wie das Gesetz sagt, die Milch in reiner Unschuld mit dem Fleisch in meinem Magen vermischen konnte. Einmal kam ich in die Spülküche und sah zu meinem Graus, daß Annie die Fleischteller mit dem Milchbeserl abbürstete. Hastig machte ich sie auf ihren Fehler aufmerksam. Sie nahm mich bei den Schultern, mit vom Abwaschwasser nassen Händen, und verjagte mich, mit dem deutlichen Hinweis: »Was sie nicht wissen ...«

Dann, während des Jahres in Südengland bei den Hoopers und den Grimsleys, legte ich den breiten nordenglischen Akzent ab, den ich in Liverpool angenommen hatte, und als mich die Umstände wieder mobil machten, war ich bereits Sozialistin.
Die Sprachfärbung der Kenter Arbeiterklasse, die ich nun hatte, beunruhigte wiederum die Ladies in Allchester, und Miss Douglas nahm mich unter ihre Fittiche. Ich spazierte mit ihr durch den taufeuchten Garten. Ich ging mit der Gießkanne und füllte Wasser in die Vogelbäder. Miss Douglas mit ihrem großen Strohhut und den Gartenhandschuhen ging mit ihrem Korb und einer Gartenschere und schnitt Blumen für den Salon ab. Am Abend wechselte ich die Schuhe und zog das grüne Seidenkleid an, das Miss Douglas auf ihrem eigenen Kirchenbasar gefunden hatte. Sie hatte mir neue Knöpfe draufgenäht. Nach dem Abendessen gesellte ich mich zu den Damen, dem Cockerspaniel und der großen schwarzen Katze ins Wohnzimmer. (Ich aß mein Frühstück und mein Mittagessen bei ihnen im Eßzimmer, aber das Dinner war für Erwachsene, und Kinder blieben im Kinderzimmer. Weil es so ein Zimmer in Adorato aber nicht mehr gab, tat Miss Douglas mein Abendessen auf einen Teller, den ich dann bei Milly in der Küche aß.)
Wenn das Wetter besonders schön war, setzten wir uns auf die Veranda, und ich wurde geschickt, um Miss Douglas' Nähkorb zu holen. In England ist es im Sommer bis spätabends hell. Wenn die Veranda und der Rasen schon lange im Schatten lagen, leuchtete der Himmel hoch oben immer noch. Miss Douglas, die ein Lätzchen für Millys Baby einsäumte, hielt inne; Mrs. Dillon legte den Bettüberwurf nieder, auf den sie mit Seidenfäden Blumen in hundert verschiedenen Farben stickte. »Wie wunderschön das ist!« rief

sie. »Was für ein herrlicher Abend!« Miss Douglas hob ihre Nase in die zartgoldene Luft und zeigte auf die Rose, die seit unserem Morgenspaziergang aufgeblüht war, und dorthin, wo das letzte Licht die Wipfel von zwei Pappeln einfing, und dorthin, wo drei Vögel mit goldfarbenen Bäuchlein ihre Flügelchen nach unten neigten und mit dem Rücken schon im Dunkeln waren. Miss Douglas und Mrs. Dillon nahmen ihre Handarbeit wieder auf, und wenn Miss Douglas mich dann in meinem Sessel lümmeln sah, sagte sie, ich solle mich gerade hinsetzen, oder sie schickte mich Arbeit für mich Müßiggängerin holen, damit der Teufel keine Gelegenheit hatte, mit seinen Lastern anzufangen.

Im September wurde ich auf die private High School geschickt, wo ich die Gelegenheit ergriff oder herbeiführte, jedem, den ich kennenlernte, zu erzählen, ich sei ein jüdischer Flüchtling mit einer Köchin als Mutter und einem Gärtner als Vater.
Wenn ich meine Mutter donnerstags beim Flüchtlingsclub sah, fragte sie mich immer, ob ich meinen alten Pflegefamilien schon einen Dankesbrief geschrieben hätte, und ich sagte: »Noch nicht, aber ich werd's schon machen.« Ich erinnere mich, daß die Notwendigkeit, diese Briefe zu schreiben, wie ein kleiner, aber steter Schatten über meinen Jugendjahren hing. »Ich fang morgen damit an«, sagte ich. »Hör auf, dir über alles Sorgen zu machen.« Aber meine Mutter sorgte sich weiter darum, wie sie sich um meinen Vater sorgte und um ihre Eltern, und sie arbeitete zu schwer, was mich sorgte, so daß ich aufhörte, mich auf die Donnerstage zu freuen.

Einmal in der Früh sagte Miss Douglas beim Frühstück zu Milly, daß sie den Porridge aufs Buffet stellen könne. »Wir nehmen uns selber. Lore, vielleicht kannst du uns ja bedienen, sei so lieb.«

Mrs. Dillon deutete mir, daß ich die Schüssel links an Miss Douglas vorbeireichen solle, und sobald die Tür hinter Milly zu war, sagte Miss Douglas: »Eigenartig, findest du nicht, daß sie immer am Freitag Rückenschmerzen bekommen. Gestern hat sie am Nachmittag frei gehabt, und da hab' ich nichts von Problemen mit dem Kreuz gehört, du vielleicht? Wenn sie sich gestern ausgeruht hätte, anstatt den ganzen Nachmittag durch die Stadt zu trollen, könnte sie heute bestimmt arbeiten.«

»Aber sie hat nur einen Nachmittag in der Woche frei«, sagte ich, »und sieben Arbeitstage.«

»Das tut nichts zur Sache«, sagte Miss Douglas, »zuerst die Arbeit, dann das Vergnügen.«

»Was meinst du damit?« hatte Mrs. Dillon gleichzeitig gesagt. »Sie hat jeden zweiten Sonntagnachmittag auch noch frei.«

»Ja, aber nur die Nachmittage«, sagte ich, »und wir lassen das Geschirr vom Mittagessen stehen. Vielleicht ist Milly ziemlich fertig von der vielen Arbeit ...«

»Mach dich lieber auf den Weg in die Schule«, sagte Miss Douglas.

»Verfluchte Sklaventreiber!« sagte Milly am Abend. Sie stand und preßte sich die flachen Hände aufs Kreuz. Milly war ein großes, kräftiges Mädchen und trotz ihrer schlampigen Art tüchtig. »Die möcht' ich ein einziges Mal sehen, wie sie die Hände rührt.«

»Aber das tut sie ja«, sagte ich, »ihre Hände ruhen nie.«

»Stimmt. Sie holt jeden Morgen frische Blumen aus dem Garten.«

»Und die Wohltätigkeitsveranstaltungen am Nachmittag hat sie auch«, sagte ich. »Heute war sie bei ihren Taub-

stummen, obwohl ihr nicht gut war. Und Mrs. Dillon hat gekocht, und Miss Douglas hat das Baby genommen.«
»Ja, und den Rahm von der Milch fürs Baby hat sie sich auch genommen und auf ihren Porridge getan. Wenn sie nicht aufhört, bei anderen Leuten mitzuessen, bei dem hohen Blutdruck, den sie hat, geht's ihr irgendwann wirklich nicht mehr gut, pfff! Und Gott sei dank. Es war noch nicht einmal ihre Milch! Es war die Ration fürs Baby. Und den Rahm von deiner Milch hat sie sich auch noch genommen.« Milly zeigte auf mein Glas. »Was soll das?« sagte sie und wachelte mit meinem Salatblatt durch die Luft und schüttelte meine drei Kekse auf dem Tellerchen. »Und du weißt, was die haben! Suppe, Hühnerfrikassee und Apfelmus. Die Alten sind solche Geizkrägen.«
»Sind sie nicht«, sagte ich. »Man weiß doch, daß es nicht gut ist für Kinder, wenn sie vor dem Schlafengehen eine große Mahlzeit essen. Miss Douglas sagt, dann träumen sie schlecht. Außerdem, wenn sie geizig wären, dann hätten sie mich ja nicht aufgenommen. Miss Douglas hat mir das Seidenkleid vom Basar gebracht, und Mrs. Dillon bezahlt meine Klavierstunden. Sie sind nicht geizig.«
»Und warum zahlen sie mir dann fünfzehn Shilling im Monat?«
»Und Unterkunft und Verpflegung«, sagte ich. »Also, es ist wegen dem Baby, sagt Miss Douglas. Woanders dürfen die Kinder von den Dienstmädchen nicht im Haus wohnen. Meine Mutter darf mich nicht bei sich haben.«
»Willst du wissen, warum ich das Baby hier haben darf?« sagte Milly und streckte mir ihren Kopf vor die Nase. »Ich sag's dir. Sie spielt gern mit der Kleinen, das ist es. Au!« Sie richtete sich auf und massierte ihren Rücken.
»Was ist falsch dran, wenn man Kinder mag?« sagte ich und war wie immer in der Zwickmühle, wenn es darum

ging, zwischen dem vorderen und dem hinteren Teil des Hauses zu schlichten. Für gewöhnlich wußte ich, daß die Küche recht hatte, aber der Salon war es, der mich anzog.
»Geh jetzt rein«, sagte Milly, »und laß mich den Tisch abräumen und abwaschen und ihre verdammten Wärmflaschen füllen und ihre verdammten Betten aufschlagen, damit ich auch noch fertig werd'. Geh schon.«
Aber ich blieb und wartete, was es auf den Tellern aus dem Eßzimmer noch gab. Ich war hungrig. Die Teller kamen heraus, doch Miss Douglas kam mit ihnen und legte die Reste unter kleine Netze in die Speis.
An dem Abend schlug ich Miss Douglas vor, daß ich an einem Tag in der Woche die Hausarbeit machen könne, damit Milly im Bett bleiben und sich ausruhen konnte oder ausgehen oder sonstwas, was sie eben an einem ganzen Tag tun wollte. Ich war überrascht, daß Miss Douglas nicht so entzückt davon war wie ich. »Warum denn nicht, Hannah?« sagte Mrs. Dillon. »Ich könnte das Kochen übernehmen.« Und so wurde Milly gesagt, sie habe am nächsten Donnerstag den ganzen Tag frei, und ich verschlief, und Mrs. Dillon mußte Miss Douglas in aller Früh ihren Morgentee bringen, und Miss Douglas kam selbst in mein kleines Zimmer unterm Dach, um mich aus dem Bett zu holen. Unten hatte Mrs. Dillon das Feuer in der Küche angemacht, im Eßzimmer abgestaubt und fürs Frühstück aufgedeckt. Sie legte den Zeigefinger auf ihre Lippen. Ich brach in Tränen aus und warf mich ihr an die Brust. Wenn sie mich auch nicht regelrecht weggeschoben hat, so schien sie sich doch in sich zurückzuziehen, aus Scheu, wie sie mich da so weinend auf sich hatte. Ich ließ los, stand allein und weinte weiter.
»Und das nächste Mal«, sagte Miss Douglas beim Frühstück, »hoffe ich, daß du mich mein Haus und mein Perso-

nal so führen läßt, wie ich es für angemessen halte.« Ich weinte noch ein bißchen, aus tiefem Unmut darüber, daß es so schwierig war, Gutes zu tun. »Mach dich schön auf den Weg, sonst kommst du zur Schule auch noch zu spät.« Da war es dann, daß ich draußen vor der Tür horchte und hörte, wie Mrs. Dillon zu Miss Douglas sagte, daß sie so keine Christin aus mir machen würde. Plötzlich überkam mich eine wütende Loyalität zu mir selbst: Niemand würde aus mir irgend etwas machen.

Als wir am nächsten Nachmittag den Hund in den hügeligen Downs spazierenführten, griff ich den Jesus von Mrs. Dillon an. »Wenn er auf die Erde gekommen ist«, sagte ich, »um alle zu retten, warum gibt es dann in diesem Moment einen Krieg, in dem Leute getötet und Juden verfolgt werden?«

»Unerforschlich sind die Werke und Wunder des Herrn«, sagte Mrs. Dillon.

»Wenn er Wunder wirken kann«, sagte ich, »wozu muß er dann seinen Sohn auf die Erde schicken?«

Verwirrung füllte Mrs. Dillons unschuldige Augen, aber sie kämpfte dagegen an, und ihr Blick wurde stur. »Weil«, sagte sie. »In der Bibel steht geschrieben: ›So sehr hat Gott die Welt geliebt, daß er seinen einzigen Sohn gab.‹ Und dann ist da noch der Heilige Geist, drei Personen in einer. Das ist schwierig zu erklären. Ich wünschte, mein geliebter Mann würde noch leben. Er war Pastor, er könnte dir das alles erklären. Ich weiß nur, daß Jesus gesagt hat: ›Ich bin der Weg und die Wahrheit und das Leben‹, und wenn du zu ihm beten würdest, würde er dir helfen, den Glauben zu finden.«

»Aber ich glaub' nicht an ihn, wie kann ich dann zu ihm beten, daß er mir hilft, an ihn zu glauben?«

»Dieses Kind!« hörte ich Mrs. Dillon zu ihrer Schwester

sagen, als ich an dem Abend an der Salontür horchte. »Es streitet wie ein Wasserfall.«
Es war mein eigener Entschluß, den christlichen Religionsunterricht in der Schule zu besuchen, weil meine Aufsätze in dem Fach immer die besten in der Klasse waren. Auch durfte ich meine Damen öfters bei kleineren kirchlichen Aktivitäten begleiten. Wenn Miss Douglas das Gotteshaus für Ostern schmückte, ging ich mit. Der Rücksitz des Autos war voller Maiglöckchen, Märzenbecher und Mandelbaumblüten aus dem Garten und Palmkätzchen, die wir auf unseren Spaziergängen gesammelt hatten. Bromley hatte rosarote und blaue Hyazinthen und Lilien in Töpfen gebracht, die nach dem Gottesdienst an Krankenhäuser gingen. Der Mesner sperrte den Kasten auf, wo hinten in der Kirche Vasen, Schüsseln und Gießkannen aufbewahrt wurden. Dort trafen wir Mrs. Montgomery, die die Kirchenbank hinter der von Miss Douglas hatte. Die Damen wechselten Grüße mit gedämpfter Kirchenstimme. Mrs. Montgomery hatte auch ein Flüchtlingskind mitgebracht. Ich hatte das Mädchen noch nie gesehen, und dennoch kam es mir bekannt vor. Es war ein äußerst unscheinbares Kind. Es hatte eine Brille auf und war stämmig und hatte einen Busen und Ansätze von einem Oberlippenbart. Es hieß Herta Hirschfeld. Herta kam auch aus Wien, war aber älter als ich.
Es war sehr still in der sonnigen Kirche, abgesehen vom Mesner, der zwischen den Kirchenbänken schlurfte und die Tiefglanzlasur abstaubte, während die zwei Damen mit ihren Hüten die Fenster neben ihren Bänken schmückten. Herta und ich kamen immer wieder aneinander vorbei, als wir in die Toilette neben der Pastorenkanzlei gingen, um Wasser in die Gießkannen zu füllen. Ich richtete es so ein, daß mich Herta hinten einholte. Ich fragte sie, ob

sie schon einmal in Liverpool gewesen sei, und sie sagte nein.
»Ich hab' ein Mädel gekannt, das hat Helene geheißen«, sagte ich.
Herta sagte, sie heiße Herta, aber da war meine Wahrnehmung von der dicken Herta schon verheddert mit meiner Erinnerung an die dicke Helene.
»Ist das deine Lady?« fragte ich.
Herta sagte ja.
»Du gehst nicht in die High School, gelt?«
Herta sagte, Mrs. Montgomery schicke sie in die Schule in der nächsten Stadt, in die sie selbst als Kind gegangen sei.
»Du kommst nie zum Flüchtlingsclub am Donnerstag. Ich geh' mit meiner Mutter hin. Meine Mutter ist Köchin. Mein Vater ist im Krankenhaus.«
Herta sagte, sie habe ihre Eltern nicht da in England. Ich fragte, wo sie denn seien, und sie sagte, das wisse sie nicht. Sie seien illegal über die Grenze nach Ungarn, und seitdem habe sie nichts mehr von ihnen gehört. Sie habe aber einen Bruder in Palästina, der in einem Kibbuz arbeite. Sie fragte, ob ich Zionistin sei. Ich sagte, ich wisse nicht. Herta sagte: »Wenn der Krieg vorbei ist, geh' ich nach Palästina und arbeite bei meinem Bruder in einem Kibbuz. Wir werden den jüdischen Staat aufbauen.« Ich sagte, ich dächte nicht, daß ich Zionistin sei. Denn ich würde in England bleiben und eine richtige Engländerin werden.
Reverend Godfrey kam durch den Gang, mit seinem großen Hut und mit nach außen gerichteten Zehenspitzen. Er erkannte mich als das kleine Mädchen von Miss Douglas und sagte, wir seien sehr fleißig, das freue ihn sehr.
Eine Woche später sah ich Herta wieder. Zu der Zeit hatte das jüdische Flüchtlingskomitee gerade einen Rabbi

engagiert, der wöchentlich aus London kam, um uns zwischen zwei Zügen Religionsunterricht zu geben. Wir trafen uns montags im Feuerwehrhaus, das schräg gegenüber dem Bahnhof war, in der Bürokammer, in der auch der Englischunterricht für Flüchtlinge stattfand. Der Rabbi hieß Dr. Lobel. Er war ein breitschultriger junger Mann mit schöner olivbrauner Haut. Seine Wangen unter der glatten Rasur waren fast blau. Ich hätte mich vermutlich in ihn verknallt, hätte ich nicht statt dessen zu streiten angefangen. Ich fragte ihn, ob Jesus wirklich gelebt habe.
»Es gibt historische Beweise, daß ein Mensch zu der Zeit gelebt hat, der von sich behauptet hat, Gottes Sohn zu sein.«
»Wie können Sie wissen, daß er's nicht war?«
»Es hat in der Geschichte viele falsche Propheten gegeben«, sagte Dr. Lobel. »Manche waren Scharlatane, andere Spinner, die sich was vormachten. Zum Beispiel die Gottkönige im alten ...«
»Woher«, unterbrach Herta Hirschfeld, »wollen Sie wissen, daß Jesus nicht wirklich der Sohn Gottes war?«
Dr. Lobel rutschte auf seinem Sessel hin und her. »Der Judaismus lehrt uns, daß es nur einen einzigen Gott gibt, eine Einheitlichkeit«, sagte er und nahm das Buch für Hebräischanfänger zur Hand.
»In der Bibel steht geschrieben«, sagte ich, »daß Gott die Welt so sehr geliebt hat, daß er seinen einzigen Sohn gab«, und ich war überrascht über den jähen Geschmack von Tränen bei der Lieblichkeit der Worte in meinem Mund.
»Wenn er nicht Gottes Sohn war«, sagte Herta, »wie konnte er dann Wunder wirken?«
»Er hat die Tauben und die Stummen geheilt«, sagte ich.

»Und wandelte auf dem Wasser am See Genezareth«, sagte Herta.
Ich paßte genau auf und erwartete, daß der Rabbi Jesus das Wasser unter den Füßen wegziehen würde, aber der junge Mann war tief in seinen Sessel gerutscht. Er schaute gequält und gelangweilt. »Gut, jetzt reicht's aber. Nehmt eure Lesebücher. Seite siebenundzwanzig. Du hältst es verkehrt«, sagte er und streckte die Hand aus, um meines mit der Hinterseite nach vorne zu drehen. »Fang da an: *Baruch Hashem* ...«
»*Baruch Hashem*«, las ich. »Gepriesen sei der Herr, der Gott Israels.«
Nach der Religionsstunde gingen Herta und ich nebeneinander. »Eigentlich ist es lächerlich«, sagte ich. »Keiner kann auf Wasser gehen.«
»Wenn er Gottes Sohn wäre, schon«, sagte Herta.
Ich war baff, denn schließlich hatte ich angenommen, daß wir auf der gleichen Seite waren. »Ich hab' gedacht, du gehst nach Palästina, um den jüdischen Staat aufzubauen«, sagte ich.
»Eh.«
Ich wollte sie auf ihr Loyalitätsproblem aufmerksam machen, aber am Ende der West Street ging gerade die Sonne unter, und die Auslagen funkelten, als brenne es in den Geschäften. Die Leute, die uns auf dem Gehsteig entgegenkamen, waren wie schwarze Schattenrisse, umgeben von einem feinen Lichtkranz. Ich drehte mich zu Herta. Wo ich hinter ihren Brillengläsern ein Augenpaar erwartet hatte, sah ich zwei rot und golden aufblitzende Kreise. Damals war ich an Zeichen und Visionen gewöhnt und gar nicht überrascht, daß mein verständiges Ich ekstatisch über meiner eigenen Schulter schwebte, während meine Füße auf dem Gehsteig blieben. Ich sagte Herta nichts

davon, doch an der Ecke gingen wir freundschaftlich auseinander, und ich nahm meinen Weg den Hügel hinauf nach Adorato.

Rabbi Lobel muß gemeldet haben, welch gefährliche Einflüsse auf die Flüchtlingskinder in Allchester einwirkten, denn das Komitee in London beschloß, daß wir nette jüdische Familien bräuchten, um dem entgegenzuwirken. Sowohl Miss Douglas als auch Mrs. Montgomery bekamen Briefe, in denen sie gebeten wurden, dafür zu sorgen, daß ihre jüdischen Schützlinge den kommenden Jom Kippur in der Synagoge verbrächten. Es würde so eingerichtet, daß jedes Kind zum Festessen bei einer geeigneten Familie sei.
Ich wurde einer Familie Rosenblatt zugeteilt und sollte sie beim Tempel treffen. Zu der Zeit gab es nicht genug Juden in Allchester, um eine ständige Synagoge zu haben, statt dessen war ein Restaurant in der Stadt für die hohen Gottesdienste umfunktioniert worden. Ich saß bei Mrs. Rosenblatt und ihrer Tochter Sheila, einem eingebildeten kleinen Mädchen mit runden, glänzenden Wangen. Sie hatte ein rosarotes Kleid an und eine Haube und Lackschuhe, und außerdem trug sie ein Goldarmband, was ich ungeheuer geschmacklos fand. »Ma«, sagte sie dauernd. »Mir ist langweilig.« Sie wollte hinüber zu ihrem Vater und ihrem Bruder Neville, die auf der anderen Seite des Mittelgangs bei den Männern saßen. Ihre Mutter sagte, sie solle stillsitzen und schön brav sein, aber sie wand sich und zappelte, bis ihre Schultern unten auf der Sitzfläche angelangt waren. »Na geh schon«, sagte Mrs. Rosenblatt. »Geh rüber zu deinem Vater. Willst du auch mitgehen?« fragte sie mich, aber ich sagte nein danke.
Ich hatte Herta zwei Reihen hinter mir sitzen gesehen. Sie

war in ihr Gebetsbuch vertieft wie eine Erwachsene. Ich schlug meines auf, und Mrs. Rosenblatt zeigte mir die Stelle. Ich versuchte, in englisch zu folgen. »Gepriesen sei der Herr, der Gott Israels«, las ich. Die Wirkung blieb aus. Ich wollte beten, aber es war zu viel Lärm. Die betenden Männer waren nicht einmal im Takt. Sie wippten und verneigten sich wie Schaukelstühle, die verschieden schnell wackelten. Ich war froh, daß Miss Douglas nicht sehen konnte, wie diese Juden sich in der Synagoge aufführten, als wären sie da daheim. Der Schammes, der mit seinem Dreitagesbart herumging, stauchte Sheila zusammen, die über den Mittelgang zu ihrer Mutter zurücklaufen wollte, weil ihr bei ihrem Vater fad geworden war. Mrs. Rosenblatt und ihre Sitznachbarin plauderten und tauschten Einzelheiten über das Kopfweh aus, das sie vom Fasten bekommen hatten. Sie schauten genauso aus wie die Frauen auf der Empore in Wien, auf der meine Mutter gesessen war. Ihre großen Brüste wurden von ihren Miedern unter dem schwarzen Feiertagsgewand hinaufgedrückt. Sie hatten flotte Hüte. Sie reichten eine Orange herum, die mit Nelken besteckt war wie ein Nadelpolster, was verhindern sollte, daß man ohnmächtig wurde, und an bestimmten Stellen der Andacht wurden ihre Augen heiß und dunkel, und sie weinten nasse Tränen.

Ich konnte sie nicht leiden, und das bedrückte mich. Weil ich sie nicht gern haben konnte, fühlte ich mich hart und gemein. Ich ballte meine rechte Hand zur Faust und schlug mir heimlich auf die Brust, wie ich es bei meinem Vater gesehen hatte, und zwar ein Schlag für jede Sünde. »Gott, ich geh' zu den Rosenblatts essen, und dabei mag' ich sie nicht.« Bum. »Manchmal halt' ich meine Mutter nicht aus.« Bum. »An manchen Tagen vergess' ich sogar, an meinen Vater zu denken. Gott, ich hab' an der Tür gehorcht, was Miss

Douglas und Mrs. Dillon über mich sagen.« Bum. »Ich hab'
mir was vom Hendl aus der Speis genommen und im Bett
gegessen. Ich mag den Jesus lieber als dich. Lieber Gott,
nimm meine Sünden weg von mir, und mach mich gut.«
Der Gottesdienst schien vorbei zu sein. Die Männer legten
ihre Gebetsschals zusammen und packten sie weg in goldverzierte Samttaschen. Die Leute umarmten sich. Fremde
wünschten einander: »*Schalom Aleichem.*« Mr. Rosenblatt
kam und nahm seine Frau in die Arme und küßte sie, und
sie waren ganz freundlich zu mir und sagten, ich solle mit
ihnen kommen.
Als Mrs. Montgomery und Herta in der folgenden Woche
auf Besuch waren, tauschten Herta und ich Erfahrungen
aus. Herta sagte, ihre jüdische Familie habe sie eingeladen,
von jetzt an jeden Samstag zu ihnen zu kommen, aber das
würde sie nicht machen.
»Ich weiß, was du meinst«, sagte ich. »Ich geh auch nicht
mehr zu meiner. Die wohnen in einem von diesen grausigen neuen Wohnhäusern.«
Milly kam, um uns zum Tee zu holen. Sie hatte den Teewagen in den Salon geschoben und vor Miss Douglas abgestellt. Es war meine Aufgabe, die Schalen herumzutragen.
Das Schöne am Salon war, daß er sich, verzerrt und in
jedem Detail, in dem runden, nach außen gewölbten Glas
über dem Kaminsims spiegelte. Es war goldumrahmt, und
oben saß ein Adler. Darin erhob sich der schöne Perserteppich zu einem sanften Hügel. Die Vase mit dem Rittersporn und der antike Hepplewhite-Tisch mit seinen
eleganten eckigen Beinen und mit dem aufgeklappten Seitenteil an der Wand sahen winzig aus, als wären sie ungeheuer weit weg. Miss Douglas selbst, in ihrem pflaumenfarbenen Jerseykostüm und mit dem hohen Einsatz

um den Hals, saß direkt unter dem Spiegel und erschien in dem runden Rahmen bananenförmig gekrümmt. Ihre echte Stimme im echten Zimmer sagte: »Wir warten nicht auf Mrs. Dillon. Sie läuft den ganzen Tag rum, die Ärmste, und tut so viel Gutes. Heute hat sie ihren Flüchtlingsclub.«
»Hat sie nicht«, sagte ich. »Der ist donnerstags.«
»Bring Mrs. Montgomery ihren Tee, und sei bitte vorsichtig«, sagte Miss Douglas. Ihre großen Hände, an denen die Adern hervortraten, walteten über den Wärmer, die Kanne und den Heißwasserbehälter, über die Milch und die Brötchen und den Teller mit den Schokoladekeksen. »Bring doch bitte Mrs. Montgomery den Zucker. Sie hat ihre Kirche, wissen Sie, und da sind dann noch ihre alten Leute. Kumquat-Marmelade, Herta?« Miss Douglas strich eine gewaltige Portion Marmelade auf ihre eigene hauchdünn geschnittene Scheibe Schwarzbrot mit Butter. Bedächtig beugte sie ihren Kopf und leckte sich behutsam einen Tupfen von dem süßen Zeug vom Knöchel ihres kleinen Fingers. »Wußten Sie, daß Mrs. Dillon ein Haus hat, auf der anderen Seite der Stadt, aus dem sie ein Heim für feine alte Leute gemacht hat? Sie tun uns ja so leid, die Ärmsten, zuerst ganz feine Leute und dann im Alter verarmt. Und jetzt hat sie noch ein Haus gekauft, für ihre Flüchtlinge. Ah, da ist sie ja.« Der Cockerspaniel war zur Tür getrottet, und sogar die Katze Ado hatte sich gestreckt und gegähnt und hockte erwartungsvoll da. Mrs. Dillon war nach Hause gekommen.

Mrs. Dillon machte die Tür mit lebhaftem Schwung auf. Sie grüßte ihre Schwester, sagte Guten Tag zu den Besuchern und Hallo zu mir, küßte den Hund, begrüßte die Katze und lächelte immer noch, als sie sich mit einem Seufzer niedersetzte.

»Du Ärmste«, sagte Miss Douglas, »du mußt ja völlig

erschöpft sein. Eine Tasse Tee wird dir jetzt bestimmt guttun.«
»Ich hab' heute mit deiner lieben Mutter telefoniert«, sagte Mrs. Dillon zu mir, »sie läßt dich ganz lieb grüßen. Ich hab' versucht sie zu überreden, bei meinen alten Leutchen zu arbeiten, aber deinem Vater geht's nicht gut, armer Mann! Also sie weiß nicht, wie das weitergehen wird, und will sich nicht verpflichten. Sie hat mir ja so leid getan. Sie ist ja so eine nette kleine Person, und so verläßlich!«
Die Damen unterhielten sich dann über die Vorteile von Flüchtlingspersonal und zeigten sich entrüstet über Leute, die unterschiedslos voreingenommen gegen deutschsprachige Personen waren. Miss Douglas sagte, sie würde sofort einen Flüchtling statt ihres Mädchens einstellen, wenn da nicht das süße Baby wäre. »Ich hab' sie aus dem Heim für ledige Mütter, wissen Sie, wo ich dienstags und donnerstags ein bißchen wohltätig bin. Sie ist wirklich kein gutes Dienstmädchen, aber ich bring's nicht übers Herz, sie rauszuwerfen. Es ist ja recht schwer für diese Mädchen unterzukommen. Sie müssen unsere reizende kleine Lila unbedingt sehen.«
Miss Douglas sagte, ich solle nach Milly läuten, und zu Milly sagte sie, daß sie den Servierwagen mitnehmen und das Baby hereinbringen könne.
Lila war kein hübsches Baby. Sie schielte und war langsam. Miss Douglas setzte sie auf den Teppich vor dem Kamin, und als sie dem Baby ihre große Hand zärtlich auf den Kopf legte, paßte sie wie eine Kappe.
»Auf mit dir«, sagte Mrs. Dillon zu ihrem Hund. »Komm schon. Du weißt doch, daß du schon viel zu groß bist, um auf Mamis Schoß zu sitzen, nicht wahr? Na, siehst du. So ist's brav. Mein armer Liebling«, sagte sie, und dann beiseite zu Mrs. Montgomery: »Er wird ja so eifersüchtig.«

Als meine Eltern in die Clinton Lodge einzogen, stichelte Herta: »Ziehst du denn nicht zu deinen Eltern, wo sie doch jetzt in ihrem eigenen Haus wohnen?«
Ich hatte mir selbst schon den Kopf darüber zerbrochen, aber ich sagte: »Selbstverständlich nicht, meinem Vater geht's nämlich ziemlich schlecht, und meine Mutter arbeitet schließlich. Außerdem haben sie ja nur ein Zimmer.«
Herta sagte: »Also, wenn meine Eltern in der Stadt leben würden, würde ich bei ihnen wohnen.«
»Ich besuch' sie ja«, sagte ich.
Diese Besuche waren nicht besonders erfolgreich, auch wenn die Clinton-Lodge-Bewohner meiner Mutter zuliebe nett zu mir waren. In den Papieren aus diesen Jahren – Briefe von Onkel Paul aus der Dominikanischen Republik, Rotkreuzbriefe aus Wien, Lebensmittelkarten, fremdenpolizeiliche Ausweise, die Eingangsbestätigungen für die ein Pfund zehn Schulgeld, die meine Mutter ans Komitee bezahlte – stieß ich auf einen Lobspruch des Hauspoeten, »Franzi zu ihrem Geburtstag im Dezember 1942«:

> Zeitig in der Früh schon fängt sie an,
> Geht in die Arbeit, die nie getan,
> Sie kocht, bäckt, putzt, schrubbt ohne Ruh
> Und hundert Mäuler stopft sie im Nu.
>
> Kommt heim, pflegt Igo und für die Lore
> Macht sie zur Stärkung eine Torte,
> Und erfreut schließlich noch zu später Stunde
> Mit Geist und Witz unsre kleine Runde.

Das Gedicht zu meinem fünfzehnten Geburtstag lautet:

Groß soll sie werden
Und froh in unsrer Mitte,
Lieb und freundlich ist sie durchaus,
Wenn sie zudem noch weniger stritte,
Hätten wir's gemütlich in unserem Haus.

Ich war nicht froh in ihrer Mitte. Ich kam in die Clinton Lodge wie eine Einheimische, die nach einem langen Leben in der Fremde zurückkehrte. Mein Deutsch lag mir unangenehm im Mund. Die Manieren, die ich zu Hause bei meinen Eltern gelernt hatte, schienen nicht mehr angebracht. Die Leute dort kamen mir schlecht erzogen vor. Sie lachten zu laut. Sie rannten ruhelos durchs Haus. Die Deutschen putzten, die Österreicher kochten. Wenn ich am Samstag nach dem Mittagessen hinkam, hatte meine Mutter Kaffee am Küchentisch statt Tee auf den Knien im Wohnzimmer. »Das nächste Mal«, sagte sie. »Jetzt muß ich zum Vati ins Krankenhaus.«
»Was, so?« fragte ich.
»Das ist mein gutes Kleid. Ich hab's schneidern lassen, im Winter, bevor wir aus Wien weg haben müssen.«
»Es sind die Laschen, die du da am Gürtel hast. In England trägt man sowas nicht. Vielleicht kann ich sie einfach abschneiden ...«
»Du schneidest gar nichts ab«, sagte meine Mutter.
»Tu ich doch.«
»Nein.«
»Doch.«
Meine Mutter hatte es eilig und war müde. »Na dann mach' aber schnell«, sagte sie. Aber auch ohne die Gürtellaschen schaute meine Mutter nicht aus wie Miss Douglas oder Mrs. Dillon oder Mrs. Montgomery. Es war, wie das Fleisch darunter verteilt war, was nicht stimmte.

»Warum bist du denn nicht mit deiner Mutter ins Krankenhaus gegangen?« fragte Frau Bauer.
»Ich kann heute nicht«, sagte ich. »Miss Douglas hat Leute zum Tee, und da braucht sie mich. Auf Wiedersehen.«
Aber vor der Haustür blieb ich stehen und hörte Frau Katz sagen: »Arme Franzi, das Kind wird so kühl wie die Engländer.«
Diese Kritik tat mir weh, und das Unbehagen blieb, als ich die Personen, die es verursacht hatten, schon vergessen hatte, denn als ich das Gartentor der Clinton Lodge erreicht hatte, waren Frau Bauer und Frau Katz weg, wie ein Land, durch das man gefahren ist, hinter dem der Horizont in die Vergangenheit versinkt. Als ich den Hügel hinaufrannte und mein Adorato erblickte, fand eine spürbare Veränderung statt. Ich kam näher, verlangsamte meinen Schritt, ging durch das Seitentor, trat leise durch den Hintereingang ein, meine Kiefer stellten auf Englisch, meine Gesichtsmuskeln auf Lächeln, meine Knochen ordneten sich um die Taille, dem Sitz aller Höflichkeit; und ich machte die Tür zum Salon auf.
»Da bist du ja, mein Kind. Komm und sag Guten Tag zu unserem verehrten Herrn Reverend und zu Mrs. Montgomery. Bring Mrs. Montgomery ihren Tee, und sei bitte vorsichtig, und den Zucker nimm auch mit.«
Mrs. Dillon strahlte mich aus ihren lieben blauen Augen an. »Wie brav sie das macht«, sagte sie zu Reverend Godfrey, der neben ihr saß. »Finden Sie nicht? Fast wie eine kleine Engländerin.«
Ich beobachtete sie in dem runden Spiegel unter dem Goldadler. Mrs. Montgomery erzählte Miss Douglas, daß Herta gute Noten in der Schule habe und daß die Direktorin sie nächstes Jahr die Stipendienprüfung für Cambridge machen lasse. Herta war auch da. Aufrecht

in ihrem Sessel sitzend, balancierte sie ihre Teeschale und ihren Teller zwar gekonnt wie eine englische Dame, sie war aber inzwischen dicker geworden und hatte einen großen Busen. Es ging mir auf die Nerven, daß sie von dem Kreis vorm Kamin gerade weit genug weg saß, daß sich ihre Beine bis zu den Knien hoch spiegelten, der Rest aber außerhalb des goldenen Rahmens war.
Ich fragte sie, ob sie mit mir auf dem Teppich sitzen wolle, aber Miss Douglas meinte, wenn wir unseren Tee getrunken hätten, sollten wir in den Garten gehen.
An diesem Winternachmittag erzählte Herta, sie würde zum Christentum konvertieren.
»Nein!« sagte ich ungläubig und aufgebracht, aus meinem Gedächtnis heraus überwältigt von einem fremden Geruch aus den verbotenen Regionen eines Dienstmädchenbusens. »Das darfst du nicht!«
»Doch.«
»Komm schon. Du glaubst doch selbst nicht an den Blödsinn über Gott, der als sein eigener Sohn auf die Erde kommt.«
»Es ist nicht annähernd so blöd wie unser Gebetbuch, in dem ständig Gott gepriesen wird,« sagte Herta hitzig. »Das Volk Israels dies, das Volk Israels das, als gäb's sonst niemanden auf der Welt!«
»Ja, und vielleicht glaubst du auch noch, daß eine Jungfrau ein Baby kriegt. Vielleicht gibt's da was, was du nicht weißt.«
»Vielleicht weiß ich was, was du nicht weißt!« schrie Herta. »Von geistiger Befruchtung hast du wohl noch nie gehört, was? Bei Gott ist alles möglich.«
»Wenn alles möglich ist«, brüllte ich, »warum läßt er es dann zu, daß Krieg ist, und die Konzentrationslager?! Und warum werden deine Eltern vermißt?!«

»Du verstehst das nicht«, sagte Herta und ihre Brauen wurden sehr schwarz. »Es gibt etwas, was Christus gesagt hat, nämlich: ›Ich bin das Licht.‹ Aber das kann ich dir nicht erklären. Ich hab's einmal gesehen, wie ich mit dem Hund in den Downs spazierengegangen bin, am Abend: wie das Licht alles sein kann! Du würdest das nicht verstehen.«

»Warum nicht?« sagte ich. »Glaubst du, du bist die einzige, die das versteht? Das hab' ich ja schon lang' vor dir gewußt, nämlich, seit damals, wie du neben mir auf der West Street gegangen bist.«

Ich schaute in Hertas dickes Gesicht, aber im Spätnovembergarten von Miss Douglas blitzte kein Feuer auf, und ich konnte Hertas Augen sehen hinter ihren Brillengläsern, sehr klein und rot gerändert, mit derart spärlichen und geraden Wimpern, daß es mir leid tat, daß sie nicht hübscher waren.

»Also«, sagte ich, »was wirst du dann sein, Church of England?«

Herta sagte, sie würde zur High Church gehören.

In den folgenden Wochen gewöhnte ich mich an den Gedanken, daß Herta bald Christin sein würde. Die betriebsame Weihnachtszeit kam auf uns zu, und ich half Miss Douglas, wohltätig zu sein. Ich ging mit auf ihren Runden zu den Tauben und Stummen und Blinden, die wir in ihren Heimen besuchten. Wenn es feine Leute waren, brachten wir Taschentücher in Schachteln oder Duftbeutel mit, die Miss Douglas an den Abenden mit getrocknetem Lavendel aus dem Garten gemacht hatte. Wir saßen bei ihnen und tranken Tee. Miss Douglas machte Konversation in Gebärdensprache und erzählte ihnen von mir, und ich stand daneben und schüttelte ihnen die Hand. Wenn es arme Leute waren, blieb Miss Douglas im Auto sitzen, und

ich ging zur Tür und läutete und überreichte ein Lebensmittelpaket.
Aus Empörung war ich die ganze Woche wieder einmal Sozialistin. Es sei ungerecht, sagte ich, daß manche Leute nicht nur arm waren, sondern obendrein taub und stumm, und ich hatte deswegen Streit mit Miss Douglas.
Sie war gerade damit beschäftigt, die Krippe auf dem Flügel im Salon aufzustellen, und bat mich, ihr die Watte für den Schnee auf dem Stalldach zu geben. »So ist es nun einmal«, sagte sie. »Wenn alle gut gestellt wären, was würde dann aus der gelebten Nächstenliebe? Ich hoff', der Schnee fängt kein Feuer von der Kerze in der Krippe. Letztes Jahr hat der Klavierdeckel gebrannt. Gut, daß wir versichert sind.«
Ich sagte: »Wenn alle gut gestellt wären, dann wären alle gleich gestellt. Und niemand müßte in der Küche essen.«
Miss Douglas sagte, damit wäre es nicht getan. Alles würde auf den Kopf gestellt. »So, wie die Dinge sind«, sagte sie, »bedienen mich die unteren Schichten, und wenn ich auf eine Wohltätigkeitsveranstaltung für meine armen taubstummen Kinder geh', bedien' ich sie und ihre Mütter gerne, aber es wäre nicht richtig, wenn wir beieinander säßen.«
»Warum nicht?« sagte ich, und Miss Douglas sagte, ich solle schauen, ob ich Mrs. Dillon behilflich sein könne.
Mrs. Dillon war nie so fröhlich wie zur Adventszeit, wenn zu ihren sonstigen Aktivitäten noch das Krippenspiel dazukam, das sie schrieb, organisierte, leitete, ausstattete und bei dem sie mitsang. Es wurde jedes Jahr in St. Thomas aufgeführt, einer normannischen Kirche, die so alt war, daß sie schon halb in ihrem kleinen Friedhof am unteren Ende der West Street versunken war.
Der Salon war voll herrlicher Streifenkleider aus Palästina

für die Hirten. An den Abenden saß Miss Douglas vor dem Kamin und nähte Engelsgewänder aus Sackleinen. Ich half Mrs. Dillon, Schmucksteine auf die Kronen der Heiligen Drei Könige zu picken.
Mrs. Dillon sagte, ich hätte schon einer ihrer knieenden Engel vor der Krippe sein können, aber sie denke, daß das dem jüdischen Komitee nicht gefallen würde.
Ich fragte sie, ob Herta ein Engel sein dürfe, wo sie doch konvertiert war.
»Herta konvertiert?« sagte Mrs. Dillon. »Wer sagt denn sowas?«
»Sie selbst«, sagte ich.
»Nein, das stimmt nicht.«
»Doch, das stimmt.«
»Ich möchte wissen«, sagte Miss Douglas, »ob es etwas gibt, wo du nicht widersprichst.«
»Ich weiß nicht, was du meinst«, sagte Mrs. Dillon. »Ich hab' erst gestern mit Mrs. Montgomery gesprochen, die ja meine Herbergswirtin ist, und sie hat mir erzählt, daß sie solche Schwierigkeiten mit Herta hat. Herta will unbedingt die Religionsstunden in der Schule besuchen, obwohl sie sich doch befreien lassen könnte, weil sie Jüdin ist, und dann hat eines der Mädchen gesagt, daß die Juden Jesus getötet haben, und Herta ist zu dem Mädchen und hat ihr ins Gesicht geschlagen.«
»Nein, wirklich?«
»Und dann hat sie zur Direktorin müssen, und zu der hat sie gesagt, Jesus sei nicht der Sohn Gottes, und sie mache sich da wohl was vor, und die Jungfrau hätte nie ein Baby bekommen können, und sie war ziemlich unhöflich.«
»Sie meinen Herta? Herta Hirschfeld, mein ich.«
»Herta Hirschfeld, jawohl. Und sie haben die arme Mrs.

Montgomery angerufen, und als Mrs. Montgomery mit Herta reden wollte, da hat Herta gesagt, daß sie nicht darüber reden will, und ist ganz hysterisch geworden, und die arme Mrs. Montgomery weiß nicht, was sie mit ihr machen soll.«

Ich sah Herta bei Mrs. Dillons Krippenspiel, wo sie in der Nähe des Altars saß, seltsam beleuchtet von der Laterne hinter der Krippe, halb im Schatten der großen runden Säule. Sie sah sonderbar aus: dick und aufgedunsen, mit engstehenden Brauen, als wären sie zusammengewachsen. Ich winkte ihr zu, als ich nach vorne ging, um Mrs. Dillon mit den Flügeln und Heiligenscheinen zur Hand zu gehen, aber Herta war tief in ihr Gebetbuch versunken und sah mich nicht.

Im folgenden Jahr machte meine Schuldirektorin mit ein paar Mädchen aus der sechsten Klasse, die auf die Universität gehen wollten, eine eintägige Exkursion nach Oxford, und ich verliebte mich. Oxford schien alles zu sein, was ich nicht war: locker und selbstsicher, im Einklang mit der eigenen Vergangenheit, aristokratisch, englisch.

Mrs. Dillon redete mit mir im Salon. Sie saß neben mir auf dem Sofa und sagte, ich sei ja jetzt sechzehn und würde es mir vielleicht überlegen, die Schule mit Ende des Schuljahres zu verlassen und mir eine Arbeit zu suchen.

»Aber ich will doch nach Oxford«, sagte ich. Ich erklärte ihr mein Oxford: den Bücherreichtum der Bodleian Library, die sonnige High Street, die Studenten mit ihren schwarzen Roben, die zu den Vorlesungen radelten, die vertäfelten *halls*, die Glockentürme, die stillen grünen Höfe mit den verwitterten Torbögen, die gotischen Fächergewölbe und die angegriffenen Fassaden.

8. Kapitel

London –
Bücher, Kleider, keine Männer

Mein College war eine reine Frauensache und gehörte zur University of London. Es war in einem modernen Ziegelgebäude untergebracht, dem jegliche Schönheit fehlte, aber als ich vom Regents Park kam und das erste Mal durch das kleine schwarze Eisentor trat, tauchte aus dem herbstlichen Nieselregen plötzlich, und völlig überraschend, ein mildes goldenes Licht auf. Die Studentinnen, die auf den Wegen zwischen den weiten Rasenflächen unter den alten Platanen gingen, zogen die Regenmäntel aus und schüttelten die Haare aus den Kopftüchern. Ich dachte: »Jetzt geh' ich aufs College!«
Die junge Frau, die sich neben mir vor dem Inskriptionsbüro anstellte, wirkte interessant mit ihrem großen weißen Gesicht und mit dem glatten zusammengebundenen Haar. Ich sagte ihr, ich sei Lore und Jüdin. Sie sagte, sie freue sich, mich kennenzulernen. Sie hieß Monique und war Amerikanerin. Ich hatte sie für eine Engländerin gehalten und war enttäuscht.
Viele Studentinnen wohnten in den Heimen auf dem Universitätsgelände, aber um zu sparen, lebten meine Mutter und ich zusammen in einem Zimmer. Vom Fenster konnte man den Stadtteil Primrose Hill übersehen, drinnen

herrschte dank der tweedartigen, bräunlichen Tapete und dem schweren, staubigen Grün der alten Vorhänge eine khakibraune Atmosphäre. Ich versuchte durch gelegentliches Umstellen der graubraunen Möbel dagegen anzukommen. Unten im Vorhaus hatte ich vor dem Tisch, wo die Post für die Hausbewohner lag, einen jungen Mann gesehen. Er trug einen Schal in den Farben des King's College. Er drehte sich nach mir um, aber ich hatte die unvorteilhafte grüne Bluse an und schaute weg; rannte nach oben, wo ich schnell in die weiße Seidenbluse schlüpfte; sah, daß sie ungebügelt war; wechselte wieder zurück; kämmte mir die Haare; wünschte, sie wären länger und meine Nase kürzer; wünschte, ich hätte keine Brille; und rannte wieder hinunter. Da war der junge Mann natürlich schon weg, aber auf dem Posttisch fand ich das Kuvert mit dem Stipendienscheck.
(Rückblickend finde ich es erstaunlich, wie großzügig dieses Stipendium war: Es kam für meine Studiengebühren und meinen Unterhalt auf, ohne nach meinem Status als Ausländerin oder meinen künftigen Absichten zu fragen. Ich mußte jedes Semester eine Inskriptionsbestätigung schicken und eine Aufstellung über Miete, Essen, Kleidung, Bücher, Transportkosten und was ich sonst noch brauchte, und die Summe wurde mir in Form von monatlichen Schecks übermittelt.)
Es scheint mir, daß ich meine drei College-Jahre mit Spaziergängen durch London – durch die eleganten Geschäftsviertel, Gemäldegalerien, Kirchen und Antiquariate – verbracht habe. Mein seelischer Zustand wechselte zwischen Begeisterung und einer Art schmerzlicher Entbehrung, weil ich ja niemanden hatte, in den ich verliebt sein konnte, und über allem hing eine Wolke des schlechten Gewissens, weil ich nicht lernte. Ich

mochte die Vorlesungen, aber ich studierte eher die unterschiedlichen Darbietungsweisen der Dozenten als Inhalte. Statt mitzuschreiben, kritzelte ich Loseblattausgaben voll mit Gesichtern, Tanzfiguren, detailreichen Häusern und Stadtansichten. Ich las, allerdings nichts zu Ende und nichts, was verlangt wurde. Im ersten Semester beschloß ich, mein aktuelles Studium mit einem Überblick über vergangene Weltliteraturen zu bereichern. Beginnend mit Asien, stieß ich auf ein Zitat aus dem Tagebuch der Hofdame Murasaki Shikibu. Über ihre Schulkarriere schrieb sie:

»*Es dauerte nicht lange, bis ich es bereute, [...] mich ausgezeichnet zu haben, denn eine Person nach der anderen versicherte mir, daß sogar Knaben sich unbeliebt machen, wenn es herauskommt, daß sie ihre Bücher mögen. Für ein Mädchen ist es natürlich schlimmer. [...] Ich hatte Mühe, es zu verbergen [...] mit dem Ergebnis, daß ich bis zum heutigen Tage schrecklich unbeholfen mit meinem Pinsel umgehe.*«

Ich klappte das Buch zu und war äußerst erregt: Was meine eigenen Erfahrungen mit dem modernen Mittelstandsengland gezeigt hatten, schien auch auf die höfische Gesellschaft im Japan des elften Jahrhunderts zuzutreffen. Murasaki Shikibu und ich waren beide Frauen mit einer ungünstigen intellektuellen Neigung. Wo sie versucht hatte, ihre Bücher zu verbergen, hatte ich versucht, meine vom Fluch zu befreien, indem ich sie schlampig las. Zu Beginn hatte ich Mühe, die ehrgeizige Disziplin meiner frühen Jahre in der Wiener Schule wieder zu verlernen. In meinem ersten Jahr in der Allchester High School hatte ich aus reiner Gewohnheit den ersten Preis im Schönschreiben gewonnen, aber in der fünften Klasse ging ich schon so unbeholfen mit meinem Füllhalter um, daß meine Handschrift beinahe unleserlich war, und in der sechsten Klasse gelang es mir, mit einem C, der drittschlechtesten Note, in Rechtschreiben aufzuwarten. Ich war überrascht, daß meine Beliebtheit in der Klasse kaum zu steigen schien, irgendwo hatte ich mich verrechnet. Meine beste Freundin Margaret, ein gescheites, elegantes englisches Mädchen, bekam weiter gute Noten und wurde trotzdem immer als erste in jedes Team gewählt.

Ich hatte immer gedacht, wenn ich erst einmal auf der Universität wäre, würde ich richtig zu arbeiten anfangen. Ich wollte jeden Moment in Murasakis Tagebuch weiterlesen, anstatt aus dem Bibliotheksfenster zu schauen: auf die Bäume, die ihre nassen dunklen Äste in den Dunst tauchten, und auf eine große weiße Gans, die aus dem zinnfarbenen See auftauchte und durch das Eisentor auf das Universitätsgelände watschelte. Sie kam auf die Bibliothek zu, und mit einem Satz und Flügelschlag war sie auf den Stufen und Auge in Auge mit Dr. Milsom, unserem Professor für Mittelenglisch, der gerade aus dem Gebäude kam. Hoch ging der Arm des Professors, ein schwarzer Aktenkoffer flog in die Luft, weiße Gänseflügel flatterten. Mit gerecktem Hals drehte sie sich, segelte im Halbflug die Stufen hinunter und bremste erst, als sie in der Mitte des nassen Rasens ankam, wo sie sich schüttelte und vor sich hin schnatterte. Der Professor, der seine Fassung wiedergewonnen hatte, ging auf das Tor zu und lüpfte seinen Hut vor Monique, die auf roten Beinen wie ein tropischer Vogel auf dem Weg daherkam und zum College heraufstakste. (Es ist schwer zu vermitteln, was ein unerwarteter Farbtupfer in einer englischen Stadtlandschaft bewirkt. Ich erinnere mich, daß ich einmal im Herbst desselben Jahres aus dem Park in die Baker Street kam und vor der U-Bahn-Station einen Karren mit hochgetürmten Pfirsichen sah. Der Straßenverkäufer hatte die Hände tief

in seine zerlumpten Manteltaschen vergraben und starrte auf die Ansammlung von Rush-hour-Engländern auf dem nassen Gehsteig. Die standen da und starrten auf das Obst. In der grünlichen Oktoberabenddämmerung loderte es mit einem Licht aus einer fernen, anderen Zeit.)
Als ich aus der Bibliothek kam, rief Monique, ich solle auf sie warten. »Schau dir die an«, sagte sie und zeigte über das Unigelände voll Frauen mit Einheitsregenmantel, flachen Schuhen und unterm Kinn gebundenen Kopftüchern. »Wer hätte gedacht, daß die Engländerinnen sich so schlecht anziehen, wie man immer sagt? Da glaubt man wieder an Klischees, nicht wahr? In New York tragen wir Regenmäntel, weil es so britisch ist«, fuhr sie in ihrer ansprechenden rauchigen Altstimme fort, »aber wir geben sie in die Reinigung, und jetzt sehe ich, daß sie schmutzig aussehen sollen.«
»Aber in England ist ein Regenmantel keine Stilfrage«, sagte ich, »man braucht ihn, weil's regnet, und es ist nie lange genug trocken, um ihn putzen zu lassen.«
»Siehst du!« sagte Monique. »Genau das mein' ich! Hast du wirklich geglaubt, daß es in England immer regnet?«
»Ich hatte keine Gelegenheit, mir ein Vorurteil zu bilden«, sagte ich. »Ich bin im Alter von zehn Jahren hergekommen, also bin ich selbst zu fünfzig Prozent englisch.«
»Fünfzig Prozent? Na!« sagte Monique. »Hundertfünfzig Prozent englisch bist du! Was du und ich niemals sein können, ist hundert Prozent englisch.«

In unserem Khakizimmer wurde ich von meiner Mutter mit der Neuigkeit empfangen, daß sie einen Job hatte, als Haushälterin bei einem alten deutschen Herrn, einem Professor Schmeidig.
»Mutti! Du hast gesagt, du schaust dich um wegen einer

Stelle in einem Restaurant. Du hast versprochen, daß du nicht mehr als Dienstmädchen arbeitest!«
»Diesmal ist es anders, Lorle, es ist ein Stelle als Haushälterin und Gesellschaftsdame. Die Londoner Restaurants brauchen keine Wiener Köchinnen mehr. Und der Professor ist alt und krank und braucht jemanden.«
»Jetzt pflegst du also wieder einen kranken Mann!«
»Nein, er ist nicht richtig krank«, sagte meine Mutter. »Nicht wie dein Vater, außerdem ist er ein Fremder. Ich geh' um acht in der Früh hin und räum' seine kleine Wohnung auf. Ich geh' einkaufen, mach' das Essen, und um fünf geh' ich wieder heim. Er würde dich gern kennenlernen. Ich hab' ihm von deinem Stipendium erzählt.«
Ich fand Professor Schmeidig in seiner alten samtenen Hausjacke durchaus charmant. Was er mir erzählte, war interessant. Er verglich die englischen Colleges mit den Vorkriegsunis in Deutschland, und über meine Mutter sprach er mit warmherziger Galanterie. Es sei ein Glück, daß er jemanden mit Humor gefunden habe, jemanden, mit dem man über Musik reden konnte. »Und die selbst musiziert! Setzen Sie sich ans Klavier, Frau Groszmann.« »Das würde ich Ihnen nicht antun«, sagte meine Mutter. »Ich hab' seit dem Hitler nicht mehr geübt.« Wir überredeten sie, sich an das Pianino zu setzen, und sie hatte sich mit Entschuldigungen durch eine halbe Chopin-Etüde gespielt, als ich bemerkte, daß der Kopf des Professors auf seine Brust gefallen war. Im Schlaf schauten seine Altmännernase und sein Kinn enorm aus.
Meine Mutter stand auf und schob ihm einen Polster hinter den Rücken. »Es ist das Alter«, sagte sie, als wir auf Zehenspitzen hinausschlichen. »Er schläft sogar mitten unterm Essen ein. Geh heim lernen. Ich wart', bis er aufwacht, und stell' ihm sein Essen aufs Tablett.«

Um sieben rief meine Mutter an und sagte, ich solle mir keine Sorgen machen. Sie blieb beim Professor, bis sein Sohn vom anderen Ende der Stadt kam. Der Professor war aufgewacht, aber es ging ihm schlecht, und sie wollte ihn nicht allein lassen.
Als meine Mutter am nächsten Tag heimkam, war es fast elf. »Dabei bist du heute vor sechs aus dem Haus«, sagte ich bitter.
»Das mach' ich doch nur vorübergehend. Was soll ich denn deiner Meinung nach tun? Ich kann ihn doch nicht allein dort sitzen lassen, wenn er kränklich ist und sich fürchtet.«
»Er hat einen Sohn!« sagte ich.
»Sein Sohn hat eine Frau und drei Kinder. Er kann ja nicht dauernd bei seinem Vater sein.«
»Mir reicht's! Du bist einfach viel zu gut«, sagte ich beinahe in Tränen.
»Nein«, sagte meine Mutter, »ich bleib' halt lieber dort, als daß ich mir zu Haus Sorgen um ihn mach'. Und außerdem mußt du am Abend lernen. Und was soll ich bitte machen?«
»Geh aus. Versuch, ein paar Leute kennenzulernen. Schau dir die Lizzi an!«
Lizzi Bauer, unsere Freundin aus alten Clinton-Lodge-Tagen, hatte uns vor kurzem besucht. Sie war nach London gekommen, um zu sehen, ob sie die Einwanderung ihres Sohnes nach England beschleunigen konnte, und um zu sehen, sagte sie, ob sie nach all den einsamen Jahren in Allchester nicht doch noch jemand kennenlernen könne. Sie ging in den Hyde Park und setzte sich auf eine Bank und bemerkte diesen sehr gutaussehenden Mann, der sich zu ihr setzte und sie ansprach. Er war Russe und in seiner Heimat Anwalt, ein faszinierender Mann. Er war ziemlich

angetan von ihr. Sie gingen händchenhaltend um die *Serpentine*. Er wollte sie zum Essen einladen, aber Lizzi sagte, daß sie nicht der Typ sei, der mit einer Parkbankbekanntschaft gleich essen gehe.
»Und was hat es der Lizzi gebracht?« sagte meine Mutter.
»Na ja, zumindest versucht sie's!« entgegnete ich. »Irgendwann geh' ich ... mit jemandem«, sagte ich und dachte dabei an den jungen Mann mit dem King's-College-Schal, den ich an dem Tag in der Früh von hinten einen Stock tiefer in seine Tür verschwinden gesehen hatte. »Und dann bin ich unterwegs und muß daran denken, daß du allein zu Haus sitzt! Weißt du, das ist das einzige, was mich an dir stört«, erklärte ich meiner Mutter. »Du versuchst ja nicht einmal, dein eigenes Leben zu leben.«
»Ja, das hab' ich von meinem armen Vater«, sagte meine Mutter. »Wir sind beide recht fad. Wir taugen zu nichts außer unserer Pflicht. Aber du brauchst dir um mich keine Sorgen machen. Die Lizzi hat mich gefragt, ob ich mit ihr zum Wiener Treffen geh', wenn sie das nächste Mal in London ist. Ich wart' nur noch, bis es dem Professor bessergeht.«
Am nächsten Tag war meine Mutter um halb sechs daheim. Dem Professor ging es besser. »Er wollte mir die goldene Uhr von seiner verstorbenen Frau schenken«, sagte meine Mutter.
»Wo? Laß sehen!« sagte ich.
»So ein wertvolles Geschenk hab' ich natürlich nicht annehmen können. Sie gehört seinem Sohn und seinen Enkerln. Er will mich heiraten«, sagte meine Mutter mit einem verlegenen Lächeln und wurde rot.
»Und?«
»Lorle! Was soll das? Er ist ein alter kranker Mann! Außer-

dem geht es ihm ja nicht um mich. Er ist dankbar, daß ich für ihn da war, und er hat Angst vorm Alleinsein.«
»Und warum kannst du dir nicht vorstellen, daß er dich gern hat?« warf ich meiner Mutter vor.
»Nicht so wichtig«, sagte meine Mutter, »außerdem wollen wir in die Dominikanische Republik auswandern, wenn du mit dem Studium fertig bist.«
»Mutti«, sagte ich, »wollen wir das wirklich?«
»Willst du denn den Paul und deine Großeltern nicht wiedersehen?«
»Doch, aber nicht in der Dominikanischen Republik. Weißt du, ich hab' bei meinen Freundinnen im College herumgefragt, und niemand außer einem amerikanischen Mädchen hat überhaupt schon einmal davon gehört.«
»Wir bleiben ja nicht dort. Wir warten, bis das Visum für Amerika durchgeht.«
»Mutti«, sagte ich. »Wollen wir wirklich nach Amerika?«
Ich hatte in Joyce Carys *Im Schatten des Lebens* eine Stelle über England gefunden:
»*An solchen Sommertagen scheint die Luft vom Überfluß der Erde geladen, so daß selbst das Blau des Himmels gefleckt ist wie das Wasser einer Viehschwemme, gesättigt, aber nicht mehr rein. Es ist, als hätten tausend Jahre Bebauung allem, den Bäumen, dem Gras, dem Korn, sogar dem Himmel und der Sonne eine besondere Eigenschaft verliehen, die nur sehr alten Ländern zukommt. [...] Ein Feld, eine hügelige Wiese hatten Macht über mich, als wären sie meine Kinder ...*«
Das hatte solche Macht über mich, daß es mich, so schien es mir, zur Engländerin durch Adoption machte. Ich schrieb es mir heraus und eine andere Passage über die »*neuen Länder, wo das Wetter so stumpfsinnig ist wie die Bäume, wo versäumtes Glück bedeutungslos ist*«, und zeigte es Monique. »Leider kann ich um die britische Staatsbürger-

schaft erst ansuchen, wenn ich einundzwanzig bin, und da bin ich schon längst in Amerika!« klagte ich.
»Möglicherweise gefällt es dir in Amerika besser als geplant«, sagte Monique.
»Ich will aber nicht, daß es mir gefällt«, sagte ich. Ich belegte die politische Naivität und den geschmacklosen Kommerz der Amerikaner mit Beispielen. Ich stieß auf einen amerikanischen Zeitschriftenartikel über die Sowjetunion mit einer von diesen brutalen Illustrationen, die aus allen Russen Monster machten.
Monique sagte: »Tja, ich glaub' aber nicht, daß Amerika mit einem Wochenmagazin steht oder fällt, du etwa?«
»Nein, aber ...«, sagte ich entwaffnet und erstaunt, daß eine Amerikanerin mehr Feinsinn bewiesen hatte als ich.

Der King's-College-Student und ich lernten einander schließlich an unserer Straßenecke kennen. Wir gingen zusammen nach Hause. Er sagte, er habe an diesem Nachmittag seine letzten Prüfungen abgelegt und wisse jetzt nichts mit sich anzufangen. Er sei Kanadier, mit einem Stipendium für ein Jahr, und habe die ganze Zeit seine Nase in Bücher gesteckt. Vielleicht wolle ich ihm London zeigen, bevor er wieder heimfuhr, aber der Vorschlag erschien mir ein bißchen plötzlich wir hatten uns ja eben erst kennengelernt; es kam mir nicht korrekt vor. Deshalb sagte ich: »Ich hab' bald selber Prüfungen und sollte meine Nase in Bücher stecken. Ich bin das ganze Jahr nur durch London spaziert.«
Am nächsten Tag gingen wir trotzdem zum Tower. Er sagte, wie schön London doch wäre, wenn es nicht immer regnen würde.
»Mir gefällt es in London so gut, daß ich sogar den Regen

mag. Wer weiß, vielleicht hab' ich eine Vorliebe für Nebel und feuchtes Wetter«, sagte ich. Ich war besorgt, daß ich zu intelligent klingen könnte und er mich nicht mehr mögen würde, und gleichzeitig, daß er sich langweilen und verabschieden könnte, wenn ich mir nichts Gescheites einfallen ließ. Wäre ich doch nur daheim geblieben, wo ich meine Ruhe hatte!

In der nächsten Woche besichtigten wir Buckingham Palace und das Parlament. Wenn er mich abholen kam, zierte ich mich und sagte, ich müsse daheim bleiben und lernen, damit ich ihm nicht zu begeistert vorkam.

Am Sonntag hörte es auf zu regnen, und wir spazierten am Themseufer entlang. Ende der Woche würde er nach Kanada zurückfahren. »Bald fährst du in die Dominikanische Republik«, sagte er. »Na ja, so, wie wir durch die Welt reisen, könnte es ja sein, daß wir uns wiedersehen.« Er drehte mich zu sich, so daß wir einander ins Gesicht schauten und legte seine Hand auf meine Schulter. Es war mir unangenehm, und ich sagte kurz angebunden: »Und wenn nicht in diesem Leben, so im nächsten.« Da zog er seine Hand weg, und wir gingen weiter.

»Ich möchte dich was fragen«, sagte er. »Unter welchem Namen wirst du veröffentlichen, damit ich dein erstes Buch nicht versäum'?«

Ich sah ihn an, als habe er hellseherische Fähigkeiten bewiesen. »Das ist ja phantastisch, daß du das sagst!« rief ich. »Wie hast du das erraten?«

»Na ja, das erzählst du mir doch dauernd!« sagte er.

Am nächsten Abend klopfte der kanadische Student an und fragte, ob er hereinkommen könne. Ich sagte: »Bitte, tritt ein« und kam mir unglaublich mondän vor, denn ich war ja allein – meine Mutter blieb wieder einmal länger beim kranken Professor Schmeidig. »Du mußt entschuldi-

gen, daß ich zu meinen Büchern zurück muß, aber am Mittwoch fangen die Prüfungen an.«
»Kein Problem. Ich bin ohnehin todmüde«, sagte er und ließ sich auf eines unserer graubraunen Sofabetten fallen. »Ich hab' den ganzen Vormittag gepackt, und am Nachmittag bin ich durch London gelaufen und hab' meine Fahrkarte abgeholt, mein Gepäck aufgegeben ... Morgen in der Früh fahr' ich. Komm her. Nimm dein Buch, und setz dich zu mir.«
Ich sagte, nein, ich müsse am Tisch bleiben, wo ich besseres Licht hätte.
Er lehnte seinen Kopf zurück gegen den Polster. Ich schaute von meinem Buch auf und fing an, umständlich herumzuschreiben. Als ich mich das nächste Mal umdrehte, war der Kanadier eingeschlafen. Ich war tief beleidigt, und später, als er ging, sagte ich lässig auf Wiedersehen, ohne ihn anzuschauen.
Dann war ich mitten drin in den Abschlußprüfungen. Professor Milsom gab mir meine Arbeit zurück und fragte, ob ich bei meiner Lektüre schon einmal auf das Wort »asyntaktisch« gestoßen sei – war ich nicht.
»Tatsächlich, nein. Nun, ›asyntaktisch‹ beschreibt die pathologische Eigenschaft, durch welche der Betroffene sich gehindert sieht, Gedankenstränge in Sätzen zu ordnen.«
»Ach so«, rief ich aufgeregt. »Ich weiß, was Sie meinen. Ich merke schon seit einiger Zeit, daß es zu einer zunehmenden Aufweichung meiner grauen Zellen kommt, und wenn ich mich zusammennehmen will, ist auf einmal nichts mehr greifbar in dem ganzen Matsch, außer mein eigener Schopf, vielleicht.« Ich war entzückt über die Beschreibung, die ich zu meinem Schlamassel geliefert hatte, aber Professor Milson nickte mit dem Kopf über meiner Arbeit und sagte: »Mhm, hm, interessanter

Begriff, ›asyntaktisch‹! Sollten Sie bei Gelegenheit in einem Wörterbuch nachschlagen. Was ich Ihnen generell nahelegen möchte, Miss Groszmann, das Wörterbuch! Ich würde nicht sagen, daß Ihre Arbeit insgesamt völlig wertlos ist. Die eine oder andere Idee, da und dort, wäre möglicherweise brauchbar, wenn ich sie auch lesen könnte, und wenn es Satzzeichen wie etwa Punkte gäbe oder auch die nötigen Ergänzungen zu Verben. Erlauben Sie, Miss Groszmann, daß ich Ihnen den Punkt und das Verb nahelege.«

1946 gegen Jahresende hatte mein Großvater einen Herzanfall. Paul schrieb, es sei nichts Ernstes, mein Großvater erhole sich gut, aber meine Mutter beschloß, nicht mehr auf mich zu warten und in die Dominikanische Republik zu fahren. Ich sollte zwei Jahre später nachkommen, sobald ich mein Studium abgeschlossen hatte.
»Siehst du, ich bin gar nicht so gutherzig«, sagte meine Mutter. »Dem Professor Schmeidig geht's momentan miserabel, und ich bereite meine Abreise vor, ohne lange zu überlegen.«
»Das machst du doch nur, weil du jetzt schnell in die Dominikanische Republik mußt, um deinen kranken Vater zu pflegen.«
»Weil wir gerade von kranken Vätern sprechen«, sagte meine Mutter, »gestern hat sich der Professor das erste Mal über seinen Sohn beschwert. Hast du gewußt, daß er den armen alten Mann seit drei Wochen nicht mehr besucht hat? Er wird ja so allein sein, wenn ich weg bin!«
Als meine Mutter bei Professor Schmeidig aufhörte, rief er am Abend an. Er erzählte ein paar komische, geschmacklose Sachen über die neue Haushälterin, die sein Sohn engagiert hatte. Dann weinte er. Er bat meine Mutter, es

sich noch einmal zu überlegen, in England zu bleiben, ihn zu heiraten. Sie könne nicht, sagte meine Mutter, aber sie habe eine Idee. Morgen komme ihre Freundin Lizzi Bauer aus Allchester, und wir würden alle zu ihm kommen, und sie würde dort ein Abendessen machen.
Der Abend war ein großer Erfolg. Lizzi war eine häßliche, weltgewandte Frau mit ungeheuer viel Charme. Sie hatte einen großen Mund mit großen nikotingelben Zähnen, gesundes pechschwarzes Haar und intelligente grüne Augen. Ausnahmslos in Marineblau gekleidet, das sie mit einem Tupfer Weiß, einem Kragen, einem Chiffontuch oder einer Pikeeblume auffrischte, war sie schick und feminin zugleich. Sie war klein von Gestalt, mit einem hohen Rundrücken, fast einem Buckel. Ihre Brüste waren plattgedrückt im Stil ihrer eigenen guten Zwanziger im Wien der zwanziger Jahre.
Während meine Mutter das Abendessen machte, saß Lizzi am Klavier und unterhielt ihren Gastgeber mit anzüglichen Kabarettliedern aus der alten Zeit vor dem Dritten Reich. »Johnny, wenn du Geburtstag hast, bin ich bei dir zu Gast die ganze Nacht ...«, sang sie unbeeindruckt davon, daß sie überhaupt keine Stimme hatte. Sie wiegte ihre Schultern und schaute zum Professor hinüber durch den Rauch, der von der Zigarette im Aschenbecher neben ihrer Hand aufstieg. Sie legte den Kopf zurück und lachte, ohne sich von den Augen des alten Herrn zu lösen. »Johnny, dann denke ich noch zuletzt, wenn du doch jeden Tag Geburtstag hätt'st ... Johnny, ich träum' soviel von dir, ach, komm doch mal zu mir ...«, sang sie halb und sprach sie halb, »nachmittags um halb vier.« (Ich dachte, ich würde es nie wagen, einem Mann so intime Blick zuzuwerfen. Es war mir peinlich. Vielleicht stimmte mit mir was nicht!) Die Schultern des Professors in seiner alten Hausjacke

wippten leicht, seine Augen waren völlig auf Lizzis Gesicht fixiert. Später bestand der Professor darauf, daß wir Lizzi gemeinsam zum Zug brachten. Als das Taxi vor der Waterloo Station anhielt, glaubte ich etwas zu sehen: Ich dachte, ich sähe die rechte Hand des Professors Lizzis linke loslassen. Ich hätte es für eine Täuschung gehalten, hätte Lizzi meinen Blick nicht aufgefangen und gelächelt, mit einem Schulterzucken, als wollte sie sagen: »Was soll ich tun, er ist ein alter Mann.« Der Professor brachte meine Mutter und mich nach Hause und kam auf eine Schale Kaffee mit. Danach kam er jeden Abend und aß, was meine Mutter gerade gekocht hatte. Einmal fragte er, ob unsere charmante Freundin nicht vorbeischauen werde, um Lebewohl zu sagen.
»Den ganzen Weg von Allchester herauf, meinen Sie?« sagte meine Mutter. »Wissen Sie, das ist ein teurer Spaß.«
»Gut, dann rufen Sie an. Ich bezahl' das«, sagte der Professor großzügig. »Und sagen Sie ihr, sie soll mich besuchen, wenn sie wieder einmal nach London kommt. Würde sie das, was meinen Sie?«
»Danke, das ist lieb, aber ich hab' mich von der Lizzi schon verabschiedet«, sagte meine Mutter. »Sie können sie ja selbst einladen. Ich lass' Ihnen ihre Nummer da.«
Das war am Tag vor Mutters Abreise. Der Professor weinte so bitterlich, daß er nur mehr ein Häufchen Elend war und wir ihn nach Hause bringen mußten. Auf dem Heimweg mußte ich meiner Mutter versprechen, ihn zu besuchen. »Tu's für mich«, sagte sie. »Er wird sich ja so allein fühlen.«
Professor Schmeidig besuchen war wie lernen, etwas, das ich immer auf morgen verschob. Dann schrieb meine Mutter, sie habe einen Brief von ihm bekommen und er sei so einsam, daß er sich abends hinlege und bete, daß er nie wieder aufwachen würde. Am nächsten Tag läutete ich bei

ihm an. Die Tür wurde von Lizzi Bauer geöffnet. »Ich wollt' dich anrufen«, sagte sie. »Ich bin zufällig in London.«
»Und da hat sie mich besucht«, sagte der Professor von der Küchentür her. Er war flott gekleidet in seinem besten grauen Anzug. Er wirkte gesund und richtig lebenslustig, und ich wurde bös, weil ich an meine Mutter dachte. Ich sagte: »Die Mutti hat mir geschrieben, daß es Ihnen gar nicht gutgeht, und ich war grad in der Nähe ...«
»Ja, komm, tritt ein. Und wie geht es unserer lieben Frau Groszmann? Komm zu uns in die Küche. Meine schreckliche Haushälterin hat heute ihren freien Tag, ein Glück! Ich hab' gerade damit geprahlt, daß ich Frau Lizzi eine schöne Tasse Wiener Kaffee bereiten werde.«
Lizzi lehnte in der Tür, die Fußknöchel übereinander, und hielt eine Zigarette in der eleganten Linken, die ein übergroßer Achatring zierte. Ihre vertraulichen, frechen Augen folgten dem Professor bei seinen schußligen Manövern durch die Küche, und ein paar Mal fing ich ihren verruchten Blick auf, als er auf mich fiel.
Nach dem Kaffee führte der Professor Lizzi ans Klavier, und sie sang für ihn. Als ich mich anschickte zu gehen, stand sie auch auf. Der alte Herr holte ihren Mantel und hielt ihn ihr. Als wir bei der Tür hinausgingen, sah ich, wie er ihr ein paar Pfundnoten zusteckte.
»Er kann sich's leisten«, sagte Lizzi im Aufzug nach unten, »und ich kann ja nicht umsonst nach London kommen. Ich hab' noch eine Stunde, bis mein Zug fährt. Komm, wir gehen wohin und plaudern.«
An dem kleinen Tisch im Tearoom an der Ecke sagte Lizzi: »Heut' ist er mir wirklich bis hierher gestanden! Am Nachmittag hab' ich mich auf sein Bett setzen müssen, und er hat mir die Nachkastllade auf den Schoß geleert! Er wollte

mir alles schenken. Was soll ich mit dem Zeug? Alte Seidentaschentücher, ein knöcherner Schuhlöffel, sein alter Schlüsselanhänger! Dann ist er mit dem da herausgerückt«, und Lizzi schob die weiße Manschette an ihrem linken Handgelenk hoch, um mir die fesche altmodische Golduhr zu zeigen. »Die hat seiner Frau gehört«, sagte sie.
»Ich weiß«, sagte ich. »Er hat sie der Mutti schenken wollen, aber die hat nein gesagt. Er hat die Mutti heiraten wollen, hast du das gewußt?«
»Das hat er zu mir auch gesagt«, sagte Lizzi. »Dampfplauderer!«
»Nein, er hat sie wirklich heiraten wollen, ich weiß es. Er hat sie monatelang gefragt, und in der letzten Woche, bevor sie gefahren ist, ist er jeden Abend zu uns gekommen.«
»Ich weiß«, sagte Lizzi. »Er hat gehofft, daß ich auftauch'. Wenn mein Bub nach London kommt, will er für uns eine Wohnung in seinem Haus nehmen, was weiß ich, vielleicht ist er einfach nur ein seniler alter Mann. Wir werden ja sehen, was daraus wird! Aber jetzt zu dir, Lorle? Wie steht's mit den Männern?« sagte sie und schaute mich mit ihren warmen, intelligenten Augen an.
»Gibt's keine«, sagte ich. »Nichts in Sicht, jahrein, jahraus. Und selbst wenn, würden sie mich wahrscheinlich nicht bemerken. Außer vor einem Jahr, da war dieser Student aus Kanada.«
Lizzi Bauer saß mit ihrer Zigarette zwischen ihren langen Fingern, und ich hörte mich im Bann ihres intimen Interesses mehr über die Episode mit dem Studenten erzählen, als mir bewußt war. Meine Antworten auf ihre ausführlichen Fragen machten mir zum ersten Mal klar, daß der kanadische Student ziemlich nah dran gewesen war, sich in mich zu verlieben. Ich staunte. »Aber was nützt mir das?« sagte ich. »Ich hab ihn ja nicht wirklich mögen. Vielleicht

stimmt mit mir was nicht. Vielleicht gehör' ich zu den Leuten, die nie ... jemand wirklich mögen.«
»Nein, das glaub' ich nicht, aber vielleicht gehörst du zu den Frauen, die länger brauchen zum Erwachsenwerden«, sagte Lizzi. »Und die lange Zeit bei diesen alten Damen und die Mädchenschule waren da nicht gerade eine Hilfe.«
»Ja, das stimmt«, sagte ich und fühlte mich sehr ermutigt, »und jetzt geh' ich auf ein reines Mädchen-College. Stell dir vor. Ein paar tausend Engländerinnen mit Regenmantel und diesen flachen Schnürschuhen.«
»Ich weiß was, Lorle«, sagte Lizzi. »Das nächste Mal, wenn ich beim Alten in der Stadt bin, geh' ich früher, und dann gehen wir und kaufen dir ein Kleid.«
»Ein Kleid! Wo soll ich denn ein Kleid tragen? Außerdem hab' ich mein Geld und meine Bekleidungscoupons alle schon verbraucht für dieses Kostüm ... Mit einer weißen Bluse schaut's viel besser aus«, sagte ich verunsichert, weil ich merkte, daß Lizzi mein Fischgrätklassiker aus Wollstoff nicht gefiel, obwohl ich drei qualvolle Wochen gebraucht hatte, um mich dafür zu entscheiden, und ihn nie in meiner Bedarfsaufstellung fürs Stipendium untergebracht hätte.
Das nächste Mal, als ich Lizzi im kleinen Tearoom beim Professor an der Ecke traf, erzählte sie mir, daß unser Treffen fast geplatzt wäre. Professor Schmeidig hatte sie in den Banktresor mitnehmen wollen. »Aber dann ist der Sohn aufgekreuzt«, sagte Lizzi, »und wir haben mit ihm Tee trinken müssen, wie artige Kinder.«
»Es freut mich zu hören, daß der Sohn Notiz nimmt von seinem Vater«, sagte ich, »wie die Mutti noch bei ihm war, hat er oft wochenlang nicht vorbeigeschaut.«
»Jetzt taucht er jedenfalls dauernd auf«, sagte Lizzi. »Er

behält mich im Auge, aber er ist natürlich die Höflichkeit und Dankbarkeit in Person, weil ich seinem Vater Gesellschaft leiste. Was er allerdings nicht weiß, ist, was mir der Alte an der Tür in die Tasche geschmuggelt hat.« Sie zog eine kleine perlenbesetzte Brosche heraus. »Nicht, daß das Zeug heutzutage viel wert wär'. Er sagt, die wertvollen Sachen sind im Tresor.« Und dann fragte Lizzi, ob es das kleine blaue Kleid noch gebe, das ich in der Clinton Lodge oft angehabt hatte. Sie hatte mir einen weißen Pikeekragen gebracht, mit einer Einfassung aus kunstvoll gehäkelter Baumwollspitze. Er war immer noch in dem rosaroten Seidenpapier, in das sie ihn 1938 in Wien gewickelt hatte.

Ich trug das blaue Kleid mit dem weißen Kragen an dem Tag, als sich die English Society im Common Room, dem Aufenthaltsraum meiner Uni, traf. Monique kam in den Waschraum, wo ich mir ein bißchen Lippenstift auflegte, das heißt, ich rubbelte ein bißchen Rouge auf meine Zeigefingerkuppe und fuhr mir damit über die Lippen. Einen Spiegel weiter rahmte Monique ihren Mund mit einem vollen, geschwungenen Scharlachrotstrich. Ich tat mir mehr Farbe auf den Mund, mit Tupfern in kurzen Stakkati. Es sah hübsch aus.

»Fertig?« fragte Monique.

»Einen Moment«, sagte ich und wischte mir die Farbe schnell wieder ab. »Fertig«, sagte ich.

Im Common Room waren lauter gleiche Tweedkostüme. Ich kam mir blöd vor in meinem blauen Kleid mit Wiener Kragen, deshalb machte ich meinen Regenmantel nicht auf.

Der Gastvortragende war ein junger Dichter, der gerade einen gewissen Bekanntheitsgrad erlangt hatte. Er war ein großer Mann mit einem verknitterten grauen Anzug und wundersamen himmelblauen Socken. Er hatte ein

häßliches, charmantes, geistreiches Gesicht und war so nervös, daß er aussah, als sei ihm schlecht. Er redete über die »metaphysical poets«, nichts als Religion, Lernen und Liebe und somit genau nach meinem Geschmack – aufpassen konnte ich allerdings nicht, denn ich bereitete eine kluge Frage an ihn vor. Dann hieß es, Fragen aus dem Publikum, und ich wartete immer noch darauf, daß mein schneller Atem sich beruhigte, damit ich sprechen konnte. Der Tee wurde angekündigt. Einen Moment später befand sich der außergewöhnliche junge Mann inmitten einer Mädchenschar, als sei er der Mittelpunkt einer Blume, umgeben von vielen Blütenblättern, die da in unserem Common Room wuchs. Ich sah die lachende Monique einen Teller halten und den Dichter mit Schokoladekeksen füttern.
Ich sammelte meine Bücher ein. Diesmal hatte ich wirklich vor, in die Bibliothek zu gehen und dort zu lernen, aber ich wurde von einer Bank unter der größten Platane vom Weg abgebracht, und da saß ich und sah bald darauf die Amerikanerin und den Dichter Seite an Seite den Weg entlangspazieren und sich angeregt unterhalten. Monique winkte mir zu. Ich schaute ihnen nach, wie sie durch das Eisentor und auf der kleinen Brücke über den See und miteinander hinaus in die Baker Street gingen.

Professor Schmeidig war so verliebt, sagte Lizzi, daß er zur Plage wurde. Dauernd bettelte er, sie solle über Nacht bleiben, obwohl sie klargestellt hatte, daß sie keine von der Sorte war, und, sagte sie, was würden sie machen, wenn es dem Sohn plötzlich einfiel vorbeizuschauen?
Gegen Ende des Monats rief Lizzi wieder an und wollte sich beim Wiener Club treffen. Ich sagte, ich müsse wirklich lernen, meine Abschlußprüfungen standen bevor,

aber Lizzi sagte, nur eine halbe Stunde. Es war etwas passiert.
Wir saßen an einem kleinen Tisch, und meine Torte mit Schlagobers schmeckte wie all die Torten an all den Sonntagnachmittagen in Wien, wenn meine Großmutter in der Stadt war und wir meine Onkel und Tanten im Kaffeehaus trafen. Jetzt schaute ich mich um, und der ältere Mann mit der Hakennase, der hinter mir saß, und die zwei Frauen, die über ihren Kaffeeschalen plauderten, wirkten und klangen für mich, als kannte ich sie schon ewig.
Lizzi war durcheinander. Sie war extrafrüh nach London gekommen. Der Professor und sie waren in die Bank entwichen und mit der offenen Geldkassette am Tisch gesessen, als, na wer wohl hereinplatzte, dieser unmögliche Sohn. Er mußte draufgekommen sein, wo sie hingegangen waren, oder, und wahrscheinlicher, er war ihnen gefolgt. Und er hatte die allerunbeschreiblichste Szene geliefert, vor dem Sicherheitsbeamten. Er sagte, sollte er Lizzi noch einmal in der Nähe seines Vaters erwischen, würde er den Alten entmündigen und in ein Heim stecken lassen.
»Das ist ja furchtbar!« rief ich und errötete, als ich mir ihren Zusammenstoß vorstellte. »Was soll man da bloß machen! Du kannst ja nicht mehr zu ihm, und sitzenlassen kannst du ihn auch nicht.«
»Warum nicht?« fragte Lizzi. »So redet jedenfalls keiner mehr mit mir! Gut, das war's! Jetzt zu dir, Lorle. Freunde?«
Ich wollte gerade meinen Mund aufmachen und erzählen, was an erster Stelle in meinem Kopf rangierte – der Dichter beim Tee der English Society und Monique, die mit ihm weggegangen war –, als mir etwas Merkwürdiges, fast ein Schielen, in Lizzis Augen auffiel. Sie schaute mich direkt an, ohne daß sie mich zu sehen schien.

»Und wie geht's der Franzi? Was schreibt sie so?« fragte Lizzi, und ihre Stimme schien sich zu entfernen, über meine Schulter hinweg. Ich drehte mich um. Da stand der ältere Mann mit dem edlen Zinken, den Kaffee mit Schlagobers in der Hand. Er lächelte und sagte: »Meine Damen, Sie unterhalten sich so lebhaft, da packt mich einsamen Mann der Neid.«

»Warum holt sich der einsame Mann dann nicht einen Sessel und setzt sich zu den lebhaften Damen?« sagte Lizzi, aus ihren charmanten, verruchten Augen aufblickend.

Ich stand auf. »Bemühen Sie sich nicht wegen dem Sessel«, sagte ich. »Ich muß heim lernen ...«

Dann nahten die Prüfungen. Ich habe bis heute einen wiederkehrenden Alptraum, in dem ich ein Buch nicht aufschlage, das nur eines von vielen ist, auf einem von vielen Brettern in einem Bücherregal, das sich in die Unendlichkeit erstreckt – und immer fühle ich das Davonwirbeln der Zeit wie das Wegrinnen des Sands unter den Füßen, wenn die Welle zurückgeht. Dann wache ich auf und weiß, daß ich weder jetzt noch in Zukunft für bevorstehende Prüfungen pauken werde, und ich finde das Leben rund um mich süß und gut.

Ich glaube, ich hab' immer damit gerechnet, daß irgend etwas passiert, um zu verhindern, daß ich wirklich aus England weg und in die Dominikanische Republik muß, aber die Briefe meiner Mutter hörten nicht auf, voll der Liebe und sicheren Hoffnung, noch vor Ende des Sommers mit mir vereint zu sein, und ich solle bitte, schrieb sie, nicht vergessen, den armen Professor zu besuchen und Lebewohl zu sagen.

Als ich beim Professor anläutete, passierte nichts. Ich

wollte eine Nachricht beim Portier hinterlassen, aber der sagte, der Professor sei vor fast einem Monat ins Krankenhaus gebracht worden, der Sohn sei aber erst gestern gekommen, um die Möbel und alles abzuholen und den Haushalt aufzulösen. Der alte Mann war tot.
Als ich wieder hinaus auf die Straße kam, erwartete mich ein sanfter Sommerregen, und London war plötzlich Nostalgie. Alle meine englischen Freundinnen waren heimgefahren. Monique war auf einen Sprung nach Frankreich gereist, bevor sie zurück nach New York ging.
Ich nahm die U-Bahn bis Piccadilly und ging hinüber zur Old Bond Street und auf dem Gehsteig auf und ab, auf der Suche nach einem neuen Kleid, dem neuen Kleid. Seine Beschaffenheit war mir nur in meinen Träumen bekannt: streng und zugleich sexy, elegant und hinreißend. Was ich schließlich fand, war marineblaue Seide, die ich mir nicht leisten konnte, mit einem potentiell gewagten Ausschnitt, der Gefahr lief, meinen dünnen, langen Hals und meine spitze, lange Nase zu betonen.
»Es gibt eine Kordel zum Engerschnüren, Madam«, sagte die feine Verkäuferin und zog den Ausschnitt eng um meine Kehle, so wie ich es wohl würde tragen müssen bis zum Augenblick meines Aufblühens, mit dem ich täglich rechnete. Meine flachen Schnürschuhe standen auf dem dicken pflaumenfarbenen Teppich, und meine Augen, im geneigten Ganzkörperoval des Rokokospiegels, schauten müde und besorgt und begierig hinter meinen runden Brillengläsern hervor. Ich weiß noch, daß ich der Verkäuferin ins Gesicht schaute, von Frau zu Frau, und sagte: »Was sagen Sie ...«, aber sie hatte mich als hoffnungslos abgeschrieben und rieb sich das linke Auge mit ihrer scharlachrot lackierten Zeigefingerspitze. Sie sagte: »Hundert Prozent reine Seide, Madam.«

Auf dem Schiff gab es eine Crew von griechischen Schiffsoffizieren, in deren schillernde Gesellschaft ich durch meine Kabinengenossin Paula kam, eine attraktive, erfahrene junge Polin auf dem Weg nach Trinidad, wo sie zu ihrem Mann wollte, den sie nicht liebte. Ich trug mein Reinseidenes mit tiefem Ausschnitt und dachte, jetzt sitze ich in meinem Liegestuhl und lausche der Mitternachtsgitarre – rauchend und Sekt trinkend bis in die frühen Morgenstunden –, und wenn ich nur nicht immer wieder einschlafen würde. Einmal machte ich die Augen auf, um zu sehen, daß der junge, schöne, dunkelhäutige Offizier Paula die Schuhe auszog. Sie sagte: »Laß das, hör auf. Mach keinen Quatsch.« »Komm! Gehen wir schlafen«, sagte ich zu Paula, »kommst du nicht mit?«, weil sie miteinander in der Dunkelheit des langen Decks davongingen. »He!« rief ich. »Wohin gehst du?«
Es gab einen litauischen Studenten, den ich für mich entdeckte. Wir redeten über die Ästhetik des Lichts und vergleichende Religionswissenschaft. Einmal stand er bei Sonnenuntergang an der Reling, sein strahlendes Gesicht mir zugewandt, und er sagte, er wolle mir etwas sagen, doch das Pochen des Bluts in meinen Ohren war zu stark, die Lichtexplosion zu gewaltig, und ich hielt es nicht aus und sagte: »Was für ein Buch liest du gerade?«
Im Laufe der Nacht liefen wir Guadeloupe an, wo der litauische Student von Bord ging, und drei Tage später schiffte ich in der Neuen Welt aus.

9. Kapitel

Sosúa – Paul und Ilse

Als ich 1948 in der Dominikanischen Republik ankam, war es zehn Jahre her, daß ich meinen Onkel Paul und meine Großeltern zuletzt gesehen hatte.

Kurz nachdem meine Eltern Wien verlassen hatten, meldete Paul sich in einem der landwirtschaftlichen Ausbildungslager, die von Adolf Eichmann in Zusammenarbeit mit der jüdischen Kultusgemeinde in der Vorstadt eingerichtet wurden. Diese *Hachscharas* bereiteten junge Juden für die Auswanderung nach Palästina vor.

Paul schrieb mir nach England. Er legte ein Foto bei von einer molligen jungen Frau mit Arbeitshosen und Halstuch zwischen einem großen, hübschen jungen Mann, der ihre linke Hand drückt, und meinem bebrillten Onkel, dessen linke Hand sie drückt; sein Unterarm, typisch Paul, liegt in einer sehr großen Schlinge. Die drei jungen Gesichter schauen lachend heraus aus dieser bitteren Zeit.

Ich dachte mir nichts dabei. Ich erinnerte mich an den Tag, als Paul sich von mir verabschieden kam und Großmutter überlegen ließ, wie unwahrscheinlich es sei, daß gerade die Frau ihn heiraten wolle, die er heiraten wolle, und als Paul zwei Wochen nach seinem ersten Brief schrieb, er habe diese Ilse geheiratet, wollte ich es zuerst nicht glauben. Als ich mich an den Gedanken gewöhnt hatte, verliebte ich mich in den Bericht von dieser Hochzeit, die so gewagt erschien im Vergleich zu der traditionellen Trauung meiner Eltern in dieser anderen Welt von 1927, mit Verwandten aus Wien, Budapest und Preßburg und mit einer Mitgift von jeweils drei Dutzend Taschentüchern, Unterröcken, Nachthemden und Polsterbezügen, die von den Dorfmädchen mit Monogrammen bestickt worden waren und in der Wohnung der jungen Leute warteten, als diese von ihrer Hochzeitsreise aus Italien zurückkamen. Paul und Ilse wurden vor einem Kuhstall in der *Hachschara* von einem durchreisenden Rabbi getraut und sprangen auf den frühen Laster auf, der Eier in die Stadt brachte. Paul und Ilse zogen zu meinen Großeltern, die immer noch bei Tante Ibolya lebten. Paul und Ilse lachten so ausgiebig, als sie ihr Hab und Gut in einem Wäschekorb über die Stiegen trugen, daß sie sich in jedem Halbstock niedersetzen mußten.

Meine Großmutter beklagte sich bei meiner Mutter bitterlich über dieses Mädchen, das Paul in die Familie gebracht hatte, das schwarze Strümpfe in die Weißwäsche tat, obwohl Großmutter doch ausdrücklich davor gewarnt hatte. Meine Großmutter sagte, händeringend habe sie Paul gebeten, dieses verzogene, ungebildete Kind nicht zu heiraten, das er erst sechs Wochen kannte und das mit einem anderen verlobt war, aber wenn dieser Paul, den alle für den gutmütigsten Sohn hielten, etwas wirklich wollte, hatte alles Reden keinen Sinn – er war immer auf der Seite des Mädchens.

Im September schrieb meine Großmutter, daß Paul und Ilse ein Landarbeitervisum für England bekommen hatten. »Dein Vater und ich müssen natürlich dableiben. Wenn ich dazu in der Lage wäre, meine eigenen Kinder zu beneiden, ich würde Paul und Ilse beneiden, die mit einem Schlag Hitler und einer keppelnden Mutter entkommen.«

»Die Kinder sind weg«, schrieb sie im Oktober, »gerade noch rechtzeitig. Heute sind beim Frühstück zwei von der SA gekommen, und bis morgen Mittag müssen wir die Wohnung räumen. Wir schreiben, sobald wir eine neue Adresse haben.«

Es war das Jahr 1939. Ich lebte bei den Hoopers. Es wunderte mich, daß Paul nicht gleich bei mir vorbeischaute. Ich lag im Bett und grübelte darüber. Sein erster Job war auf einer Farm in Wiltshire. Ilse kümmerte sich um ihr Ein-Zimmer-Cottage, und sie legten sich einen Hund zu. Paul sagte, zu den anderen Arbeitern hatte er keinen Draht. Die englische Sprache kam ihm sperrig vor. Er brauchte seine ganze Kraft für die Arbeit, neben all diesen gelernten Landarbeitern. Die sechswöchige *Hachschara*-Ausbildung ließ zu wünschen übrig, und am Saisonende wurde er verabschiedet. Er fand aber bald eine andere Stelle, weil durch den Krieg ein Mangel an Arbeitskräften herrschte. Die Nachrichten von Paul und Ilse bestanden im wesentlichen aus neuen Adressen, die sie uns schickten.
Ich habe Paul ausgefragt über diese Zeit in seinem Leben, von der ich nichts wußte, und in einem Brief hat er sich selbst beschrieben, in der dritten Person, als jungen Mann, »kürzlich von Zuhause abgeschnitten, weltfremd, der mit achtundzwanzig noch nie gearbeitet hat, um seinen Lebensunterhalt zu verdienen, und dessen Vorstellung vom Leben durch die eher unsystematische Lektüre von Büchern geprägt war ... durch seine neue Kind-Frau war er in die Rolle des Vater-Liebhabers geraten. Sie waren toll verliebt. Obwohl sie fast acht Jahre jünger war als er, war er es, der ihr Schüler in der Liebe wurde, während sie, die ungebildet war, große Sehnsucht hatte, sich in die Welt der Kultur einführen zu lassen.«

Als ich Ilse kennenlernte, war Paul schon interniert. Ilse schrieb, sie werde bei uns vorbeikommen auf dem Weg nach London, wo sie Paul zurückbekommen wollte. Ich weiß noch, wie sie in mein Blickfeld getreten ist, das vor Aufregung ganz verschwommen war: nicht groß und gewandt, wie ich sie mir vorgestellt hatte, sondern mollig, wie meine Mutter, mit braunem Haar, das sie im Nacken zu einer ganz einfachen Rolle gefaßt hatte, ein gewöhnlicher Mensch wie wir alle – und sie sah wirklich wie auf dem Foto aus.
Den ganzen Nachmittag studierte ich diese Ilse, die nachts im Bett meines Onkels schlief. Ihre Augen waren vollkommen grün in dem braunen Gesicht mit einem warmen Fläumchen wie Sommerobst. Ich setzte mich dicht neben sie auf die Bank, und sie legte ihren Arm um mich. Ich erinnere mich, daß die Haut an der Innenseite ihres Arms ganz fein und trocken war und weicher als alles, was ich kannte, und daß ich mit meiner Wange drüberstreichelte.
Ilse schrieb meiner Mutter aus London, sie sei beim Home Office gewesen, um Paul freizubekommen, aber der Mann dort habe darauf bestanden, daß Paul ein feindlicher Ausländer sei, obwohl sie ihm erklärt habe, daß er Jude sei und deshalb kein Spion sein könne. Sie hätte gern besser Englisch gekonnt. Es hatte nicht den Anschein, daß sie sich verständlich machen konnte.
Vom Home Office ging Ilse zum Bloomsbury House. Ein Amerikaner kam ins Wartezimmer und warb Leute an, die sich in Sosúa niederlassen wollten, einer Farmkolonie für Flüchtlinge, die in der Dominikanischen Republik im Entstehen war. Ilse fragte, ob etwas zu machen sei für jemanden, der interniert war, und der Amerikaner sagte, er könne jeden, der nach Sosúa gehe, freikriegen. Und Ilse trug Paul und sich ein.

Sosúa war einer dieser jüdischen Träume von einem landwirtschaftlichen Hort in der Neuen Welt. 1938 hatte Franklin D. Roosevelt die lateinamerikanischen Länder ersucht, Flüchtlinge aufzunehmen. Der dominikanische Präsident Trujillo war der einzige Staatschef, der diesen Vorschlag aufnahm. (Die Vorstellung, daß der Diktator etwas Gutes getan hat, scheint so unangenehm zu sein, daß die Leute von Sosúa seither versuchen, ihm ein eigennütziges Motiv unterzuschieben.) Unter der einzigen Bedingung, daß kein Siedler dem Staat finanziell zur Last fallen dürfe, stiftete er von seinen eigenen ausgedehnten Ländereien mehr als zehntausend Hektar an der Nordküste, das heutige Sosúa. Gegründet wurde die Siedlung von jüdischamerikanischen Philanthropen, die sich zur Dominican Republic Settlement Association, kurz Dorsa, zusammengeschlossen hatten.

Paul und Ilse verließen England mit zwölf anderen Flüchtlingen, elf Männern und einer Frau, und gingen an einem tropischen Morgen im Februar 1941 in Ciudad Trujillo von Bord. Ein gewisser Mr. Langley, Landwirtschaftsexperte der Dorsa, erwartete sie am Pier und lud sie samt Gepäck unter die Segeltuchplane seines Lastwagens, wo sie während der achtstündigen Fahrt von der Hauptstadt im Süden über Santiago bis nach Sosúa im äußersten Norden der Insel saßen. Paul hat mir erzählt, daß er es schön und interessant fand. Er machte Ilse auf die wilden grünen Papageien in den Kakaobäumen aufmerksam. Im Laufe des Vormittags fiel ihnen auf, daß die Palmen, die Königspalmen hießen und die Straße säumten, ihre glatten grauen Stämme über ihre Kronen hinausstreckten, wie Schirmspitzen, auf denen jeweils ein Vogel saß.

Bis Mittag war die Hitze im Laster grausam. Den langen Nachmittag hindurch waren die Einwanderer nervös

und dösten. Es war fast Abend, als sie Geschrei und Hufklappern hörten, wie nahende Indianerbanden in einem Western. Sie schauten hinaus, und im sanften Tal kam eine Schar junger braungebrannter Reiter auf sie zu; die am Kragen offenen Hemden flatterten an ihren Körpern, und sie riefen mit vertrautem österreichischen oder polnisch-jüdischen Akzent: »Wie geht's? Grausliche Reise, nicht wahr?« Die Reiter schlossen sich dem Laster an, der sein Tempo verlangsamte, und ritten ringsum, wie im Konvoi.
»Ganz schön anstrengend, nicht wahr?« sagte ein gelockter junger Mann, der die Schnauze seines Pferdes in den Laster hielt. »Ich heiße Otto Becker. Sie zwei sind verheiratet?« sagte er zu Ilse, die Pauls Hand hielt. »Oi, Mädchen habt ihr keine mit?«
»Da drüben im Eck schläft die Renate«, sagte Ilse.
Otto war ein extrem gutaussehender blonder junger Mann um die fünfundzwanzig, mit einem flachen Bauch und starken Armen, die mit rotgold schimmernden Härchen bedeckt waren. Er äugte mit offener Lüsternheit in den dunklen Lastwagen. »Das ist die Renate? Die ist mit dem Brauner Michel verlobt! Der ist schon ganz verrückt vor Warten. Er ist der einzige von den Deutschen, der noch nicht verheiratet ist.«
»Deutsche!« sagten Paul und Ilse.
»Aus Deutschland. Ihr seid die ›Engländer‹, aus England, heißt das. Ihr kommt aus Wien, stimmt's? Ich auch. Die Deutschen, die kann ich nicht ausstehen, die haben sie vor acht Monaten draußen bei der Laguna angesiedelt, aber sie kommen immer noch zur Dorsa und wollen Geld. Ich arbeit' in der Verwaltung. Drei Pesos Taschengeld, aber nichts zu kaufen. Kennt ihr den Witz von den Kanaris? Also: Sitzen zwei Kanaris im Käfig. Sagt der eine: ›Was

hast du heute vor?‹ Haha! Gott im Himmel, ich wünschte, ihr hättet ein paar Mädchen mitgebracht.«
Der Laster blieb oben auf einer grünen Klippe stehen. Otto sagte: »Das da drüben mit dem weißen Zaun rundherum ist die Verwaltung, da ist die Wagenscheune, und dort sind die Baracken, eine für die Junggesellen und die andere, die wird gerade für euch Paare fertiggemacht.«
Paul und Ilse sahen zwei dominikanische Arbeiter, die sich bemühten, eine Matratze durch die schmale Tür eines niedrigen Baus aus frischem hellen Holz zu tragen. Otto hob die aufwachende Renate aus dem Laster und stellte sie auf den Boden. »Otto Becker mein Name«, sagte er. »Ilselein, schau! Unser neuer Käfig!« sagte Paul. Die grüne Klippe tauchte hinunter zum weißen Sand, der sich wie zwei weiße Arme um die blaue Bucht legte.

Sosúa ernährte die dreihundert Einwanderer der *Batey* (ein indianisches Wort, das, wie Paul glaubt, »Ausgangspunkt der Besiedelung« heißt) in zwei Dorfküchen. »Gibt's was Neues?« riefen die Essenden an den langen Tischen den Neuankömmlingen zu. »Ist der Hitler endlich tot?«
»Nein, leider nicht.«
»Dann gibt's nichts Neues.«
Otto Becker nahm seinen Teller und setzte sich zu ihnen. Nach dem Essen blieben die neuen Flüchtlinge und hörten Mr. Langley zu, der sie auf deutsch mit seinem ausgeprägten amerikanischen Akzent begrüßte. Er erklärte das Dorsa-Schema: Neue erhielten ein landwirtschaftliches Intensivtraining, dann bildeten sie Gruppen von mindestens zwei und höchstens zwölf Familien, um Genossenschaftsfarmen, sogenannte *Homesteads,* aufzubauen. Dafür erhielten sie von der Dorsa Land, Werkzeuge, Saatgut, Vieh und ein Haus pro Familie. Jeder Siedler wurde mit einem Ko-

stenanteil belastet, den er zurückzahlen mußte, sobald die Farmen sich selbst erhalten konnten. Bis die Häuser gebaut und alle angesiedelt werden konnten, würden sie in den Baracken wohnen. Wenn jemand Fragen habe, solle er sich bitte an die Verwaltung wenden, für landwirtschaftliche Belange sei er zuständig, für politische Angelegenheiten und so weiter Mr. Sommerfeld, der Direktor, der sie in Kürze persönlich begrüßen werde. Mr. Langley würde mit den Männern morgen nach dem Frühstück aufs Feld gehen. Die beiden Frauen sollten sich in der Küche zur Arbeit melden.
Sie kamen hinaus in die strahlend helle Abenddämmerung. Ilse nahm Pauls Hand und zog sie durch ihren Arm.
»Pauli, schauen wir uns ein bißchen um?«
»Gute Idee!« rief Renate, die sich dicht an Ilse hielt, weil der impertinente Otto ihren Arm genommen hatte. So kam der kleine Michel Brauner, ihr Verlobter, neben Paul zu gehen.
Michel sagte: »Renate erwähnte, daß Sie Landwirtschaftserfahrung haben. Vielleicht könnten wir eine Gruppe bilden, wenn Renate und ich verheiratet sind, und ein Heim gründen.«
»Ich habe nicht genug Erfahrung, um eine Farm zu bewirtschaften«, sagte Paul, »eher so viel, daß ich weiß, daß ich es nicht kann. Wie Sokrates schon gesagt hat, ich weiß, daß ich nichts weiß, andere wissen nicht einmal das«, und als er seinen lehrmeisterlichen Unterton bemerkte, lachte er entschuldigend.
Michel sagte: »In Sosúa weiß keiner was. Man fängt damit an, daß man sich für eine Farm bewirbt.«
Otto schlug Renate und Ilse vor, morgen nachmittag zum Strand zu gehen.
»Sind wir da nicht in der Küche beschäftigt?« fragte Ilse.
Otto sagte: »In Sosúa ist keiner beschäftigt.« Er und Renate

machten Tempo, weil Paul und Ilse dahinter extrem langsam zu gehen schienen. Nach kurzem Zögern nahm Michel Renates freien Arm, und bald verloren sich die drei in der plötzlich einbrechenden Dunkelheit.
Paul und Ilse gingen, bis sie an den Klippenrand kamen. Sie legten sich ins nächtliche Gras. »Pauli«, fragte sie, »glaubst du, dieser Michel Brauner wäre eine gute Wahl für unsere Farm?«
»Weißt du, um den mach' ich mir weniger Sorgen, als um den Paul Steiner. Ist dir klar, daß ich in England zwischen Oktober '39 und August '40 dreimal gefeuert worden bin?«
»Das letzte Mal haben sie dich nicht gefeuert. Du bist interniert worden, und du hast selbst gesagt, wieviel du in dem einen Jahr gelernt hast.«
»Ja, das ist richtig«, sagte Paul. »Bei dem letzten Job hab' ich langsam festen Boden unter den Füßen gespürt. Ich weiß schon mehr als die meisten da. Weißt du was? Mich juckt's schon in den Fingern. Ich möcht' dir und unseren Kindern ein Dach überm Kopf geben und sparen, damit wir mit den Rückzahlungen an die Dorsa anfangen können. Arme Mutti!« sagte Paul in einem Ton, der plötzlich ganz fröhlich war. »Mit dreißig und durch Hitlers Hilfe ist ihr Bub auf einmal erwachsen. Dichter bin ich schließlich doch keiner geworden, und Revolutionsführer genauso wenig. Hab' ich dir eigentlich erzählt, daß mich zu Dollfuß' Zeiten ein Polizist auf dem Weg zu meiner sozialistischen Zelle aufgehalten hat? Ich hab' einen Packen Flugblätter mitgehabt und hab' schnell ein paar Fotos von meiner kleinen Nichte, der Lore, aus dem Geldbörsel gezogen. Da hat er mir Bilder von seinen zwei Buben gezeigt, und wir sind als gute Freunde auseinandergegangen. Jede Menge nebuloser Zinnober im Namen eines neuen offenen Österreich! Jetzt will ich nur mehr meine Eltern aus

Wien herauskriegen und nichts mehr wissen von den
Schereeien in Europa.« In der Dunkelheit unter ihnen
zischte und wogte das Meer. Die schwarze Luft war sanft
und warm. Pauls Frau machte es sich in seiner Armbeuge
bequem, und er sagte: »Ach, Ilselein, da könnt' man fast
glücklich sein!« Und es stellte sich heraus, daß die Zukunft, die Paul sich für sie ausgemalt hatte, genau das war,
was für Ilse Glück bedeutete.

In den Baracken gab es einen langen, schmalen Gang mit
Waschräumen an beiden Enden und Zimmern, die davon
weggingen wie Abteile in Zügen. Jedes Zimmer hatte ein
Eisenbett, einen Waschtisch und zwei Holzsessel und war
durch dünne Holzwände vom nächsten getrennt. Wegen
der Ähnlichkeit nannte Paul ihres »Badekabine«. Ilse erinnerte Sosúa an einen Ferienort. In der Früh stand man auf,
zog sich ein Kleid über und war schon draußen.
Auf dem Weg in die Küche zum Frühstück sagte Paul zu
Ilse, daß er sich als Feldarbeiter kein Honiglecken erwarten dürfe. Als Bauer sei der Intellektuelle schon im Nachteil; er komme nie direkt, instinktiv auf etwas; er sei einer,
der die Welt durch Brillengläser betrachte; alles müsse
erklärt werden, damit er theoretisch begreife, was praktisch zu tun sei. Aber es gebe einen Vorteil: Er könne etwas
innerhalb von Jahren in den Griff bekommen, wofür der
Bauer Generationen brauche.
Mr. Langley empfing seine neuen Praktikanten auf einem
Feld, das zwei einheimische Kräfte bereits von Steinen
und Baumstümpfen gesäubert hatten. Es gab einen Pflug,
vor den ein Maultier gespannt war, und ein Faß mit Jamswurzelpflanzen – ein langes grünes Wirrwarr aus Stengeln
und Blättern, das sie in dreißig Zentimeter lange Stücke
teilen und in Erdfurchen legen sollten. Mr. Langley fragte,

ob jemand schon einmal gepflügt hätte, und Paul sagte, ja, aber nicht mit einem Maultier. Der ältere und dunklere der zwei Dominikaner mit Namen Jesús machte vor, wie man das Tier an einer Hand führt, während man mit der anderen den Pflug steuert. »Das erfordert Übung«, sagte Mr. Langley. »Ich bin bald zurück, um zu sehen, wie es Ihnen geht.«

Sie sahen ihm nach, wie er über die Straße zum Meer in die *Batey* hinunterritt. »Wetten, daß der reich ist«, sagte Farber, der in Polen Handelsreisender gewesen war. »Ich hab' ihn gefragt, wieso er Deutsch kann, und er hat gesagt, er wollte Tierarzt in Frankfurt werden, aber jetzt züchtet er Rinder in Amerika. Er ist bestimmt ein Millionär.«

»Amerika, Amerika, Land der unbegrenzten Möglichkeiten«, sagte Max Godlinger, ein Kahlkopf mit einem spitzen Altmännerbauch.

Die zwei Dominikaner schnitten das hohe Gras am anderen Eck des Übungsfelds. Sie sangen beim Gehen im Rhythmus und schwangen ihre Macheten dazu.

Paul, der mit dem Pflug herumexperimentiert hatte, sagte: »Jemand soll einmal dieses Viech halten. Der Pflug macht, was er will. Halt doch still.«

In der *Batey* saß Ilse neben Renate in der Sonne hinter der Küche. Sie schälten Jamswurzeln, die die Dorsa in Wagenladungen vom Markt in Puerto Plata, auf der anderen Seite der Bucht, kaufte. Sie konnten den weißen Strand unten sehen und drei junge Männer, die auf das Wasser zuliefen. Vor ihnen lag der Atlantik so still, als sei er eine feste blaue Fläche, außer daß weit draußen die Sonne auf kleinen Wellen wippte und glitzerte.

Zu Mittag stand die Sonne schnurgerade über dem Übungsfeld, und wo sie von den Wellen gespiegelt wurde, stach sie in die Augen der Männer wie Staubkörner. Rechts flimmerten die Berge hinter einem Hitzeschleier. Paul ging hinter dem Maultier her und hob die Stiefel zu einem Rhythmus, der ihm ungewollt in den Sinn kam:

> Mensch, was du liebst,
> In das wirst du verwandelt werden:
> Gott wirst du, liebst du Gott,
> Und Erde, liebst du Erden.

In seinen Kniekehlen hatte sich Schweiß gesammelt, und er bildete kleine Rinnsale über seine Waden hinunter.
»He, Steiner, schau hinter dich!« rief Farber Paul zu, und Paul drehte sich um und sah die Furchen, die parallel anfingen und im Feld ineinanderliefen.
»Wer braucht schon Jamswurzeln«, sagte der kahle Godlinger. Er war aus Wien und Kürschner von Beruf. »Wir sind bis jetzt prächtig ohne das Zeug zurechtgekommen.«
»Ich möchte Sie daran erinnern, daß wir in Wien keineswegs prächtig zurechtgekommen sind«, sagte Paul durch den Staub auf seinen Lippen. Er klaubte eine Harke auf.
»Was machen Sie da?« raunzte Godlinger. »Sie wollen doch nicht etwa alles mit der Hand gradziehen?«
»Vielleicht«, sagte Paul, »könnten ein paar von uns mit dem Schneiden anfangen, damit wir die verlorene Zeit hereinbringen.«
»Godlinger, krempel die Ärmel hoch«, sagte Farber. Godlinger krempelte gehorsam die Ärmel an seinen unbehaarten rosaroten Armen hoch.
Das grüne Wirrwarr aus dem Faß schien weder Anfang noch Ende zu haben. Sie riefen Paul dazu, und Paul sagte, vielleicht sollten sie zuerst die Blätter und Blüten abschneiden.

Die zwei Dominikaner hatten ihr Werkzeug eingepackt. Sie standen eine Weile und beobachteten das Feld voller weißer Arbeiter. Dann machten sie sich auf den Weg zum Dorf der Einheimischen, das in entgegengesetzter Richtung zu dem Dorf lag, in das Mr. Langley in der Früh verschwunden war.

Als die Praktikanten am späten Nachmittag alle sauber geteilten, fingerdicken Stengel in die notdürftigen Furchen gelegt hatten, war Mr. Langley immer noch nicht da, und so sammelten sie ihre Harken ein und gingen mit dem Maultier zurück in die *Batey*.

Nach der weißglühenden Straße kamen ihnen die Barakken wie Höhlen vor: dunkel und feuchtkalt. Paul fand Ilse mit nassem Haar auf dem Bett sitzen. Sie hatte den Nachmittag am Strand verbracht, mit Renate, Otto und was wie Dutzende junger Männer ausgesehen hatte, die nichts zu tun hatten. Sie holte Paul kaltes Wasser und ein sauberes Hemd. Paul erzählte ihr vom verpatzten Jamswurzelfeld und von dem dreihundert Jahre alten Gedicht des Mystikers Angelus Silesius, das ihm bei der Arbeit durch den Kopf gespukt war. Ilse saß auf dem Bett und schaute zu Paul hoch, der in seiner Unterwäsche und mit erhobenem Kinn wie ein Sänger dastand und das Gedicht vortrug: »Mensch, was du liebst ...«

Er war zugleich überrascht und erfreut, daß Ilse gleich verstand, wie man in das, was man liebte, verwandelt wurde. Er erzählte ihr, wie er auf dem Heimweg vom Feld die letzte Strophe für ein Gedicht gefunden hatte, das er seit Jahren im Kopf hatte.

»Ich weiß sogar noch, wo mir die erste Zeile eingefallen ist. Unten bei der Donau in Fischamend gibt's ein Wegerl ...

Dem anderen Bruder

Ich denke, und du düngst.
Ob deinem Dünkel
Mein Denken
Unbeträchtlich mag erscheinen,
Doch wächst kein Halm aus
Deinen Ackersteinen,«

– Paul schnitt Gesichter. »Ein Wortspiel à la Karl Kraus«, sagte er:

»Der nicht von meinem Denken ward bedacht.
...
Du wirfst die Saat
Und wartest auf den Segen
Getreu wie dir's der Ahnherr übermachte,
Vertrauensvoll, auf Sonnenschein und Regen,
Doch der die ersten Saaten warf, der dachte.

Wir werden, was wir lieben, was wir tun.

Dann kommt diese Sache im Stil des 19. Jahrhunderts.« – Paul sehnte sich auf einmal nach Dolf, der jede Anspielung verstanden hätte und für jeden gelungenen Vers geklatscht hätte. Den Rhythmus mit Handbewegungen wie ein Dirigent unterstreichend, fuhr Paul fort:

»Doch wenn die Schatten, die wir
... warfen ruhn
Die jetzt im Flackerlicht des Seins
... noch schwanken:«

– Paul hob sein Kinn:

»Alsdann wirst du zum Dung –
Ich zum Gedanken.«

Nach dem Abendessen entwischten Paul und Ilse Renate, die sich mit Michel zankte. Sie gingen die Straße hinauf, um sich das Jamswurzelfeld anzuschauen, und Paul redete mit Ilse über Angelus Silesius und Karl Kraus, über Heine und seinen Dichterfreund Dolf. Ilse sagte: »Die Renate hat gesagt, daß du in Sosúa nicht glücklich sein wirst, weil du ein Intellektueller bist.«
»Na, davon versteht sie ja was«, sagte Paul.
Ilse sagte: »Ich wollte ihr erzählen, was du heut' in der Früh gesagt hast, daß intellektuell sein wie durch eine Brille schauen ist. Komisch, wie du mir das erklärt hast, hab' ich alles verstanden, aber ich hab's ihr nicht erklären können. Sie hat nämlich gesagt, du kennst Wien und wirst nie ohne Musik und all das leben können, keine Kultur, keine Bücher.«
»Du kannst der Renate von mir ausrichten, daß ich Wien tatsächlich kenne und daß wir Opfer seiner Kultur und Bücher sind.« Wenn Paul erregt war, erschienen seine Mundmuskeln wie gelähmt, so daß die Anstrengung, mit der er sprach, seine unregelmäßigen Zähne freilegte, was ihn beinahe grausam aussehen ließ. Ilse klammerte sich an seinen Arm, und er hielt sie fest. Durch seine schmerzvoll gepreßten Lippen sagte er: »Es war mein Wien, das sich gegen mich gewandt hat. Es waren meine Bücher.«

In den folgenden Wochen jäteten die Praktikanten Unkraut und warteten auf das Austreiben der Jamswurzeln.

»Godlinger, Sie sollten sich was aufsetzen. Sie bekommen einen Sonnenstich«, sagte Paul.
Godlinger zog ein Taschentuch heraus und legte es sich auf seinen Glatzkopf, der bereits gefährlich rot war, während er plaudernd neben Paul ging und die Harke als Gehstock benutzte. »Sobald ich mein amerikanisches Visum bekomme, eröffne ich ein Pelzgeschäft in Chicago, einen kleinen Familienbetrieb, zusammen mit meinem Bruder. Meine Frau pflegt zu sagen: ›Fremde arbeiten nicht für dich, sondern gegen dich.‹ Sie müssen nicht jedes Kräutl zupfen«, sagte er ungeduldig auf Paul wartend, der sich gebückt hatte, um eine widerborstige Wurzel mit seinen Händen auszureißen. »Eine geschickte Geschäftsfrau, meine Gattin! Sie löst in Wien den Betrieb auf und reist direkt nach Amerika.«
Im März kam eine Gruppe von zwanzig aus der Schweiz. Darunter waren Michels riesige, dicke Mutter und sein Bruder Robert mit seiner Frau und seiner kleinen Tochter.
»Gibt's was Neues? Ist der Hitler endlich tot?« fragten die aus Sosúa.
»Nein, nichts Neues«, sagten die aus der Schweiz.
»Wenn Sie Jamswurzeln brauchen«, sagte Farber zu Mr. Langley, der seine neuen Praktikanten auf das Feld gebracht hatte, das Jesus und sein Partner für sie herrichteten, »ich hab' sehr gute Qualität, schön rosa, die könnt' ich billig an die Dorsa abgeben.«
Unter der ledrigen Hautschicht schien das Gesicht von Mr. Langley der völligen Entgeisterung entgegenzusteuern. »Jamswurzeln ... ist mir nicht bekannt, daß wir mehr davon brauchen.« Dann bekam er festen Boden unter die Füße. »Das nenn' ich Unternehmergeist, Farber, wirklich. Wenn Sie zum Büro rübergehen, sag' ich Mr. Sommerfeld, daß er sich um Sie kümmert.«

»Farber, Farber«, sagte Paul, »wo haben Sie die Jamswurzeln her?«

»Von einem Jam-Farmer, Paul«, sagte Farber. »Ich sag's dir, Paul, das Produkt muß erst erfunden werden, für das ein guter Geschäftsmann keinen Markt findet, und der Markt auch, für den er kein Produkt findet. Schau, Paul, dort, der Godlinger beim Jäten.«

Paul schaute und sah Godlinger, der, die Ärmel an seinen rosa Armen hochgekrempelt und sein Taschentuch unterm Kinn zugebunden, auf seiner Harke lehnte und mit Mr. Langley plauderte. Als sie näher kamen, hörten sie Godlinger sagen: »Mein Bruder ist in Chicago und arbeitet bei einem großen Pelzhändler namens Silverman, kennen Sie den vielleicht?« und Mr. Langley antwortete: »Ich bin aus Texas«, in reinstem Frankfurter Deutsch.

»Mr. Langley, warten Sie bitte«, sagte Paul, als Mr. Langley sich auf sein Pferd schwang. »Ich hab' zwar in Wien und England ein wenig Erfahrung sammeln können, aber meine Agrarkenntnisse sind notgedrungen beschränkt und auf jeden Fall nicht geeignet für diese Frucht und den Boden und die Temperaturen.« Er sprach mit der ausweichenden Höflichkeit, die er sich in Wien gegenüber seinen Professoren angewöhnt hatte. »Sir, wenn Sie mir die Bemerkung gestatten, würde uns eine Einführung in gewisse Grundkenntnisse bestimmt nicht schaden. Wie lange dauert es etwa, bis die Jamswurzel austreibt?«

Mr. Langley schirmte seine Augen gegen die Sonne und schaute zu Jesús und seinem Partner, die das nächste Feld säuberten für eine Gruppe, die aus Italien erwartet wurde. Er sagte: »Wie lange es dauert, bis die Jamswurzel austreibt, hängt natürlich davon ab, wie Sie schon sagten, vom Boden und von den Temperaturen … Wir

reden darüber, wenn ich aus Puerto Plata zurück bin. Zwei meiner Zuchtbullen kommen heute aus den Vereinigten Staaten.«
»Mr. Langley, noch etwas, Sir«, sagte Paul, der sehr schnell redete, weil er merkte, daß Mr. Langley darauf brannte, von ihm wegzukommen. »Wie stehen die Chancen für ein Visum für meine Eltern?«
»Darüber müssen Sie mit Mr. Sommerfeld reden«, sagte Mr. Langley, während er das Pferd in Bewegung setzte. »Das ist seine Sache.«
»Was singt der Schwarze?« fragte Farber Paul. »Komm schon, Professor, du und die Ilse, ihr habt doch die Köpfe immer in dem Spanischbuch. Was singt er da?«
Paul hörte dem singenden Jesús zu, der im Rhythmus hinter seiner Machete stapfte:

»¿Dónde está Pedro?
Ya no le veo.
Ya me parece
Que me tiene miedo.«

Paul übersetzte:

»Wo ist denn der Pedro?
Ich seh' ihn nicht mehr.
Ich glaub' fast,
Der hat Angst vor mir.«

»Frag ihn. Vielleicht weiß er, wann die Jamswurzeln austreiben«, sagte Farber.
Paul redete mit den Dominikanern im Nachbarfeld und berichtete an Farber. »Er sagt, sie wären vor zwei Wochen herausgekommen, wenn wir die Blätter und Schößlinge

nicht abgerissen hätten. Aber er ist doch dort gestanden und hat uns von der Straße her zugeschaut. Warum hat er uns nichts gesagt?«
Jesús sagte: »Sie kommen heraus, eine Woche früher, eine Woche später.«
»Warum sagt uns der Langley das nicht?« schrie Paul, den die Wut packte.
»El Señor Langley no sabe nada«, sagte Jesús. »Der weiß nichts. Er kennt sich nur bei Bullen und Kühen aus.«
Sie machten sich wieder an die Arbeit. Jesús stapfte hinter seiner Machete und sang:

»El Señor Langley
El no sabe nada
Ya me parece
Que él tiene miedo.«

Mr. Langleys zwei preisgekrönte Prachtbullen waren angekommen und im Korral. Einer erholte sich nicht mehr von seiner Seekrankheit und starb, aber der andere kam zum Einsatz, um den Viehstock in Sosúa zu veredeln.
Die »Schweizer« hatten Farbers Jamswurzeln eingesetzt und fingen mit dem Jäten an.
Die »Engländer« jäteten noch immer ihr Feld mit Jamswurzeln, die, wie von Jesus prophezeit, ausgetrieben hatten, bis Jesús von der Straße her sagte: »Das können Sie lassen. Die Jamswurzel ist zäh und tötet das Unkraut nach kurzer Zeit selber ab.«
»He, Paul, das sagen wir den ›Schweizern‹ aber nicht«, sagte Farber. »Es ist nicht gut für ihre Arbeitsmoral, wenn sie nichts zu tun haben.«

Inzwischen gesellten sich die »Engländer« zu den Faulenzern in der *Batey*. Paul und Ilse verbrachten die heißen Nachmittage unten am Strand. Sie lernten Spanisch. Sie schwammen. Renate, Michel, Otto und die jungen Männer, die nichts zu tun hatten, schmissen sich in die leichte Brandung oder saßen in der Sonne und erzählten Witze und sangen alte Studentenlieder mit neuen derben Texten, oder sie raunzten.
»Sosúa, so ein Graus«, sagten sie. »Wenn die amerikanische Quote nur schneller käme.«
»Dieser Langley«, sagten sie, »mit seinem falschen amerikanischen Akzent. Ein Frankfurter ist der.«
Sie sagten: »Dieser Sommerfeld, was glaubt er denn, wer er ist? Läßt uns die Baracken anstreichen. Hat er keine Schwarzen dafür?«
»Der Sommerfeld weiß schon, was er tut. Er hat nicht einmal einen Monat gebraucht, um die ›Deutschen‹ bei der Laguna anzusiedeln, damit er seinen reichen Amerikanern und seinen wichtigen dominikanischen Freunden zeigen kann, was für ein Tausendsassa er ist, aber in den letzten acht Monaten ist niemand angesiedelt worden.«
»Wenn erst einmal alle angesiedelt sind, hat der Sommerfeld ja keine Arbeit mehr. Der ist ja nicht blöd.«
»Der Sommerfeld ist bestimmt nicht blöd«, sagte Paul, »und er verfügt schon gern über andere. Aber überlegt doch, was das für eine Aufgabe ist: dreihundert jüdische Städter auf unberührtem Boden auf einer tropischen Insel anzusiedeln!«
»Du denkst zuviel, Professor«, sagte jemand.
»Paul, möchtest du unser Vertreter im Siedlerrat werden?« fragte Otto.
»Danke, lieber nicht. In die Politik will ich nicht.«
»Es ist heiß«, sagte jemand. »Gehen wir reiten.«

Paul und Ilse sahen die jungen Leute auf dem felsigen Steig über die Klippen hinaufkraxeln und bald darauf Godlinger herunterrutschen.
Godlinger sagte: »Ich hab' den ganzen Tag bei der Verwaltung gewartet, aber der Sommerfeld hat keine Zeit für mich gehabt. Ich soll's morgen wieder probieren. Habt ihr gehört, was die ›Italiener‹ erzählt haben von den neuen Pogromen in Wien? Sie sagen, jetzt holen sie schon die Frauen ab. Der Sommerfeld soll meine Frau herbringen.«
»Ich war letzte Woche bei ihm wegen einem Visum für meine Eltern«, sagte Paul. »Er hat mir eine zwei Seiten lange Liste gezeigt, alle wollen ein Visum für ihre Verwandten.«
»Ich soll's morgen wieder probieren«, sagte Godlinger. Er wurde still. Er hatte seinen Kopf mit dem unterm Kinn zugebundenen Taschentuch auf einen Sandpolster gebettet. Sein Mund fiel auf, und seine Mundwinkel hingen irgendwie einsam nach unten, als er friedlich unter der Sonne einschlief.
Das Jamswurzelfeld war bedeckt mit einem Meer von grünen Blättern und rosa Blüten. Paul führte Ilse zu den anschwellenden Knollen, die die Erde aufrissen, und weil der Abend lieblich war, gingen sie weiter in Richtung Einheimischendorf. Bald fing Ilse zu zittern an. »Hinter uns geht jemand.«
Paul schaute zurück. »Es ist Jesús, Ilselein. Hallo, Jesús, cómo está? Ich hab' meiner Frau gezeigt, wie die Jamswurzeln wachsen.« Paul fiel in Gleichschritt mit dem Dominikaner und wollte Spanisch üben. »Wie lang braucht die Jamswurzel, bis sie ihre volle Größe erreicht hat?«
»Fünf Monate, dann sind sie sehr groß«, sagte Jesús. »Aber wenn ich der Señor wäre, würde ich sie jetzt ernten. Wenn sie aus dem Boden schauen, werden sie gern gestohlen.

Ich wünsche Ihnen und der Señora eine gute Nacht.« Jesús lüftete den Hut zum Gruß und marschierte davon, so daß sie seinen Rücken sahen, der sich in der schwindenden Helligkeit vom Meer abhob. Seine Taschen waren ausgebeult, und zwar unverkennbar jamswurzelförmig.

Im Mai bestätigte Erich Marchfeld, ein Wiener Arzt, für den die Dorsa ein behelfsmäßiges Krankenhaus eingerichtet hatte, daß Ilse schwanger war. Sie war glücklich und nervös. Paul war ganz sanft. Er besorgte einen Extrapolster von der Dorsa für ihre Füße. Er zeichnete Diagramme auf ein Blatt Papier, um zu erklären, wie ihr Bauch wuchs und warum ihr schlecht wurde.
Die Aussicht auf ein Baby in der »Badekabine«, gepaart mit der Tatsache, daß es in Sosúa kein gezieltes Trainingsprogramm gab, ließen Paul um die Zuteilung einer *Homestead*-Farm ansuchen. Michel und Otto schlossen sich an. Michel war Feuer und Flamme, weil Renate ihn erst heiraten wollte, wenn sie sich niedergelassen hatten; sie hatte gesagt: »Warum sollen wir in die Baracken ziehen, wenn wir dann erst wieder umsiedeln müssen!« Otto stellte Phantasielisten über ihren geschätzten Bedarf zusammen, und Paul fand sich sowohl als Gruppenleiter als auch als Tatsachenverfechter wieder. In der zweiten Woche trug die Gruppe Steiner, wie sie nun genannt wurden, ihre Anträge zur Dorsa. Sie baten um fünf Kühe und ein Pferd für jede Familie, ein Maultier für die Gruppe, Hühner und Schweine und ein zweirädriges Wagerl, einen Geräteschuppen, ein Lager für den Dünger, Samen und Sämlinge, eine Melkhütte und drei Häuser.
»Eine fachmännische Liste«, sagte Direktor Sommerfeld. Er war ein älterer Amerikaner polnischer Abstammung, ein kleiner, häßlicher Mann mit einem großen Kopf, der zer-

knittert war wie der eines Bluthunds, mit feuchten kleinen Augen und schlaff herabhängender Unterlippe. Die drei Männer standen vor seinem Schreibtisch auf dem Teppich im Chefzimmer. Es war sehr sonnig und still. Paul schaute zum Direktor, der ihre Liste Posten für Posten mit dem Bleistift durchging. Als Sommerfeld aufschaute, sagte er: »Wir stellen in Buena Vista zwei Häuser auf«, und Paul war fast schlecht vor Aufregung und Zweifel, wenn er daran dachte, daß er kurz davor stand, seine eigene Farm zu bewirtschaften. »Aber, wie ich sehe«, fuhr der Direktor fort, »suchen Sie für eine Farm mit drei Häusern an.«
»Wir haben alles besprochen, Sir«, sagte Paul. »Der Michel muß für seine Mutter sorgen, aber der Otto könnte vorläufig bei meiner Frau und mir wohnen.«
Direktor Sommerfeld nickte mit seinem großen Kopf und notierte etwas am Rand. »Und wer sagt, daß wir kein drittes Haus bauen können, hm?« sagte er und hob sein durch das liebenswürdigste Lächeln verändertes Gesicht.
Paul sagte: »Sir, ich möchte noch erwähnen, daß ich ein klein wenig landwirtschaftliche Erfahrung mitbringe, sechs Wochen Training auf einer *Hachschara* in Wien und fast ein Jahr Praxis in England, aber ich weiß natürlich, daß das gerade einmal für den Anfang reicht.«
»Ein Anfang, ja, das ist gut gesagt. Das ist es, was wir hier alle versuchen, meine Freunde«, sagte der Direktor. »Ein bitterschwerer Anfang. Ich möchte das noch mit Mr. Langley besprechen, ich weiß nicht, wie's mit dem Viehbestand aussieht. Sie hören von mir. Guten Tag, meine Herren.«
Die drei Männer verbeugten sich und wandten sich der Tür zu, die von außen aufging, um einen Packesel mit einem Mann namens Halsmann von der Laguna-Siedlung hereinzulassen. Er ritt vor bis zum Schreibtisch, leerte einen Korb voller Tomaten aus und schrie: »Die schenk'

ich der Dorsa! Ich hab' fünf Monate gebraucht, um die Tomaten hochzuziehen, und Ihre Küche kauft mir nichts ab, weil sie ihre Tomaten vom Dorsa-*Colmado* bezieht, und der Laden bezieht seine Tomaten aus Puerto Plata.« Er zog den Kopf seines Esels herum, als wolle er einen Araberhengst in Galopp setzen, und trottete mit dem kleinen Vieh durch das Vorzimmer und zur Haustür hinaus. Die Gruppe Steiner war auf Knien hinter den herumkugelnden Tomaten her, aber Paul sagte, daß er Direktor Sommerfeld verstohlen beobachtet habe und daß dieser keineswegs betreten wirkte, als er Esel und Reiter durchs Fenster nachschaute, mit offenem Mund wie ein neugieriges Kind.
Im Juli beschloß Paul, Sommerfeld an das Visum für seine Eltern zu erinnern – gleichermaßen besorgt, lästig zu werden, als auch, in Vergessenheit zu geraten. Er ging zum Verwaltungsgebäude, wo er Godlinger schon im Vorzimmer sitzen sah. Nach kurzer Zeit kam Sommerfeld auf dem Weg in sein Büro durch und sagte: »Godlinger, Sie werden mir noch zum Einrichtungsgegenstand. Ich hab' heute keine Zeit für Sie. Ich erwarte Señor Rodriguez, den Vertreter unseres sogenannten Wohltäters, aus Ciudad Trujillo. Paul Steiner, mein Freund!« rief er meinem erstaunten Onkel höchst freundlich zu. »Und wie geht's unserer werdenden Mutter? Wir müssen uns um Eure Heimstätte kümmern, bevor der kleine Stammhalter da ist!«
»Wenn Sie so gut wären, Sir«, sagte Paul. »Aber heute wollte ich eigentlich fragen, ob es in der Zwischenzeit vielleicht eine Möglichkeit gibt, meine Eltern aus Österreich herauszubringen.«
»Und meine Frau«, sagte Godlinger.
»Sagen Sie, Godlinger, Sie waren in Wien Kürschner, nicht wahr?«

»Ja, Herr Direktor, Pelzhandel Godlinger am Ring, vielleicht haben Sie davon gehört. Ich hab' die Pelze gefertigt, und meine Frau war im Geschäft. Ich hab' einen Bruder im Pelzhandel in Chicago.«
»Und dort wollen Sie auch hin, nicht wahr?«
Goldingers Gesicht strahlte vor Freude. »Mr. Sommerfeld, wenn das ginge ...«
»Und ich gehe weiters davon aus, Godlinger, daß Sie es für Zeitverschwendung halten, wenn ein Pelzhändler sich als Farmer übt! Und Sie haben wahrscheinlich kein Interesse, in Sosúa etwas zu tun, weil Sie ja Ihr Glück in den Staaten versuchen wollen, nicht wahr? Ich frage Sie nun, Godlinger, warum, glauben Sie, sollte die Dorsa für Sie etwas tun? Wenn es in meiner Macht stünde, was natürlich nicht der Fall ist, irgend jemanden herzuholen, würde ich Steiners Verwandte herholen, der ein schönes Stück Arbeit auf dem Feld leistet, anstatt hier im Büro herumzusitzen. Rodriguez, mein lieber Freund!« rief Sommerfeld. Er wandte sein liebenswürdiges Lächeln an den großen, eleganten Dominikaner, der in der Haustür stand. »Hereinspaziert, herzlich willkommen in Sosúa. Ich möchte Ihnen zwei unserer Siedler vorstellen: Godlinger und Steiner. Wir haben gerade über das Visum für ihre Familien gesprochen, die immer noch in Deutschland sind – eine der Angelegenheiten, von denen ich Sie gern überzeugen möchte, damit Sie das dem Präsidenten vorbringen, der ja unser guter, großer Wohltäter ist.« Er nahm seinen Besucher beim Ellbogen und manövrierte ihn in sein Büro.
Am Abend wurden die zwei Männer gesehen, als sie im Dorsa-Jeep an einer Magnumflasche Champagner nuckelnd nach Puerto Plata fuhren, wo sie die Nacht verbrachten. Nachdem Señor Rodriguez wieder in die Hauptstadt zurückgefahren war, dauerte es kaum eine Woche,

da kamen Briefe von der Präsidentschaftskanzlei mit diversen Zusagen, unter anderem für die zwei Wagenladungen Bauholz, die der Bauabteilung zuvor abgepreßt worden waren, und dreißig Visa für die Verwandten der Sosuaner. Diese verteilte Direktor Sommerfeld nach einem System, das allein ihm bekannt war. Godlinger und Paul bekamen keins, und Halsmann aus der Laguna-Siedlung nur eins, obwohl er sich um seine eigenen Eltern und die seiner Frau sorgte. Die Leute aus der Laguna berichteten, daß nachts hysterisches Geheul aus Halsmanns schindelverkleidetem Haus kam.

In der zweiten Augustwoche kam ein Stoß Rotkreuzbriefe. Farber sah Paul beim Lesen des vertrauten Fünfundzwanzig-Wort-Schreibens und fragte: »Ist der Hitler endlich tot?«

»Nein, aber zumindest am 28. haben meine Eltern noch gelebt«, sagte Paul. Sie saßen bei Bockmann. Bockmann hatte begonnen, Kaffee und die selbstgemachten Torten seiner Frau auf der Wiese hinter seinem Haus zu verkaufen.

Dr. Marchfeld kam dazu und sagte: »Der Max Godlinger ist in meinem Krankenhaus. Er hat erfahren, daß seine Frau deportiert worden ist, und ist völlig zusammengebrochen. Er sagt dauernd, daß er am Feld nicht hart genug gearbeitet hat.«

»Lieber Gott«, sagte Paul, »das kann ich erklären ...«

In der Woche verzeichnete Sosúa den ersten Selbstmord. Einer der jungen Männer erhängte sich in seinem Zimmer in der Junggesellenbaracke und eröffnete den Dorffriedhof auf dem Hügel hinter Buena Vista.

Am ersten September hörte Michel Brauner von Susi, der kleinen Tochter seines Bruders Robert, die es von Hansi Neumann aus der Schule hatte, daß die Neumanns die

Homestead Buena Vista kriegen würden. Die Gruppe Steiner suchte Direktor Sommerfeld in seinem Büro auf.
»Was wollen Sie?« sagte Sommerfeld. »Sie haben eine Farm mit drei Häusern beantragt, und in Buena Vista gibt es nur zwei.«
»Aber wir haben das besprochen, Sir«, sagte Paul. »Wissen Sie das nicht mehr? Wir haben doch ausgemacht, daß wir auch mit zwei Häusern auskommen. Sie hatten das notiert.«
»Notiert? Wo? Ich seh' keine Notiz! Auf Ihrer Liste steht, drei Häuser. Sehen Sie selbst. Ihre Gruppe ist zu groß für Buena Vista.«
»Sir, was ist mit den Häusern, die in Barosa gebaut werden?«
»Ihre Gruppe ist zu klein für Barosa. Da kommt die große Schweizer Gruppe hin.«
»Aber die sind doch nach uns gekommen«, sagte Michel. »Das ist nicht fair!«
Sommerfeld studierte ihre Liste noch einmal. »Hier steht, daß Steiner sechs Wochen Training in Wien hatte«, sagte er.
»In einem *Hachschara*, Sir.«
»Und das macht Sie zum Experten.«
»Er hat ein Jahr Praxis in England«, sagte Otto bestürzt.
»Wie ich schon sagte, es reicht gerade einmal für den Anfang«, sagte Paul gleichzeitig.
»Weil Sie sechs Wochen in einem *Hachschara* waren, halten Sie es wohl für überflüssig, von unserem Trainingsprogramm hier Gebrauch zu machen. Ich hab' mit Mr. Langley gesprochen, und er sagt, Sie haben Jamswurzeln angepflanzt. Sie sind im Februar gekommen. Jetzt ist September, und Sie haben Jamswurzeln angepflanzt. Gehen Sie, meine Freunde, und lernen Sie was. Lernen Sie! Kommen

Sie wieder, wenn Sie soweit sind, und *dann* reden wir über eine *Homestead*.«

Es war November. Die Regenzeit war da. Ilse blieb in der »Badekabine« und »brütete«, wie Paul sagte, während er seinen Regenmantel anzog und zum Siedlerrat ging. Er war dann doch zu einem der drei Vertreter gewählt worden, und zwar als Verbindungsmann zwischen den Siedlern und der Verwaltung.
Die Vollversammlung wurde im Speisesaal neben einer der Küchen abgehalten, und die Stimmung erging sich in allgemeinen Klagen. Halsmann hatte zwei Kühe verloren, weil sie seine Weiden in der Dürreperiode vor der Regenzeit kahlgegrast hatten. Er klagte, daß Mr. Langley landauf und landab ritt und Rinder für die große Schweizer *Homestead* zusammenkaufte, so daß die Schwarzen Phantasiepreise verlangten, wenn die Laguna-Leute mit ihren schwer verdienten Pennies kamen. »Die sagen: ›Der Americano zahlt das auch‹, aber wenn *wir* für drei lausige Kühe zur Dorsa kommen, ist kein Geld mehr da. Und unsere ehrenwerten Herren Vertreter, die sich um unsere Interessen kümmern sollen, sind damit beschäftigt, mit Sommerfeld über Tische und Stühle für diesen Bockmann da zu verhandeln, damit er sein Café in der *Batey* aufmachen kann ...«
»Hören Sie, Halsmann, Sie Großmaul«, sagte Bockmann, der hochschnellte, als schleudere er sein großes mildes Gesicht durch die Länge des Raums in das rote, erzürnte Antlitz des anderen Mannes. »Ich hab' einmal das beste Kaffeehaus im Prater gehabt, und die Nazis haben's mir weggenommen, sie haben mich nach Theresienstadt geschickt und meinen Ältesten nach Polen, und jetzt soll es zu viel sein, wenn ich fünf Tische und zwanzig Sessel kriege, um sie hinter meinem Haus aufzustellen?!«

»Mir haben Sie mein Schlachthaus weggenommen«, sagte Halsmann, »halb Frankfurt hab' ich beliefert, und jetzt soll es zu viel sein, wenn die Dorsa mir drei lausige Kühe gibt?!«

»Sie haben drei Kühe gekriegt, Halsmann. Und dann noch einmal sechs. Neun Stück«, sagte Otto Becker. »Ich hab' im Büro gearbeitet. Ich weiß genau, wie viele Kühe Sie gekriegt haben.«

»Lassen Sie sich das gesagt sein«, sagte Bockmann, »wenn ich meine Tische und Sessel hab', verlang' ich nichts mehr. *Ich* weiß nämlich, wie man ein Kaffeehaus führt.«

»Damit die Leute in der *Batey* noch bequemer auf ihren fetten Hinterteilen sitzen können«, sagte Neumann, der vor kurzem nach Buena Vista gezogen war und krank aussah vor Sorge und Schufterei.

»Und die da, erlauben Sie, lassen *ihre* Mütter und *ihre* Brüder herbringen!« schrie Halsmann und schaute zum kleinen Michel Brauner, der dunkelrot anlief. Und ich, der ich seit zwei Jahren jeden Tag dreißig Stunden und mehr schufte, bekomme kein Visum für die Eltern meiner Frau!«

Dr. Marchfeld meldete sich mit kühler, ruhiger Stimme, ohne sich von seinem Sessel zu erheben. »Und Sie heißen Sommerfelds Vorgangsweise gut. Sollen die, die das Pech gehabt haben, bis jetzt noch nicht angesiedelt worden zu sein, auch noch bestraft werden, indem man ihnen die Rettung ihrer nächsten Verwandten abschlägt? Ich möchte Sie daran erinnern, daß es diese Methode war, die den Godlinger um den Verstand gebracht hat.«

Paul, der von einem zum anderen geschaut hatte, stand auf. »Meine Herren, wenn Sie mir eine Bemerkung gestatten«, sagte er.

»Ja, ja, Steiner«, sagte Halsmann. »Sie werden uns jetzt alles erklären.« Paul hatte das Gefühl, daß seine Gedanken so angenehm klar waren und die Worte so leicht, daß er lachen mußte. »Halsmann«, sagte er, »warten Sie ein bißchen. Lassen Sie mich was sagen. Wenn ich mich nicht irre, ging es darum, ob die Dorsa, die die Rinderpreise verursacht hat, die zu hoch für Herrn Halsmanns Geldbörsel sind – das nun aus eigenem Verschulden oder auch nicht leer ist –, dem Halsmann drei weitere lausige Kühe zuteilen soll oder nicht. Nun, durch Unaufmerksamkeit, nehme ich an, hab' ich den Faden verloren. Mir scheint, daß wir jetzt diskutieren, inwieweit der Halsmann für die Deportation von Herrn Godlingers Gattin verantwortlich ist ...« Durch die Runde blickend, sah Paul, daß er die Aufmerksamkeit der Versammlung hatte. Nachher legte Otto Becker seinen Arm um Paul, als sie in den Regen hinausgingen, der immer noch mit gleichmäßiger Heftigkeit niederging. »Denen hast du's aber gegeben, Professor.«

»Das alte Großmaul Steiner, hm?« sagte Paul und lachte. Er freute sich schon darauf, Ilse zu erzählen, wie er die Versammlung übernommen hatte, denn da hatte er nun endlich etwas, was er gut konnte.

Ilse lag auf dem Bett in der Baracke.

»Bist du krank?« fragte Paul

»Nein, aber wenn man in der ›Badekabine‹ nichts Bestimmtes macht, kann man eigentlich nur ins Bett gehen, besonders, wenn's draußen regnet. Die Renate war den ganzen Nachmittag da. Sie hat sich vom Michel getrennt.«

»Armer alter Michel«, sagte Paul. »Der hat's heute von allen Seiten gekriegt. In der Versammlung hat ihn der Halsmann sekkiert. Was hat die Renate für Ausreden?«

»Sie sagt, in Berlin hat der Michel Arzt werden wollen, aber jetzt wird er gar nix mehr, und sie weiß nicht, warum

sie ihn überhaupt heiraten hat wollen. Aber er tut ihr leid. Sie hat geweint.«
»Nun, wenn sie ihre Augen getrocknet hat«, sagte Paul, »kann sie den Otto heiraten.«
»Sie sagt, der Otto ist kein Intellektueller.«
»Die arme Renate, da hat sie Kultur verschlungen und jetzt weiß sie nicht, wie das mit dem Verdauen geht.«
»Dich mag sie, weißt du«, sagte Ilse.
»Mich!«
»Ich war schrecklich zu ihr«, sagte Ilse. »Ich hab' früher gern mit ihr über Freunde und sowas geredet, aber heute hab' ich die ganze Zeit gedacht, daß sie vom Bett aufstehen soll, damit ich deine Hemden zusammenlegen kann. Schau, ich hab' Stöße mit langärmeligen gemacht und Stöße mit kurzärmeligen, und im Koffer ist jetzt noch Platz für die Babysachen. Und fällt dir gar nichts auf? Ich hab' die Möbel umgestellt. Der Waschtisch ist jetzt da, wo vorher der Sessel war, und der Sessel am Platz vom Waschtisch. Findest du nicht, daß der Raum größer wirkt?«
In jenem Jahr verhielten sich die Jahreszeiten unnatürlich. Im Dezember hörte der Regen auf, und es folgte eine intensive Hitzewelle. Mr. Langley fing an, Viehzucht zu unterrichten. Paul kam von den sonnengeplagten Feldern heim und fand Ilse auf dem Bett liegen und ängstlich weinen. Sie sagte, sie habe geblutet. »Armer Pauli«, sagte sie, »du schaust so erschöpft aus, und jetzt mach' ich dir auch noch Sorgen.«
»Ilselein, ich bin nur müde, du machst mir keine Sorgen. Wo ist das Diagramm, das ich für dich gemacht hab'? Weißt du noch, wie der Bauch sich senkt?«
Ilse sagte: »Erzähl mir davon, wie du das erste Mal ein Kind auf die Welt kommen gesehen hast.«

»Gut, leg dich zurück.« Er erzählte ihr noch einmal über die erste Entbindung, bei der er als Medizinstudent dabei war. Anwesend waren die Frau in den Wehen, der Arzt, die Krankenschwester und der Medizinstudent Paul Steiner – vier Leute in einem Raum. Und bald darauf war das Baby heraußen, und sie waren zu fünft.
Am nächsten Tag machte Paul beim Krankenhaus halt. Dr. Marchfeld sagte: »Paul, du bist ja ganz grün.«
»Ja, Sie auch! Ich tu' der Ilse schon leid, dabei bin ich nur müde. Haben Sie schon einmal versucht, sechs Kälber zusammenzupferchen, die lieber bei ihren Muttertieren wären? Ich hab' gedacht, ich gewöhne mich schon an die Hitze, aber heuer ist es sogar noch schlimmer. Außerdem haben wir letzte Nacht kein Auge zugetan. Deshalb bin ich auch da, Erich, warum blutet die Ilse?«
»Also gut, Herr Kollege. Was sagt Ihnen eine Blutung im letzten Schwangerschaftsmonat?«
»Placenta praevia«, sagte Paul mit der winzigen Befriedigung, die jemand hat, wenn er seine Papiere ordnungsgemäß vorlegen kann. Gleichzeitig stieg langsam Panik zwischen seinen Schulterblättern auf. »Sollen wir sie besser ins Krankenhaus nach Puerto Plata bringen? Dort ist sie sicher besser aufgehoben.«
»Natürlich wäre das besser, aber unter den gegebenen Umständen möchte ich es nicht riskieren, daß die Wehen auf dieser teuflischen Straße einsetzen. Wir behalten sie da im Auge.«
Paul fand Ilse in ihrem Zimmer, wo sie ängstlich wimmerte. Er holte den Arzt im Laufschritt, aber als sie in die Baracke kamen, spritze Ilses Blut bereits in einem Schwall heraus, und das Neugeborene war erstickt, weil die Gebärmutter gerissen war und es nicht mehr genug Sauerstoff bekommen hatte.

»Armer Pauli«, sagte Ilse.
»Niemand ist arm«, sagte der Arzt. »Paul, setz dich auf den Sessel da, und du, Ilse, leg den Kopf zurück.« Er sprach so forsch, daß Paul in einem Anflug wilder Hoffnung aufschaute, aber das Gesicht des Arztes war dunkelrot, Schweißperlen standen auf seiner Stirn.
Paul saß die ganze Nacht neben Ilses Kopf. Er massierte ihre Hand. Ihr Gesicht war teigig und fleckig, ihre Augen groß und schwarz umrandet. Sie sagte: »Ach, Pauli, leg dich doch ein bißchen hin, bitte.«
»Mach dir um mich keine Sorgen, das ist ermüdender als alles andere!«
Sie schaute stutzig, aber dann war sie still, und er muß seine Augen zugemacht haben, denn als er aufwachte, sah er Dr. Marchfeld ein Handtuch zusammenlegen.
Der Arzt sagte: »Paul, sie ist tot. Geh dich waschen.«
Paul sagte: »Ich hab' sie angeschrien. Ich wollt' doch nur noch einmal mit ihr reden.«
Der Arzt sagte: »Ich hab' sie ins Krankenhaus hinübergebracht. Zieh ein sauberes Hemd an. Komm.«
»Ich hab' doch nur mit ihr reden wollen«, sagte Paul.
Dr. Marchfeld dirigierte ihn in den Waschraum.
Unter der Dusche wachte Paul auf. Sein Kopf war ganz klar. Er spürte sogar, wie angenehm das saubere Baumwollhemd auf seiner frisch getrockneten Haut lag, und er sah bereits, wie er in Zukunft leben würde – ganz normal in seinen Taten und Wahrnehmungen und ohne jede innere Regung.
Paul packte gerade ein paar Sachen in den Koffer weg, als Otto hereinkam. »Dieser verfluchte Quacksalber!« sagte Otto und fing an zu weinen.
Paul nahm ein Blatt Papier und zog eine Linie in einem nicht vorhandenen Diagramm. »Es ist komplizierter als

eine falsche Diagnose oder eine fehlerhafte Behandlung«, sagte Paul. »Ich weiß das. Ich war Medizinstudent. Ich hab' Ärzte sagen gehört, ›wenn das bloß eintritt‹« – er kreuzte mit einer Linie seinen Zeitvektor –, »›bevor das passiert‹« –, er machte die Linie länger –, »›da sind die fünf Minuten, in denen ich ein Leben retten kann.‹«
»Verteidig ihn nicht auch noch«, sagte Otto. »Ich hab' dir Kaffee gebracht.«
»Nein, danke«, sagte Paul.
»Komm schon, trink einen Schluck«, sagte Otto und schaute so verzweifelt, daß Paul sagte: »Gut, trinken wir ihn gemeinsam. Auf dem Waschtisch stehen zwei Gläser.«
Otto blieb eine Woche bei Paul; untertags ging er seinen Geschäften nach, und abends kam er mit Neuigkeiten aus Sosúa zurück. Frau Halsmann hatte ihren Mann verlassen und war in die *Batey* gezogen. Unter den Neuen, die aus Luxemburg angekommen waren, gab es eine, die Sarah Hankel hieß und fast nicht mitgenommen worden wäre, weil sie dort, wo auf dem Ausreiseantrag »Beruf« steht, »Prostituierte« hingeschrieben hatte, und der Beamte hatte sie das Formular zerreißen und ein neues ausfüllen lassen. Zwei der Männer waren aus dem Konzentrationslager geflüchtet, und Otto erzählte Paul die Geschichten, die sie erzählten, die damals noch neu waren. Am nächsten Tag in der Früh ging Paul wegen des Visums für seine Eltern zu Sommerfeld und zögerte nicht, die Tragödie, die sich gerade in seinem Leben abgespielt hatte, als Druckmittel einzusetzen.

Die Nachricht, daß Pauls junge Frau gestorben war, erreichte uns in England. Sie traf ins Schwarze meiner unzufriedenen Jugend, mitten in meinen Traum von der Liebe.

Ich hatte solche Ehrfurcht vor diesem Paul, der die Liebe besessen und verloren hatte, daß es Jahre dauerte, bis ich mich traute, ihm zu schreiben.

Paul antwortete mit einem ungewöhnlichen Brief, den er wieder in der dritten Person schrieb, als spreche er von jemand anderem, über »zwei junge Menschen, eingesponnen in ihrem Kokon der Leidenschaft und der Pionierträume, in einer explodierenden Welt; es war zu phantastisch, um wahr zu sein«. Und als dieses Kapitel von Liebe und Zärtlichkeit vorbei war, blieb Paul nüchtern und gefühllos zurück. Er wußte, daß er nicht sterben durfte, weil seine Eltern noch in Wien waren und ohne seine Hilfe verloren gewesen wären, und das hieß unaufhörliche Bittstellerei bei der Dorsa, für wer weiß wie lange. Das wußte er mit klarem Kopf und totem Herzen.

Meine Großeltern kamen erst im September des nächsten Jahres nach Sosúa. Meine Großmutter, damals eine kranke Frau, wurde auf einer Bahre vom Schiff getragen. Paul erbat sich extra einen dreieckigen Polster von der Dorsa, damit meine Großmutter durch die schlaflosen Nächte aufrecht sitzen konnte. Er massierte ihre Füße und brachte ihr dreimal am Tag etwas aus der Dorfküche, das meine Großmutter, die selbst eine wunderbare und kritische Köchin war, nicht essen konnte. Sie war überzeugt, daß Pauls Magenverstimmungen vom in der Küche verwendeten Öl kamen. Paul sah, daß sie ein eigenes Haus brauchten. Er wachte aus der Lethargie auf, in der er ein Jahr lang gelebt hatte, und brachte die vernachlässigte Gruppe Steiner auf Vordermann. Nachdem Renate und Otto geheiratet hatten, war Michel ausgeschieden, aber sein älterer Bruder Robert wollte weg von der großen Schweizer Gruppe und machte bei ihnen mit.

Meine Großmutter war total dagegen. »Was soll der Paul

als Bauer? Er ist nie gut mit den Händen gewesen. Schaut ihn an, der ist nicht stark genug!«

»Ich schau' immer verhungert aus, Muttilein. Mir geht's schon viel besser.«

»Wir sollten in die Stadt und ein kleines Geschäft aufmachen, wie in Fischamend«, sagte meine Großmutter.

»Nein«, sagte Paul. »Nein und abermals nein. Kein kleines Geschäft.«

Die Gruppe kam ohne Hoffnung von ihrer Unterredung mit Sommerfeld zurück. Seit Amerika in den Krieg eingetreten war, gab es in Sosúa praktisch keine Bautätigkeit mehr. Geld war ebenso Mangelware wie Baustoffe jeder Art. Paul und mein Großvater fingen im Dorsa-Magazin zu arbeiten an. Meine Großmutter, inzwischen wieder gesund, stritt mit Renate und weigerte sich, mit Frau Halsmann zu sprechen, weil sie eine Affäre mit einem der Burschen aus der Junggesellenbaracke hatte, der elf Jahre jünger war als sie. Als die *Homestead* in Ferrocarril endlich stand und der Gruppe Steiner angeboten wurde, war es Frühling 1944.

In den mittleren Kriegsjahren wurde Sosúa wirtschaftlich in das übrige Land eingegliedert. Die Ernten waren beachtlich, und die Rinder aus Sosúa – Mr. Langleys Preisbullenjunge – erzielten gute Marktpreise, die durch die Kriegsknappheit ohnehin schon hoch waren. Es gab einen Boom für Davidsterne aus Schildpatt, nachdem Farber die Greißlerei, die er jetzt führte, damit bestückt hatte und seiner neuen dominikanischen Frau einen zum Umhängen gegeben hatte, als sie ihr Dorf besuchen ging. Sein ehemaliger Partner im Schildpattgeschäft blieb auf seinem Vorrat an Schildpattkreuzen sitzen, die er für den dominikanischen Markt vorgesehen hatte. Die beiden redeten eine Weile nicht mehr miteinander. Die Milchgenossenschaft brachte allen Profite, außer meiner Großmutter, der es verboten worden war, die Butter und den Hüttenkäse zu verkaufen, die sie in ihrer eigenen Küche machte, und wenn sie zu Bockmann ins Kaffeehaus ging, der nun abends warme Wiener Küche und eine einfache Kegelbahn hatte, saß sie am Ecktisch und redete mit *niemandem*.

Inmitten des allgemeinen Wohlstands erlebte die neue Farm der Gruppe Steiner ihre zähen Anfangsjahre. Pauls Melanzani waren eine Pleite, weil jede einzelne Frucht sofort zu faulen anfing, sobald sie mit dem Boden in Berührung kam. »Vielleicht liegt's ja an meinen zwei linken Händen«, sagte Paul, »das nächste Mal pflanz' ich einen Monat früher an und ernte vor der Regenzeit, und ein Eck mach' ich so wie heuer, zum Vergleich. Dadurch kann ich den Faktor Bodennässe ausschalten, es sei denn, der Regen setzt einen Monat zu früh ein oder ein halbes Dutzend anderer, unbekannter Faktoren macht mir einen Strich durch die Rechnung. Oi! Ich probier' das in meiner Freizeit.«

»In deiner Freizeit solltest du dich niedersetzen«, sagte meine Großmutter.

»Ich hab' Angst, daß ich dann nicht mehr aufstehen will«, witzelte Paul. Aber seine Kraft war am Schwinden. Er empfand die Hitze als fortwährende Pein. Was immer er machte, erschien ihm unzureichend und mußte gründlicher erledigt werden, und er zwang sich, noch einmal von vorne anzufangen

Die zweite Ernte war nicht mehr so schlecht wie die erste, aber die Farm brauchte trotzdem ein namhaftes Zusatzdarlehen von der Dorsa, und Paul war körperlich am Ende. Meine Großmutter pflegte ihn und bekochte ihn und redete mit ihm über ein Geschäft in der Stadt.

Der Krieg war vorbei. Hitler war tot. Renate überredete Otto, in die *Batey* zurückzuziehen und den Lastwagen in

Sosúa zu übernehmen, um die Produkte der Milchgenossenschaft und die der neuen und privat geführten Wurstfabrik zu den Märkten in den Städten zu bringen. Robert Brauner, der ihre *Homestead* leiten wollte, kaufte Paul seinen Anteil ab, und Paul machte eine kleines Geschäft in Santiago auf.

Ich erinnere mich, daß wir einmal, als Paul und ich durch Santiago spazierten, von Ilse gesprochen haben. Keiner von uns erwähnte ihren Namen. Ich hatte Paul gefragt, ob man in den ersten schweren Stunden des Verlusts lieber allein oder umsorgt sein will, und Paul sagte, daß man allein sein will, aber daß ihm Ottos Gegenwart eine Hilfe war. »Daß er da war, störte mich und lenkte mich gleichzeitig ab. In den Momenten, in denen ich mit ihm reden mußte, konnte ich mich nicht auf den Schmerz konzentrieren.« Paul sagte, er habe vor kurzem drei Strophen für ein Gedicht gefunden, das ihm im Kopf herumging. »Und ich weiß, daß sie über meine arme Frau sind:

Du bist wie das Mondlicht am Tag,
Unsichtbar und doch spürbar
Fürs achtlose Herz, das nicht mehr trauert.

So bin ich. Die ersten drei Strophen von einem Gedicht, mit dem ich nichts anzufangen weiß«, sagte er.
»Pauli«, sagte ich, »wie geht's weiter mit dir?«
»Ich versuch' das Geschäft anzukurbeln, bis unser Visum kommt. In Amerika such' ich mir eine Stelle in einem Labor, wer weiß, irgendwo, wo meine medizinische Ausbildung von Nutzen sein kann.«
»Ich mein' nicht nur das«, sagte ich. »Du gehst nie irgendwohin.«

»Mach dir um mich keine Sorgen, Lorle.«
»Mach' ich aber«, sagte ich und hätte am liebsten geweint.
»Die Omama hat nicht einmal wollen, daß du heut' abend spazieren gehst.«
»Es ist deiner Omama wichtiger, daß ich zu Haus bleib', als mir, daß ich ausgeh'.«
»Aber Pauli, du mußt dich wehren.«
»Nein, Lorle, muß ich nicht«, sagte Paul. »Ich bin zu alt, um aus Prinzip zu kämpfen. Wenn ich jemals etwas finde, das ich so sehr will, daß es sich lohnt, dann ja, das versprech' ich dir. Aber Lorle, es gibt nichts, was ich will.«

10. Kapitel

Santiago de Caballeros –
Omama und Opapa

Als ich in Ciudad Trujillo ankam, war es Spätsommer und sehr heiß. Meine Mutter erwartete mich am Pier, und wir nahmen ein Chartertaxi, das die besseren Passagiere, mangels Eisenbahn, durchs Land brachte.

Meine Mutter, die mich seit zwei Jahren nicht gesehen hatte, beobachtete mich. Ich schaute zum Fenster hinaus. Mir gefiel dieses Land, in dem ich leben würde, nicht. Die Berge wirkten neu und dumm und schlecht entworfen. Die Ebenen waren sonnenverbrannt und monoton, abgesehen von den elenden Palmhütten und gelegentlichen Ausbrüchen grober, übergroßer Vegetation. Über allem stand die ungeminderte, häßliche weiße Hitze des Himmels. Wir hielten bei den Kontrollhäuschen an jeder Kreuzung. Die Soldaten scherzten mit dem Fahrer und den drei gesprächigen Dominikanern im Fond, die die Hitze, den Merengue-Lärm aus dem Autoradio und die klapprige Straße unter uns gutmütig über sich ergehen ließen.

Mir war schlecht, und ich lehnte mich aus dem Fenster, aber sogar der Fahrtwind fühlte sich wie aus zweiter Hand und aufgewärmt an. Ich glaubte, es würde Erleichterung geben, sobald wir zum Mittagessen in einer der

kleinen, heißen Städte anhalten würden, aber der Taxifahrer führte uns in ein schmuddeliges Restaurant, wo uns ein verkrüppelter Chinese heißes Brathuhn, Reis und warmes Cola brachte.
Als wir wieder ins Taxi stiegen, das nun Treibhaustemperatur hatte, drehte der Taxifahrer die Musik auf volle Lautstärke. Am Nachmittag kamen wir in Santiago an.
Santiago de Caballeros ist eine staubige dominikanische Stadt, die im Landesinneren in einer Talebene zwischen den Bergen liegt. Es gibt enge Gassen und bunte Holzhäuser. An jedem verläuft im Parterre eine schmale *galería*, wo die Leute in Schaukelstühlen schaukeln oder an den bemalten gedrechselten Holzgeländern lehnen.
»Das gelbe ist unseres«, sagte meine Mutter, und da auf der Veranda stand meine Familie und lachte und lachte. Ich konnte sehen, daß sie sich unwahrscheinlich freuten, mich bei sich zu haben. Sie hatten mich mit zehn das letzte Mal gesehen, und jetzt war ich zwanzig. Ich sah, daß meine Großmutter immer noch die gleiche Art Haarnetz und Streifenschürze trug, wie damals in Fischamend, und ich erinnerte mich noch an die Glatze und Gebrechlichkeit meines Großvaters. Aber Paul, mager, mit Brille und Hakennase, war anders als der Mensch, der all die Jahre in meiner Erinnerung gelebt hatte. Sie führten mich alle miteinander über die *galería* ins Vorderzimmer, aus dem sie ein kleines Lebensmittelgeschäft gemacht hatten, mit netten, sauber bestückten Regalen, Waage, Wurstschneider und Kassa. Das angrenzende Wohnzimmer hatte nackte Holzwände, einen Holzboden und fremdartige Fenster ohne Glas, damit, wie Paul erklärte, die wenige Luft, die hereinkam, zirkulieren konnte.
»Lorle, schau! Der Pauli hat mir das Klavier zur Begrüßung geschenkt«, sagte meine Mutter.

»Na, willst du in meinem Schaukelstuhl sitzen?« fragte mein Großvater mit seinem starken ungarischen Akzent.
»Am Tisch will sie sitzen, bei Kaffee und Kuchen«, sagte meine Großmutter, ihn nachäffend, wie ich es aus meiner Kindheit kannte.
»Ja so«, sagte mein Großvater.
Ich war aufgeregt. »Alles ist so fremd und doch vertraut! Sachertorte mit Schlagobers in Santo Domingo, und daß wir gleich beim Geschäft essen, damit jemand die Tür im Auge behalten kann, ganz wie in Fischamend.«
»Erinnerst du dich, Lorle, wieviel wir gelacht haben?« fragte meine Mutter.
»Erinnerst du dich«, sagte meine Großmutter, »deine Eltern waren einmal auf Urlaub, und du warst bei uns und hast mich so sekkiert, daß ich dir versprochen hab', du darfst dem nächsten, der kommt und Schuhbandln verlangt, Schuhbandln verkaufen, und der nächste, der 'kommen ist, hat Schuhbandln verlangt, und da hast du so gelacht, daß du schnell aufs Klo gerannt bist?«
Ein Kunde betrat das Geschäft, und Paul, meine Mutter und mein Großvater erhoben sich gleichzeitig. Jeder sagte zum anderen: »Bleib sitzen, ich geh' schon.«
»Die Franzi macht das schon«, sagte meine Großmutter. »Setz dich, Józsi.«
Meine Mutter kam zurück und berichtete. »Das war die Mercedes. Butter um fünf Centavos für den Freund von der Señora Molinas.«
»He!« sagte ich, »hättet ihr mich auf der Straße erkannt?« Paul sagte, nein, aber meine Großmutter sagte, ich hätte Ähnlichkeit mit Ibolya, ihrer ältesten Schwester. »Die Augenpartie, weißt du. Deine Großtante Sari hat auch so helle Augen g'habt. Die Buben haben alle dunkle Augen g'habt, so wie ich.«

»Nimm die Brille herunter, Omama«, sagte ich. »Die hast du früher nicht gehabt, nicht wahr? Du hast so schwarze Augen.«

»Ich weiß noch«, sagte meine Großmutter, »einmal hab' ich in Wien im Café Norstadt auf den Józsi g'wartet: Wie ich aufschau, starrt mich der Miklos Gottlieb von der Tür her an! Er ist her und hat g'sagt: ›Frau Rosa, Sie haben sich überhaupt nicht verändert. Ihre Augen sind schwarz wie eh und je.‹ Da war ich schon viele Jahr' mit dem Józsi verheiratet.«

»Deine Omama hat immer schöne Augen gehabt, schwarze Augen, wie eine Zigeunerin«, sagte mein Großvater.

»Iß auf, Józsi«, sagte meine Großmutter, »und geh hinauf und mach dich für den Doktor fertig.«

»Ja so, der Doktor«, sagte mein Großvater.

»Ich räum' ab. Bleib sitzen, Muttilein«, sagte meine Mutter, aber meine Großmutter sagte: »Geh vor zum Paul ins Geschäft, ich will nicht, daß er allein ist.«

»Warum kann der Paul nicht allein im Geschäft sein?« fragte ich, als ich meiner Großmutter half, das Geschirr in die Küche zu tragen. »Jetzt sind eh keine Kunden.«

»Was weiß man, wer daherkommt. Das ist nicht so wie in Europa. Da gehen die Leut' mit einem Messer herum.«

»Alle? Jeder einzelne, Omama?« fragte ich, und dann hätten Omama und ich fast unseren ersten Streit gehabt, wenn meine Mutter nicht vom Wohnzimmer nach mir gerufen hätte. »Lorle, komm, ich möcht' dir jemanden vorstellen. – Das da ist meine Lore. – Der Herr und die Frau Freiberg wollen dich begrüßen und sich verabschieden, sie fahren übermorgen nach Wien zurück. Setzen Sie sich bitte. Ich hol' den Kaffee.«

»Aber bitte keine Umstände. Wir sind doch nicht gekommen, um zu essen.«

Die Freibergs waren ein Paar mittleren Alters und völlig uninteressant, fand ich. »Bleiben Sie in Wien?« fragte ich Frau Freiberg.
»Ja, wissen Sie, diese Hitze da!« sagte Frau Freiberg, »ist nichts für unsereins.« Sie ließ ihre Mundwinkel über die Dominikanische Republik sinken. »Schauen Sie Ihren Onkel Paul an. Herr Paul, schlecht schauen Sie aus! Sie sollten auch nach Wien zurück und Ihr Medizinstudium fertig machen.«
Paul sagte: »Wien hat mich aus der Uni rausgeschmissen. Ich schmore lieber in einer Greißlerei in Santiago.«
»Ich hab' noch eine Schwester in Wien«, sagte Frau Freiberg, »und ihr Bub, der Edi, der war für mich wie mein eigener, und wie ich ihn das letzte Mal gesehen hab', war er drei, stellen Sie sich vor! Jetzt ist er vierzehn. Sie sollten seine Briefe sehen. Sigi, hast du den letzten Brief vom Edi mit? Die haben sich im Krieg die ganze Zeit in Holland versteckt. Fürchterlich! Meinen Bruder hab' ich in Polen verloren, aber die Elli und der Bub, die sind jetzt wieder in ihrer Wohnung am Ring.«
»Wien, Wien, nur du allein«, sang Herr Freiberg, »die Musik, das Essen und natürlich die Frauen, nicht wahr, Paul?«
Seine Frau sagte: »Schon gut, möcht' wissen, was du mit den Frauen anfangen könntest!«
»Was werden Sie beruflich machen?« fragte ich.
Beide ließen die Mundwinkel hängen und zuckten mit den Schultern.
»Der Sigi hat Beziehungen. Hast du den Brief mit, Sigi, vom Karl Haber, das ist ein Spezi aus alten Gesangsvereinstagen. Ah, die Frau Steiner!« Beide standen auf und schüttelten meiner Großmutter die Hand, als sie aus der Küche hereinkam. »Wie geht's dem Gatten, dem Ärmsten?

Na, jetzt sind Sie aber froh, daß Sie Ihre große Enkelin da haben, gelt?«
Meine Großmutter nickte schräg und mit einem fremden Lächeln und setzte sich ein bißchen seitlich und zurück, und als die Freibergs weg waren, sagte sie zu meiner Mutter: »Also, mich rufst du nicht, wenn Besuch da ist. Die Lore rufst du, aber mich rufst du nicht.«
»Aber ich hab' dich gerufen«, sagte meine Mutter verdutzt.
»Ich hab's deutlich gehört: ›Lore, Besuch‹ hast du gerufen, von mir war nicht die Rede.«
»Aber Mutti«, setzte meine Mutter an, doch da stand Paul in der Tür und sagte: »Lorle, darf ich vorstellen: Herr und Frau Grüner, Rudi Grüner. – Meine Nichte Lore.«
Meine Großmutter stand auf und ging wieder hinaus in die Küche.
Die Grüners waren jünger, aber nicht weniger gewöhnlich als die Freibergs, fand ich. Sie brachten mir ein Schmuckstück aus ihrer eigenen Werkstatt, eine gräßliche Schildpattbrosche, die mit Kunstperlen besetzt war. Ihr großer, dicker, weißgesichtiger Sohn Rudi saß im Schaukelstuhl und sagte kein Wort.
Ich plauderte mit Frau Grüner. »Sie müssen mit Ihrer Frau Mutter am Sonntag zum Tee kommen«, sagte sie. »Sie ist so eine liebe Person, und wir sehen sie so selten.«
Paul kam mit einem gepflegten kleinen Mann herein, der einen weißen Anzug trug und einen Strohhut in der Hand hatte. »Das ist der Doktor Pérez, er kommt zum Opapa.«
Dr. Pérez hatte ein liebenswürdiges Gesicht mit sehr viel Ausdruck – es legte sich in Falten und Runzeln, um das Gesagte zu untermalen. Er schüttelte meine Hand mit beiden Händen und sagte: »Sie sind, wie sagt man, muy linda, sehr schön«, und er begaffte mich mit lüsterner

Freundlichkeit, als habe er sehr großen Gefallen an mir gefunden. »Wir sind nun Nachbarn, wissen Sie?«
»Der Doktor Pérez hat eine sehr liebe Tochter. Die Juanita ist jetzt achtzehn, nicht wahr?« fragte meine Mutter, die immer noch bekümmert dreinschaute, weil sie die Gefühle meiner Großmutter ungewollt verletzt hatte.
»Vielleicht unterrichten Sie Englisch hier?« meinte Dr. Pérez.
»Zuerst sollte ich Spanisch lernen«, sagte ich, und Herr und Frau Grüner ließen es sich nicht nehmen, Rudi noch dazu zu zwingen, mir Spanischunterricht anzubieten, bevor sie gingen.
Dann wollte meine Mutter meine Großmutter aus der Küche holen, aber meine Großmutter sagte: »Ich hab' gehört, wie die Frau Grüner dich und die Lore eingeladen hat. Von mir hat sie nix g'sagt.«
»Mutti«, sagte meine Mutter, »die Lore und ich waren im Zimmer und du nicht, das ist alles. Natürlich will sie, daß du mitkommst.«
Aber meine Großmutter konnte meiner Mutter nicht verzeihen. Sie sagte: »Die Ibolya und die Sari sind zum Kranzerlball, da war ich grad einmal sechzehn, also muß die Ibolya neunzehn g'wesen sein und die Sari achtzehn, und da sind viele junge Leut' hin, der Miklos Gottlieb auch, und meine Mutter hat g'sagt: ›Warum nehmt ihr die Rosa nicht mit?‹, aber da bin ich dann natürlich nicht mehr mit.«
Und es war klar, daß meine Großmutter ihren Schwestern ein Leben lang nicht verziehen hatte.

Im oberen Stockwerk waren die drei Bereiche, wo meine Großmutter und mein Großvater schliefen, wo Paul schlief und wo meine Mutter und ich schliefen – nur durch Pendeltüren voneinander getrennt, wie Saloontüren in Westernfilmen. Als ich am nächsten Tag in der Früh aufwachte, zeigte meine Uhr acht. Alle waren bereits unten, und das Zimmer war hell wie zu Mittag. Aus einem Radio auf der anderen Straßenseite lärmte die Merengue herüber. Ich lehnte mich aus dem Fenster. Die Straße war ein wandelnder Markt voller Straßenverkäufer mit Strohhüten, die ihr Gemüse ausschrien, und Mädchen in zerlumpten Stoffetzen von Kleidern, die ihre Körbe klassisch auf den Köpfen trugen. An der Kreuzung blieb ein mit Ananassäcken schwer beladener Esel stehen, auf dessen bloßem Rücken eine Frau seitwärts saß. Sie hatte eine Zigarre im Mund und ein Baby an der Brust und krümmte die Zehen, um ihre abrutschenden Sandalen zu halten, während sie dem Tier in den Bauch trat und mit einem Kaktus zwischen die Ohren schlug. Ein in einen Federmantel gewickelter Mann blieb unter meinem Fenster stehen, und ich sah, daß der Mantel aus ein paar Dutzend Hühnern bestand, die an den Beinen zusammengebunden waren und von einem Stock hingen, den er über den Schultern trug; weitere Hühner waren um seinen Hals drapiert und an seinen Gürtel gebunden. Ich hielt die Hühner für tot, bis meine Großmutter auf der *galería* auftauchte und sie unter den Federn anstupste, so daß sie mit den Flügeln schlugen und aufgeregt gackerten, als würden sie gekitzelt.

»Cuánto?« fragte meine Großmutter in der zornigen Stimme von jemandem, der damit rechnet, betrogen zu werden. »Cómo? Vierzig Centavos? Glaubst du, du kannst mich übers Ohr hauen, weil ich nicht Spanisch kann!« sagte sie sehr laut und auf deutsch. »Glaubst du vielleicht, ich weiß nicht, daß du von der Señora Molinas nur fünfundzwanzig verlangst! Ich geb' dir fünfundzwanzig. No? Adiós«, und sie drehte sich weg.

»Señora, que venga! Dreißig«, rief der Hühnermann.

Meine Großmutter kam zurück und zählte die Münzen einzeln in seine riesige, hohle, staubige schwarze Hand. Der Hühnermann hob sein Gesicht zu meinem Fenster und zeigte dabei die Lücke, wo seine Vorderzähne hätten sein sollen. Er setzte zu einem langen spanischen Wehklagen an, von dem ich annahm, daß es eine gerechtfertigte Beschuldigung meiner Großmutter war.
Als ich nach unten kam, keppelte sie mit Pastora, dem Dienstmädchen. Pastora war eine kleine, wirklich häßliche Schwarze, die irgendwie mißgebildet wirkte. Über ihren Unterrock hatte sie ein Stück schwarze Gaze, die am Hintern zerrissen und am Rücken mit großen, lockeren Stichen zusammengenäht war. Ich wußte sofort, daß Pastora sich herausgeputzt hatte, aber meine Großmutter zog ihre knöchellange Kattunschürze aus und sagte: »Zieh das über! Sag ihr, sie soll das überziehen, Paul.«
Die riesigen Augen meiner Großmutter waren am Hervorquellen, ihre Nase wie ein zorniger Krummschnabel. Ihr Haaransatz war vom Gummiband des Netzes verdeckt, mit dem sie ihr Haar glättete, nicht unähnlich dem Scheitel, der Perücke, die die orthodoxen jüdischen Ehefrauen von der losen Weiblichkeit trennt. »Keinen Genierer!« sagte meine Großmutter. »Zeigt sich so auf der *galería* vor dem Hühnermann. Geh hinauf. Geh schon! Mach die Betten. Und ohne Schuhe, grauslich. Man sieht die bloßen Zehen. Kinder, Frühstück! Lore! Józsi! Pauli!« rief meine Großmutter, ohne meine Mutter zu nennen.
»Franzi«, sagte Paul, als sich alle hinsetzten, »du brauchst nicht um sechs herunterkommen. Ich bin in der Früh gern eine halbe Stunde ganz allein, zum Turnen.«
»Wenn die Franzi nicht will, komm' ich hinunter«, sagte meine Großmutter, ohne meine Mutter anzuschauen. »Ich will nicht, daß du allein im Geschäft bist, Pauli.«

»Ich steh' gern auf, Muttilein«, sagte meine Mutter und streichelte mit ihrer Hand über den Arm meiner Großmutter. »Du brauchst nicht so früh herunter.«
»Ich sperr' eh erst um halb sieben auf«, sagte Paul. »Ich bin momentan schlecht beieinander. Bis zu Mittag bin ich schon ganz fertig, aber wenn ich in der Früh nackt turnen kann, geht's besser.«
»Aber du, Vater«, sagte meine Mutter zu meinem Großvater, »du brauchst doch nicht so früh herunterkommen. Der Arzt hat gesagt, du mußt dich schonen.«
»Aber ich bin immer gleich nach dem Aufwachen hinunter«, sagte mein Großvater. »Und ich muß die Regale nett machen und alles herrichten, bevor wir aufsperren. Mutter, du solltest ein bißchen länger schlafen. Der Paul und ich machen uns unser Frühstück selber, das schaffen wir schon allein, keine Sorge.«
»Typisch«, sagte Paul zu mir. »Ist dir aufgefallen, daß die Mitglieder einer jüdischen Familie nicht zuschauen können, wenn die anderen was arbeiten?«
(Am nächsten Morgen um sechs hörte meine Mutter Paul im Parterre und sprang aus dem Bett, um hinunterzugehen und ihm zu helfen. Danach versuchte Paul, um halb sechs unten zu sein, aber meine Mutter hat ihn immer gehört.)

Nach dem Frühstück trug ich das Geschirr in die Küche und sah meine Großmutter vor der Spüle auf den Zehen leicht auf und ab federn, wie ein Tennisspieler vor dem Aufschlag des Gegners. Sie rupfte das Huhn.
»Omama, warum fängst du schon um halb neun mit dem Mittagessen an?« fragte ich.
»Die Suppe«, sagte meine Großmutter. »Ich bin eh spät dran. Dreißig Centavos für das magere Vogerl. Daraus

wird nie eine Suppe wie von unseren Fischamender Hendln, und schau dir die mickrigen Karotten an!«
»Soll ich die putzen?«
»Wenn du magst. Nein, nicht das Messer, nimm das da, und schön arbeiten. Nicht schälen, schön schaben.«
»Was für einen Unterschied soll das machen, solang sie sauber sind?«
»Wenn jemand schön arbeitet, merkt man das gleich – das ist der Unterschied.«
»Omama, und warum verwendest du das schöne hiesige Gemüse nicht, das sie da auf der Straße verkaufen?«
»Das ist nichts für uns«, sagte meine Großmutter, und als meine Mutter in der Tür auftauchte, sagte sie: »Franzi, putz die Karotten. Nimm das Messer da und schab!« Was das erste Mal war, daß meine Großmutter meine Mutter direkt ansprach, seit meine Mutter vergessen hatte, sie zu rufen, als die Freibergs am Abend zuvor gekommen waren, um mich zu begrüßen. Das Gesicht meiner Mutter erhellte sich vor Erleichterung, und sie umarmte meine Großmutter und küßte sie.
Ich ging hinaus. Den restlichen Vormittag hing ich in der Greißlerei herum. Die Greißlerei hieß »Productos de Sosúa«, weil wir die dortigen Käse- und Wurstspezialitäten verkauften, aber das eigentliche Geschäft bestand aus dem regen Kommen und Gehen unserer armen Nachbarn, die den ganzen Vormittag für verschwindend kleine Mengen an Grundnahrungsmitteln hereinkamen.
Um zwölf setzten wir uns um den Tisch, der mit der gleichen Art von häßlichem Glanzwachstuch wie in Fischamend gedeckt war. Meine Großmutter stand leichtfüßig auf ihren Zehenspitzen und schöpfte die schöne, goldene Suppe aus. Sie füllte die Teller nur zu zwei Dritteln, und die kleine Menge stand im direkten Verhältnis zu dem

starken Geschmack. Es war ein Merkmal von Großmutters Suppen, daß sie weg waren, bevor man die Überraschung bemerkte über ihre raffinierte Essenz, die so mannigfaltig auf der Zunge lag wie Wein.

»Eine wunderbare Suppe, Mutter«, sagte mein Großvater unter seinem Schnurrbart hervor. »Seit ich mit deiner Omama verheiratet bin, war noch jede Mahlzeit voller Überraschungen und ein Fest«, sagte er.

»Red nicht, iß«, sagte meine Großmutter. »Iß, Paul. Iß, Lore.«

Nach dem Mittagessen gingen meine Großeltern auf ein Mittagsschläfchen nach oben, wie in Fischamend. Ich wollte bei Paul bleiben.

»Der Paul will vielleicht auch ein bißchen rasten«, warnte mich meine Mutter auf dem Weg nach oben in ihr Zimmer.

Paul sagte: »Nun, meine erwachsene Nichte Lore!« Er setzte sich in den Schaukelstuhl. Von dort aus konnte er das Geschäft im Auge behalten. »Nicht, daß während der Siesta wer kommen würde.«

Die Straße war ganz ruhig. Trotz geschlossener Balken schien das grelle Mittagslicht im Raum gefangen. Die Hitze war enorm. Paul hatte seine Geschäftsbücher ausgebreitet, aber sein Kopf fiel mit jedem Nicken weiter hinunter, bis er auf seine Brust schlug und ihn aus dem Schlaf riß, so daß er den Schaukelstuhl in Bewegung setzte, als er vor zum Geschäft sprang, das, abgesehen von dem vielen Licht, leer war. Er kam zurück, setzte sich hin und sagte: »Der Schaukelstuhl ist nix. Morgen ist Donnerstag. Der Laster aus Sosúa kommt, und ich hab' meine Bestellung noch nicht fertig.« Entschlossen zog er die Geschäftsbücher zu sich und schlief ein. Wo sein Kopf auf seiner Schulter zum Liegen kam, entstand ein Schweißfleck auf seinem Hemd. Nach und nach verlor er die Haltung, mit der sich Schläfer an öffentlichen Orten aufrecht halten, und rutschte auf dem harten Holzsessel vor, bis seine Knie umknickten.

Als meine Großeltern um halb drei herunterkamen, stellte sich Großmutter in die Tür und schaute mit Mitleid und etwas von ihrem üblichen Zorn auf ihren schlafenden Sohn. Dann lachte sie. Paul öffnete ein Auge. Großmutter sagte: »Du solltest herkommen und dir anschauen, wie unbequem du da schläfst.«
Paul lachte und setzte sich auf.
Die Hitze hatte unmerklich nachgelassen. Man konnte aufhören, daran zu denken. Draußen hatte die Merengue wieder angefangen. Die Straße wachte auf, nicht geschäftlich, wie in der Früh, sondern gesellschaftlich, wie ein Wohnzimmer unter freiem Himmel. Die kleine Señora Molinas, eine kindsgroße, graugesichtige Frau kam heraus und schaukelte auf ihrer rosaroten *galería* nebenan und schaute Mercedes zu, dem kleinen siebenjährigen Dienstmädchen, das das kleine Kind der Señora Molinas namens América Columbina mit Reis und Bohnen fütterte.
»Siehst du die schwarz angezogene Frau auf der galería da drüben, die mit dem Doktor Pérez redet?« fragte Paul. »Sie nicken her. – Cómo está? – Sie ist bekannt als ›La Viuda‹, die Witwe, dabei war sie nie verheiratet. Sie hat in dem Haus mit ihrem jüngeren Bruder gewohnt, der gegen Trujillo aktiv war und zuviel geredet hat, und den haben sie vor sieben Jahren geholt, so geht die Legende, und ins Stadtgefängnis gesteckt. Seitdem trägt sie Trauerkleider aus Protest. Neben ihr auf der Veranda im Schaukelstuhl, das ist die Señora Pérez, die Frau vom Doktor, mit ihrer Tochter Juanita.«

»Hast du gesehen, die Kleine von der Molinas hat einen Krummfuß?« fragte Paul beim Kaffee. »Das kommt da oft vor, und von Heilgymnastik haben sie noch nie was gehört. Vielleicht mach' ich so einen Fernkurs, den eine von den Südstaaten-Unis anbietet. Wenn ich ein Diplom hab', kommen vielleicht ein paar Leute zu mir, und wir können mit dem Geschäft aufhören und nach Ciudad Trujillo ziehen.«
»Wir gehen nicht nach Ciudad Trujillo«, sagte meine Großmutter. »Und Diplom brauchst du auch keins.«
»Omama, bitte!« flüsterte ich.
»Omama bitte! Omama bitte, was!«
»Laß den Paul doch, wenn er was machen will.«
»Der Paul hat immer alles machen wollen, außer das, was er machen hätt' sollen. Bei den Prüfungen in Medizin ist er nicht durchgekommen, weil er Gedichte geschrieben und in der Politik herumgepfuscht hat. Diesmal ist es Heilgymnastik.«
»Aber was soll er denn da machen?« sagte ich wütend.
»Sich ums G'schäft kümmern, das den Bach hintergeht, wie jedes G'schäft, das sein Vater ang'fangen hat«, sagte meine Großmutter. »Nach der Hochzeit haben wir dieses Papiergeschäft in Wien g'habt. Da hab' ich g'sagt: ›Józsi, wenn du jetzt kein Geld aufnimmst und schön aufstockst, kannst du genauso gut zusperren.‹ Natürlich sind wir bankrott 'gangen! Da haben wir nach Fischamend müssen. Wir waren die einzigen Juden im Ort, und ich hab' die Kinder wegschicken müssen, nach Wien in die Schule. In Fischamend hab' ich g'sagt: ›Józsi, wenn du die Antisemiten da aufschreiben läßt und wieder aufschreiben, geht das Geschäft den Bach hinunter.‹ Aber die Nazis haben's uns ja heimgezahlt, das G'schäft haben's uns wegg'nommen, eh wir überhaupt bankrott haben gehn können!«

Ich war zum Sessel meines Großvaters gegangen. Ich schlang meine Hände von hinten um seinen dünnen Brustkorb, um ihn von den Worten meiner Großmutter abzuschirmen, aber er sagte: »Deine Omama hat recht. Sie war immer eine bessere Geschäftsfrau als ich.«
»Du meinst also, daß ich grausam zu deinem Opapa bin«, sagte meine Großmutter und schaute mich mit ihren funkelnden schwarzen Augen an. »Das haben viele gedacht, aber die waren nicht mit ihm verheiratet.«
Später am Nachmittag kam Señora Rodriguez zur Klavierstunde zu meiner Mutter. Sie war eine Deutsche und mit einem dominikanischen Diplomaten verheiratet. Sie hatten ein großes Sommerhaus außerhalb von Santiago. Die Señora hielt sich sehr gerade und hatte ihr Haar in ein kompliziertes, kunstvolles Zopfgeflecht gebunden. Ihre Augen waren sehr blau, und ihre Lippen wirkten dünn, als zehre sie von innen daran. Als meine Mutter aus dem Zimmer ging, erzählte Señora Rodriguez, wie sehr sie meine Mutter schätze. »Sie ist ein wunderbarer Mensch. Wenn Sie erst eine Weile hier sind, werden Sie wissen, wieviel es wert ist, jemanden zu haben, der von Musik etwas versteht. Ich habe versucht, sie zu überreden, in die Hauptstadt zu kommen. Ich könnte ihr Klavierschüler besorgen. Ich hab' Ihrem Fräulein Tochter gesagt, Frau Franzi, Sie könnten in die Ciudad kommen und bei uns wohnen, bis Sie selbst etwas gefunden haben.«
Meine Mutter ließ Señora Rodriguez Czerny spielen, und draußen vor dem Fenster sammelten sich die Nachbarn und hörten zu. Sie spielte ein Präludium und eine Fuge von Bach, und die Nachbarn nahmen einander bei der Hand und tanzten.
Bevor sie ging, lud Señora Rodriguez die ganze Familie für Sonntag zum Tee ein, aber mein Großvater ließ sich

wegen seiner Gesundheit entschuldigen, und Paul wegen meines Großvaters. Nachher sagte Paul, die Rodriguez seien Nazis.
»Sind alle Deutschen Nazis? Gibt's keine Ausnahmen?« fragte ich.
»Alle Deutschen neigen dazu, und ja, es gibt Ausnahmen«, sagte Paul. »Aber den Rodriguez haben sie zum Generalkonsul ernannt in Frankfurt in den zwanziger Jahren, und er hat sich in Deutschland verliebt und es geheiratet und unversehrt da hergebracht.«
Ich war bereit zu streiten, aber das Geschäft füllte sich mit dem Nachmittagsansturm.
Nach dem Abendessen, als kaum noch Kunden kamen, sagte ich: »Ich will was verkaufen.«
Paul zeigte mir, wo die Butter war, und bald darauf kam Mercedes von nebenan. Von ihren grauen bloßen Füßen über ihr ausgewaschenes Lumpenkleid bis zu ihrem lachenden grauschwarzen Gesicht wirkte sie wie von einer Staubschicht bedeckt, aus der ihre beiden Augen unnatürlich hell hervorleuchteten. Sie ringelte sich auf dem Boden unter der Budel zusammen, kicherte und schnitt hinter gespreizten Fingern Gesichter.
»Ist ja gut, Mercedes«, sagte Paul und lehnte sich über die Budel, um ihr den Kopf zu tätscheln. »Wir haben keine Zeit zum Spielen. Que quieres? Was bekommst du?«
»Cinco centavos de mantequilla.«
»Lore, die Mercedes will Butter um fünf Centavos für den Liebhaber von der Señora Molinas!« Unter Pauls Anleitung wog ich die Portion Butter ab, und meine Großmutter kam und prüfte nach und stellte fest, daß es zuviel war, und schabte einen Haarbreit ab, damit es wieder stimmte.
»Omama!«
»Bei den kleinen Mengen«, erklärte meine Großmutter,

»muß man ganz genau wiegen, weil unser Gewinn vom Materialabfall und der Arbeit und der Verpackung aufg'fressen wird. Wenn die Leute viel kaufen, kriegen sie ein bißchen extra.«
»Das ist nicht gerecht!« schrie ich.
»Als ich ein Bub war, hat mein Vater ein Gasthaus gehabt«, sagte mein Großvater von der Tür her in seiner langsamen ungarischen Sprechart. (Ich weiß noch, daß ich immer überrascht war, wenn ich meinen Großvater sprechen hörte, und daß seine sprechenden Lippen immer zu einem ganz, ganz schwachen Lächeln geschürzt waren. Meiner Mutter hat er einmal erzählt, daß ihm manchmal etwas einfiel, aber es auf deutsch zu sagen, war ihm dann zu mühsam.) »Jeden Markttag sind die Bauern aus der Stadt heimgekommen und haben sich betrunken. Da hat mein Vater gesagt: ›Körmöczi, du hast neun Slibowitz gehabt‹, wenn er nur achte gehabt hat.«
»Aber das ist Betrug!« rief ich.
»Ja«, sagte mein Großvater. »Hab' ich dir erzählt, daß mich der Räuberhäuptling in die Schule gebracht hat, wie ich noch ein Bub war? Zwischen unserem Dorf und der Stadt hat es einen Wald gegeben, und im Frühling und im Herbst hat mein Vater ein Faß Tokaier am Waldrand gelassen, und dafür ist der Betyar Bácsi – Räuberonkel hab' ich ihn genannt – gekommen und hat mich vor sich aufs Pferd gesetzt und in die Schule gebracht. Am Abend hat er mich wieder nach Hause gebracht.«
Vor meinem geistigen Auge entglitt das Geschäft in Santiago mit seiner Budel und der Kassa in die tiefgrünen Grimmschen Wälder mit einem Dutzend Räuber in Jägergrün.
»Gut, Józsi, geh hinein. Du brauchst nicht herumstehen«, sagte meine Großmutter.

»Ja so«, sagte mein Großvater und ging und setzte sich drinnen nieder.
Der Rest der Familie ging gemeinsam hinaus auf die *galería*. Wir lehnten auf dem Geländer und redeten.
»Was hat dein Vater gemacht, Omama?« fragte ich meine Großmutter. »Kinder hat er gemacht«, sagte meine Großmutter. Meine Großmutter hatte einen Kropf, und wenn sie zornig war, schwoll er an und drückte ihren Kopf zurück in einer Art schönen Stolzes.
»Er war Weinhändler, nicht wahr?« fragte Paul.
»Ja, später. Zuerst in Wien war er nix und hat nix g'habt, nur eine Frau und fünf Kinder. Die Ibolya muß sieben g'wesen sein, und dann waren da die Sari und ich und der Kari und der arme Ferri, der war noch ein Butzerl. Den haben wir bei den Großeltern in Ungarn lassen müssen, und die Mutter hat auf dem Weg nach Wien die ganze Zeit geweint. Drei Wochen später hat sie die Wetterl g'habt, die jetzt in Paraguay ist. Wir haben zwei Zimmer g'habt und eine Küche, und jedes Jahr hat die Mutter sich ins große Hinterzimmer g'legt und noch ein Kind g'habt. Das hat sie uns Mädchen geben, daß wir drauf schauen. Nach der Wetterl ist der Pista kommen, dann die Hilde, die jetzt in Kanada ist ...« Und meine Großmutter ging die Galerie ihrer dreizehn Geschwister durch. »Überall waren kleine Kinder«, sagte meine Großmutter. »In der Nacht, bevor die Mutter g'storben ist, hab' ich von einem Kind in einem weißen Kleid geträumt, und da hab' ich g'wußt, was los war. Mit fünfundvierzig hat's sterben müssen. Der arme Ferri und ich waren die einzigen, die getrauert haben. Ich weiß noch, daß er am Bettende g'standen ist, er hat g'weint und g'weint. Er ist immer ein mageres Bürscherl g'wesen«, sagte meine Großmutter. Dann ergänzte sie: »Die Mutter war gemein zu ihm.«

»Was meinst du mit gemein? Was hat sie ihm getan?«
»Ang'schrien hat sie ihn. Er ist immer um sie herumg'schwanzelt, und sie hat ihn wegg'schupft. Der Vater hat g'sagt, sogar wie sie ihn mit fünf im Zug nach Wien gebracht haben, hat sie nicht wollen, daß er sie angreift. Einmal hat er Frosttippel g'habt«, sagte meine Großmutter und war still, als wolle sie es gar nicht erst erzählen. Eine Minute später jedoch sagte sie: »Die Mutter hat g'sagt, sie wascht ihm die Füß', aber sie hat kochendes Wasser g'nommen. Da haben die Größeren nicht mehr mit ihr geredet. Einmal hab' ich die kleinen Geschwister in den Park mitg'nommen, und die Mutter ist uns ohne Mantel nach. Sie hat einen Schal g'habt, den hat sie dem Ferri umg'legt, und gekniet ist sie und umarmt hat sie ihn und geküßt, und ungarische Sachen hat's g'sagt, und dann ist sie schnell wieder ins Haus. Aber am Abend hat der arme Ferri seinen Löffel in die Suppe patschen lassen, und da hat sie ihn ins Bett g'schickt.«
»Du hast sie geliebt, nicht wahr, Mutti?« fragte meine Mutter.
»Zu mir war sie gut«, sagte meine Großmutter. »Sie hat immer zur Ibolya und zur Sari g'sagt, sie sollen mich mitnehmen. Sie haben g'sagt, ich bin das Lieblingskind. Die haben mich nicht wollen und waren bös auf die Mutter, weil sie so viele Kinder g'habt hat. Einmal hab' ich g'fragt, da war ich schon verheiratet und schwanger, und sie hat den Heini erwartet, und krank war's, und ich hab' sie g'fragt: ›Warum haben Sie so viele Kinder gekriegt?‹ – wir haben unsere Eltern nie geduzt –, hat sie g'sagt, Angst hat sie g'habt, daß der Vater sonst zu einer anderen geht. Immer war alles für den Vater. Er hat als einziger Fleisch zum Nachtmahl bekommen, und er hat eins von den Kindern auf seinen Schoß g'nommen und damit g'füttert.«

»Ich kann mich noch an den Großvater erinnern, wie er bei uns in Fischamend war«, sagte meine Mutter. »Ein schöner, alter Mann – und immer so appetitlich.«
»Und bis zum Schluß hinter den Frauen her«, sagte Paul, »er hat das Dienstmädel gezwickt, wie er schon so alt war, daß er nicht einmal mehr aufstehen hat können, ich hab's selber gesehen.«
»Jeder Mann zwickt das Dienstmädel«, sagte meine Großmutter.
»Nein, der Opapa bestimmt nicht«, sagte ich.
»Was weißt du schon von deinem Opapa!« sagte meine Großmutter. »Ich geh' schlafen. Komm, Józsi. Paul, vergiß nicht, die Kassa zuzusperren, und das Geschäft und die Hintertür. Wann kommst du hinauf?«
»Wenn ich die Bestellung aus Sosúa für morgen fertig hab'«, sagte Paul.
»Aber Omama, es ist erst halb zehn.«
»Der Paul ist müde«, sagte meine Großmutter. »Er braucht seinen Schlaf. Vergiß nicht, das Licht auszuschalten.«

Am Donnerstag nach dem Mittagessen kam der rote Laster aus Sosúa mit Otto Becker am Steuer, der seinen Arm um Pauls Schulter legte und sagte: »Und, Professor?«
»Und, Otto?« sagte Paul, und legte seinen Arm in einem ungünstigen Winkel um seinen Freund, der zwei Köpfe größer war und zweimal so breit.
»Du wirst dick, Otto«, sagte meine Großmutter.
»Ich ess' halt gern«, sagte Otto. »Nicht wie der Professor Haut-und-Knochen da.«
»Ich ess' auch gern«, sagte Paul, »aber wenn ich mich gehen lasse, krieg' ich Magenprobleme und werd' am Ende noch dünner.«
»Und ich sitz' gern«, sagte Otto.

»Ich wär' ja selber ein großer Sitzer, wenn ich Gelegenheit dazu hätte«, sagte Paul. »Wie hat der Churchill gesagt? Noch nie hat so ein fauler Mensch so viel mit so wenig Erfolg getan.«

Als Otto ausgeladen und sich auf einen Kaffee niedergesetzt hatte, fragte meine Großmutter nach jedem in Sosúa. »Was ist mit dieser Frau Halsmann? Ist sie jetzt wieder bei ihrem Mann? Ich hab' ihr einmal g'sagt: ›Frau Halsmann‹, hab' ich g'sagt, ›wenn Sie noch zwei Augen hätten, in jedem Ohr eins, dann könnten Sie drei Männern auf einmal schöne Augen machen.‹ Ja, ja. Wie geht's Ihrer Frau, Otto? Geht sie immer noch jeden Abend zu diesem Doktor Marchfeld, der jetzt bald fünf Jahr' im Sterben liegt? Sie erinnert mich an meine Schwester, die Sari. Immer, wenn ich nach Wien 'kommen bin, hat sie den Boden von einem kranken Nachbarn g'macht oder für ihn eingekauft, und ihre Kinder haben sich das Essen selber richten müssen! Die Ibolya hat erst später g'heiratet, aber die Wetterl war wie ich, alles für die Familie. Und die Hilde, na, die hätt' gern im Restaurant gespeist, zu Mittag, am Abend und in der Früh.«

Meine Großmutter wäre ihre siebenköpfige Schwesterngalerie durchgegangen, um die häuslichen Gewohnheiten einer jeden zu besprechen, aber Otto hatte noch fünf Stunden Wegzeit bis zu den Stadtmärkten. Als er weg war, saß meine Großmutter still am Tisch und lächelte schadenfroh. »Pauli, gibt's eigentlich noch wen in Sosúa, den ich nicht beleidigt hab'?«

Beim Abendessen stritt ich mit meiner Großmutter und hatte eine Konfrontation mit Paul. Meine Großmutter schickte mich das Küchenlicht ausschalten, und ich sagte: »Wir gehen eh gleich mit dem Geschirr.«

»Dann können wir's wieder anmachen«, sagte Großmut-

ter. »Warum sollen wir die Elektrizitätswerke reich machen?«
Ich sagte: »Was glaubst du denn, was es kostet, wenn eine Fünfundsiebzig-Watt-Birne fünf Minuten länger brennt?« und fand mich Paul gegenüber, der sich vor mir aufgepflanzt hatte.
»Geh in die Küche und mach das Licht aus!« sagte er wütend, und ich ging und machte das Licht aus.
Meine Mutter kam mir nach und sagte: »Lorle, bitte streit nicht mit der Omama.«
»Ich mit der Omama streiten! Die Omama ist's, die mit jedem streitet! Wenn wir mit der Butter geizen, ist das in Ordnung, aber wenn der Hühnermann seinen Preis verlangt, haut er uns übers Ohr! Wenn sich die Pastora ein neues Kleid macht, ist sie ein Flittchen! Die Omama hat überhaupt keinen Sinn für anderer Leute Anliegen!«
Meine Mutter war entrüstet und verletzt und sagte: »Aber die Omama war immer gut zu den Leuten. Im Ersten Weltkrieg haben wir Lebensmittelpackerln aus Ungarn bekommen, und die Omama hat für alle Kinder in Fischamend eine warme Mahlzeit gekocht.«
Nachdem Paul das Geschäft zugesperrt hatte, nahm er mich auf einen Spaziergang mit. Er sagte »buenas noches« zu Señora Molinas, die mit ihrem Polizistenliebhaber im Merengue-Rhythmus schaukelte, und verbeugte sich vor La Viuda, Dr. Pérez und Juanita, die auf ihrer *galería* übers Geländer lehnten. Paul führte mich durch eine Straße mit ordentlichen Geschäften, an Kino und Postamt vorbei und in den kleinen symmetrisch angelegten Park, wo wir uns die zeremonielle Flaggenparade anschauten, die es täglich bei Sonnenuntergang gab. Wir aßen ein Eis im Chinarestaurant an der Ecke. Die Luft wurde dunkel und frisch. Wir machten uns auf den Heimweg.

»Die Mutti sagt, ich soll nicht mit der Omama streiten«, sagte ich. »Aber die Omama ist unmöglich. Sie kommandiert alle herum, aber wehe, man sagt etwas zu ihr, dann ist sie gleich einmal vierundzwanzig Stunden beleidigt.«
Paul sagte: »Deine Omama neigt zum Verfolgungswahn. Sie hat von Kindheit an geglaubt, daß sich ihre Schwestern gegen sie verschworen haben, um sie zu vernachlässigen und zu beleidigen.«
»Ihre Schwestern! Ihre Kinder! Die ganze Welt! Ich weiß noch, einmal haben wir die Omama in Wien im Kaffeehaus getroffen. Da ist sie gerade aus dem Urlaub in Baden oder sonstwo zurückgekommen. Sie hat ein hellgraues Seidenkostüm angehabt, mit winzigen gewebten schwarzen Punkten, und einen Hut, der schief übers Auge gezogen war. Sie hat phantastisch ausgesehen und gar nicht wie die Omama aus Fischamend mit Schürze und Haarnetz. Und die Tante Ibolya war da und die Sari und der Onkel Pista, jede Menge Verwandte, und die Omama hat vom Urlaub erzählt, wie ihr das Fräulein Soundso fad war mit ihren Eroberungen und daß die Frau Wie-hieß-dienoch einen Ausschnitt bis da unten gehabt hat und daß es einen Antisemiten gegeben hat, der nicht einmal Guten Morgen gesagt hat. Dann hat die Omama plötzlich gelächelt und gesagt: ›Und Berge und Bäume waren auch da.‹ Die Tanten und Onkel haben gelacht und gelacht. Nein, aber Pauli, sie glaubt, jeder außerhalb der Familie hat im besten Fall ein Messer, mit dem er uns ausrauben und umbringen will.«
»Das ist gar nicht so verwunderlich, wenn du dich daran erinnerst, daß sie bis vor sechs Jahren unter den Nazis gelebt hat, und jetzt, in ihrem Alter, Lorle, ist sie unter fremden Leuten und versteht die Sprache nicht. Da ist sie ja.«

Wir waren um die Ecke in unsere Straße gebogen und konnten meine Großmutter auf der *galería* sehen, wo sie auf und ab blickte. Die Augen in ihrem spitzen weißen Gesicht schauten verschreckt. »Ich hab' nicht g'wußt, wo ihr hin seid«, sagte sie. »Ich hab' gedacht, es ist was passiert.«

»Was macht die Pastora auf der *galería*?« fragte meine Großmutter am nächsten Tag in der Früh. »Jetzt kehrt sie schon eine halbe Stunde.«
»Sie lehnt am Geländer und redet mit dem Hühnermann«, berichtete Paul. »Sie hat rote Maschen auf dem Kopf.«
»Grauslich«, sagte meine Großmutter.
»Warum denn? Wenigstens eine, die Spaß hat«, sagte ich. Ich versuchte Pastoras Blick zu fangen, als sie bockig an mir vorbei nach oben ging, aber sie merkte es nicht. Als sie wieder runterkam, lächelte sie und hatte die Schildpattbrosche von den Grüners angesteckt.
»Du Dieb! Verstohlene Elster!« rief meine Großmutter.
»Vielleicht ist es nicht meine«, sagte ich. »Sonst würd' sie sie ja nicht vorne auf der Bluse haben!«
Pastora hob die Arme und schimpfte auf spanisch.
»Sie sagt, sie ist eine ehrliche Person«, übersetzte Paul. »Sie sagt, sie hat sie im Mistkübel gefunden.«
»Eine Lügnerin ist sie, sag ihr das«, sagte meine Großmutter.
»Omama! Ich will die schiache Brosche eh nicht«, sagte ich. Aber am nächsten Tag war meine Uhr weg.
»Paul, hol die Polizei«, sagte meine Großmutter, und Pastora mußte ihre Handtasche auf den Tisch leeren.
»Sehen Sie«, sagte Pastora immer wieder. »Nichts. Ich bin eine ehrliche Person.«
»Dann hast du sie eben gestern gestohlen«, sagte meine Großmutter, »und mit heim genommen.«

»So kommen Sie doch mit! Sie können zu mir kommen und suchen!« sagte Pastora.
»Gehen wir«, sagte meine Großmutter. »Komm, Lore.«
Die Leute starrten meine Großmutter und mich an, die wir hinter Pastora gingen, die gebeugt vorauseilte und dabei hinkte, was ich zum ersten Mal bemerkte.
»Gehen wir heim, Omama«, sagte ich. Wir verließen die vertrauten Wege und kamen in ein anderes Land, wo die Straße ein Bett aus getrockneten Schlammfurchen war und die Häuser, wie Hundehütten, aus Brettern und Wellblech bestanden. Nackte Kleinkinder und kleine langbeinige Schweine spielten in einem Graben, in dem die Jauche abwärts rann. Die Merengue plärrte.
Pastora riß die Tür einer Hütte auf – ein einziger Raum, so groß wie ein Kleiderkasten. Auf dem Lehmboden lagen Abfälle, und Fenster gab's keine, aber ein bißchen Licht kam zwischen den Brettern herein, auf die Pastora das überlebensgroße Gesicht von Betty Hutton gehängt hatte. Ich kannte es aus dem *Life Magazine,* das wochenlang in unserem Badezimmer herumgelegen war. Pastoras Bett war eine Holzkiste ohne Deckel die gleichzeitig als Kleiderkasten zu dienen schien, denn sie war voller Stoffetzen, wie die Budel einer Textilschwemme. Ich erkannte die Kattunschürze meiner Großmutter.
Ich sagte: »Das ist lächerlich. In dem Durcheinander kann man ja nichts finden.« Wir traten hinaus und waren in dem Bereich, der Pastoras Küche sein mußte, weil drei verkohlte Ziegel unter einer unserer alten Kaffeedosen standen, die mit rostigem Wasser gefüllt war.
»Wo hast du die Uhr versteckt?« schrie meine Großmutter Pastora an und zeigte dabei auf mein Handgelenk. »Soll ich zur Polizei gehen? Polizia? Sí? Polizia?«
»Sí sí, la policía«, sagte der Hühnermann, der auf einmal

auch da war. »Hay justicia acquí. Ella«, er zeigte auf meine Großmutter, »le hace acusación a esta señora«, er zeigte auf Pastora, »de robar. Son testigos Ustedes!« (Holen Sie ruhig die Polizei, hier gibt es Gerechtigkeit. Sie sagt, Pastora sei eine Diebin. Ihr seid Zeugen!) Er zeigte mit dem Zeigefinger auf die versammelten Kinder und Schweinchen. »Sie sind Zeugin!« Er tippte mit dem Finger auf mich. »La policía, sí sí!« quasselte er, sein Gesicht so nah an meinem, daß ich in das schwarze Loch seines zahnlosen Mundes hinuntersah.
»Omama, gehen wir.«
»Wir sehen uns bei der Polizei, la polizia! Adiós«, sagte meine Großmutter.
Am Abend brachte Paul ein Viertelpfund Butter hinüber zu Señora Molinas auf die *galería*, um ihren Polizistenfreund um Rat zu fragen, und es war anscheinend so, daß die Polizei alles über den Hühnermann und seine zwanghaften Vorstellungen über gesetzliche Mittel gegen üble Nachrede wußte. »Es un loco.« Der Polizist machte ein Deppengesicht und tippte sich mit dem Zeigefinger auf die Stirn. Es sei immer dasselbe, sagte er. Zuerst würde der Mann bei einem Dienstmädchen herumhängen. Dann würde das Dienstmädchen beim Stehlen eines wertlosen Gegenstands erwischt. Dann würde noch etwas fehlen, und wenn das Mädchen beschuldigt würde, trete der Hühnermann auf den Plan und drohe mit übler Nachrede. »Aber irgendwie hat er es noch jedes Mal verbockt. Nehmen Sie Ihren Fall zum Beispiel, seine einzigen Zeugen sind die von der Straße dort und Ihre Mutter und Ihre Nichte. Machen Sie sich keine Sorgen, mein lieber Freund, für Sie und Ihre bezaubernde Familie erledige ich das gern.«
Wir haben Pastora nie mehr wiedergesehen. Jetzt kam

jeden Morgen ein Bub mit einem Spitzbartflaum die Straße herauf. Mit Hühnern behängt, sang er: »Llego las gallinas! Llego las gallinas hermosas!«

Sonntagnachmittag war das Geschäft zu. Señora Rodriguez sollte uns ihren Chauffeur schicken. Meine Mutter frisierte das feine graue Haar meiner Großmutter. Meine Großmutter hatte ihr gutes zinnfarbenes Seidenkleid an, das ihr Altfrauengesicht in zartem, blassem Gold schimmern ließ. Sie hatte ihre Brille abgenommen.
»Omama, du schaust so schön aus mit offenen Haaren – und ohne Brille.«
Meine Großmutter wischte das Kompliment mit einer abweisenden rechten Hand weg, aber sie freute sich. Sie sagte: »Wenn ich's mir recht überleg', muß ich ein fesches Mädel gewesen sein, aber damals hab' ich nur an meine große Nase gedacht. Die Ibolya war eine Schönheit, die hat eine kleine Nase g'habt. Die Sari hat auch eine kleine Nase g'habt, aber die war zu breit. Der Pista hat für einen Mann eine kleine markante Nase g'habt ...«, und meine Großmutter ging ihre geschwisterliche Nasengalerie durch.
»Ich werd' nie vergessen, wie ich im Café Norstadt auf den Józsi g'wartet hab', und der Miklos Gottlieb hat g'sagt: ›Frau Rosa, Sie haben sich überhaupt nicht verändert.‹ Ich hab' jahrelang gedacht, er hat meine Nase g'meint. Aber jetzt erinner' ich mich, daß er g'sagt hat: ›Ihre Augen sind schwarz wie eh und je.‹ Ich werd' nie vergessen, wie er mich ang'starrt hat.«
Señora Rodriguez schien sich ihrem Haus verschrieben zu haben – und dem Garten, der inmitten der verbrannten, staubigen Landschaft in grünem Überfluß wucherte. Ihr Krauthäupteln waren groß, ihre Hennen legten Eier, ihre Gänse putzten einander mit den Schnäbeln, bis sie

makellos weiß waren. Ihre Köchin war schwarz und trug ein ordentliches blaues Leinengewand. Die Señora führte uns im Haus herum. Sie hatte die wunderschön verflieste *galería* selbst verbreitert, die auf drei Seiten ums Haus ging. Wir saßen im Schatten, in großen gepolsterten Sesseln, und rundherum breiteten Pflanzen in Kupfertöpfen ihre riesigen tropischen Blätter aus. Señor Rodriguez, ein schlanker und sehr fescher Mann, der um einiges jünger aussah als seine Frau, kam zu uns heraus. Er hatte eine perfekte militärische Haltung und trug das Haar so kurz geschoren, daß er kahlköpfig wirkte. Señor Rodriguez setzte sich zwischen meine Mutter und meine Großmutter. Die Köchin kam mit dem Teewagen, gefolgt von einem zarten, schwarzen Mädchen in einem kindischen Kleid, das Señora Rodriguez als Teresa vorstellte.
Mit einem braven kleinen Lächeln voll außerordentlicher Liebenswürdigkeit trug Teresa die Schalen und die Teller mit dünnen Butterbrotscheiben von Gast zu Gast und sagte zu einem nach dem anderen: »Bitte, Sie wollen?«
»Teresa, du kannst dich neben Señorita Groszmann setzen.« (Ich schaute überrascht auf – das war ja ich.) »Na, jetzt kannst du Deutsch üben. Ich nehme Teresa nächstes Jahr nach Deutschland mit, wenn ich zu meinen Eltern fahre. Am Sonntag wird sie Protestantin.«
»Was mußt du machen, um Protestantin zu werden?« fragte ich Teresa, um mich zu unterhalten.
»Ich ziehe ein weißes Kleid an. Ich singe Lobgesänge«, sagte Teresa und saß dabei sehr gerade, mit diesem braven kleinen Lächeln auf den Lippen.
Meine Mutter und das Ehepaar Rodriguez redeten über Musik. Ich sah meine Großmutter ihre Teeschale halten. Sie hatte ein verlegenes Lächeln auf ihrem goldenen Gesicht. Sie hatte ihre Brille nicht auf, aber unter ihrem silbri-

gen Gewand standen ihre hoch gebundenen Altfrauenschuhe ein bißchen seitwärts zur Teerunde.

Am Montagnachmittag kam Rudi Grüner, um mir meine erste Spanischlektion zu geben. Hinter uns schlich die Familie auf Zehenspitzen. Als wir fertig waren, brachte meine Großmutter Kaffee und Kuchen und fragte Rudi, ob er nicht fände, daß ich bald perfekt Spanisch sprechen würde. Rudi saß dumpf da, den Kopf zwischen die Schultern gezogen wie ein Bub vor den Freunden seiner Eltern, und sagte, ich käme prächtig voran.
Als er weg war, fragte meine Mutter, wie er mir gefiele, und ich sagte: »Sehr. Er schaut aus wie ein Pudding ohne Soß'.«
Meine Großmutter sagte: »Die Lore ist wie meine Schwester Ibolya – zu heikel.«
Am Mittwoch kam Rudi wieder, und ich kam wieder prächtig voran, außer daß ich mir mit meinem ersten unregelmäßigen Verb schwertat. Beim Kaffee fragte ich Rudi über das Leben in Santiago aus, wo er wohnte, seit er neun Jahre alt war, aber er hatte wenig zu sagen und fragte mich gar nichts.
Nachher sahen wir, wie er draußen vor der *galería* der Familie Pérez stehenblieb und mit Juanita plauderte, wobei er sein Gesicht heftig bewegte und mit den Händen fuchtelte, so daß er wie ein dominikanischer Bursche aussah.
Am Abend kamen die Grüners mit einem Brief von den Freibergs, die in Wien angekommen waren. Die Spezis aus Sigis alten Gesangsvereinstagen hatten sie am Flughafen mit Liedern begrüßt und, abgesehen von den allgegenwärtigen Russen, war Wien, schrieben sie, na eben Wien. Man stelle sich vor, am Sonntag seien sie auf dem Kahlenberg picknicken gewesen!

Am Donnerstag kam der Laster aus Sosúa.
Am Freitag gab Rudi mir meine dritte Stunde, und ich tat mir mit dem ersten Verb gleich schwer wie in der zweiten Stunde. Und nachher lehnte Rudi bei den Pérez am Geländer der *galería* und amüsierte sich mit Juanita.
Ich stand im Geschäft herum. Ich sagte: »Ich will was verkaufen.« Aber meine Großmutter sagte, ich gäbe den Kunden zuviel. Mein Großvater könne das machen, und später in der Küche sagte sie, ich würde die Paprika nicht schön genug waschen, meine Mutter solle das machen.
Als Paul sich den Strohhut aufsetzte, um zur Post zu gehen, wollte ich mit, in der Hoffnung auf – ich weiß nicht was.
Als wir unterwegs waren, war mein Großvater kurz allein im Geschäft, und zwei Buben kamen herein. Einer wollte ein paar Kaugummis und der andere ein Viertelkilo Käse, und während Großvater den Käse abwog, hüpfte der erste Bub über das Geländer der *galería* und rannte mit den Kaugummis davon und der zweite hinterher. Mein Großvater rannte um die Budel herum und über die *galería* und schrie ihnen auf der Straße nach. An dem Abend hatte er wieder einen Herzanfall.
»Es ist nichts Schlimmes«, sagte Dr. Pérez, »aber er muß im Bett bleiben. Kein Stiegensteigen.«
»Hast du gehört, Józsi?« sagte meine Großmutter.
Mein Großvater strich über seinen Schnurrbart und sagte: »Ja so, aber mir geht's schon viel besser.«
»Wann's Ihnen bessergeht, bestimme ich«, sagte Dr. Pérez und zwinkerte mir zu, mit der Lüsternheit, die ihm mir als Frau gegenüber offensichtlich angemessen schien.
Meine Mutter wollte, daß ich bei meinem Großvater blieb, wenn der Nachmittagsrummel losging.
»Ist viel los im Geschäft?« fragte mein Großvater.

»Das braucht dich nicht zu kümmern, Opapa«, sagte ich. »Der Paul und die Omama und die Mutti kommen auch ohne dich bestens zurecht.«
»Ja so«, sagte mein Großvater.
Wir saßen und schauten einander an. Ich hätte gern ein Buch gehabt. Ich sagte: »Erzähl mir eine Geschichte. Bist du wirklich vom Räuberhäuptling in die Schule gebracht worden?«
»Bis ich dreizehn war. Dann hat mich der Vater nach Wien geschickt, damit ich bei einem Stoffhändler lern'. Der hat Benedick geheißen, ein Cousin von deiner Omama. Er hat unsere Hochzeit eingefädelt, aber das war erst viele Jahre später.«
»Was macht man als Lehrling?«
»Man muß die Regale nett machen und alles herrichten, bevor das Geschäft aufsperrt, Kunden bedienen und ausliefern. Wir waren drei Buben, der Pista aus meinem Dorf und der Karl aus Wien, der war ein bisserl älter. Jeden Tag um fünf in der Früh sind's gekommen und haben mir die Tuchent weggezogen, damit ich Feuer mach, im Herd.«
Mein Großvater lächelte mild über die Possen aus seiner Jugendzeit.
Vor meinem geistigen Auge sah ich das Magazin eines Geschäfts und stattete es mit Regalen voller Schachteln und Stoffballen aus, genauso wie das Magazin hinter Großvaters Geschäft in Fischamend, außer daß noch drei Betten dort waren. Es war Winter und dunkel, fünf in der Früh, der Herd kalt – und meine Mutter kam herein, in einem ärmellosen Baumwollkleid und mit der Suppe für meinen Großvater. »Ich komm' auch hinunter, wenn es euch zuviel wird«, sagte mein Großvater. »Mir geht's schon besser.«
»Vati! Du hast doch gehört, was der Doktor gesagt hat!« sagte meine Mutter.

Aber als Paul am nächsten Tag in der Früh das Geschäft aufsperren wollte, stand mein Großvater fertig angezogen auf der Leiter und baute eine schöne Pyramide aus Kaffeedosen.
Paul war sehr böse. Er half meinem Großvater von der Leiter und führte ihn hinauf in sein Zimmer. Er sagte: »So, jetzt gehst du ganz, ganz langsam.«
Danach haben wir meinen Großvater nicht mehr allein gelassen. Meine Mutter saß am Vormittag bei ihm. Sie brachte ihm spanische Wörter aus einem Lehrbuch bei. Wenn Großmutter mit dem Kochen fertig war, ging sie hinauf. Ich weiß noch, daß ich unten an der Stiege stand und horchte, weil ich mir nicht vorstellen konnte, was sie einander zu sagen hatten. Ich hörte meine Großmutter sagen: »Setz dich auf, Józsi. Ich schüttel dir den Polster.«
Am Nachmittag, wenn meine Großmutter unten im Geschäft gebraucht wurde, saß ich bei meinem Großvater.
»Erzähl mir eine Geschichte«, sagte ich. »Warum habt ihr jemanden gebraucht, um eure Hochzeit einzufädeln?«
»Ich hab' viel arbeiten müssen im Geschäft und Geld sparen müssen für ein eigenes Geschäft, damit ich heiraten kann«, sagte mein Großvater.
»Opapa, weißt du noch, wann du die Omama das erste Mal gesehen hast?«
»Oh ja«, sagte mein Großvater. »Ich erinner' mich an den Tag, wie mich der Benedick in seine Wohnung mitgenommen hat. Deine Omama ist beim Fenster gesessen mit einem der Kinder auf dem Schoß. Und die ganze Zeit hat sie mich angeschaut, mit ihren großen schwarzen Augen. Sie hat schwarze Haare gehabt, wie eine Zigeunerin. Deine Omama war mir immer eine gute Frau. Sie ist eine gute Geschäftsfrau.«

»He, Opapa!« rief ich. »Warum stehst du auf? Wohin willst du?«
»Ich will bloß die Läden aufmachen.«
»Frag mich doch. Das ist der Hof von den Molinas, nicht wahr?« Vom Fenster aus sah ich die Nachbarn, die ich nur von ihrem öffentlichen Leben auf der *galería* her kannte, in der Privatheit ihres Innenhofes. Der Hof war ein Quadrat mit einem bloßen Lehmboden. An den rosaroten Mauern standen scharlachrote Blumentöpfe, und in der Mitte wuchs ein Zitronenbaum. Unter diesem lieblichen Bäumchen saß Señora Molinas und bürstete América Colombina das Haar. Mercedes kehrte mit einem riesigen Besen und tänzelte einen lächerlichen Tanz, um das zappelige Kind abzulenken.
»Erinnerst du dich noch an unseren Hof in Fischamend, Lorle?« fragte mein Großvater.
Nach dem Abendessen fragte ich meine Großmutter, ob sie sich noch daran erinnere, wann sie Großvater das erste Mal gesehen hat.
»Ja«, sagte meine Großmutter. »Mein Vater hat zum Cousin Benedick g'sagt, er soll einen Mann für mich finden, weil ich schon vierundzwanzig war. Ich hätt' den Miklos Gottlieb heiraten können.« Meine Großmutter zog ihre Schultern hoch und senkte den Kopf in etwas zwischen einem Achselzucken und einem schrägen Nicken. »Der war sehr gut angezogen. Er war sehr fesch und immer mit einem Mädchen. Einmal hat er g'sagt: ›Fräulein Rosa, ich bin ein Mann, der ohne die Frauen nicht sein kann, aber wissen Sie, zu Ihnen komm' ich immer zurück.‹ Aber da hab' ich nicht mit ihm reden wollen. Er hat erst geheiratet, wie ich schon vier Jahr' mit dem Józsi verheiratet war. Sie hat Rosa g'heißen, wie ich.«
»Kannst du dich an den Opapa von damals erinnern?«

»Ja, er war ein Zornbinkel.«
»Der Opapa ein Zornbinkel?«
»Ja, wir waren eine Woche verheiratet, da hab' ich g'sagt, er soll Geld aufnehmen und das Magazin aufstocken, da hat er mir ein Tintenfaß nachg'haut. Aber ich hab' ihm's Wilde wegradiert.«
»Aber Muttilein«, sagte meine Mutter, »er hat den armen Ferri aufgenommen, nachdem deine Mutter gestorben ist, und die Ibolya nach der Scheidung, und er war gut zum Großvater, wie er zu uns gezogen ist.«
Meine Großmutter bedachte die guten Eigenschaften ihres Mannes mit einem schulterzuckenden Kopfnicken. »Er hat nicht getrunken und nicht gespielt. Der Miklos Gottlieb, wißt ihr, der hat getrunken. Einmal bin ich zum Vater ins G'schäft, und er und der Miklos waren im Magazin und haben miteinander Wein getrunken. Seine Frau, diese Rosa Frankel, die war nix für ihn. Aber ich war ja auch nix für den Józsi«, sagte meine Großmutter, »ich wär' für keinen Mann was g'wesen«, und sie machte eine Handbewegung mit ihrer Rechten, wie die Abwärtsbewegung einer Welle, was wirkte, als würde sie einen Teller oder eine unangenehme Situation von sich wegstoßen.
Am Mittwoch kam Señora Rodriguez zu ihrer letzten Klavierstunde. Sie gingen zurück in die Stadt und würden zu Weihnachten wieder nach Santiago kommen. Sie brachte ein Glas Marmelade, die sie aus ihren eigenen Orangen gemacht hatte, für den »armen Herrn Steiner«.
Am Abend kamen die Grüners, um meinem Großvater Gesellschaft zu leisten. »Was hören wir da für schlimme Sachen über Sie?« sagten sie zu ihm.
»Ja so«, sagte mein Großvater.
»Wir haben einen Brief von den Freibergs«, sagte Frau Grüner. »Stellen Sie sich vor, die arme Erna hat sich das Bein ge-

brochen, und der Sigi muß sie versorgen. Sie schreibt, ihre Schwester hat immer mit dem Buben zu tun, und zum Dank ist er frech! Wir sollen dem Sigi Schildpattanstecker schikken, er will ein Importgeschäft anfangen. Der Sigi hat seine Freunde vom Gesangsverein über die Nazis ausfragen wollen, aber die reden nur von den Russen.«

»Und wie geht's dem Rudi?« fragte meine Großmutter. »Ist er nicht mitgekommen?«

»Na ja, er wollt' eigentlich mitkommen, aber Sie wissen ja, die jungen Leute«, sagte Frau Grüner, »die haben's nicht so mit der Krankheit.«

»Er war schon lang nicht mehr da«, sagte meine Großmutter, »aber wir sehen ihn eh immer drüben auf der *galería* bei den Pérez, wie er und die Juanita aufeinander herumkraxln. Er ist schon ein richtiger Dominikaner, finden Sie nicht?«

Frau Grüner stand auf, kochend vor Wut. Sie beugte sich über meinen Großvater und sagte: »Jetzt werden Sie aber schnell gesund. *Sie* sind ja so ein lieber Mensch und allseits beliebt, nicht wahr«, und sie führte ihren Mann hinaus, ohne auf Wiedersehen zu sagen.

Meine Großmutter saß da und grinste. Sie sagte: »Na, Kinder, auf nach Ciudad Trujillo. In Sosúa hab' ich alle beleidigt, und in Santiago bin ich mit der Hälfte durch.«

Mein Großvater schien sich mit seiner Krankheit abgefunden zu haben und schaute noch gebrechlicher aus. Die Finger, die über seinen Schnurrbart strichen, wirkten durchsichtig und zitterten ein bißchen. Er fragte nicht mehr nach dem Geschäft, sondern saß den ganzen Tag gegen den Polster gelehnt und beobachtete den Alltag im Hof der Molinas. Eines Tages sagte er zu mir: »Jetzt macht sie nebenan ein Geschäft auf, wie ich's nicht anders erwartet hab'.«

»Wer? Die Señora Molinas? Wie kommst du denn darauf? Aber das stimmt doch nicht.«
»Schau«, sagte mein Großvater. »Sie legen die Tischwäsche zusammen.«
»Opapa! Das ist doch nur die Mercedes, die beutelt das Tischtuch aus.«
Mein Großvater sagte: »Wir haben immer alles schön in der Auslag' gehabt, die Tischtücher, die Geschirrtücher und die Taschentücher, zum Fischamender Platz hin, erinnerst du dich?«
An dem Wochenende fing die Regenzeit an. Ich hatte nie zuvor einen so gewaltigen, maßlosen Schwall Wasser niedergehen gesehen. América Columbina und alle Kinder kamen heraus und spielten in den überfluteten Rinnsteinen, aber die Erwachsenen gingen hinein und machten die Türen zu.
Als Paul in der Früh nach unten kam, fand er Manuela, unser neues Dienstmädchen, auf dem Boden schlafend. Sie erklärte, daß sie im Regen nicht heimgehen könne. Sonst würden ihre Haare naß, und wer nasse Haar habe, bekomme eine Lungenentzündung und sterbe.
»Im Regen heimgehen kann sie nicht, aber auf dem Boden schlafen, das geht«, sagte meine Großmutter. »Sie sind nicht wie unsereins.«
Ich sagte: »Ach ja, was ist denn so großartig an unsereins? *Du* kannst jedenfalls immer nur streiten.«
Das war frech. Meine Großmutter ging in die Küche und redete für den Rest des Tages nicht mehr mit mir.
Und Tag für Tag regnete es, manchmal in phantastischen Sturzbächen, als würde ein Riesenkübel über Santiago ausgeschüttet – bis das Wasser wild in der Rinne den Gehsteig entlangschoß. Dann ging der Regen zurück auf ein stetiges, gedämpftes Rauschen, ohne Hoffnung auf ein Ende. In der

Früh wachte ich auf und hörte meine Großmutter im Nebenzimmer das Tablett auf Großvaters Bett setzen. Sie sagte: »Setz dich auf, Józsi«, und dann rief uns meine Mutter zum Frühstück.
Das Geschäft blieb leer. Paul saß im Schaukelstuhl und studierte seine Heilgymnastik. »Das ist nahe am Kriminal«, sagte er. »Die Unterlagen sind lachhaft. Und sie tun so, als könnten sie Fernkurse geben für Übungen, die man nur in der Praxis versteht. Aber ich kenn' mich eh aus. Von denen brauche ich eigentlich nur das Diplom, damit ich arbeiten kann. Dann kann die ganze Familie vielleicht nach Ciudad Trujillo ziehen.«
Die Freibergs schrieben meiner Mutter. Es tue ihnen so leid, von der Krankheit des armen Herrn Steiner hören zu müssen. Sie kämen nach Santiago zurück. Für unsereins sei Wien nichts mehr. Überall seien die Russen, und die Geschäfte gingen schlecht, und die Öfen müsse man schon anmachen, weil Herbst sei, und Dienstmädchen für vier Dollar die Woche wie in der Dominikanischen Republik gäbe es auch nicht, die kosteten dort dreimal soviel, ein Witz! Sie kämen vor Jahresende wieder. Sie sandten Grüße an alle im sonnigen Santiago.
Vom Bett aus, wo er gegen seinen Polster gelehnt saß, blickte mein Großvater über den schlammigen Hof. »Schau! Die Señora Molinas redet mit einem Vertreter im Hinterzimmer, siehst du! Da, wo das Licht an ist«, sagte mein Großvater. »Er hat seinen Musterkoffer dabei.«
»Aber Opapa, das ist doch der Polizistenfreund von der Señora Molinas, erinnerst du dich denn nicht? Der sitzt immer auf der *galería* und schickt die Mercedes um Butter für fünf Centavos. Das ist sein Koffer. Ich glaub', der zieht ein.«
»Ja so«, sagte mein Großvater. »Er will jeden Abend seine

Butter. Siehst du, jetzt zeigt er ihr seine Krawatte, sein Hemd, seine Unterhose ...«

Es war Dezember. Der Regen hatte aufgehört. In der Früh wachte ich zu den Gesängen des Hühnerburschen mit dem Ziegenbärtchen auf, der seine Waren austrällerte, und die Vögel flatterten und glucksten, wenn meine Großmutter sie unter den Flügeln kitzelte.
Dann war Weihnachten. Jedes Haus in unserer Straße ließ einen Papiermachébaum aus den USA kommen, der mit Glasröhrchen voller Farbflüssigkeit geschmückt war, die zu blubbern anfing, wenn man den Elektroschmuck ansteckte.
Die Rodriguez waren für die Feiertage nach Santiago gekommen, und meine Mutter, meine Großmutter und ich gingen am Heiligen Abend hin. Señora Rodriguez hatte eine Eibe aus den Bergen bestellt. Sie duftete nach Wald und war nach deutschem Brauch geschmückt mit braunen Talglichtern, die nach Honig rochen, und behängt mit Silberketten und goldenen Glaskugeln und Schokolade, Zuckerln in buntem Silberpapier und Lebkuchen. Im Haus war ein älterer deutscher Herr untergebracht. »Er geht nach Deutschland, sobald er seinen Paß hat«, flüsterte Señora Rodriguez. »Er kommt aus dem Gefängnis, der Ärmste. Sie haben ihn gegen Kriegsende wegen Spionage für die Deutschen festgenommen – obwohl mein Mann noch versucht hat, ihn außer Landes zu bringen. Den Deutschen ist es da schon sehr schlecht gegangen, man mußte tun, was man nur konnte.« Señora Rodriguez bat meine Mutter, *Stille Nacht* zu spielen. Sie sagte, sie gewöhne sich einfach nicht daran, Weihnachten zu feiern, wenn die Sonne hoch stand und es über dreißig Grad hatte. Es kam ihr nicht richtig vor.

In der Woche wurde La Viudas Bruder begnadigt und heimgeschickt. Er war ein kleiner brauner Mann, der verlegen auf der *galería* neben seiner Schwester stand. La Viuda hatte ein Blumenkleid an, als ginge sie zu einem Gartenfest, und nahm die Glückwünsche der Nachbarn entgegen.
Frau Grüner hatte meiner Großmutter offenbar verziehen und kam ins Geschäft. Sie lud uns alle für Sonntag in ihr Haus ein, um die rückkehrenden Freibergs zu empfangen. Meine Großmutter wollte nicht mitgehen. »Dich will sie und die Lore«, sagte sie zu meiner Mutter. »Mich will sie nicht.«
»Sie hat dich ausdrücklich eingeladen«, sagte meine Mutter. »Die Frau Freiberg hat dich immer gern gehabt, Mutti. Ich frisier, dich. Hol der Omama ihr Seidenkleid, Lorle. Ich bleib, beim Vater, und du und der Paul und die Lore gehen hin, und wenn's nur für eine Stunde ist.«
Bei den Grüners beobachtete ich meine Großmutter, wie sie neben Frau Freiberg saß, die sagte: »Wien ist nichts mehr für unsereins«, und die Mundwinkel verzog und die Alte Welt mit einem Kopfschütteln abtat.
»Aber da, das ist auch nichts«, sagte meine Großmutter. »Das Klima ... Seit wir nach Santo Domingo gekommen sind, war der Paul nicht einen Tag gut beieinander.«
»Die Kälte in Wien würde ihm auch nicht mehr zusagen«, sagte Frau Freiberg. »Und die Leute – ich weiß nicht –, ich hab, zu meiner Schwägerin gesagt: ›Warum schminkst du dir die Lippen nicht ein bisserl? Warum gehst du nicht aus?‹ Sie würden das alte Wien nicht wiedererkennen. Keine Kultur mehr. Denken Sie an die Oper, das Theater, die Musik. Aber jetzt! Jeder, der was gewesen ist, ist nach Amerika.«
»Wir sind eh nie ausgegangen«, sagte meine Großmutter.

»Mit sechsundzwanzig bin ich in ein Dorf außerhalb von Wien, da sind wir geblieben, bis der Hitler kommen ist. Wir waren die einzigen Juden. Man hat nirgends hingehen können und keinen besuchen. Einmal im Monat bin ich nach Wien und hab' die Kinder besucht.«
»Unsere Freunde vom Gesangsverein haben uns immer einladen wollen. Aber getan haben sie's nie. Der Karl Haber war ganz komisch. Einmal hat er gesagt, was würden *wir* schon wissen, auf einer tropischen Insel hätten wir gelebt, während sie durch die Hölle sind – zuerst die Deutschen, dann die Engländer, die Amerikaner und jetzt die Russen. Aber die Amerikaner waren nicht so schlimm. Ich hab' grad zum Herrn Paul gesagt, er soll in Amerika fertigstudieren.«
»Der Paul macht nie was fertig«, sagte meine Großmutter, ihre rechte Hand in ihrer Welle der Resignation und Ablehnung auswerfend. »Er hat sein Medizinstudium nicht fertiggemacht. Jetzt hat er sein Heilgymnastikdiplom, und es stellt sich heraus, daß es in der Dominikanischen Republik nichts wert ist.«
»Aber in Amerika ist alles anders«, sagte Frau Freiberg. »Die Schwester vom Sigi und seine Schwägerin wohnen in Queens. Das ist in der Nähe von New York. Er arbeitet in einer Reißverschlußfabrik – für fünfundfünfzig Dollar die Woche –, und die Wohnung putzt sich wie von selber, sagt sie. Nächstes Jahr kriegen sie Fernsehen.«
»Amerika!« sagte meine Großmutter. »Ich hab' einen Freund, einen gewissen Miklos Gottlieb, der ist nach Amerika – New York. Ich werd' Amerika nie sehen. Ich geh' in Santiago unter die Erde«, und meine Großmutter wippte mit dem Körper von der Taille aufwärts, wie ein Betender in einer Synagoge.
Frau Grüner brachte Kaffee und Sachertorte. Meine Groß-

mutter flüsterte Paul zu, er solle die Torte nicht essen. Sie sei üppig und würde ihm nicht bekommen. Dann wären Paul und ich gern gegangen, aber meine Großmutter wollte nicht heim.

In der Dominikanischen Republik bekommen die Kinder ihre Geschenke von den Weisen zu Dreikönig. Die Straße war ein bunter Anblick von Bällen und Reifen und neuen Puppen. Mercedes kam um ein Viertelpfund Reis. Sie streckte ihren Arm längs über die Budel, legte den Kopf nieder, rieb sich den linken Knöchel mit dem rechten Rist und sagte: »No me dejaron nada« – sie hatte nichts bekommen.
Den ganzen Vormittag ging La Viudas Bruder die Straße auf und ab und fragte jeden, ob er schon vom Unfall auf der Straße nach Ciudad Trujillo gehört habe. Es sei kein Unfall gewesen, sagte er, sondern ein Freund und Aktivist gegen das Trujillo-Regime sei mit seinem Wagen von den Handlangern Trujillos über die Klippe gestoßen worden.
Am nächsten Tag kamen zwei Polizisten mitten auf der Straße daher und holten La Viudas Bruder ab, und sie kam auf die *galería* und weinte vor Groll und Gram.
In der Nacht träumte meine Großmutter von einem kleinen Kind in einem schwarzen Hemdchen, das ein kleineres Kind an der Hand hatte und mit dem Finger winkte, und da wußte sie, daß eine Katastrophe über uns hereinbrechen würde. Wir sagten, das wäre doch bloß, weil Mercedes immer mit der kleinen América Columbina ein und aus gehe und weil wir La Viuda nun wieder in ihrem schwarzen Trauergewand auf der *galería* sahen, aber eines Nachmittags in dieser Woche verfiel mein Großvater in Agonie und starb. Meine Mutter stützte sich mit den Ar-

men von der Wand ab und steckte ihren Kopf dazwischen und weinte mit tiefen, schmerzvollen Schluchzern.
Paul sperrte das Geschäft zu. Herr und Frau Grüner und Rudi und die Freibergs kamen und brachten Essen nach jüdischer Tradition. Sie sagten, mein Großvater sei so ein guter Mensch gewesen. Als sie weg waren, sagte meine Großmutter: »Ich weiß, was die denken. Alle haben immer gedacht, ich behandel den Józsi schlecht.«
»Aber nein, nein, nein, nein«, sagte meine Mutter.
»Ich hab' dir nie erzählt, was er mir an unserem Hochzeitstag angetan hat. Er hat den Stiegenläufer getragen, den wir von meinem Vater bekommen haben – damit wir uns das Trägergeld sparen! An unserem Hochzeitstag hat er mich heimgebracht mit einem Stiegenläufer unterm Arm! Sowas kann eine Frau nicht verzeihen«, sagte meine Großmutter mit ihren zornigen Augen und ihrer groß hervorstehenden Nase und der Trostlosigkeit in ihrem weißen Gesicht.
Es gab keinen näheren jüdischen Friedhof als den in Sosúa, und so wurde Großvaters Leiche in der katholischen Ruhestätte in Santiago de los Caballeros begraben.
Nachher kamen die Nachbarn, um bei meiner Großmutter zu sitzen – Dr. Pérez mit Frau und Tochter, La Viuda und Señora Molinas mit América Columbina. Am dritten Tag sperrte Paul das Geschäft wieder auf.
An einem Sonntagnachmittag, als Paul und ich die Straße auf und ab spazierten, sagte er: »Ich hab' einen Kurs in Buchhaltung angefordert. Ich hab' ja gewisse Kenntnisse aus der Praxis im Geschäft, und die könnt' ich jetzt vertiefen, und vielleicht find' ich Arbeit in Ciudad Trujillo, bis wir nach Amerika können. Dort würd's deiner Omama so viel besser gehen.«
»In der Großstadt oder in Amerika? Du meinst, sie braucht mehr Leute, mit denen sie streiten kann?«

Paul sagte: »Ich weiß nicht, ob du dich noch erinnern kannst, Lorle, wie lieb du Fischamend gehabt hast.«
»Es war lieb«, sagte ich.
»Wie die Franzi und ich in Wien in die Schule gegangen sind, war es immer das Wunderbarste, am Wochenende heimzukommen und das Haus mit unseren Freunden vollzustopfen. Die Omama hat ein vollendetes Festmahl gemacht, und die Franzi hat Klavier gespielt, und es hat Geschichten gegeben. Die Omama hat so gern gelacht. Der Opapa hat gefragt, was so lustig ist. Es ist schon sonderbar, daß eine Frau, die selber so wenig zum Glück fähig ist, ihr Haus mit so viel Spaß erfüllen kann!«

An der Kreuzung von Broadway und 157. Straße gibt es eine dreieckige Verkehrsinsel mit Bänken, sechs staubigen Bäumen und Tauben. Immer, wenn einer der Fifth-Avenue-Busse vorbeirattert, fliegen die Tauben in die Luft – »und verstreuen Krankheitskeime über alle«, pflegte meine Großmutter zu sagen. Dort kamen die älteren deutschsprachigen Bewohner von Washington Heights an Sommerabenden zusammen; und eines Tages, 1951, erwähnte meine Großmutter ihren alten Freund Miklos Gottlieb gegenüber einer Hilde Hohemberg, die einen Cousin hatte, der zufällig im selben Haus wie Herr Gottlieb wohnte und ihn kannte und wußte, daß Rosa Gottlieb ein Jahr zuvor nach langer Krankheit verstorben war. Und als Miklos hörte, daß meine Großmutter in New York war, bat er, ihr seine Aufwartung machen zu dürfen.
Ich freute mich auf dieses Treffen, das romantisch zu werden versprach. Meine Großmutter legte ihr zinnfarbenes Seidenkleid an. Sie ließ sich von meiner Mutter frisieren, aber nur unter Protest – wie ein sehr junges Mädchen, das nicht zugeben möchte, daß es gefallen will.

»Weißt du, *er* wollt' mich heiraten«, sagte meine Großmutter.
»Hat er dich gefragt, Omama?«
»Mit meinem Vater hat er g'redet. Er hat g'fragt, was ich als Aussteuer mitbekomm'. Aber wenn er mich g'fragt hätt', nein, ich hätt' ihn nicht g'heiratet. Er war ein Luftikus!«
Der alte Mann, dem ich die Wohnungstür öffnete, erfüllte die Rolle des klapprigen, tatterigen, abgehalfterten Manns, die ich ihm gegeben hatte, nicht. Er war zwar sehr alt, aber gepflegt, ein kleiner Mensch in einem gutsitzenden Anzug mit Gilet, und er trug einen Stock. Sein Schnurrbart war im Wiener Kaiserstil und paßte zu seinem Gesicht. Er richtete seine winzigen, sehr blauen Augen anerkennend auf mich, ein offener Tribut an die Jugend und Frau in mir, nicht unähnlich dem unanständigen Blick, den Dr. Pérez in Santiago für angebracht hielt.
Meine Großmutter kam ins Vorzimmer.
Miklos Gottlieb hängte den gekrümmten Griff seines Stocks auf sein Handgelenk, um beide Hände für die rechte Hand meiner Großmutter frei zu haben. »Ja, Frau Rosa!« sagte er. »Immer noch diese schönen schwarzen Augen!«
Meine Großmutter erwiderte das Kompliment, indem sie den Kopf ein klein wenig vor und zwischen die Schultern zog. Meine Mutter sagte: »Muttilein, bitt den Herrn Gottlieb herein. Ich bring, den Kaffee.«
Meine Großmutter setzte sich in einen Sessel beim Fenster, während Miklos Gottlieb das Zimmer lobte und die Leute darin und bald darauf Speis und Trank und schließlich mit einer netten Bemerkung endete über die Tatsache, daß die Welt klein und viel Wasser den Fluß hinunter sei. »Aber Sie, liebe Frau Rosa, Sie haben ja Ihre Kinder bei sich. Ich hab' zwei Söhne verloren, meinen Johann im Ersten Welt-

krieg im Kampf gegen die Alliierten bei Caporetto und meinen Jüngeren, den Franzl, im Zweiten Weltkrieg in London bei einem Luftangriff der Deutschen.« Er schaute herum, um uns die Ironie auskosten zu lassen.

»Ich hab' auch verloren. Ich habe verloren«, sagte meine Großmutter und wippte mit dem Oberkörper. »Meine Franzi hat ihren Mann verloren. Mein Paul hat seine Frau verloren, zwanzig Jahr' alt war sie. Ich war noch in Wien. In der Nacht, bevor ich es erfahren hab', hab' ich meinen Traum mit dem kleinen Kind g'habt.«

»Wenn du es in der Nacht davor geträumt hast«, sagte ich, »kann das wohl kaum als Ahnung gelten, weil sie ja schon Wochen, bevor die Nachricht zu dir gelangt ist, gestorben sein muß.« Ich wollte, daß die alten Leute aufhörten, Totenklagen zu halten.

»Wir folgen einander rund um die Welt, und wir lassen unsere Toten zurück«, sagte meine Mutter. »Meinen Igo auf einem riesigen Friedhof in einem jüdischen Slum in London, die Ilse auf einem Hügel in Sosúa und meinen Vater auf einem katholischen Friedhof in Santiago.«

»Und die Ibolya in Auschwitz«, sagte meine Großmutter.

»Ach, die liebe Ibolya mit der bezaubernden Nase«, sagte Herr Gottlieb.

»Und die Sari, weiß der Himmel, wo in Ungarn«, sagte meine Großmutter. »Und der Ferri und der Kari nach Polen deportiert.« Und meine Großmutter ging die Galerie ihrer elf toten Geschwister durch und nannte die Orte, wo sie ermordet worden waren. »Und von den drei, die noch leben, ist die Wetterl in Paraguay und die Hilde in Kanada, und ich geh' in New York unter die Erde.«

»Und mein Roserl«, sagte Miklos Gottlieb und machte die Augen zu, so daß sie wie zittrige Kieselsteine aussahen, die tief in den Augenhöhlen lagen. Unter seinen Lidern

drückten Tränen heraus. »Meine gute, arme Frau, mein goldenes Roserl, fünf Jahr lang war sie krank. Die letzten zwei ist sie nicht mehr aus dem Rollstuhl gekommen und hat sterben müssen, und was bin ich ohne sie?«
»Ein bisserl Kaffee«, sagte meine Mutter und füllte seine Schale, aber meine Großmutter stand auf und ging aus dem Zimmer. Als Herr Gottlieb gehen wollte, mußte meine Mutter sie aus der Küche holen.
Miklos Gottlieb hatte sich gefangen und seine spritzige Galanterie zurückgewonnen. Oben auf seiner roten Wange balancierte noch eine Träne, eine vollkommen runde, glänzende Kugel. Er hielt Großmutters Hand und sagte: »Sehen Sie, liebe Frau Rosa, ich hab, Ihnen ja gesagt, zu Ihnen komme ich immer zurück.« Aber meine Großmutter antwortete ihm nicht.

11. Kapitel

Ciudad Trujillo –
Don Indalecio Aguirre und ich

Nach Opapas Tod und mit der »amerikanischen Quote« in unbestimmter Zukunft ließ ich langsam den Kopf hängen. Der weiße Himmel brannte unbarmherzig über Santiago. Ich streifte durchs Haus und schaute beim Fenster hinaus. Heute ist es mir unverständlich, daß ich keine Beschäftigung für mich gefunden habe. Ich scheine mich auf große Hoffnungen gestützt zu haben, daß bald etwas käme, das meiner Talente würdig sein würde. Dieser Glaube wurde von meiner Familie genährt, deren liebevolle Blicke immer auf mir lagen. Nur meine Großmutter sagte: »Die Lore wird nie heiraten.«
»In Santiago bestimmt nicht«, sagte ich. »Wen gibt's da schon?«
»Was stört dich am Rudi?« fragte meine Großmutter. »Die Lore ist wie die Ibolya. Nie ist einer gut genug. Der eine ist zu groß, der andere ist nicht g'scheit genug ...«
»Sie hat aber geheiratet«, sagte ich besorgt.
»Mit neunundzwanzig hat sie einen Metzger g'heiratet, der war ein Viech. Nach sechs Wochen ist sie ihm davon.«
Ich war erleichtert, daß Ibolya mit neunundzwanzig geheiratet hatte. Damit hatte ich ein Alter, worauf ich meine

diesbezüglichen Erwartungen ausrichten konnte. Soviel ich auch mit Großmutter stritt, glaubte ich doch an die Weisheit ihrer schwarzen Prognosen. Je mehr sie gegen meine besten Hoffnungen gingen, desto wahrscheinlicher erschienen sie mir.
Paul sagte: »Die Lorle sollte nach Ciudad Trujillo, wo sie Leute kennenlernen und eine interessante Arbeit finden kann – Zeichnen vielleicht. In Santiago gibt es nichts für sie«, und er schrieb das Hotel Parisienne an, das einer Wiener Bekannten aus Sosúa gehörte. Er vereinbarte, daß ich mit Otto fahren konnte, aber ich sagte, ich nähme den Bus. »Wenn ich schon in einem Flüchtlingshotel wohne, will ich wenigstens wie eine Dominikanerin reisen. Das ist ja unser Problem«, sagte ich. »Wir picken immer zusammen und sehen nichts vom Land und kennen keine Leute.«
»Was für Leute! Diese Leut, willst du kennenlernen?« sagte meine Großmutter. »Weißt du noch, Paul, das erste Mädel, das wir g'habt haben, das hat sich mein gutes Gemüsemesserl g'nommen, weil sie mit einem Nachbar g'stritten hat, und der hat ein Messer g'habt und sie keins.«
»Sie hat es am nächsten Tag in der Früh zurückgebracht«, sagte Paul, »und mit dem Nachbarn hat sie sich wieder vertragen.«
»Siehst du«, schrie ich, »eine ehrliche, friedfertige Frau!« Aber da hatte mich Großmutters Paranoia schon angesteckt, und als ich zur Bushaltestelle ging, sah ich in einem panischen Moment das Dutzend schwarzer Bauerngesichter in einem einzigen zahnlückigen Alptraum von einem Grinsen auf mich gerichtet.
Der Bus mußte einmal blitzblau und orange angemalt gewesen sein, aber jetzt war er so zerkratzt und zerbeult, daß

er wie ein Kinderspielzeug vom vorjährigen Weihnachtsfest aussah. Auf dem Dach war eine Pyramide aus Blechkoffern, Warenkörben und Tieren. Ein an den Beinen befestigter Truthahn hing auf der Seite herunter.
Ich stieg die wackeligen Stufen hoch und setzte mich neben die einzige andere Frau, eine alte Oma in einem sauberen, ausgebleichten Baumwollkleid. Sie sagte: »Qué me pica el pavo!« Ich hob die Schultern in einer geübten Geste, daß ich leider nicht verstand. Die alte Frau kicherte und lehnte sich gegen mich, und als ich ihrem Zeigefinger nachschaute, sah ich den kahlen, scharlachroten Truthahnkopf, der durchs offene Fenster hereinschaute. Der Vogel, der mit dem Kopf nach unten hing, hatte seine Lage ausgeglichen, indem er den Hals U-förmig aufbog. Er betrachtete den dicken schwarzen Arm der alten Frau mit einem höchst menschlichen Ausdruck argwöhnischen Zorns, bevor er noch einmal zupeckte.
Der Busfahrer fragte den Truthahnbesitzer nach dem Geschlecht des Vogels: »Este pavo, amigo, es macho o hembra?«
»Que va«, sagte der Besitzer – soweit ich es verstand –, »schauen Sie sich den prächtigen Vogel doch an, ein Männchen natürlich.«
»Ein Truthahnmännchen«, erklärte der Fahrer der alten Oma und setzte sich hinters Lenkrad.
Die alte Frau lächelte mich schüchtern an und zuckte mit den Schultern. Der Fahrer fuhr los, mit dem Fuß voll auf dem Gaspedal, und alle fielen in die Sitze zurück. Die Kampfhähne wachten auf, die einem stämmigen Mann in einer auffälligen Hahnentrittjacke gehörten, und krächzten aufgeregt mit kehligen Stimmen in ihren Segeltuchbeuteln, die kurz wie mit Helium gefüllte Ballons aufstiegen und dann für den Rest der Reise auf ihren Platz

zurücksackten und nur mehr ab und zu leise kehlige Laute von sich gaben, wie im Schlaf geplagte Wesen, die von Alpträumen heimgesucht werden.
Der Bus holperte über die Straße – dominikanische Straßen sind so billig gemacht, daß die nächste Regenzeit sie wieder wegwäscht. Die Hitze war unerträglich. Der stämmige Mann mit der Hahnentrittjacke zog eine Whiskyflasche heraus, die er unter den Männern weiterreichte. Er fing ein Spiel an: Wetteinsätze wurden gemacht, und wer als erster ein entgegenkommendes Auto erblickte, würde den Pott kriegen. Die Flasche ging die Runde.
Bald kletterten wir in die Bergregion hinauf. Der Fahrer drehte sich um und sagte: »Mira! Accidente por allá abajo!« (Schau ein Unfall, da drunten!) Weit unter uns in der Tiefe der Schlucht konnte ich das Wrack eines marineblauen Autos sehen. Während also alle abgelenkt waren, rief der Fahrer: »Ein Auto!« Alle lachten und klopften ihm auf die Schulter. Sie gaben ihm die Flasche. Jetzt standen die Männer, die Hände auf den Vordersitzen, und spornten den Chauffeur an, schneller zu fahren, um zu sehen, was nach der nächsten Haarnadelkurve kam, die das Fahrzeug auf zwei Rädern nahm. Es hüpfte durch die Schlaglöcher, wie ein Auto in einem Zeichentrickfilm, und ließ den Schotter links den Abhang hinunterrollen. Die Oma bekreuzigte sich und schrie laut auf, Jesus und Maria, mögen sie Gnade mit uns haben, aber jedesmal, wenn die Straße unter ihr wieder zur Gerade wurde und sie sich lebend wiederfand, lächelte sie erleichtert und schaute schüchtern und entschuldigend zu mir. Aber ich konnte weder aufschreien, noch zurücklächeln, denn ich biß die Zähne fest aufeinander, um mich zusammenzuhalten. Als wir am späten Nachmittag in die Ebene im Süden der Insel kamen, in Sichtweite der hohen moder-

nen Großstadtgebäude auf der Hauptstadtpromenade, taten mir Kiefer und Schultern weh.

Ciudad Trujillo, das jetzt wieder Santo Domingo heißt, ist der wichtigste Hafen und die Hauptstadt der Republik. Rund um die spanische Kathedrale aus altem braunen Stein waren die Häuser, wie in Santiago, weiß, rosarot oder erdgelb gestrichen und hatten eine *galería* aus Holz mit bemalten Geländern und einen Innenhof, in dem scharlachrote Blumentöpfe standen. Ich gab dem Busfahrer die Adresse des Hotel Parisienne und bat, mich an der nächstgelegenen Haltestelle abzusetzen, aber die Busgemeinschaft stimmte für einen kleinen Umweg, um mich bis zur Tür zu bringen. Der inzwischen stockbesoffene Kampfhahnbesitzer half mir mit dem Koffer, den er mit flatternden Jackenschößeln über die Stufen schleppte, bevor er mich mit einer tiefen, wackeligen Verbeugung in die Obhut der Besitzerin übergab.

Frau Bader, eine knackige Wiener Blondine, führte mich zu einem winzigen Zimmer, das auf den Hinterhof ging. Sie machte mir einen Spezialpreis, in der Hoffnung, wie sie sagte, daß ordentlich was los wäre, wenn sie ein junges Mädchen dahatte. Das Parisienne war Quartier für die Kurzzeitbesucher aus Sosúa, und die Stammgäste waren ebenfalls Juden aus Mitteleuropa. Alle warteten auf die »amerikanische Quote«.

Janos Kraus, der junge ungarische Maler, der das Zimmer neben mir hatte, trug seine Locken ganz dem Klischee entsprechend hinter den Ohren, was mich sofort gegen ihn einnahm. »Doktor« und »Madame« Levy waren auch aus Wien. Er sei kein richtiger Doktor, sagte Frau Bader, die bei mir saß, als ich mein erstes Abendessen zu mir nahm, sondern habe einen Fußpflegekurs absolviert, nachdem die

Nazis ihm sein Restaurant weggenommen hatten. Sie waren im Krieg in Paris untergetaucht. »Madame« Levy gab Französischstunden, und Deutsch sprach sie nur mit französischem Akzent. Frau Bergel war aus Frankfurt und gab Klavierunterricht. Frau Bader wollte wissen, was ich vorhatte. Sie sagte, sie habe ein reizendes Mädchen im Parisienne wohnen gehabt, Magda Fischer, die mit einem Job im Hotel Jaragua gut über die Runden gekommen sei, und es könne der Mühe wert sein, sich zu bewerben; dort gingen viele Amerikaner ein und aus.

Und so hatte ich meine erste Stelle im Jaragua, damals das einzige Hotel von Größe und Chic in der Stadt. Ich stand hinter einer Glasbudel neben einer Topfpalme in der in Beige und Scharlachrot gehaltenen Glas-und-Stahl-Lobby, verkaufte Zigaretten und träumte von der Liebe, die doch irgendwann den Weg auch zu mir finden mußte.

In der Früh brachten Taxis Amerikaner von ihren Karibikkreuzern. Sie hingen in der Kühle der Lobby herum. Ein braungebrannter Mann mittleren Alters mit Sporthemd stellte sich vor meine Budel, um zu plaudern. Er sagte, er habe gleich gesehen, daß ich auch Jüdin sei. Ein eleganter junger Mann fragte, wo der Golfplatz sei, und drei alte Damen wollten wissen, wo es etwas Aufregendes zu erleben gebe, aber ich schaute an allen vorbei zu der exquisiten älteren Dame in fliederfarbenem Tweed, die mit arrogant gelangweiltem Blick dasaß und ihre Espressos trank, ohne mit jemandem zu reden. Am Abend kamen die Taxis und brachten alle zurück zu den Schiffen Richtung Amerika.

An meinen freien Nachmittagen spazierte ich die größte Einkaufsstraße, El Conde, entlang. Dort gab es hohe Bürogebäude, wie das eine, in dem das amerikanische Konsulat untergebracht war, wo eines Tages, vielleicht gerade in diesem Moment, meine Papiere bearbeitet würden. Daneben war ein kleines, rosarotes, einstöckiges Haus mit kleinen Shops wie die Kleinstadtgeschäfte in Santiago. Es gab den schicken Magda's Dress Salon und das Café Madrid, das sich wie eine Bühne zur Straße hin öffnete, wo ich auf und ab ging und so tat, als schaue ich nicht auf den mittleren Tisch vorne, der von der englischen Kolonie besetzt war. Mr. und Mrs. Darcy waren seit fünfzehn Jahren jeden Nachmittag da und sitzen, soweit ich weiß, heute noch dort. Darcy war ein stiller, alter Mann mit einem blassen, langen Gesicht und einem aristokratischen Schnurrbart, der bei Bier und Pfeife milde um sich blickte. Das Reden wurde von seiner Frau erledigt, die viele Jahre jünger war und dick und einfach wie eine Bäuerin eine liebevolle, vernünftige, praktische Frau. Die britischen Botschaftsleute, die englischen Offiziere von der Schiffswerft und die englischen Geschäftsleute und ihre Familien gingen direkt vom Gehsteig hinein. Mrs. Darcy rief den Ober und bestellte einen Sessel und Eistee für die Dame oder Bier, wenn es ein Herr war. Niemand, der nicht dazugehörte, kam hin, außer mir, und ich erinnere mich nicht wirklich, daß ich es tat. Ich erinnere mich an die Wochen, in denen der englische Tisch das Zentrum meines Bewußtseins war, aber das Vergessen verdeckt den Moment, die Entschuldigung oder blinde Entschlossenheit, mit der ich über meine Schüchternheit hinweg ins Café Madrid hineinging. Ich weiß noch, wie ich neben Mrs. Darcy saß und redete. Ich sagte, daß ich seit meinem zehnten Lebensjahr in England gewesen sei, was genau mein halbes Leben ausmache, und daß ich einen B. A. in Anglistik vom Bedford College in London hätte. »Kennen Sie das vielleicht? Auf dem Inner Circle im Regent's Park. Wenn man von Beowulf genug hatte, konnte man die Gänse des Sees beobachten, wie sie über den Rasen daherkamen. Ich liebe London! Ich möchte am liebsten sofort wieder hin ...«

Eine Dame am Tisch, die für das britische Konsulat arbeitete, sagte: »Das sollte nicht schwierig sein, unter den gegebenen Umständen«, und sie benachrichtigte mich, daß ich mein Visum innerhalb eines Monats abholen könne.

Ich war entsetzt: Hinter der Erinnerung an weiße Gänse unter den großen Platanen auf dem smaragdgrünen Rasen tauchte, wie ein doppelt belichtetes Foto, mein bebrilltes Ich auf, mit Regenmantel und flachen Schnürschuhen, an einem kalten, regnerischen Junitag, über die Brücke in die Baker Street tretend, in einem Anfall von Einsamkeit und Schmerz, daß ich mich daran wie an ein Ereignis erinnerte: Da stand ich und suchte nach der Ursache und spürte meine nassen Füße und wußte, daß ich keine Sixpence mehr hatte für meinen Gaszähler.

»Ein Visum! Für England!« rief ich. »Das ist ja traumhaft ... aber leider hab' ich im Moment kein Geld ...«

»Das Visum kann verlängert werden«, sagte die Konsulatsdame.

»Und meine Mutter erwartet, daß ich mit ihr nach Amerika komme«, sagte ich und wurde rot. Ich ging heim und dachte, bei den Engländern wäre ich endgültig unten durch. Aber die Woche darauf winkte mich Mrs. Darcy vom Gehsteig herbei. Sie bestellte mir Tee und sagte, sie habe mit dem Botschafter von X über mich gesprochen, der eine Englischlehrerin suche. In den nächsten Monaten brachte mir ihre Fürsorge eine beträchtliche Zahl an Kunden, die Englisch mit britischem Akzent lernen wollten – sogar, wenn ein bißchen Wienerisch dabei war. Meinen Job als Zigarettenmädchen im Jaragua gab ich bald auf.

Der Botschafter war mein bester Kunde. Sein Chauffeur

holte mich fünfmal die Woche vor dem Frühstück ab, und am Ende jeder Stunde machte mir der Botschafter einen unsittlichen Antrag.
Der Chauffeur, der uns auf den Stufen vorm Haus auftauchen sah, ließ seinen nassen Wischmop fallen und stand sofort stramm an der Tür des riesigen schwarzen Lincoln Continental, der auf der Kieseinfahrt vor Nässe glänzte und funkelte. Der Botschafter hielt inne und hob den Zeigefinger, um Aufmerksamkeit zu gebieten.
»Sí.« Er zeigte auf mich und zog die Augenbrauen konzentriert zusammen. »Comen?« appellierte er an mich.
»Sie kommen?« schlug ich vor.
»Sie kommen«, besserte der Botschafter sich aus, »zu mir«, er zeigte auf sich und zwinkerte lüstern, »in 'otel Jaragua?« endete er triumphierend und suchte mit schiefgelegtem Kopf Zustimmung. Er war untersetzt und kaum größer als ich.
Ich schüttelte den Kopf. »Kommen Sie ins Hotel«, sagte ich deutlich Silbe für Silbe.
Der Botschafter kicherte und schlug sich auf den Schenkel: »Comen sí! Comen sí!«
»Genau«, antwortete ich, »ich komme morgen früh, um sieben wie immer. Und könnten Sie bitte Kapitel sechs wiederholen?«
Der Botschafter schaute geknickt und warf seine Hände aus. »No me quiere!« sagte er, was »Sie lieben mich nicht« heißt.
Janos Kraus, der mit seiner Palette und einem Koffer Ölfarben über die Einfahrt heraufkam, um den Botschafter zu porträtieren, lüftete seinen Panamahut und war verwirrt, weil er nicht wußte, ob er sich zuerst vor dem Herrn verbeugen sollte, der ein Botschafter war, oder vor einer Flüchtlingsgenossin, die eine Dame war. Der Botschafter

half mir in den Wagen, und als ich zurückschaute, sah ich, wie der Ungar sich verbeugte und der Botschafter mir auf den Verandastufen stehend einen Kuß zuwarf.
»Wie steht's, Frau Lerin«, fragte Jaime, der Chauffeur.
»Lehrerin.«
»Lehrerin«, besserte Jaime sich aus. Er bekam jeden Tag Gratisunterricht, wenn er mich zum Botschafter und wieder heimbrachte. Er überraschte mich mit dem natürlichen, lässigen Englisch, das ich ihm in dem halben Jahr beigebracht haben mußte, in dem der Botschafter nicht eine neue Regel gelernt und nicht einen alten Fehler verlernt hatte. Es erschien mir, daß die, die Englisch lernten, es aus der Luft auffingen, und die es nicht auffingen, lernten es nie. Der Weg von der Ahnungslosigkeit zum Wissen war mir ein Rätsel.
»Schönes Wetter, nicht? Schönes Wetter, stimmt so?«
»Ja, stimmt *es* so? Ja, es ist sehr schönes Wetter.« Wir fuhren auf dem feschen Malecon, der am karibischen Meer verläuft, das sehr still und blau zu unserer Rechten lag. Auf der linken Seite lagen die Phantasieschlösser der Reichen, zurückgesetzt in den Parkanlagen. Auf den grünen Rasen standen die kleinen schwarzen Buben, die die Wasserschläuche hielten, als urinierten sie in glanzvollen, funkelnden Wasserbögen.
Die blonde Frau Bader brachte mein Frühstück zum Tisch auf die *galería* und setzte sich mir gegenüber. Sie war in ihren Vierzigern, trotz schlechter Zähne gutaussehend und kurz davor, ihren vierten Mann zu heiraten. Ihr Witz war derb. Ihr Gang, ihre Gestik, ihre ganze Person waren so lebhaft, daß sich meine Knochen in ihrer Gegenwart gebrechlich anfühlten. Ich mochte sie, und es tat mir leid, daß ich für sie eine Enttäuschung war – denn meinetwegen strömten keineswegs Männer in ihr Hotel –, also er-

wähnte ich die Avancen des Botschafters, und jetzt wollte sie unbedingt, daß ich ihn ins Parisienne brachte. »Wir kochen Ihnen ein Wiener Essen, wie es der Mann noch nie gegessen hat.«

»Das glaub' ich gern«, sagte ich, »aber ich will ihm keine Hoffnung machen.«

»Warum denn nicht?« fragte Frau Bader.

»Er ist verheiratet«, sagte ich.

»Und?« sagte Frau Bader. »Sie hätten dasein sollen, wie die Magda Fischer noch bei uns war. Da war was los! Na, sie war schließlich ein großes rotschopfiges Mädel, achtzehn und was für eine Schönheit! Sie kennen ihren Kleidersalon auf dem Conde! Sie haben da bei mir gewohnt, sie und ihre Mutter und die Eva – das war ihre kleine Schwester –, wie sie aus Ungarn hergekommen sind. Einmal hat der Präsident Trujillo sie gesehen – stellen Sie sich vor! –, und er ist bis zur Tür vorgefahren und hat seinen Chauffeur geschickt, einen Leutnant in Uniform, der ist über die Stiegen heraufgekommen, wegen der Magda, und er hat sie auf eine Fahrt eingeladen. Sie hat gesagt, allein darf sie nicht, wie ein dominikanisches Mädel, aber der Leutnant hat gesagt, die Mutter kann auch mit, also, was hätten sie machen sollen? Die drei sind, glaube ich, hinten gesessen, der Präsident zwischen der Magda und ihrer Mutter, und die ganze Zeit, wie er mit der Frau Fischer geredet hat, hat er die Hand von der Magda gehalten. Die Frau Fischer hat's mir erzählt, sie hat gesagt, was hätte sie machen sollen? Und eine Woche später hat er den Leutnant geschickt, um die Magda für ein Fest abzuholen, und die Magda hat gesagt, sie kann nicht, weil ihre Mutter krank ist, die Ärmste, aber der Leutnant hat gesagt, sie kann doch die kleine Schwester mitbringen – die Eva muß, na, so dreizehn gewesen sein und bereits ein hübsches kleines Ding, sag ich Ihnen. Da waren diese ganzen wichtigen Leute, scheint's, ein ganzer Konvoi, und sie sind zu einer der Residenzen hinausgefahren, und dort hat es eine Fiesta gegeben, im Garten mit Laternen und allem, und die Magda ist neben ihm gesessen, und die kleine Eva neben dem Leutnant. Die haben der Kleinen Wein zum Trinken gegeben, und da ist sie auf seinem Schoß eingeschlafen. Ich weiß noch, bis in der Früh bin ich bei der Frau Fischer gesessen, um auf die Mädeln zu warten, aber ich sag's Ihnen, der Präsident hat alle Operationen für die Frau Fischer bezahlt, und die Pflegerinnen und das Begräbnis. Das Mädel hätte alles haben können, was sie nur wollte – ein Haus, ein Gut, alles –, aber die hat immer einen klaren Kopf behalten. Sie hat ihm gesagt, sie muß sich ihren Lebensunterhalt verdienen, und hat ihn das Geschäft auf dem Conde einrichten lassen. Und die kleine Eva hat den Leutnant oft zum Essen hergebracht. Warum bringen Sie diesen Botschafter nicht her?«

Ich schüttelte den Kopf. Ich sagte: »Das mit dem Botschafter und mir ist nicht so. Ich glaub' nicht, daß die Einladungen ernst gemeint sind. Der will mir nur ein Kompliment machen. Es ist seine Art, höflich zu Mädchen zu sein.« Ich erwartete, daß Frau Bader sagen würde, warum solle er es nicht ernst meinen, aber sie sagte: »Und? Wenn Sie den nicht kriegen können, warum laden Sie nicht einen Ihrer englischen Freunde ein?«

»Ich kenn' sie nicht so gut.«

»Wie meinen Sie das? Jedesmal, wenn ich den Conde hinuntergehe, sehe ich Sie doch dort an dem Tisch sitzen.«

»Ja, aber ich habe nicht den Stand, daß *ich* sie einladen könnte«, sagte ich.

»Warum nicht?« fragte Frau Bader.

»Da kommt meine nächste Schülerin«, sagte ich.

Die Schülerin, die zum Unterricht ins Hotel kam, war eine gewisse Doña Piri, eine Dominikanerin, die auf die Fünfzig zuging. Sie war sehr klein und vertrocknet, mit einem ausgesprochen herzförmigen Gesicht, das einmal bezaubernd gewesen sein mußte, jetzt aber faltig und runzelig und gelb war wie das Gesicht einer Achtzigjährigen. Sie trug ihr Haar orangefarben und kraus vom Kopf abstehend. Ihre Nägel waren lang und blutrot, und am Anfang jeder Stunde rieb sie den Bleistift an ihrer Schuhsohle, bis er spitz wie eine Nadel war.

»Doña Piri«, sagte ich, »ich habe mir überlegt, ob drei Stunden die Woche nicht mehr sind, als Sie brauchen ...« (Ich hätte gern gesagt: »Doña Piri, Sie können so gut Englisch, wie es bei Ihrer beschränkten Intelligenz nun einmal möglich ist, und ich weiß nicht, was ich die ganze Stunde mit Ihnen machen soll.«) »Ich meine, Sie sprechen ja bereits fließend Englisch ...«, sagte ich.

»Aber mein Akzent«, rief Doña Piri. »Er ist schrecklich. Ich mag Ihren Akzent, Señorita. Ihr Englisch ist so gebildet.«

»Nun, danke vielmals.«

»Und Sie haben gute Kleider. Sie haben immer Kleider wie, wie soll ich sagen, wie eine Lady.«

»Ladylike? Danke vielmals, Doña Piri, aber ...«

»Ich finde, Sie haben Geschmack. Ich bin gestern umgezogen, können Sie mir beim Einrichten helfen? Ich wollte Sie gern einladen.«

»Ich *würde* Sie gern einladen«, verbesserte ich. Ich nahm Doña Piris private Vorstöße nie ernst. Ich konnte es nicht glauben, daß sie mich lieber hatte als ich sie.

»Ich würde Sie gern zum Essen einladen, heute abend? Ich lade Freunde ein ... einen Freund ... einen sehr gut situierten Herrn ...«

Die Einladung bekam eine neue Facette, und ich fing an zu überlegen, ob ich zu Doña Piri gehen sollte.
»Ich habe ein Foto. Er war in der Zeitung.«
Doña Piri griff in ihre übergroße rote Plastikhandtasche und reichte mir ein Zeitungsfoto von zwei lachenden Männern, von denen ich einen als Präsident Trujillo erkannte. Doña Piri zeigte mit einem spitzen blutroten Fingernagel auf die Bildunterschrift. »Da, sehen Sie, da steht: Don Indalecio Nuñez Aguirre im Gespräch mit Generalissimo Dr. Rafael Leonidas Trujillo Molina, Presidente de la Republica y Benefactor de la Patria.« Ich war überrascht, daß Doña Piri einen Freund hatte, der augenscheinlich so sehr Mann von Welt war, und ich sah auch, daß er keineswegs der Mann war, auf den ich mein ganzes Leben gewartet hatte. Er war dick und alt.
»Er ist Präsident von United Pictures, alter Freund der Familie.« Doña Piri schaute mir so eifrig ins Gesicht, daß ich dachte, ich sähe, was gespielt wurde, und ich lächelte wissend und sagte: »Ja, wenn das so ist, freut es mich natürlich, und ich komme gern. Heute abend paßt wunderbar.« Es freute mich ehrlich, daß die alte Doña Piri einen Mann für sich hatte.

»Frau Lerin«, sagten die drei hübschen Mädchen im Chor. Es waren Schwestern, eine war siebzehn, die Zwillinge fünfzehn.
»Frau Lehrerin«, sagte ich. »Guten Morgen. Setzt euch.«
Aus dem Haus drang Merengue. Die Schaukelstühle und der Tisch für den Unterricht waren auf die *galería* gebracht worden. Sie war mit wunderschönen Fliesen ausgelegt und umgab an vier Seiten den alten Innenhof. Überall hingen Blumentöpfe und Kletterpflanzen, die das stechende Licht filterten und sprenkelten. So schaute es kühl aus,

obwohl es extrem heiß war. Die jungen Mädchen hatten legere Hauskleider an und Lockenwickler auf dem Kopf, und sie schaukelten und kicherten und stießen einander an. Die ältere Schwester, die ich am hübschesten fand, obwohl sie wie ich eine Brille trug, fragte, warum ich keinen Boyfriend habe.
»Wie wollt ihr das wissen?« fragte ich und wurde unter dem Blick ihrer sechs schwarzen Augen rot.
»Wir haben Sí gesehen. Gestern, con los ingleses. In Café Madrid.«
»Wir haben Sie gesehen. Mit den Engländern. Im Café Madrid«, sagte ich. »Ich habe euch auch vorbeigehen gesehen, mit eurer Mutter.« Ich hätte gefragt, ob sie vielleicht aufhören könnten, mit dem Schaukelstuhl zu wackeln, aber ihre Mutter, die den Unterricht aus geringer Entfernung beaufsichtigte, saß in einem Lehnsessel und schaukelte auch.
»Emanuela«, rief die Mutter ins Haus hinein, »mach die Musik aus und geh zur Tür. Heiß, nicht wahr?« sagte sie zu mir, während sie ihre Achseln mit einem Palmblatt befächerte.
Das Dienstmädchen führte »Doktor« Levy herein. Wir grüßten einander, und als Doña Maria gut genug vom Unterricht isoliert war, mit den Füßen im Wasser und die Merengue im hundertsten Refrain, sagte ich zu den jungen Mädchen: »Heute machen wir englische Konversation. Wir reden über Boyfriends. Wenn euch ein Freund auf einen Spaziergang auf den Conde einladen würde, würdet ihr mit ihm gehen?«
Die Mädchen schauten mich aufmerksam an. Sie sagten: »Ja, und Mama würde auch gehen.«
Ich sagte: »Und wenn euch eine Dame, die ihr kennt, zum Essen einladen würde, würdet ihr hingehen?«

»Ja, und Mama würde auch gehen«, sagten sie.
»Nun, englische Mädchen gehen überall allein hin«, sagte ich. »Würdet ihr nicht auch gern einmal allein ausgehen?«
»Ja, wir würden gern«, sagten sie aus Höflichkeit, aber an der hübschen Rundheit ihrer Kehlen und Wangen und an ihren glänzenden kichernden Augen konnte ich erkennen, daß sie unter Mutters Fittichen mehr wagten als ich im Stolz meiner Unabhängigkeit.
Ich sagte: »Jetzt machen wir ein Diktat.«

»Auf der *galería* ist ein Herr für Sie«, sagte Frau Bader an diesem Abend an meiner Tür.
»Ein Herr!« sagte ich und wünschte mir meine Mutter her, damit sie mit mir gehen könnte, und wäre eigentlich gern daheim geblieben.
»Warum bitten Sie ihn nicht zum Essen? Sie wissen, ich mach' Ihnen einen Spezialpreis!«
Der Mann, der oben auf den Stufen stand, war klein, dick und alt. Er trug einen ockergelben Sommeranzug, der über seinem großen Bauch offen war, auf dem eine gelockerte, grell gemusterte Krawatte wippte. Er gab mir eine bemerkenswert feine Hand und sagte, er sei Indalecio Aguirre und daß Doña Piri ihn gebeten habe, mich abzuholen, weil ihr Haus schwer zu finden sei. Er sprach gut Englisch. Er erschien so nervös, daß ich ihm seine Befangenheit nehmen wollte und sagte: »Das ist sehr liebenswürdig von Ihnen, obwohl ich mich an sich allein zurechtfinde.«
»Sehr gut«, sagte dieser Don Indalecio und nahm meinen Ellbogen, um mich über die Stufen zu geleiten, wo ein riesiger Wagen mit Chauffeur am Bordstein stand. Mit Genugtuung nahm ich wahr, daß sowohl Frau Bader als auch Julia, das Stubenmädchen, meinen Abgang in Männerbe-

gleitung beobachteten. Don Indalecio stieg nach mir ein und setzte sich, wie ich erleichtert feststellte, weit drüben auf seine Seite des Rücksitzes, als wir in den tropischen Sonnenuntergang fuhren, der den Tag binnen Sekunden zur tiefsten Dunkelheit werden ließ.
»Ist es weit?« fragte ich.
»Ein schönes Stück, bis ans andere Ende der Stadt.« Don Indalecio wies den Chauffeur auf spanisch an, über den Boulovard Benefactor de la Patria zu fahren. Zu mir sagte er: »Ich war noch nicht dort, seit sie ihn vor einem Monat wiedereröffnet haben. Ah, schauen Sie: alles verbreitert und asphaltiert und mit edlen Palmen bepflanzt. So prächtig wie eine Straße nur sein kann, führt allerdings absolut nirgendwo hin.«
Ich lachte erfreut. Don Indalecio zeigte zum Ende der Straße, wo zwei verfallene Hütten standen – eine war geschlossen, die andere ein windschiefes Lebensmittelgeschäft, in dem Petroleumlampen brannten. Dahinter lag das offene Land.
»Die Gebäude rechts gehören zur Kaserne«, erklärte Don Indalecio, »und dort drüben sieht man die Lichter des Flughafens.«
»Da war ich noch nie«, sagte ich. »Ich lerne gern neue Stadtteile kennen.«
Ein leichter Ruck in der Position des Herrn alarmierte mich, aber Don Indalecio hatte nur seinen Kopf gedreht und schien mich zu studieren. Ohne, daß ich recht wußte, wie mir geschah, erzählte ich, daß ich Jüdin sei, aus Wien käme, mein Onkel ein Lebensmittelgeschäft in Santiago habe und ich einen Titel von der University of London und jetzt Englisch unterrichtete. Don Indalecio hörte mit höflichem und wohlwollendem Interesse zu. Er nickte mit dem Kopf und sagte jeweils: »Tatsächlich, sehr gut!«, als bestä-

tige er das Gehörte. Es kam mir in den Sinn, daß Doña Piri ihm von mir erzählt haben mußte.

»Es sieht so aus, als unterrichte ich hauptsächlich Diplomaten und ihre Familien«, gab ich an.

»Ach ja, der Corps der ausländischen Vertreter! Ist Ihnen aufgefallen, daß wir hier nur die mit Eselsohren geschickt bekommen? Kennen Sie vielleicht den Botschafter von X?«

»Ja, den unterrichte ich fünf Mal die Woche«, sagte ich.

»Dann wissen Sie ja, daß der kaum bis drei zählen kann.«

»Ja, ja! Sie haben recht!«

»Und der Minister von Y, ein guter Mann, dem sie im Ersten Weltkrieg die Eingeweide herausgeschossen haben. Und der Konsul von Z, na, der wäre weit gekommen, aber er hat ja seine Geliebte heiraten müssen.«

»Warum soll man seine Geliebte nicht heiraten?« fragte ich, um zu zeigen, wie tolerant ich war, und stellte fest, daß mich Don Indalecio mit wachsender Zufriedenheit anschaute.

Der Wagen holperte über die Straße aus getrocknetem Schlamm. Die Scheinwerfer strahlten ein paar Kakteen an, auf denen Kleider zum Trocknen hingen, und Hütten aus Brettern und Wellblech, wie die von Pastora in Santiago. In den schwarzen Türlöchern standen Frauen mit großen Bäuchen und schauten dem stattlichen Wagen nach.

Wir kamen in eine neue Gegend und schlitterten und hüpften durch frisch umgegrabenes Land, das kein Feld mehr war und noch keine Straße. Auf beiden Seiten standen kleine, neue, modische Bungalows mit Gipsmauern. Auf einer Veranda konnte ich Doña Piri sehen, die nach uns Ausschau hielt.

Doña Piri scharwenzelte um mich herum wie ein junger Hund. »Wie gefällt es?« fragte sie, als wir in das kleine

Haus gingen. Die Farben waren pastellen und herb. Alles schaute unangenehm neu aus. Don Indalecio flüsterte: »Wie eine Kulisse, finden Sie nicht? Schauen Sie, die kleinen Vorhänge, das Sofa, der Tisch mit den drei Gedecken.«
Es war mir schon in den Sinn gekommen, daß Doña Piri diese kleine Szenerie für Don Indalecio und mich arrangiert haben könnte. Ich lachte, runzelte die Stirn und schüttelte dann den Kopf. Aber Don Indalecio machte munter weiter. »Ich habe das Gefühl, meine liebe Piri, daß das Zimmer auch wieder geht, wenn die Señorita und ich weg sind.«
»Kommen Sie«, flüsterte ich, als Doña Piri sich entschuldigte und in die Küche ging, »sie meint es doch gut.«
»Glauben Sie?« fragte Don Indalecio und schaute mir ins Gesicht, als wolle er mehr erfahren.
»Wissen Sie, sie ist erst vor ein paar Tagen eingezogen.«
»Tatsächlich! Nun, das erklärt es dann ja.« Er streckte verstohlen einen Finger aus, um die rosa Wand anzutippen. »Sieht so aus, als wäre die Wand noch nicht ganz trocken.«
»Ja!« lachte ich.
Don Indalecio klopfte aufs Sofa, um mir zu zeigen, daß ich mich neben ihn setzen solle, und bot mir eine Zigarette an. Er saß mit einem dicken Bein lässig über das andere gekreuzt, die Zigarette zwischen dem Zeige- und dem Mittelfinger seiner eleganten Rechten, und unterhielt mich. Don Indalecio war Spanier, hatte aber auch in England gelebt. Er hatte Bücher gelesen und gestand sogar abwertend, eines geschrieben zu haben. Sein Englisch war geschliffen und geistreich. Ich überkreuzte meine Beine, die Zigarette elegant zwischen Zeige- und Mittelfinger.

Beim Essen schenkte mir Don Indalecio seine uneingeschränkte Aufmerksamkeit, zu Ungunsten unserer Gastgeberin. Seine Schulter schien gegen sie gewandt, und ich wollte dauernd ein Gleichgewicht herstellen, indem ich die Unterhaltung an sie richtete. »Ich denke, das Haus wird sehr angenehm, wenn man erst einmal spürt, daß es bewohnt ist«, sagte ich zu ihr.
»Jetzt weiß man natürlich noch nicht«, sagte Don Indalecio, »ob es denn auch bewohnt werden wird.«
»Sie bleiben nicht in dem Haus wohnen?« fragte ich Doña Piri verwirrt.
Sie sagte: »Ich verdanke das Haus Don Indalecio, wissen Sie das?«
»Ach ja?« fragte ich. Es schien etwas in der Luft zu liegen, das ich entweder nicht verstanden oder mißverstanden hatte.
»Meine liebe Piri, wenn ich mich recht erinnere, war es deine gute Idee«, sagte Don Indalecio, mit einer Schärfe in seiner Stimme, daß ich dachte, sie stritten, aber als ich von einer Person zur anderen schaute, lächelten sie mich an.
Doña Piri sagte: »Die Señorita hat Geschmack und hilft mir beim Einrichten.«
»Ich weiß nicht, wie Doña Piri auf die Idee kommt, daß ich vom Einrichten was verstehe. Ich wohne in einem Hotelzimmer.«
»Eines schönen Tages, bald schon, werden Sie Ihr eigenes Haus haben«, sagte Don Indalecio, »und keine Kulisse!« Er lächelte mich bedeutungsvoll an. Ich schaute ihn stirnrunzelnd an und äugte zu Doña Piri, aber ihre Augen ruhten auf mir, als wolle sie nur, daß ich mich wohl fühlte.
»Natürlich«, fuhr Don Indalecio fröhlich fort, »spreche ich

nur von der Ausstattung. Die Besetzung«, sagte er und schaute mich galant an, »ist äußert bezaubernd.«
Doña Piri strahlte. Sie meinte, daß ich vielleicht lieber auf der *galería* säße, aber ich ging zuerst auf die Toilette und legte etwas Lippenstift nach.
Als ich nach draußen kam, saßen Doña Piri und Don Indalecio dicht beieinander und redeten. Sie unterbrachen höflich, als ich dazukam.
Ich sagte: »Ein schöner Anblick, wenn zwei alte Freunde sich gut unterhalten.« Das Synchronlächeln, mit dem sie mich anschauten, ließ mich erröten, als hätte ich etwas Dummes gesagt. Mich fröstelte ein bißchen, und Doña Piri sprang auf, um mir einen Schal zu holen.
Es war ein mickriger kleiner Wollschal. Es war eine mickrige kleine *galería*, mit Ausblick über die aufgewühlte Erde der Straße hinaus auf das ständige Geblinke der vielen Flughafenlichter. Am anderen Ende der Straße ragte ein häßliches, halbfertiges großes Bauwerk in die Höhe. Ich sagte, ich müsse langsam heim.
Don Indalecio stand sofort auf und machte dem Chauffeur ein Zeichen, den ich, als ich mich von Doña Piri verabschiedete, hinten über das Auto gebeugt sah, als wolle er die Nummerntafel richten.
Don Indalecio setzte sich neben mich auf den Rücksitz und sagte: »Würde es Ihnen was ausmachen, wenn wir bei einem Haus kurz stehen bleiben, das ich hier in der Nähe habe. Ich will nur ein paar Unterlagen holen.«
»Kein Problem«, sagte ich.
Ich schielte seitlich auf seine Schultermasse und auf die großflächige, weiche Hängewange, die im Halbdunkel sehr nahe bei meinem Auge zu sein schien. Er atmete seltsam, mit abgehackten, schnellen Zügen. Ich fragte mich, ob er Asthma hatte. Als er sich vorlehnte, um mit dem

Chauffeur zu sprechen, drückte sein Arm in der Jacke gegen meinen im Schal der Doña Piri, den sie mir aufgedrängt hatte, und ich getraute mich nicht wegzurücken, aus Angst, ihn zu beleidigen, sondern saß steif und atmete kaum, mit jedem Nerv den Kontakt vermeidend, und wartete tief drinnen in mir, bis der Arm wieder weg war.
Das Auto bog in eine Nebenstraße, die bald nicht mehr als ein struppig überwucherter Weg war. Wir hielten. Draußen in der Dunkelheit war ein Haus. Don Indalecio stieg nicht sofort aus.
»Sie entschuldigen mich, ja? Es dauert keine Minute. Oder möchten Sie vielleicht etwas trinken, bevor wir weiterfahren? Kommen Sie, und sehen Sie sich meine Junggesellenkartause an«
In diesem Moment wäre mir keine Ausrede eingefallen, ohne den unanständigen Eindruck zu erwecken, daß ich an etwas dachte, was dieser Mann von mir wollte, ohne daß er es auch nur angedeutet hätte. Und ich wollte dem Leben tapfer begegnen. Ich sagte: »Ja, sehr gern.«
Der Chauffeur hielt die Wagentür auf. Am Boden war Schotter. Es war dunkel. Don Indalecio war vorgegangen, und, vom Geräusch fallender und knarrender Gegenstände zu schließen, bahnte er sich seinen Weg durch die mit allerlei alten Möbeln vollgeräumte *galería* und tastete nach dem Lichtschalter. Drinnen ging das Licht an und beleuchtete, was wie eine billige, kleine Bude aussah. Don Indalecio riß die Tür auf, und ich erhaschte einen Blick auf das Gesicht des Chauffeurs, das mir in dem Moment böse schief vorkam, bevor ich merkte, daß er mich angrinste.
Ich marschierte in die Höhle des Löwen, aber mich drinnen niedersetzen wollte ich nicht. »Nein, danke. Ich steh' lieber.«

»Darf ich Ihnen den Schal abnehmen.«
»Danke, nein. Mich friert ein wenig«, sagte ich und zitterte.
Don Indalecio entschuldigte sich und ging aus dem Zimmer, und ich hörte, wie die Klospülung gezogen wurde. Es schien mir, daß Don Indalecio in den zwanzig Minuten, die wir im Haus waren, drei Mal aus dem Zimmer ging, während ich, mit meiner Handtasche über der Brust und meine Arme um die Tasche geschlungen, herumging und daran dachte, die Schultern gerade zu halten, wie meine Mutter es mir beigebracht hatte.
Der Raum war kahl und einfach, eine Junggesellenbleibe auf dem Land. Es gab einen modernen großen Kühlschrank gleich neben der Haustür, einen schäbigen, bequemen Fauteuil und einen schönen Holztisch, auf dem Männersachen ausgestreut waren: ein Paar Flanellhosen, eine Pistole, eine alte Luftpostausgabe der *New York Times*. An der Wand über einem einfachen Kamin hing eine mit frechem, lockerem Strich gemalte Landschaft. Als Don Indalecio zurückkam, sagte ich: »Wer hat das gemalt? Es ist gut.«
»Finden Sie?« Er stellte sich neben mich. »Das hat eine junge Freundin von mir gemacht. Juanita Rivera. Sie stellt in der Galería de Bellas Artes aus. Ihre Meinung freut mich. Ich möchte ein paar Bilder kaufen, und ich hatte gehofft, daß Sie mich beraten können. Mein eigener Geschmack ist nicht sehr ausgeprägt.« Er grinste auf seine entsetzliche Krawatte hinunter.
In dem Augenblick mochte ich ihn enorm. »Ja, es ist gut«, sagte ich. »Es gefällt mir.«
»Ich habe noch eins von ihr im Haus, das ich Ihnen gerne zeigen würde.«
Don Indalecio ging voran in ein kleineres Zimmer mit einem Bett, von dem ich meine Augen abwandte, um das

Porträt zu fixieren, das darüber hing. Es war Don Indalecios Profil, wie ich es neben mir im Auto gesehen hatte, als er sich unbeobachtet gefühlt hatte, in sich gekehrt, mit der großen entspannten, schlaffen Wange. Was das kleine Porträt mit augenblicklicher Wirkung offenbarte, war die Überzeugung, daß Don Indalecio eigentlich nichts so sehr glich wie einer traurigen, raffinierten, unanständigen alten Frau.

»Es ist sehr gut. Ein sehr feinfühliges Porträt, aber ich glaube, die Landschaft gefällt mir trotzdem besser«, sagte ich und machte am Absatz kehrt und marschierte hinaus ins Wohnzimmer. »Dieses Bild ist irgendwie stärker. Sie sollten *ihren* Rat einholen, wenn Sie Bilder kaufen wollen. Gegen sie bin ich eine Dilettantin.«

»Ja, gewiß, aber diese junge Dame ist, nun, sie ist ein bißchen böse auf mich. Von ihr bekomme ich keinen Rat mehr. Gut«, sagte er, »gehen wir.«

Don Indalecio packte eine Papierrolle, nahm mich am Ellbogen und führte mich hinaus, sperrte ab, machte das Licht aus und half mir in den Wagen, wo er still in seiner Ecke des Rücksitzes kauerte.

»Übrigens«, sagte ich, »wenn Sie sich für Bilder interessieren, könnten Sie in mein Hotel kommen.«

Don Indalecios Miene erhellte sich.

»Wir haben einen ungarischen Maler dort, Janos Kraus, der ist ganz gut. Ich könnte ein Abendessen mit ihm für Sie arrangieren. Das Essen von Frau Bader ist übrigens auch sehr gut.«

»So, so«, sagte Don Indalecio und drehte seinen Kopf so ruckartig weg, daß ich hinschaute und sein Profil sah, mit den nach unten gekehrten Lippen und den dicken, weibischen alten Wangen, die traurig herabhingen.

Ich erzählte weiter von Janos – daß er Talent hatte, ohne

besonders originell zu sein –, bis wir vor dem Hotel waren.
Don Indalecio stieg aus, um sich zu verabschieden. Er hielt kurz meine Hand. »Vielleicht darf ich Sie zum Dinner einladen. Wir könnten auch in die Galería de Bellas Artes gehen, und Sie erzählen mir was über moderne Kunst. Nachher könnten wir im Jaragua oder in Ihrem Hotel essen.«
»Ja, das klingt gut«, sagte ich ehrlich.
»Wirklich?« sagte Don Indalecio und schaute erfreut.

Als ich am nächsten Tag von meiner Stunde mit dem Botschafter zurückkam, hatte Julia, das Stubenmädchen, eine Nachricht von Doña Piri, die für mich angerufen hatte. Sie könne nicht zum Unterricht kommen, aber vielleicht würde ich heute abend mit ihr und Don Indalecio essen wollen, oder morgen, wenn mir das besser paßte. Ich dachte, es wäre mir lieber, die gute Frau ließe locker und den Dingen ihren Lauf, und sagte: »Julia, falls diese Dame wieder anruft, sag ihr bitte, daß ich ihr das Tuch zurückgebe, wenn ich sie das nächste Mal sehe.«
Aber als ich auf dem Malecon zum Haus der Señora Ferrati, meiner nächsten Schülerin, unterwegs war, schoß es mir durch den Kopf, daß Don Indalecio Doña Piri gebeten haben könnte, ein weiteres Treffen zu arrangieren. Er schien mich wirklich zu mögen. Ich fragte mich, ob ich vielleicht bezaubernder war, als ich es wußte. Ich begann zu lächeln. Ich lachte die schnittigen schwarzen Diplomatenkarossen an, die vorbeiglitten, und die mageren schwarzen Kinder, die den verhätschelten Rasen bewässerten. Sogar die lächerliche pastellgrüne Burg der Ferratis mit den Gipszinnen wirkte hübsch in dieser Ferienwelt, in diesem ewigen Sommerlicht.

Die Ferratis waren auch Flüchtlinge, aber spanische und reich. Ich wurde hinauf in das kühle Zimmer der Señora gebracht, wo sie hinter geschlossenen Fensterläden vor dem Schminktisch saß und mit sich selbst beschäftigt war.
»Ah, die Señorita! Macht es Ihnen etwas aus, wenn wir heute nur eine halbe Stunde machen? Doktor Levy kommt und macht meine Füße. Machen wir Konversation.«
»Gut, dann sprechen Sie aber bitte Englisch.«
»Ach ja, das vergesse ich immer. Ich gehe zum Canasta, stimmt das? Zur Señora Botschafterin von X. Es ist eine Langeweile. Heute abend gehen wir ins 'otel Jaragua. Das ist zu viel. Macht mich nervös.«
Mir kam die Señora nicht sehr nervös vor. Mit ihrem ausladenden Körper und ihrer warmen Hautfarbe, in einem wunderschönen, eleganten Kostüm aus weißem Pikeestoff, auf dem Weg zu einer Party, lebte Señora Ferrati meinen Tagtraum, abgesehen davon, daß ich ihrem Mann auf der Stiege begegnet war, einem gepflegten, faden kleinen Mann mit einem militärischen Präzisionsbart. Doch die Señora hatte etwas Vergnügtes an sich. Ich studierte sie.
»Ich werde Sie etwas fragen, und Sie antworten auf englisch. Kennen Sie jemanden mit dem Namen Indalecio Nuñez Aguirre?«
Señora Ferrati schaute von ihren Nägeln auf, die sie kräftig rosarot anmalte. »Sie haben einen neuen Boyfriend, ja?«
»Nein, bestimmt nicht. Er ist ein Gentleman, den ich im Haus einer gemeinsamen Bekannten kennengelernt habe. Er ist auch Spanier, und deshalb dachte ich, Sie kennen ihn vielleicht. Ich glaube, er ist der Präsident eines großen Filmverleihs.«
Señora Ferrati runzelte die Stirn und dachte, so jemanden habe sie schon einmal getroffen, und sie schaute mich so

erwartungsvoll und neugierig an, daß ich ihr alles über den vorangegangenen Abend erzählte.

»Liebe Señorita, er interessiert sich für Sie«, sagte sie immer wieder. »Er muß sehr reich sein, und er interessiert sich für Sie.«

»Aber er ist ein alter Mann«, sagte ich. Wir hatten beide vergessen, Englisch zu sprechen.

»Wie alt?«

»Fünfzig, sechzig vielleicht.«

»Und? Wie alt sind Sie?«

»Einundzwanzig.«

»Ah ja. Gut, was ist dann passiert?«

»Nichts. Wir haben gegessen. Wir sind auf der Terrasse gesessen. Er ist sehr kultiviert. Er hat ein paar gute Bilder von einem Mädchen, einer Malerin namens Juanita Rivera, in seinem Landhaus.«

»Sie waren im Haus?«

»Ja, warum? Er mußte irgendwelche Unterlagen holen«, sagte ich und wurde rot.

»Und«, sagte die Señora, »was ist *dann* passiert?«

»Dann hat er mich zu meinem Hotel gebracht.«

»Ja, meine Liebe. Und dann?«

»Dann ist er heim.«

»Meine liebe Señorita, Sie haben eine Eroberung gemacht! Mit so einem Mann können Sie ein Vermögen machen, wissen Sie das?«

Kritisch schüttelte ich den Kopf, aber ich sah mein eigenes Haus auf dem Malecon, einen Salon mit den schönsten und klügsten Leuten der Insel. In einem geistigen Brief an meine englischen Freundinnen beschrieb ich meinen Mann als Geschäftsmann, was stimmte, aber auch als geistreich und kultiviert. Und die ganze Zeit wußte ich, daß es für mich nicht stimmte.

Die Señora wachelte mit den Händen, damit die Nägel trockneten.

»Erst gestern habe ich zu meinem Mann gesagt, die Señorita wäre ein guter Fang, wie es nicht viele gibt in der Stadt: Sie ist weiß, sie ist hübsch, sie ist gebildet. Auch wenn sie wenig Geld hat, die Señorita könnte jeden haben.«

Ich schob meine Brille hoch und sagte: »Ich bin nicht hübsch.«

»Ich finde Sie hübsch!« sagte die Señora mit ehrlicher Stimme. »Wie ich schon zu meinem Mann gesagt habe, die Señorita sieht so geistreich aus.«

»Ach so«, sagte ich und mein Herz sackte wieder nach unten.

»Ich würde gern ein bißchen mehr so aussehen«, sagte Señora Ferrati und legte sich ein schönes Kreuz an einer Silberkette um den Hals.

»Außerdem«, sagte ich und dachte an die Dinge, die gestern in der Luft lagen, die ich nicht verstanden hatte und die jetzt wie falsche Töne in meinem Kopf vibrierten, »vielleicht ist er ja verheiratet, was weiß man schon. Er sieht irgendwie so aus.«

Die Señora drapierte ein kräftig pinkfarbenes Seidentuch zwischen das Weiß ihres Kostüms und ihre braune Haut. Das verlieh ihr einen plötzlichen Glanz.

»Aber meine liebe Señorita! Reden wir nicht von verheirateten Männern!« Sie stand auf. Die Stunde war aus. »Wissen Sie, was ich bei der Canastapartie mache?« Einen Moment lang dachte ich, sie würde mich einladen, aber sie sagte: »Es ist bestimmt jemand dort, der Ihren Don Indalecio kennt. Ich erkundige mich über ihn. Ich werde für Sie Detektiv spielen.«

Auf der Stiege begegnete ich »Doktor« Levy, der mit einer

Verbeugung an mir vorüber wäre, aber ich hielt ihn auf und fragte, wie's so ginge. Er bedankte sich für die Empfehlung, durch die er zu Señora Ferrati gekommen war. Gern geschehen, sagte ich. Ich fragte, ob er einen Don Indalecio Aguirre kenne. Er sagte, nein, dem Herrn sei er nie begegnet, aber er pflege die Füße der Señora regelmäßig.
»Sie meinen Señora Aguirre? Die Frau von Don Indalecio?«
Ja, und manchmal werde er gerufen, um die Füße ihrer älteren, verheirateten Tochter zu machen, die zwei kleine Mädchen habe, und er würde mich gerne als Englischlehrerin empfehlen, wenn er das nächste Mal dort sei.
Nach dem Essen war das Hotel wie ausgestorben. Die Gäste und sogar Frau Bader hatten sich in ihre Zimmer verkrochen, um der vollen Wucht der Mittagshitze zu entgehen. Im Nachbarhof schrie ein Truthahn. Natürlich hatte ich es die ganze Zeit gewußt! Hatte ich es Señora Ferrati nicht selbst gesagt, daß Don Indalecio wahrscheinlich verheiratet sei?
Das Stubenmädchen klopfte an.
»Señorita, diese Dame hat wieder angerufen.«
»Ach ja. Hast du ihr meine Nachricht gegeben?«
»Ja, Señorita. Sie hat gesagt: Zum Teufel mit dem verfluchten Schal, ich will wissen, wann sie zum Abendessen kommt!«
»Danke, Julia.«
Julia stand in der Tür auf ihren nach außen gedrehten Füßen, mit dem knappen Kleidchen fest über den geschwollenen Bauch gezogen, wie die Frauen, die ich gestern in den Türen ihrer Hütten gesehen hatte.
Julia sagte: »Señorita, erinnern Sie sich, Sie haben gesagt, Sie bringen mir das Schreiben bei.«

»Ja, das habe ich gesagt. *Jetzt?* Also gut. Setz dich.«
Ich gab ihr einen Bleistift und das Heft, das ich gekauft hatte (weil ich eine Geschichte schreiben wollte über ein Mädchen in einem Flüchtlingshotel auf einer tropischen Insel), und sagte: »Schlag das Heft auf. Aber nein! Warum in der Mitte? Auf der ersten Seite. Da. Ich mache jetzt eine Reihe mit Schlingen, wie kleine e's. So, und jetzt malst du das ab. Nein, Julia! Du mußt links anfangen. Ich lege mich aufs Bett, und du rufst mich, wenn du fertig bist.«
Es war brütend heiß. Der Truthahn schrie, und Julia saß mit ihrer Nase fünf Zentimeter vom Bleistift entfernt, den sie verkrampft in der geballten Faust hielt.
»Warum blätterst du um, Julia? Du kannst mit der Seite noch nicht fertig sein. Laß sehen.«
Julia hatte drei Schlingen gemacht, wo ich es ihr gezeigt hatte, und dann eine Riesenschlinge in der Mitte und noch zwei, und jetzt blätterte sie um. Ich stand und schaute sie an: Ich versuchte meinen Kopf freizubekommen von Begriffen wie »Seite« und »Heft«; mir vorzustellen, was es heißt, keine Bilder zu kennen, nicht in England gelebt zu haben – es war genauso schwierig, wie mir vorzustellen, das zu kennen, was ich nicht kannte, das leidenschaftliche Leben, das Julia kennen mußte, hinter diesen schwarzen Türlöchern ihres Zuhauses. Ich sagte: »Julia, wo wohnst du?«
»Weit draußen, Señorita, auf dem Land.«
»Auf der anderen Seite der Stadt, beim Flughafen, ja?«
»Nein, Señorita. Beim Flughafen wohnen die schlechten Frauen.«
»Nein, ich meine, draußen, nach der Kaserne.«
»Nach der Kaserne, auf dieser Seite des Flughafens, da wohnen die.«
»Nein. Dort, wo die neue Straße ist und hohe Häuser gebaut werden.«

»Ja, da bauen sie eine Sporthalle und Häuser für die Mädchen und eine neue Straße für die Autos der Herren.«
»Ich verstehe ...«
Ich hatte einen dieser Einblicke in der Wiederholung, als sähe ich mir einen Film ein zweites Mal an – Don Indalecios Chauffeur beugte sich hinten übers Auto; nur, daß ich diesmal sah, wie er ein kleines leeres Schild über der Nummerntafel wegnahm.
»Das Telefon läutet schon wieder, Señorita.«
Es war Señora Ferrati für mich, sie rief von der Canastapartie an. »Meine Liebe, ich muß Ihnen unbedingt was erzählen, das glauben Sie nie. Ich muß Sie sehen. Es ist so fürchterlich, daß ich es am Telefon nicht sagen kann!« Señora Ferrati klang freudig erregt.
»Moment«, sagte ich, »Sie gehen doch ins Jaragua heute abend? Ich könnte hinkommen.«
»Ja, liebe Señorita, treffen wir uns dort! Ich muß zu meinem Tisch zurück. Eine schlimme, schlimme Sache! Auf Wiederhören.«

»Guten Abend, Señorita«, sagte Julia aus der Dunkelheit, als ich das Hotel verließ. Ich schaute um mich und konnte nur ihr Baumwollkleid ausmachen, das eine Nuance heller war als die dunklen Büsche. Julia lehnte sich über die Hecke und beobachtete die Leute, die vorbeigingen; und ich wußte schlagartig, daß die Samstagabende der schwarzen Julia so einsam und dürftig und unschuldig wie meine eigenen waren.
Das neue Mädchen hinter der Glasbudel des Zigarettenstands hatte einen tiefen Ausschnitt und schulterlanges Haar. Am Samstagabend war die Lobby voll mit gutsituierten Einheimischen, die im offenen Innenhof tanzen wollten, magere Männer in hellen, lockersitzenden Anzü-

gen mit ausstaffierten Schultern, und ihre gutgepolsterten Frauen mit engen Röcken und drapierten Ausschnitten und Blumen im Haar.

Ich stand peinlich allein, mit der Maske von einer, die dem ausgelassenen Leben rundherum zusieht, und war sehr froh, als ich meinen Botschafter nicht weit von mir erspähte. Ich winkte begeistert, und er kam her, um mir die Hand zu schütteln. Er lächelte erschrocken und nur mit den Zähnen. »Ah, Sí comen!« Da kam Señora Ferrati in einem farbenfrohen, prächtigen Blumenkleid auf uns zu. Der Botschafter beugte sich über ihre Hand und sagte immer wieder: »Meine Frau muß da irgendwo sein. – Ah, Sie kennen die Señorita! Sie ist meine Englischlehrerin. Leisten Sie meiner Frau und mir Gesellschaft, wir sind auf der Terrasse.« Die Señora versprach hinauszukommen, aber vorher führte sie mich zur Damentoilette, und dort saßen wir im rosa Neonlicht, umgeben von Spiegelwänden, auf beigen Lederhockern und steckten die Köpfe zusammen.

»Liebe Señorita, das erraten Sie nie. Diese Señora Lopez von der Canastapartie kennt die Aguirres schon ewig, und, meine Liebe, er ist verheiratet und hat zwei erwachsene Töchter!«

»Ich weiß. Ich hab's ja gesagt, daß er verheiratet sein muß. Wissen Sie nicht mehr, daß ich das gesagt habe?«

»Warten Sie! Es gibt da noch eine Frau, Pilar Cruz. Sie war fünfzehn Jahre lang seine Geliebte! Können Sie sich das vorstellen?«

»Wissen Sie was, ich habe zuerst auch gedacht, daß Don Indalecio und Doña Piri ein Liebespaar sind. Aber jetzt bin ich mir *sicher*, daß sie mich vorstellen wollte .... Ich meine, Sie meinen nicht *meine* Doña Piri?«

»Doña Piri. Piri Cruz. Jeder kennt sie. Sie war fünfzehn

Jahre lang seine Geliebte«, sagte Señora Ferrati mit ihren erregten, gierigen Augen.
»Vielleicht waren sie verliebt!« sagte ich.
»Aber Señorita! Jedenfalls, es sieht so aus, daß sie jetzt, wo sie zu alt ist, davon lebt, ihm Mädchen zu besorgen. Señora Lopez hat mir erzählt, daß ihr Mann ihr erzählt hat, daß Don Indalecio ihm erzählt hat, daß das Mädchen, das er jetzt hat, schwierig wird, sie weint dauernd und stellt Forderungen ...«
»Ich weiß«, sagte ich, »eine Malerin, sie ist sehr sensibel. Erinnern Sie sich an die Malerin, von der ich Ihnen erzählt habe.«
»Na, jedenfalls hat Don Indalecio dieser Doña Piri ein Haus versprochen, oder sie hat ein Haus verlangt, das weiß ich nicht so genau, wenn sie ihm ein neues Mädchen besorgt. Na, was sagt man dazu, ist das nicht grauenhaft? Ich meine, können Sie sich das vorstellen? So, ich muß jetzt wieder weiter. Mein Mann wird mich schon suchen.«
»Setzen Sie sich zum Botschafter?« fragte ich in der Hoffnung, daß sie mich mitnehmen würde.
»Ja, und ich suche Señora Lopez. Sie hat gesagt, sie kommt vielleicht, sie wollte mehr von ihrem Mann herauskriegen. Und? Wie bin ich als Detektivin?«
Ich ging und stand in der Tür zum Innenhof. Auf der anderen Seite der Tanzfläche spielte die Merengue-Kapelle. Unter den bunten Laternen gingen Kellner in weißen Mänteln zwischen den Tischen durch. Eine Gruppe Engländer, die ich aus dem Café Madrid kannte, saß an einem Tisch, der so nahe war, daß ich die Whiskygläser zwischen ihren Ellbogen sehen und die abgehackte exakte Aussprache hören konnte, die wie meine war.
»Frau Lerin«, sagten die drei jungen Mädchen im Chor.

»Na ihr, hallo! Guten Abend«, sagte ich zu ihrer stämmigen Mutter, die schützend hinter ihnen stand und lächelte. Ihre süßen, hellen Kleidchen schimmerten und raschelten im Halbdunkel, und ihre sechs schwarzen Augen schauten mich an.
»Auf Wiedersehen, Frau Lerin«, sagten sie.
»He! Hallo!« rief Janos, der Maler. »Kommen Sie, setzen Sie sich zu uns.«
Er saß bei »Doktor« und »Madame« Levy und Frau Bergel, der Klavierlehrerin, und ihrer Tochter Lili, die vor kurzem aus New York gekommen war und angefangen hatte, Englischstunden zu geben wie ich, allerdings mit einem amerikanischen Akzent. Für mich wirkten sie wie eine leidige Ausländertruppe, professionelle Höflinge der Jetztzeit, die von der dummen Aristokratie dieser Stadt lebten.
»Setzen Sie sich«, sagten sie. »Leisten Sie uns Gesellschaft.«

Danach gingen Janos und ich miteinander. Er war wie ich selbstbezogen, unglücklich und arrogant –, und ich konnte ihn nicht ausstehen. Er klagte nicht wenig, daß seine Talente vergeudet seien in diesem Außenposten der zivilisatorischen Welt, aber mir kamen seine Talente gar nicht so groß vor. Für mich war es eher mein soziales Talent, das seltsamerweise unentdeckt blieb, obwohl Doña Piri mich für Don Indalecio ausgesucht hatte und ich Don Indalecio gut unterhalten hatte. Ich kam nie dahinter, warum die englische Kolonie oder die dominikanische Society oder die Diplomatengesellschaft mich nicht »annahm«.
Bald hörten sogar die Anrufe von Doña Piri auf. Sie kam nie mehr zur Stunde. Einen Monat nach dem Dinner sah

ich sie auf der Straße und ging auf sie zu. Ich fühlte mich schuldig, weil sie so viel Mühe damit gehabt hatte, mir eine Falle zu stellen, in die ich sowieso nie getappt wäre. Ich dachte, ich hätte sie blamiert. »Es tut mir leid«, sagte ich, »ich habe immer noch Ihren Schal« und fand mich für den Bruchteil einer Sekunde in einen Blick des reinen, unumwundenen Hasses lächeln, bevor sie die Augen abwandte und weiterging, als hätte sie mich nicht gesehen. In den nächsten Jahren ist sie mir oft über den Weg gelaufen. Sie mußte wieder in die Stadt gezogen sein. Die fortschreitende Schäbigkeit ihrer Kleidung ließ erkennen, daß für sie schlechte Zeiten gekommen waren. Ich war mir sicher, daß sie mir die Schuld gab, denn sie zeigte nie mehr, daß wir uns kannten.

Don Indalecios Bild erschien wieder in den Zeitungen. Die Bildunterschrift besagte, daß Indalecio Nuñez Aguirre, Präsident der United Pictures Cia., eine ausgedehnte Geschäftsreise unternahm, und Señora Ferrati fragte, ob wir englische Konversation machen könnten.

»Ich muß Ihnen da was Unglaubliches erzählen. Erinnern Sie sich an Don Indalecio und seine Freundin? Nun, es sieht so aus, als sei er zu ihr zurück und, na, es wird immer schlimmer. Er hat dieses Haus am Land ...«

»Ich weiß«, sagte ich.

»Und es gab Streit, und seine Pistole ist losgegangen, meine liebe Señorita! Und das Mädchen ist im Krankenhaus, und Don Indalecio muß nach Amerika, bis Gras über die Sache gewachsen ist, stellen Sie sich das vor! Na, was sagt man dazu, ist das nicht grauenhaft? Mit dem würde ich kein Wort mehr reden, ehrlich. Macht es Ihnen was aus, wenn wir nur eine halbe Stunde machen? Ich habe es eilig. Die Lopez geben eine Abschiedsfeier für ihn. Ich kann Ihnen morgen alles erzählen. Na, Sie wissen

bestimmt noch, daß ich gesagt habe, Sie sollen die Finger davon lassen!«
»Ja, ich weiß«, sagte ich. Vor meinem geistigen Auge sah ich die Gewaltszene in dem Haus, inmitten der Gegenstände, zwischen denen ich gestanden war, mit der Handtasche über der Brust und den Armen um die Tasche, damit mir nichts passieren konnte. Es machte mir angst, daß es mich nicht gereizt hatte. Ich fürchtete, daß ich nicht zu verderben sei.

12. Kapitel

New York – Mein eigenes Zuhause

1938, als die österreichischen Juden erkannten, was Hitlers Einmarsch bedeutete, rannten wir zum amerikanischen Konsulat. Jeder bekam eine Nummer, wie die Kunden in manchen New Yorker Bäckereien, damit sie streng in der Reihenfolge ihres Eintreffens bedient werden. Aber »die amerikanische Quote«, wie sie allgemein genannt wurde, ähnelte einem mißglückten Bäckereisystem, das für die Leute, die aus verschiedenen Straßen kamen, jeweils neue Nummernblöcke ausgab.

Die Nummern meiner Großeltern, die nach ihrer Herkunft auf der Ungarnquote waren, kamen zuerst dran, und zwar 1949, fast ein Jahr nach dem Tod meines Großvaters. Meine Großmutter ging mit fünfundsiebzig allein nach New York. Sie schrieb, Amerika tauge nichts. Das jüdische Komitee hatte ihr eine Unterkunft vermittelt, bei einer Amalie Kruger. Die alte Hexe brachte nicht einmal eine ordentliche Suppe zusammen, und als meine Großmutter ihr das zeigen wollte, schmiß sie meine Großmutter aus der Küche, und meine Großmutter redete nie mehr mit ihr. Gott allein wisse, ob sie es noch erleben werde, daß wir nach Amerika kämen, sagte sie, denn sie war krank vor Sehnsucht.

Pauls Nummer kam 1950 dran, und er folgte meiner Großmutter nach New York. Einmal führte er sie abends am

Riverside Drive spazieren, und die Freibergs liefen ihnen über den Weg. Sie waren seit mehr als einem Jahr in Amerika und wollten zurück nach Wien. »New York ist schlimmer als Santiago. Sie werden sehen! Im Sommer ist es brütend heiß, und Kultur gibt's keine. Nichts für unsereins, dieses Amerika!« sagten sie und ließen ihre Mundwinkel unisono fallen und schüttelten den Kopf. Sie boten Paul den restlichen Mietvertrag für ihr Apartment in der 157. Straße West an. Es bestand aus einem engen Vorraum, der in die Küche führte, mit einem Zimmer für meine Großmutter auf der linken Seite und einem Zimmer für Paul auf der rechten. Als meine Mutter und ich im Mai 1951 ankamen, brachte Paul sein Bett in Großmutters Zimmer und kaufte uns je eine Couch und meiner Mutter ein Klavier, und das rechte Zimmer wurde zum Eß- und Wohnzimmer mit einem Küchentisch mit Plastik obendrauf, an dem wir vier aßen. Die Möbel waren schäbig. Es gab ein paar große wackelige Kommoden von der Heilsarmee, aber insgesamt war ich angenehm überrascht – die Zimmer waren groß, die Decken hoch. Vor meinem geistigen Auge stellte ich die Möbel um und strich sie an; ich sah die Couchen mit kostbaren Stoffüberzügen vor mir. Da war einiges drin. Paul versprach, mir irgendwann beim Umstellen zu helfen.
Am ersten Abend führte mich Paul einen Block hinunter zum Riverside Drive.
»Da ist es aber schön!« sagte ich. »So schön wie am Themseufer. Schöner sogar – wenn da nicht überall diese entsetzliche Reklame wäre.«
Ich zeigte hinaus über den Highway mit den entgegenkommenden weißen Zwillingslichtern und den wegfahrenden roten Rücklichtern, die sich in beide Richtungen bewegten. »Straße ohne Ende«, dachte ich. (Der Gedanke

gefiel mir – ich durfte nicht vergessen, das in einen Brief an meine Freundinnen von der Uni in London einzubauen.) Das Ufer in New Jersey warf seine Neonbotschaften in zittrigen Farbspuren übers Wasser. »Ganz schön grell«, sagte ich. »Der Himmel ist richtig purpurn davon. Schau!«

Am nächsten Tag in der Früh machten meine Mutter und ich uns auf den Weg zur Arbeitsvermittlung. Meine Großmutter stand in der Wohnungstür und sagte: »Hast du dein Taschentuch? Geld? Schlüssel? Die Jause?« fragte sie Paul, der in die Arbeit ging. »Komm bald zurück«, sagte sie zu jedem von uns.
Die Sonne schien schnurgerade die 157. Straße hinauf. Wir mußten unsere Augen vor den funkelnden Fenstern des Republican Club im ersten Stock über der Rexall's Drogerie an der Ecke abschirmen. Die billigen Kleinstadtgeschäfte am Broadway und die gelben Taxis blitzten frisch gewaschen in der frühen Maimorgensonne. Wir gingen hinunter in die U-Bahn und kletterten bei der 42. Straße wieder heraus. Ich kam mit meinem B. A. in Anglistik von der London University, einer prämierten Kurzgeschichte und meinem Zeichentalent, »auf der Suche«, wie ich den Leuten beim Vorstellungsgespräch sagte, »nach einer interessanten Stelle«. Ich mußte eine Karte ausfüllen, und nachdem sie die kontrolliert hatten, sagten sie, ich solle Kurzschrift und Schreibmaschine lernen sowie ein bis zwei Jahre Amerikaerfahrung sammeln und dann wieder kommen. Wie Paul es an dem Abend ausdrückte: »Amerika, Land der unbegrenzten Möglichkeiten für Leute, die die IBM-Maschine bedienen können.«
Paul arbeitete in einem bekannten New Yorker Forschungsinstitut. Er hatte sich um eine Stelle im Labor be-

worben, wo seine medizinische Ausbildung von Nutzen hätte sein können, aber sein Studium an der Wiener Uni wurde in Amerika nicht anerkannt. Die Personalabteilung zeigte allerdings Interesse an seiner Viehzuchterfahrung aus der Zeit in Sosúa, und so bekam er einen Job als Tierbetreuer. Auf die Frage, ob er eventuell ins Labor aufsteigen könne, wurde ihm gesagt, man wisse nie, welche Chancen sich ergäben.

Meine Mutter fand Arbeit in einer Küche unter der Filiale einer berühmten Restaurantkette auf der Fifth Avenue, wo sie Vorspeisen zubereitete. Meine Mutter sagt, daß sie die meisten Hausspezialitäten nicht kannte, und sogar als sie gelernt hatte, wie man sie machte, erkannte sie deren amerikanische Namen nicht, die verzerrt über das Sprachrohr herunterkamen, und die schlechtgelaunte Schwarze von der nächsten Arbeitsfläche wollte ihr nichts erklären. Meine Mutter hatte Angst, den Job zu verlieren, und kam abends heim und weinte, weil sie nervös und erschöpft war.

Ich fand eine Stelle als Bürohilfe in einer Schuhfabrik in Queens für vierzig Dollar die Woche. Ich saß mit den Mädchen an einem langen Tisch und übertrug einlangende Bestellungen auf rosa Kartonblätter. Zu meiner Linken saß eine fette, pickelige Blondine, die Charlene hieß. Ich sagte ihr, ich sei frisch aus der Dominikanischen Republik, wo ich Englisch unterrichtet hätte, und eigentlich Österreicherin, sei aber zehn Jahre in England gewesen. Charlene zielte, ohne mit der Wimper zu zucken, mit beleidigenden blauen Augen auf mich und sagte etwas zu ihrer Freundin über Leute mit Akzenten, die dahin zurück sollten, wo sie herkamen. Es war Charlenes Aufgabe, die Liste mit den Essensbestellungen zu machen, und meine, sie von der Kantine unten zu holen. Sie wartete bis Punkt zwölf, so daß ich wohl oder übel zehn Minuten meiner einstündigen Mittagspause verlor, bis ich herausfand, daß ich mit ein bißchen Trödeln in die Massen von den anderen Stockwerken geriet und ganze zwanzig ihrer Minuten verplempern konnte. Ich erinnere mich an die diebische Freude über meinen Sieg, der kurzlebig war, denn sie schlug zurück. Wir wurden jeden Tag gewiefter in wechselseitigen Gemeinheiten.

In der Nacht in meinen Träumen fielen Charlene und ich einander in die Arme und erklärten uns alles wechselseitig, aber in der Früh, bevor ich in die Arbeit ging, übergab ich mich. Zu Mittag ging ich hinaus, um den Anblick ihres widerwärtigen Rückens zu vermeiden, den sie mir zuwandte. Ich spazierte durch das Fabriksviertel, stieg über aufgelassene Geleise und sah minutenlang niemanden. Dann winkten mir zwei Arbeiter in Blaumännern zu, die auf den Stufen eines rostigen Eisenbahnwaggons saßen und Kaffee aus der Thermoskanne tranken. Ich fühlte mich gut. Bald darauf fand ich mich selbst an der Kante des Wassers wieder, auf dem der Riesenklotz des UN-Gebäudes von drüben gespiegelt stand. Als ich zur Fabrik zurückrannte, schrieb ich im Geist einen Brief an meine Londoner Freundinnen.

Am Abend kam ich die Straße hinauf und sah meine Großmutter am Küchenfenster. Als ich aus dem Fahrstuhl trat, hielt sie mir die Wohnungstür auf. Ich küßte sie und sagte: »Warum stehst du herum und wartest auf uns? Setz dich doch nieder.«

»Deine Mutter ist spät dran.«

»Wie spät? Elf Minuten.«

»Was kann ihr passiert sein?« sagte meine Großmutter in Sorge.

»Schauen wir einmal.« Ich hob meine Hand und zählte die

Möglichkeiten an meinen Fingern ab. »Vielleicht unterhält sie sich mit ihrem Vorgesetzten. Vielleicht ist sie auf der Fifth Avenue und schaut Auslagen an. Vielleicht steht die U-Bahn zwischen zwei Stationen ...«
»Glaubst du, daß in der U-Bahn was passiert ist?« fragte meine Großmutter und ging wieder zum Küchenfenster. »Da ist sie ja!« sagte sie. »Und der Paul auch«, und sie winkte, bis sie in der Haustür unter ihr verschwanden. Dann stellte sie sich in die Wohnungstür, um das rote Licht des aufwärtsfahrenden Lifts zu beobachten, der ihre Kinder heimbrachte.
»Ich hab' einen Mohnstrudel gemacht«, sagte meine Großmutter. »Der Tisch ist schon gedeckt.«
Aber Paul wollte duschen und sich umziehen und bei Dolf essen. Eines der ersten Dinge, die Paul in New York getan hatte, war, Dolf im Telefonbuch von Manhattan zu suchen. Er fand ihn. Dolf hatte geheiratet. Er schrieb immer noch Gedichte – auf deutsch – und ohne jemanden zu haben, der sie las. Paul ging ihn ab und zu besuchen, um Freundschaft und Unterhaltung in großen Zügen aufzusaugen, und jedesmal war Großmutter unglücklich darüber und wollte es ihm ausreden.
»Dein wunderbarer Freund Dolf, gedankenlos, wie er nun einmal ist, bringt dich nach einem langen Arbeitstag noch aus dem Haus. Du schaust müde aus.«
»Mir geht's gut, Muttilein.«
»Warum ißt du nicht wenigstens daheim und gehst nachher hinüber? Was weiß seine Frau schon von deinem empfindlichen Magen?«
»Sie kocht gut. Sehr gut sogar.«
Meine Großmutter brachte ihn zur Tür, um zu schauen, daß er sein Taschentuch und alles hatte. »Komm bald zurück«, sagte sie.

»Ich versteh' den Paul nicht«, sagte meine Großmutter, als wir drei Frauen uns zum Essen niedersetzten. »Wie kann er einen Freund besuchen, der nicht daran denkt, seine Mutter einzuladen und die Schwester und die Nichte.«
»Omama«, sagte ich, »was hättest du denn mit dem Dolf zum Reden?«
»Lorle!« sagte meine Mutter mit flehenden Augen, damit ich aufhörte, frech zu Großmutter zu sein. Sie wollte, daß wir runtergingen und uns aufs »Dreieck« setzten, wie meine Großmutter die Verkehrsinsel an der Ecke nannte.
Frau Hohemberg, die in dem Haus wohnte, wo meine Großmutter zuerst gewesen war, saß neben meiner Großmutter. »Das sind also die Tochter und die Enkelin? Warum bist du nicht mit deinem Freund unterwegs?« fragte sie mich.
»Sie hat keinen«, sagte meine Großmutter. »Sie ist zu heikel.«
»Das kommt schon noch«, sagte ich. »Mach dir um mich keine Sorgen.«
Aber *ich* machte mir Sorgen. Es gab ein Bild, das sich in meinen Hinterkopf eingeprägt hatte – ich hatte es durch eine Tür gesehen in dem Moment, den jemand gebraucht hatte, um sie zu öffnen und hineinzuschlüpfen: eine Frau, die auf einem Barhocker sitzt und mit einem Bein wippt; ein stehender Mann, der sich auf seinen Ellbogen stützt und zu ihr lehnt. Vielleicht hatte ich es nur in einem Buch gelesen. Besonders an Samstagabenden dachte ich an so eine Tür, aber es gab Bars, das wußte ich aus Filmen, wo Frauen allein nicht hinein durften, und die Namen der Drinks kannte ich auch nicht; vielleicht würde niemand kommen und sich an der Bar zu mir lehnen. Ich schaute auf meinen Knöchel und bezweifelte, daß er die Form zum

Wippen hatte. Meine Mutter fragte, ob Großmutter und ich zum Dreieck mitkämen.
Ich sagte: »Ich nicht! Ich geh' aus.«
»Wohin gehst du?« fragte meine Großmutter, als sie mich bis zur Wohnungstür begleitete.
»Ich weiß nicht«, sagte ich.
»Wann kommst du zurück?«
»Da ich nicht weiß, wo ich hingehe, kann ich schwer sagen, wie lange es dauern wird.«
»Lorle!« flehte meine Mutter.
»Warum willst du mir nicht sagen, wo du hingehst?« fragte meine Großmutter sehr überrascht.
»Weil ich dreiundzwanzig Jahre alt bin, Omama, und vielleicht an einen Ort will, den du nicht gutheißen würdest«, sagte ich, obwohl ich glaube, daß mich ihr Interesse für meine Affären weniger gestört hätte, wenn es eine Affäre zu durchleuchten gegeben hätte.
»Danke sehr«, sagte meine Großmutter, und ihre Augen traten bereits zornig aus den Höhlen hervor. »Das wird ja ein angenehmer Gedanke, mit dem ich im Bett liegen und auf dich warten kann.«
»Dann denk nicht dran. Du brauchst nicht auf mich zu warten.«
»Ich frag' dich nie wieder, wo du hingehst, das versprech' ich dir«, sagte meine Großmutter. »Das Beste wär', ich würd' gleich sterben«, sagte sie und ging ins Wohnzimmer.
»Geh schnell und gib ihr ein Busserl«, flüsterte meine Mutter, aber meine Großmutter war dabei, eine Patience zu legen, und schaute mich nicht an.
Ich nahm die U-Bahn zum Times Square und spazierte zwischen den Reklamelichtern, die blinkten und liefen und hüpften, die Farbe wechselten und wieder von vorn

anfingen. Ja, dachte ich, oh ja, *Times Square – Crossroads of the World,* das ist es! Es erinnerte mich an den Wiener Christkindlmarkt, wo ich mit Poldi, unserem Dienstmädchen, hingehen durfte und die Leute vom Land ihre kitschigen Buden aufstellten. Gedankenverloren philosophierte ich vor mich hin und beschrieb in einem geistigen Brief nach London die winzigen Schildkröten für fünfzehn Cent, die *Greetings from New York* in roter Farbe auf den Buckel gemalt hatten, und die Cowboyhüte, auf die man sich von einer Frau mit einer klappernden Nähmaschine für dreißig Cent seine Initialen im Zickzackstich nähen lassen konnte. Ein dickes Mädchen, das blauen Satin und einen Blumenhut trug, zeigte zu dem Fenster neben der Schießbude, wo die Menge einem Schwarzen zuschaute, der mit einer übergroßen Kochhaube Frankfurter briet.

Es gab eine Buchhandlung. Ich ging hinein. Unter der grellen Beleuchtung sah ich Titel, für die ich mich schämte, wenn ich sie denn anzublicken wagte, aber ich fand ein spannendes Buch, das *Writers' Yearbook* hieß, mit einer Liste von Autorenclubs, einen in Antioch, drei in Kalifornien und einen in Manhattan. Ich schrieb die Adresse in Manhattan ab und ging heim und verfaßte einen gewitzten Brief an den Club. (Wochenlang kostete ich die köstlichen Wendungen in meinem Gedächtnis aus.)

»Frau Hohemberg hat einen Neffen, einen sehr netten jungen Mann. Sie hat ihm von der Lore erzählt«, sagte meine Großmutter am nächsten Tag, ohne sich direkt an mich zu richten, weil sie mir nicht verziehen hatte.

»Der wird ja aus dem Häuschen gewesen sein«, sagte ich.

»Er würd' gern heiraten«, erzählte meine Großmutter meiner Mutter.

»Na, da wünsche ich ihm viel Glück«, sagte ich.
»Lorle«, sagte meine Mutter. »Warum willst den jungen Mann nicht wenigstens kennenlernen? Vielleicht magst du ihn ja.«
»Wer hat gesagt, daß ich ihn nicht kennenlernen will?« fragte ich und fing an zu warten.
Toni Lustig kam am Freitag, um mit mir in das Kino in der Nähe zu gehen. Er hatte ein sehr nettes Gesicht mit jüdisch braunen Augen, genau wie die Augen aller Brüder meiner Großmutter. Aus den Ärmeln seines marineblauen Anzugs schauten seine bloßen Handgelenke hervor, ohne Manschetten. Ich weiß nicht mehr, welchen Film wir gesehen haben, aber ich erinnere mich noch daran, wie wir nachher über den Gang hinausgegangen sind. Als ich gerade sagen wollte: »Schöner Schmarrn!« sagte Toni: »Schöner Film, findest du nicht?« Ich beschloß, den Mund zu halten. Wir standen draußen auf dem mittsommernächtlichen Broadway. Ich fragte, was er mache.
»Zuerst, wie ich her'kommen bin, war ich Packerlschupfer«, sagte Toni. »Dann war ich Glaser, und jetzt kellnerier' ich und geh' am Abend in die Hotelfachschul'. Und du?«
»Ich war Englischlehrerin in der Dominikanischen Republik. Und vorher in London bin ich aufs College gegangen«, antwortete ich. Und weil ich dachte, das könnte jetzt wieder zu gescheit klingen, sagte ich: »Jetzt bin ich Bürohilfe und ein schlechte dazu, aber«, fügte ich hinzu, »ich werde Schriftstellerin.«
»Öha«, sagte Toni. »Eine Schriftstellerin! Was schreibst du denn?«
»Über ein Mädchen, das sein ganzes Geld gespart hat, um sich ein Kleid zu kaufen, das ihre Nase klein und rund macht.«

»Aber ein Kleid macht eine Nase doch nicht anders«, sagte Toni.

»Stimmt«, sagte ich, »weil es nie das richtige Kleid ist. Also fängt sie wieder zu sparen an, und inzwischen wird sie älter, aber sie sagt sich: ›Ich bin bloß ein bißchen mitgenommen wegen dem kleinen Rheumaanfall heut' in der Früh. Morgen bin ich wieder rosig und glatt, und meine Nase ist rund, und meine Brille fällt ab.‹«

»Was passiert am Schluß?«

»Sie stirbt.«

»Oje. Über glückliche Leut' schreibst du nie?«

»An die Gattung glaub' ich nicht. Hast du vielleicht schon einmal einen glücklichen Menschen getroffen?«

»Mich«, sagte Toni.

»Ein fescher Bursch«, bemerkte meine Großmutter am nächsten Tag in der Früh mit einem fragenden Ton.

»Ein sehr netter Bursche, netter als ich«, sagte ich. »Ein bisserl blöd halt.«

»Arme alte Lorle, was für ein Snob du bist!« sagte Paul.

»Die Lore wird nie heiraten«, sagte meine Großmutter.

»Lorle, du bist zu schnell mit deiner Kritik«, sagte meine Mutter, »wie kannst du nach einem Abend wissen, wie jemand ist? Sogar, wenn er nicht der Richtige ist, könntest du über ihn vielleicht andere kennenlernen. Irgendwo mußt du ja einmal anfangen, weißt du.«

»Ja, Mutti, das weiß ich.«

»Soll das heißen: Halt den Mund, Mutti?«

»Es soll heißen, ich hätte gern, daß ihr meine Art respektiert und mich meine eigenen Entscheidungen zu meiner Zeit treffen laßt. Macht euch um mich bitte keine Sorgen.«

»Du hast recht«, sagte meine Mutter und schaute dabei besorgt zu meiner Großmutter, die diesmal nicht beleidigt

lichen Apartment wohnen mußte und weil Paul gereizt auf mich reagiert hatte.

Als ich am nächsten Tag in der Früh in die Küche kam, studierte er die Stellenanzeigen in der *Sunday Times*. Er erzählte, daß er zu Mittag im Labor vorbeigeschaut hatte, um eventuell behilflich zu sein, und sie hätten gesagt, er könne die Reagenzgläser auswaschen, und der Kübel sei ihm ausgerutscht, eine schöne Bescherung. Paul sagte: »Ich geb' selber eine Annonce auf: ›Nicht mehr ganz junger Bursche ohne Erfahrung, mit zwei linken Händen und viel Sitzfleisch, sucht exzellent bezahlte Möglichkeit.‹«

»Gib' mir ›Hilfskräfte, weiblich‹«, sagte ich. »Ich schau' immer, ob was drin ist, wie ›Schr.‹ oder ›Akad.‹. Ich hoffe immer, daß es diesen faszinierenden Job gibt, wo man von schönen, netten, interessanten Leuten umgeben ist.«

Paul sagte, er mache sich meinetwegen Gedanken. Er bereue es sehr, daß er keine praktischen Fähigkeiten habe, und daß es vielleicht an der Zeit sei, daß ich in die Richtung was täte.

»Ja, hab' ich mir auch schon überlegt. Vielleicht mach' ich einen Abendkurs. Ich dachte an Vergleichende Religionswissenschaften.«

Nein, sagte Paul, er habe da eher an Kurzschrift und Schreibmaschinschreiben gedacht. »Aber es sollte schon etwas mit deinem Talent zu tun haben, Gebrauchsgrafik vielleicht.«

»Ii, Gebrauchsgrafik!« sagte ich, und dann sagte ich: »Paul, ich geh' dir ziemlich auf den Geist?«

»Ja, ziemlich«, sagte er. »Deine Mutter und ich haben uns über dich unterhalten. Wir haben gesagt, der Mann, der sich auf dich einläßt, tut uns jetzt schon leid, aber daß du es wert bist.«

»Welcher Mann denn?« sagte ich.

war und fröhlich lachte. »Ich hab, grad in diesem Moment aufg'hört, mir Sorgen zu machen«, sagte sie und faltete die Hände im Schoß mit der Miene von jemandem, der keinen Finger mehr rührt.

Am folgenden Samstagabend erinnerte ich Paul an sein Versprechen, mir beim Umstellen der Möbel zu helfen. Nachdem wir alles herumgerückt hatten, sagte meine Großmutter, daß sie nicht sehe, was jetzt besser sei, als sie es vorher gehabt habe.
Ich sagte: »Das Problem ist, daß man die Raumverhältnisse und Fluchten erst sehen kann, wenn alles an seinem Platz ist. Pauli, vielleicht sollte das Klavier da hinüber und die Couch parallel dazu, und der Tisch kommt unters Fenster.« Aber auch dieses Arrangement schaffte keineswegs die elegante Ordnung und das Raumgefühl, nach dem ich mich sehnte. »Wie wär's, wenn die zwei Couchen ein Eck unterm Fenster bilden würden?« sagte ich und stieß damit an Pauls Geduldsende.
»Die Omama hat Kopfweh, deine Mutter schaut erschöpft aus, und ich bin auch schon ganz fertig. Du hast die Wahl. Wir lassen es so, wie es ist.«
»Aber so ist es noch nicht richtig«, sagte ich.
»Dann stellen wir wieder alles so, wie es war.«
»Aber das ist doch *schiach*«, sagte ich.
Entsetzt sah ich, daß nicht einmal dieses Wort Paul bewegen konnte. Er baute sich überlebensgroß auf, und sein zorniger Mund sagte: »Hör zu. Das ist die Wohnung von deiner Omama, und du bist nur eine von vier, die da wohnen. Wir müssen uns zwischen deiner Empfindsamkeit und dem Wohlbefinden der übrigen Familie entscheiden.«
Ich ging ins Bad und weinte, weil ich weiter in einem häß-

Toni hat nie mehr angerufen. Wochenlang versuchte ich mich an Pauls Worte zu erinnern, daß ich es wert sei, auch wenn einem der Mann schon jetzt leid tun konnte, und ich konnte in meinem geistigen Ohr nie genau hören, was er gesagt hatte: War's »der Mann, der sich auf dich einläßt« oder »der Mann, der sich auf dich einlassen würde«? Es waren kaum drei Wochen vergangen, da kam meine Großmutter mit der Neuigkeit vom Dreieck, daß Toni Lustig verlobt sei. Sie hatte das Mädchen gesehen, es hatte Hasenzähne und war älter als er.

Eines Tages schaute ich in unseren Postkasten und fand meinen gewitzten Brief an den Autorenclub mit dem Stempel ›Empfänger unbekannt‹. Ich steckte meine Hand in den Postkasten und tastete herum. Sonst war nichts da. Der Postkasten daneben war offen, und ich griff dort hinein – und erstarrte kurz vor Angst, daß es mit meinen Sinnen bergab ging.

In dem Winter machte ich Abendkurse in Kurzschrift und Schreibmaschinschreiben, und im Frühling meines zweiten Jahres in New York bekam ich einen Job in einer PR-Agentur auf der Madison Avenue. Sie mochten meinen britischen Akzent und waren anfangs davon überzeugt, daß ich bei einem Lohn von fünfzig Dollar die Woche eine echte Mezzie sei. Die Agentur war neu und gehörte zwei Männern, von denen einer nervös und der andere gutmütig war. Der Gutmütige schrieb seine Briefe selber und der Nervöse auch, nachdem er herausgefunden hatte, wie mies ich tippte. Ihre Kunden – eine dänische Walfleischfirma, ein Auffrischungkurs in männlicher Anziehungskraft und eine Kampagne mit dem Zweck, die Liberty Bell aus Philadelphia zur Weltausstellung auf die Philippinen zu entsenden – machten nicht allzu viel Arbeit. Der nervöse Chef sagte, ich solle so tun, als sei ich beschäftigt. Ich fragte, ob ich meine eigenen Geschichten schreiben dürfe, und er sagte, das ginge in Ordnung.

In der Mittagspause spazierte ich auf den Gehsteigen Richtung Norden oder Süden und schaute hungrig durchs Glas in elegante Kleidergeschäfte und vornehme Antiquitätenhandlungen. Zu Hause machte ich mich ans Möbellackieren. »Ich überleg', welche Farbe passend wär'«, sagte ich.

»Braun«, sagte meine Großmutter.

»Braun! Wie falsches Holz? Niemals! Farbe soll wie Farbe ausschauen. Rot und Blau sind nicht gerade elegant. Grün ist unmöglich. Grau vielleicht.«

»Niemand in Amerika hat graue Möbel«, sagte meine Großmutter.

»Wie willst *du* das wissen?«

»Ich weiß es eben«, sagte meine Großmutter. »Ich hör', was die Leute sagen.«

»Wo? Auf dem Dreieck? Was Frau Hohemberg sagt?«

»Ich war schon bei anderen Leuten.«

»Bei Amalie Kruger. Denk doch einmal, Omama – wann hast du denn eine amerikanische Wohnung von innen gesehen?«

»Hab' ich, hab' ich«, sagte meine Großmutter.

»Laß mich Grau nehmen, Omama. Das schaut bestimmt fesch aus, du wirst sehen«, sagte ich, und meine Großmutter kehrte ihre rechte Handfläche nach oben und machte eine wegwerfende Bewegung – sie hatte aufgegeben.

Ich quälte mich noch eine Woche mit der Wahl des richtigen Farbtons, und bald darauf standen mitten in der Wohnung frisch angemalte graue wackelige Kommoden herum, und meine Großmutter ging ins Bett, krank vor

Durcheinander und Aufregung und wegen des Terpentingeruchs, der sich mit der Augusthitze mischte.
Im Herbst heiratete Paul Schwester Suse, mit der er in Wien in die Schule gegangen war, und sie zogen in ihre eigene Wohnung in der Bronx. Meine Mutter übersiedelte zu meiner Großmutter ins Schlafzimmer. Sie überließen mir das Wohnzimmer, in dem ich die Möbel wie verrückt hin und her schob. Ich machte, was ich für eine fesche Sitzecke aus zwei Couchen hielt, und nähte chinesischrote Überzüge aus Sackleinen. Meine Großmutter beschwerte sich, daß sie zu kratzig zum Draufsitzen seien. Sie konnte sich auch nicht mit dem dänischen Teaktischchen anfreunden, das ich im Ausverkauf erstanden hatte: Es war zu niedrig zum Patiencelegen. Deshalb stellte meine Mutter den alten Küchentisch ins Schlafzimmer, und da lebte meine Großmutter nun großteils.
Als meine Mutter einen Job in einer Bäckerei am Broadway annahm, wo sie Spätschichten hatte, kaufte sie meiner Großmutter einen, für mich riesig wirkenden, quadratischen Schwarzweißfernseher für die langen Abende, die vor ihr lagen.
»Netter Mensch dieser Liberace, er ist auch Jude, nicht wahr?« fragte meine Großmutter.
»Aber Omama! Nein! Das ist doch ein italienischer Name«, sagte ich.
»Ich glaub', er ist Jude«, sagte meine Großmutter. »Aber den da ...« Sie zeigte auf den Bildschirm. Ein Showmaster führte einen kleinen Hund vor, der ein Ballettröckchen anhatte und auf den Hinterpfoten stand. »Den mag ich nicht. Er ist ein Antisemit«, sagte meine Großmutter.
»Es sind aber immer Juden in seiner Sendung«, sagte ich.
»Warum glaubst du, daß er Antisemit ist?«
»Sowas seh' ich sofort«, sagte meine Großmutter.

»Aber du verstehst ja kein Wort von dem, was er sagt. Wonach beurteilst du ihn?«
»Sowas spür' ich sofort«, sagte meine Großmutter und klopfte mit ihrer rechten Hand in die Luft mit einer Geste, die Beweis gegen jedes Argument der Logik war.
Am Samstag sagte meine Großmutter: »Die Frau Hohemberg hat mir von einem netten Mädel erzählt. Das hat auf der Maschine neben ihr gearbeitet. Und jetzt geht sie oft in so einen jüdischen Club mit einem ganzen Haufen netter junger Leute, am Broadway ist das. Sie haben Vorträge und machen interessante Sachen. Sie besuchen Künstlerateliers und Viehhöfe. Im Sommer machen sie Ausflüge. Sie gibt mir ihre Adresse für die Lore.«
»Danke, ich will keine Viehhöfe besuchen und keine Ausflüge machen mit irgendwelchen netten jungen Juden«, sagte ich. »Aber du, Mutti, du solltest ab und zu ausgehen.«
»Ich geh' eh aus«, sagte meine Mutter. »Letzten Sonntag waren die Omama und ich zum Tee bei der Frau Hohemberg eingeladen.«
»Ja«, sagte meine Großmutter, »und die Frau Hohemberg hat ihren Bruder für dich eingeladen, ein Witwer ist der, aber du hast den ganzen Nachmittag nur mit dem Butzerl vom Toni Lustig g'spielt.«
»Aber Muttilein, das Baby war doch viel reizender als der Bruder von der Frau Hohemberg. Er hat eine sehr hohe Stimme und eine stinkende Zigarre.«
»Aber Mutti, vielleicht ist er ja interessant, wenn man ihn erst näher kennt«, sagte ich. »Oder er könnte andere Leute kennen. Irgendwo mußt du ja einmal anfangen. Die Omama hat ihren Fernseher.«
»Wegen der Omama mach dir keine Gedanken, die ist eh bald tot«, sagte meine Großmutter und ging in ihr Schlafzimmer.

»Mutti! Lorle! Ich wüßte ja nicht einmal, wo hingehen«, sagte meine Mutter.

»Es gibt Clubs!« sagte ich ungeduldig. Es dauerte lange, nachdem meine Mutter gelernt hatte, sich aus meinen Angelegenheiten rauszuhalten, bis ich damit aufhörte, sie zu beraten.

Dann fand meine Großmutter Gefallen daran, allein unterwegs zu sein. Im Herbst bekam Paul einen Sohn, Peter, und jede Woche machte meine Großmutter sich auf den Weg in die Bronx, dabei mußte sie zweimal die U-Bahn- und einmal den Bus wechseln.

Ich wurde von der PR-Agentur gefeuert – dem nettesten Job, den ich je hatte –, als der nervöse Chef einen Zettel mit Namen und Telefonnummer auf meinen Schreibtisch legte, damit ich ihn verbinde, und ich sagte: »Eine Sekunde, ich mach' nur noch den Absatz fertig.«

Ich verlegte mich auf Gebrauchsgrafik im Bereich Textildesign. Für dreißig Dollar die Woche wurde ich in einem kleinen sechstklassigen Studio angestellt, wo ich als Lehrling, Verkäuferin, Empfangsdame und Glaswäscherin zugleich arbeitete. Der Boß sagte: »Halten Sie sich an mich. Ich mache eine Designerin aus Ihnen.«

»Sie glauben, daß ich Talent habe?«

»Machen Sie sich um das Talent keine Sorgen. Halten Sie die Augen offen. Ich sag' Ihnen, was sich verkauft. Sie werden eine Designerin.«

Ich denke, er muß einen hohen Blutdruck gehabt haben. Er war ein riesiger, rotgesichtiger Pole namens Polacek, der glaubte, je mehr man die Leute anschrie, um so mehr konnte man aus ihnen herausholen. »Man muß sie anbrüllen!« brüllte er, nachdem er meinen verlegenen Ton mit einem Kunden am Telefon gehört hatte. »Setzen Sie sich hin, und malen Sie.«

»Aber ich dachte, ich soll ...«
»Nicht denken. Malen!«
Ein großes, hübsches Mädchen namens Margery half mir beim Farbenabmischen, als der Boß nicht herschaute, und Mrs. Shapiro, die Chefdesignerin, flüsterte, daß er eigentlich ein Herz aus Gold habe – bloß seine Stimme sei laut. Mrs. Shapiro war klein und rundlich gebaut, ein bißchen wie meine Mutter, und hatte die klare Haut und die fröhlichen Augen eines jungen Mädchens. Manchmal holte ihr Mann sie ab, und der war auch klein und rundlich und hatte klare rosige Wangen und die gleiche charmante Fröhlichkeit. Mrs. Shapiro erzählte mit bescheidener Zärtlichkeit von ihren beiden Kindern im Teenageralter und von ihrer senilen Schwiegermutter, die bei ihnen in dem kleinen Haus in Queens wohnte. Einmal bin ich ihr nach der Arbeit hinterher und habe sie auf eine Tasse Kaffee eingeladen.
»Ich beobachte Sie immer«, sagte ich. »Sie schauen wie eine glückliche Frau aus, und ich habe immer behauptet, daß es sowas gar nicht gibt.«
Mrs. Shapiro sagte, sie würde mir das *Women's Own* vom letzten Monat bringen. Da war ein Artikel drin, daß man geben und wieder geben muß, dann würde das Glück zu einem zurückkommen. Sie sagte, bei ihr habe es immer funktioniert.
Das Studio war an der Ecke Broadway und 40. Straße, mitten drin im Textilviertel, das einen Block vom Times Square, dem Zentrum der Welt, entfernt liegt. In diesem Herbst ging ich in meinen Mittagspausen systematisch Richtung Norden und Süden, zuerst den Broadway, dann die Seventh Avenue entlang, und dann nach Osten und Westen, und ich fing an, New York zu lieben. Ich hatte aufgehört, alles in Briefen nach London zu beschreiben. England hatte nie geantwortet.

Eines Tages lud Margery mich ein, am Samstag zu einem jüdischen Tanzclub für junge Leute mitzukommen. »Wäre schön, wenn wir zusammen hingehen würden«, sagte sie. »Ich würde gern gehen, aber nicht allein.«
Als ich sie auf dem Gehsteig vor einem der schäbigen Hotels am oberen Broadway traf, konnte ich sehen, daß sie Angst hatte, und sie erzählte, daß sie sich jedesmal, bevor sie tanzen ging, übergab.
»Ich auch! Ich übergebe mich in der Früh vor der Arbeit!« rief ich und fühlte mich durch diese plötzliche Gemeinsamkeit zu ihr hingezogen. »Ich habe Angst, daß ich etwas falsch anmale und Polaceks Designs ruiniere.«
»Ich«, sagte Margery, »ich übergebe mich nur, wenn ich tanzen gehe. Besetz' die zwei Stühle, schnell! Dann können wir sitzen, falls uns niemand auffordert.«
Die Halle war groß und schlecht beleuchtet. Auf der anderen Seite stand die grimmige Burschenreihe mit dem Rücken gegen die Wand. Plötzlich sahen wir einen ausscheren und wie eine Sternschnuppe über die Tanzfläche auf uns zutreiben. Ich schaute auf meine Füße. Aber es war Margery, für die er kam, und als er sie wegführte, drehte sie sich um und zeigte mir ein desperates Schulterzucken. Sie war einen Kopf größer als er – eine schöne Frau neben diesem frettchengesichtigen Wicht, der seinen kläglichen Rücken und seine schmalen Schultern in einer lose hängenden, wild gemusterten Jacke versteckte, die ihm drei Nummern zu groß war.
Ein Mann mit einem pupurroten Kinn unter seinem Dreitagesbart nahm mich am Handgelenk und schwang mich herum, als sei ich eine Tür, die er zu sich hin zumachte. Mit abwesendem Blick kräuselte er seinen Mund, als wolle er gleich eine kleine Weise pfeifen, und hakte sein Kinn über meine Schulter wie die Herzogin bei *Alice im*

Wunderland. Wir tanzten. Ich hielt Konversation für angebracht und sagte, das sei mein erster Tanz in Amerika – ich sei in England aufgewachsen und hätte in der Dominikanischen Republik Englisch unterrichtet. Ich fragte, was er von Beruf sei.
»Elektriker«, sagte er. Ich versuchte, mir noch etwas einfallen zu lassen, als die Musik aufhörte und er wegging.
Frettchengesicht brachte Margery zurück und setzte sich neben sie, und sie schienen sich lebhaft zu unterhalten. Sie tanzten den zweiten Tanz miteinander. Der Elektriker kam wieder und nahm mich ohne ein weiteres Wort in Anspruch, indem er mich an sich ranzog. Er atmete schwer, und sein hart werdender Körper bedrängte mich so, daß ich wegrückte, aber ich dachte, das ist es, was ich nicht immer tun sollte, und ich versuchte, mich in seinen Armen weich zu machen. Mein Partner bemerkte weder meinen Rückzieher noch meine versuchte Hingabe, aber ich schien ihn zufriedengestellt zu haben, denn als der Tanz vorbei war, sagte er, ich sei ein Schatz, und beim Weggehen schnalzte er mit der Zunge.
Am Montag im Studio erzählte mir Margery, daß ihr Tanzpartner sie nach Hause gebracht habe und in der U-Bahn zudringlich geworden sei. Sie sagte, am Samstag gebe es wieder einen Tanz in Upper Manhattan – viel nettere Leute, die einer Synagoge angehörten, aber als wir uns am nächsten Samstag am Gehsteig vor der Tanzhalle trafen, sahen wir Frettchengesicht in der Tür, und aus dem Erdboden sprang der Elektriker, der mich mit einem Ruck am Handgelenk packte und sagte: »Schatzi! Wohin bist du am letzten Samstag verschwunden?«
Ich weigerte mich, ein weiteres Mal mit ihm zu tanzen, was es mir unmöglich machte, wie ich es frei nach Jane Austen zu Margery sagte, mit jemand anderem zu tanzen.

»Warum?« fragte Margery. »Warum kannst du nicht mit jemand anderem tanzen?« Margery sagte, sie würde nächsten Sommer zu Grossinger's gehen. »Ich werde nächste Woche neunundzwanzig!« sagte sie.
»Was ist das – Grossinger's?« fragte ich.
Zu Weihnachten bekam ich einen Anruf von einem Mann, der sich als Donald ausgab. Ich kannte weder den Namen noch die Stimme, die belegt klang, als sei er verkühlt. Der einzige, der mir einfiel, war der Elektriker, und ich bekam es mit der Angst zu tun.
»Wie heißt du?« fragte er.
»Wie können Sie mich anrufen, wenn Sie nicht wissen, wie ich heiße?« fragte ich.
»Ich habe einfach eine Nummer gewählt«, sagte der Mann. »Es ist Weihnachten, und ich bin betrunken. Nicht richtig betrunken. Beschwipst. Du brauchst mir deinen Namen nicht zu sagen, wenn du nicht willst. Aber würdest du ein bißchen mit mir reden?«
»Also gut«, sagte ich.
»Du hast einen bezaubernden Akzent. Du bist keine Amerikanerin?«
»Ich komme aus Wien«, sagte ich mit einem Gefühl der Angst, daß ich etwas hergeben würde. »Aber ich bin in England aufgewachsen«, fügte ich hinzu.
»Ich bin auch ein Flüchtling«, sagte der Mann. »Aus San Francisco. Kann ich ab und zu anrufen? So alle zwei Wochen?«
»Lieber nicht«, sagte ich. »Aber ich wünsche Ihnen frohe Weihnachten. Wiederhören.«
»Wiederhören«, sagte er. »Mach's gut.«
Ich horchte immer noch, als der Hörer am anderen Ende auf die Gabel gelegt wurde.
Ich hatte in dem Jahr ein Bild in meinem Kopf von einer

Stadt mit lauter schlecht beleuchteten Einzelzimmern, wie das, das ich mir für meinen Betrunkenen am Telefon vorgestellt hatte, wie das Schlafzimmer, wo meine Großmutter an ihren langen Winterabenden vor dem Fernseher saß; von unzähligen Tanzhallen, wo Männer aufgereiht standen, mit dem Rücken zur Wand, und Mädchen wie Margery, die sich übergab, bevor sie dorthin ging. Damals übergab ich mich, und zwar nicht nur morgens vor der Arbeit, sondern auch Samstag abends, wenn ich nirgendwohin ging, und eines Tages, als ich schließlich einen Brief aus England bekam, und oft aus keinem speziellen Grund.
Mit der kleinen Mrs. Shapiro hatte ich eine laufende Auseinandersetzung. Ich versuchte sie davon zu überzeugen, daß sie *im Grunde genommen* nicht glücklich war. »Sie haben bloß Stunden oder sogar nur Momente, in denen Sie sich glücklich *fühlen*.« Mrs. Shapiro sagte, sie habe darüber nachgedacht, was ich gesagt hätte, aber sie habe nicht feststellen können, daß sie im Grunde genommen unglücklich sei.

Im Mai hatte ich einen ergiebigen Streit mit Mr. Polacek und verließ das Studio für einen neuen Job, wo ich sechzig Dollar die Woche bekam.
Im Juli lernte ich Claire kennen. Als der Bus Nr. 5, mit dem wir beide stadtauswärts fuhren, in die 72. Straße in Richtung Hudson River bog, drehte sie sich zu mir und sagte, sie sei Schauspielerin. Sie sei frisch aus Rom hier, wo sie die Hauptrolle in *Bitterer Reis* spielen hätte sollen, aber ihr Cousin Vittorio de Sica habe ihr erklärt, daß Hollywood besser für ihre Karriere wäre, und deshalb sei sie nach Amerika gekommen. Sie hatte einen Koffer neben sich und einen Regenmantel überm Arm. Sie trug ihr Haar wie ein kleines Mädchen, offen und schulterlang, und ihr Ge-

sicht, ohne eine Spur von Make-up, war einfach schön.
»Ich komme ursprünglich aus England«, sagte sie, und ich war sehr erfreut, denn ich hatte schon gefürchtet, daß ich unter dem britischen Akzent ein gutturales mitteleuropäisches R, meinem nicht unähnlich, entdeckt hätte.
Ich sagte: »Ich habe seit drei Jahren mit keiner richtigen Engländerin mehr gesprochen! Ich habe mein halbes Leben in England verbracht.«
»Komm mit in meine Bude. Das muß hier irgendwo sein.«
Als wir zur West End Avenue spazierten, sagte Claire, daß ein befreundeter Maler ihr sein Zimmer angeboten habe. »Wir sind in Rom am Flughafen ins Gespräch gekommen. Er war nach Griechenland unterwegs, und als er hörte, daß ich nach New York fliege, hat er mir seine Schlüssel gegeben.«
Das Zimmer roch nach Hitze und ranzigem Fett. Es war leer, bis auf einen Kühlschrank, einer Couch mit scharlachrotem Frotteeüberzug, auf der Claire, trotz einer gewissen Pummeligkeit, mit herzzerreißender Grazie posierte, und ein Telefon, dessen Hörer sie abnahm. Sie verlangte Elia Kazan.
»Schau in den Kühlschrank«, sagte sie zu mir mit der Hand auf der Hörmuschel. »Er hat gesagt, es gebe Erdbeereis.«
Elia Kazan war nicht da, und Claire hinterließ ihren Namen und ihre Nummer. »Du mußt ihn unbedingt kennenlernen«, sagte sie. »Ich gebe eine Party, sobald ich Geld hab'.«
»Wo hast du Elia Kazan kennengelernt?« fragte ich.
»Ich kenne ihn ja noch gar nicht«, sagte Claire. »Ich möchte, daß er mir eine Rolle in irgendeinem Film besorgt, damit ich nach Hollywood kann. Vittorio kommt erst im Herbst.«

Das Telefon läutete. Aus Claires Antworten schloß ich, daß es ein Freund des Mieters war. »In Griechenland«, sagte Claire. »Er kommt im September zurück. Aber du kannst trotzdem hier übernachten. Bring was zum Essen mit. Eine Freundin ist da, und wir essen gerade das letzte Eis auf …. Ich glaube nicht, daß der Geld für ein Hotelzimmer hat«, sagte sie, als sie auflegte. »Außerdem glaube ich an die freie Liebe, du nicht?«

»Oh, selbstverständlich«, sagte ich enthusiasmiert von diesem weltumspannenden Austausch von Schlüsseln und Betten und Essen, in dem ich mich selbst allerdings nicht sehen konnte. Ich stand auf.

»Warum gehst du? Vielleicht magst du ihn. Oder vielleicht kennt er andere Männer in New York«, sagte Claire, schamlos ins Zentrum meines Elends vordringend. »Mußt du? Ruf mich an.«

Es war Samstagabend und drei ganze Tage bevor ich es für passend befunden hätte, Claire zum Tee einzuladen, als sie mich anrief, um mich auf eine Party einzuladen, die drei pakistanische Studenten in ihrem Stock gaben. Die könnten mir gefallen, sagte sie.

»Es ist schon nach neun«, sagte meine Großmutter. Sie fragte nie mehr, wohin ich ging. »Ich frage mich, wann deine Mutter heimkommt?«

»Viertel zwölf, Omama. Wie immer.«

»Hast du Geld? Die Schlüssel?«

»Omama, ich bin sechsundzwanzig. Ich geh', seit ich zehn bin, allein außer Haus.«

»Wart, bis ich tot bin«, sagte sie. »Ich bin dir nicht mehr lang lästig«, und sie ging zurück in ihr Zimmer und machte die Tür zu. Danach kam sie nie mehr zur Tür, wenn ich ging, um zu sehen, daß ich alles mithatte, und ich weiß noch, daß es mir abging.

Ein sehr dunkler, sehr junger Mann mit unnatürlich großen Augen und langen schlaksigen Gliedern, der eine rosarote Plastikschürze anhatte, machte die Tür auf und sagte, Claire helfe ihm beim Curry. Er führte mich durch ein Zimmer voller junger plaudernder Leute in die Küche, in der Urwaldtemperaturen herrschten.
Claire stand auf der Abtropffläche und schaute in das oberste Fach des Küchenkastens. Ihr reizender Kopf war knapp unter der Decke und schien in einer Dampfwolke zu schweben, die aus der Spüle aufstieg. Sie sagte: »Das ist meine Freundin Lore. Sie ist auch Engländerin. Und das ist Abdullah Shah.« Sie zeigte auf einen zweiten Mann, der weniger dunkel, weniger schön und groß und weniger jung war und in einem Topf rührte. »Die armen Kerle haben kein Geschirr. Morgen, Muhammad«, sagte sie zu dem jungen Mann, der mich hereingelassen hatte, »gehen wir zwei zu Woolworth«, und daher wußte ich, daß der schöne junge Mann ihrer war, und daß sie mich für den anderen eingeladen hatte. Dieser andere hob seine Augen, um mich anzuschauen, und sagte: »Hallo, wie geht's«, in einer Aussprache, die direkt aus Oxford war.
Als ich später mit einem israelischen Studenten und seiner ungarischen Freundin auf dem Boden saß und das feurig gewürzte Curry aß und dabei kräftig Luft in meine brennende Kehle sog, kam Abdullah mit seinem Teller und setzte sich in einen Sessel hinter mich. Er konzentrierte sich aufs Essen, aber ich hatte das Gefühl, daß er zuhörte, weshalb ich zu einer eloquenten Schmährede über die amerikanische Textilindustrie ansetzte. »Es geht rein und allein um die Verkaufszahlen«, sagte ich. »Nun, heuer lautet die Devise ›Konversationsmotiv‹ mit Schwerpunkt römische Versatzstücke. Wenn die Gladiatoren mit dem Aquädukt im Hintergrund, Farbwahl

aquamarin, pink und schwarz, in der einen Woche gut gegangen sind, so sind's in der nächsten Woche Streitwagen mit dem Kolosseum als Hintergrund, Farbwahl pink, schwarz und aquamarin.« Aus dem Augenwinkel sah ich Abdullah gähnen, aufstehen und seinen Teller in die Küche tragen.
Aber bald darauf kam er zurück, stellte sich hinter mich und sagte: »Gehen wir.«
An der Tür wurden wir von einem dicken jungen Inder abgefangen, der sagte: »Wohin gehst du? Wir wollten übers Geschäft reden.«
»Komm mit«, sagte Abdullah ohne Begeisterung. »Es ist zu heiß hier drin.«
»Ich wollte dir von dieser Wäscherei erzählen«, sagte der dicke Inder, als wir zwischen den schwarzen Bäumen und den nächtlich bevölkerten Bänken über den Riverside Drive gingen. In den Flecken Dunkelheit küßten sich Paare. Auf einer Bank lag ein alter Mann gemütlich ausgestreckt und schlief. Unter einer Straßenlaterne las ein Student ein Buch. Ein Paar mittleren Alters ging mit zwei Hunden vorbei, und die Frau sagte: »Grauslich heiß«, in österreichischem Tonfall, der seltsam vertraut in meinen Ohren klang, als ich zwischen meinen zwei Orientalen spazierte. Der dicke junge Inder sagte: »Ich kenne einen Typen, der einen Freund hat, der eine von diesen Wäschereien hat, mit der er zweihundertvierzig netto die Woche macht.«
»Klingt gut«, sagte Abdullah.
»Jedenfalls braucht der Typ dringend Geld. Also gibt er den Laden billig ab, für fünftausend Dollar, zweitausend auf die Hand.«
Wir gingen schweigend.
»Also brauchen wir dreitausend Dollar.«
»Rosa, der Himmel«, sagte Abdullah und schaute hinauf.

»Pupurrosarot. Das war eines der ersten Dinge, die mir aufgefallen sind«, sagte ich ganz aufgeregt.
Abdullah atmete tief ein und sagte: »Wir müssen zu viel Curry in das Huhn getan haben.«
Der dicke junge Mann wurde freundlich. »Ich gehe wieder zurück zur Party. Ich glaube, das wäre etwas. Denk drüber nach und ruf mich an.«
»Ja, mach, ich. Gute Nacht.«
»Spry zum Backen, Spry zum Braten«, sagte ich. »Scheußlich, diese ganze Reklame.«
»Aber das ist es doch, was den Himmel so schön purpur macht«, sagte Abdullah. Er gähnte und bat mich um Verzeihung. »Ich weiß nicht, wann ich das letzte Mal geschlafen habe. Seit ich in New York bin, führe ich dieses frustrierende Leben. Ich arbeite den ganzen Tag bei der *Voice of America,* ohne ein Auslangen zu finden. Ich gebe die ganze Nacht Parties, ohne Freunde zu finden. Jedes Jahr bekomme ich noch einen akademischen Grad, den ich nicht will. Ich habe einen B. A. in Anglistik der Oxford University, und dann bin ich hierher gekommen und habe einen M. A. in Geologie von der Michigan University bekommen, und jetzt bin ich auf der Columbia und mache meinen Doktor der Politikwissenschaften ...«
»Also gut, ich frag' dich: warum machst du es?«
»Weil ich ein Studentenvisum habe, und wenn ich eine halbe Stunde aussetze, schicken sie mich wieder heim.«
»Und das wäre so schlimm?«
»Schrecklich. Ich bin seit elf Jahren weg. Ich bin ein verwestlichter Orientale. Wenn ich daheim mit den Leuten so reden würde wie mit dir jetzt, würden sie mich nicht verstehen. Dann ist da meine Familie. Pakistanische Frauen sind unmöglich.«
»Und amerikanische Frauen?«

»Sehr charmant«, sagte Abdullah, mit dem nach innen gerichteten Lächeln eines Mannes, der auf manch zärtliche Geschichte zurückblickt.
Abdullah rief am nächsten Abend an und wollte nach seiner letzten Vorlesung vorbeischauen.
»Was, jetzt kommt er vorbei? Um zehn?« fragte meine Großmutter. (Sie hat sich nie dazu durchgerungen, Abdullah und seine sonderbaren Besuchszeiten zu billigen.)
Er kam mit einem Buch, das er für eine Seminararbeit lesen mußte, die zwei Wochen überfällig war, und fragte, ob ich ihm eine Zusammenfassung schreiben könne. Er wußte genau, was er tat: Je mehr Arbeit ich in ihn steckte, desto mehr hing ich an ihm.
Claire war ein Teil des pakistanischen Studentenhaushalts geworden. Sie füllte die Küchenregale mit Geschirr und den Eiskasten mit Essen, das sie kochte und mit ihnen aß. Dann führte »Elia« sie zum Essen zu Sardi's, wo sie »Harold« traf, der in Stratford wohnte und enorm reich war. »Er vergöttert mich, und sein Schwiegersohn ist ein hohes Tier bei der Shakespeare Company«, erzählte sie uns.
»Und kann dieser Harold was für dich tun?«
»Mit dreiundachtzig? Kaum, armer Kerl, das kann man sich ja vorstellen, aber ich find ihn süß, und er bringt mich nächstes Jahr in die Company. Und ich kann den Winter über bei ihm wohnen.«
Claire packte und nahm ihren Regenmantel und borgte sich das Fahrtgeld von Abdullah – Muhammad studierte damals Film und hatte keinen Job –, und wir brachten sie alle zusammen zum Port Authority Terminal.
»Was sagt denn dein Cousin zu deinen neuen Plänen?« fragte ich.
»Welcher Cousin? Ich habe keine Verwandten.«

»Ich dachte, Vittorio de Sica ...«, sagte ich und wurde dunkelrot, als eine plötzliche Einsicht die vielen losen Enden von Claires Abenteuern zu einer schlüssigen Antwort bündelte.
»Vittorio de Sica!« sagte Claire. »Der ist doch in Hollywood.« Und sie starrte verwundert auf den Namen, den ich aus dem Traum der letzten Woche gezogen hatte, als sie schon ganz und gar in den heutigen Träumen steckte. Sie küßte Muhammad und Abdullah und mich, und, winkend und warme Tränen weinend, rollte sie so aus meinem Leben, wie sie gekommen war – mit dem Bus.

Zu der Zeit kam ich zu dem Schluß, daß nicht nur das amerikanische Design entsetzlich, sondern ich eine entsetzliche Designerin war. Meine strengen und kritischen Augen sahen meinen eigenen Händen zu, wie sie Linien und Figuren von hilfloser Geschmacklosigkeit tupften, die noch nicht einmal kommerziell erfolgreich waren, weil mein innerer Zwist mich davon abhielt, einen ehrlichen professionellen Touch zu entwickeln. Mit dem »Entwickeln« hörte ich auf und fing statt dessen an, die Kunst des »Reproduzierens« zu vervollkommnen, den technischen Teil des Textildesigns. Das bedeutete, die Zeichnung des Designers so zu überarbeiten, daß der obere Teil ohne Unterbrechungen auf den unteren paßte, wenn sie in die Rollen gekerbt wurden, die das Muster längs auf den Stoff druckten. Obwohl ich nie so gut wurde, daß ich mich nicht mehr vor jedem neuen Design gefürchtet hätte, machte ich mich selbständig, damit ich mir noch ein paar Stunden zum Schreiben nehmen konnte.
Im Herbst belegte ich einen Kurs in *Creative Writing* an der New School. Keiner der Leute, die um den langen Tisch saßen, schaute brillant aus, aber in der ersten Stunde redeten

sie alle mit eigenen Stimmen, und als das Semester voranschritt, wurden sie zu Personen. Es gab ein Paar mit Namen Herb und Louise, beide sehr groß und beide blond, die nebeneinander saßen und sich weniger anschauten, als vielmehr gemeinsam herausschauten, und sie schauten sehr freundlich zu mir. Nachdem eine meiner Geschichten vorgelesen worden war, wollten sie mit mir am nächsten Donnerstag vor dem Kurs essen gehen. Wir aßen in einem mexikanischen Restaurant im Village, und ich redete ganz schön viel. Ich sagte: »Wißt ihr eigentlich, daß ihr die ersten waschechten Amerikaner seid, mit denen ich essen gehe?«
Louise sagte, sie sei den ganzen Weg von einer Kleinstadt in Indiana nach New York gekommen, um zu vermeiden, daß sie jeden Tag mit waschechten Amerikanern essen müsse.
Herb, der aus derselben Stadt war, sagte: »Wenn Lore Amerikaner treffen will, solltest du sie nächstes Jahr zu deiner Familie mitnehmen.«
»Ja, das würde ich gerne machen. Das ist mein Ernst. In New York lerne ich immer nur Pakistanis, Inder, Ungarn, Israelis, deutsche und österreichische Juden kennen.«
»Pakistanis, Inder und Juden!« sagten Herb und Louise mit erhöhtem Respekt. »Du mußt eine Party schmeißen und uns einladen.«
Auf der Uni, bevor der Lektor da war, stellte ich diese interessante Unfähigkeit, die ich entdeckt hatte – die Unfähigkeit, in das Innere Amerikas vorzudringen –, zugunsten eines der älteren Studenten zur Schau, eines Schwarzen mittleren Alters, der Carter Bayoux hieß und die Gruppe mit seiner starken Präsenz und Stille dominierte. Er wollte in der darauffolgenden Woche nach dem Kurs mit mir ausgehen. »Wir gehen in einen Jazzclub und geben

dir eine erste kleine Einführung in Americana. Ich bin ein hervorragender Lehrer«, sagte Carter.

Am nächsten Tag rief er an. »Wir wollten nächste Woche ausgehen. Aber wir haben vergessen, daß der Kurs ausfällt, weil Thanksgiving ist.«

»Ich hab's nicht vergessen, ich hab's nicht gewußt.«

»Feierst du denn nicht mit deiner Familie?«

»Wir feiern gar nichts mehr. Weihnachten nicht, weil wir Juden sind, und jüdische Feiertage nicht, weil wir assimilierte Österreicher waren, und österreichische Feiertage nicht mehr, weil sie uns hinausgeschmissen haben, da wir ja Juden sind, und die amerikanischen Feiertage haben wir uns noch nicht angewöhnt.«

Es war still, und dann sagte Carter: »Und ich habe niemanden zum Feiern, also werden du und ich fein essen gehen.«

»Die Lady da und ich wollen fein essen, weil Thanksgiving ist«, sagte Carter Bayoux zum Kellner im Restaurant. »Was möchtest du?«

»Ich habe nicht gewußt, daß wir die Wahl haben. Ich dachte, es ist Truthahn?«

»Du kannst Truthahn haben. Ich nehme Tournedos de Bœuf.«

»Das nehme ich auch, was immer das ist.«

»Zweimal Tournedos de Bœuf, und bringen Sie uns einen 49er Chambertin«, sagte Carter.

»Ist dir das brutale Plakat aufgefallen von dem rotgesichtigen Truthahn, der verängstigt vor dem gierigen Puritaner davonläuft, der mit dem Hackbeil hinter ihm her ist?« fragte ich Carter. »So viel zu deinem amerikanischen Thanksgiving.«

Carter schaute mich an mit seinen lichten braunen Augen, die so weit aufgerissen waren, daß die Unter- und Ober-

lider von der Iris wegstanden. Er schien darauf zu warten, daß ich weiterredete.
Ich sagte: »Ich habe mich nicht getraut, es zu sagen, aber deine Geschichte hat mir irrsinnig gut gefallen, über den schwarzen Journalisten, der die weiße Psychiaterin heiratet. Ich war beeindruckt.«
»Und du hast auch gedacht, weil ich ein Schwarzer bin und bittere Geschichten schreibe, würden wir hier sitzen und uns das Maul über Thanksgiving zerreißen. Ich bin Amerikaner, weißt du. Jedenfalls bin ich sonst nichts«, sagte Carter und spießte mich auf mit seinem lichtbraunen Starren und verharrte, als mein Blut bis zur vollen Röte aufstieg, und auch, als es zurückwich, so daß wir gemeinsam aus meiner ersten Lektion herauskamen. »Vielleicht bestelle ich ja französisches Essen und französischen Wein, aber ich tue es liebevoll und mit fliegenden Fahnen, wie ein richtiger Amerikaner. Und Weihnachten rührt mich, und Thanksgiving auch, und wenn ich mich beim Feiern ein bißchen betrinke, dann deshalb, weil ich allein bin. Ich habe die schwarze Welt hinter mir gelassen und eine weiße Frau geheiratet, aber die weiße Welt habe ich nicht geheiratet. Und jetzt bin ich geschieden.«
»Ja, ich habe einen pakistanischen Freund, bei dem ist es ähnlich«, sagte ich. »Er ist seit elf Jahren in Amerika, und jetzt ist er kein Orientale mehr, und auch kein Amerikaner.«
»Nein«, sagte Carter. »Das ist überhaupt nicht dasselbe. Ich habe weder meine Kultur verloren, wie dein Freund, noch mein Land, wie du. Meine Einsamkeit ist typisch für Amerika. Als du mir gesagt hast, daß du keine Feiertage zum Feiern hast, hat mich das berührt.«
Ich schaute ihn erstaunt an. Ich hatte geprahlt, als ich von unserer Emanzipation von gängigen Feiertagen gespro-

chen hatte. Jetzt war ich plötzlich selbst gerührt. »Ja, es ist eigentlich traurig. Meine Mutter arbeitet in der Bäckerei, weil das einer der geschäftigsten Abende ist, und meine Großmutter sieht fern und versteht kein einziges Wort.«
»Dann bringen wir deiner Großmutter Blumen«, sagte Carter.
»Ich befürchte, sie hält das für überflüssigen Luxus.«
»Aber deshalb bringen wir sie ihr ja«, sagte Carter.
Ich hatte meine Bedenken, wie meine Großmutter diesen großen, eleganten, älteren dunklen Mann empfangen würde, aber sie stand aus ihrem Sessel auf und nahm Carters gelben Dahlienstrauß und machte eine höfliche kleine Verbeugung, die aus einer anderen Zeit stammte. Sie unternahm sogar einen Versuch, sich zu unterhalten, indem sie auf den Fernseher zeigte und auf deutsch sagte: »Liberace. Spielt wunderbar.«
Carter schaute mich an.
Ich sagte: »Sie schaut sich den Mist jede Woche an. Sie sagt, möge der Himmel helfen, daß er wunderbar spielt.«
Carter drehte sich zu meiner Großmutter und sagte: »Schön, wunderbar« und spielte mit den Fingern Luftklavier und wippte dabei mit dem Kopf auf und ab.
Meine Großmutter hatte jemanden gefunden, mit dem sie sich unterhalten konnte.
»Liberace ist ein nobler Mann. Er ist immer höflich, nicht wie die jungen Leute, die da am Nachmittag tanzen. Ich schau' zu, aber Manieren haben die keine«, sagte meine Großmutter zu Carter.
Carter nickte und lächelte. Meine Großmutter nickte zurück mit einem strahlenden, schüchternen Lächeln. Als er weg war, sagte sie, er sei ein nobler Mann.
In der folgenden Woche gab ich eine Party und freute mich, daß ich in New York genug Leute kannte, um mein

Wohnzimmer zu füllen. Meine Großmutter bestand darauf, in ihrem Schlafzimmer zu bleiben, aber sie hatte ihr gutes zinnfarbenes Seidenkleid an und schaute jedesmal aus ihrer Tür, wenn es läutete. Als Carter kam, stand sie vor ihrer Tür und machte eine kleine Verbeugung und lächelte, aber Carter schien nervös und aufgewühlt und ging schnurstracks in das Zimmer, das schon voller Leute war. Er bemerkte sie nicht.

Als Kind saß ich gern auf dem blau in blau gemusterten Teppich in unserem Herrenzimmer in Wien und versuchte den kleinen Zeiger unserer Mahagoni-Uhr zu erwischen, wenn er von einer Stunde zur nächsten sprang, aber es ist mir nie gelungen. Alle heiligen Zeiten einmal und immer durch Zufall habe ich dieses sichtbare Vorrücken der Zeit erwischt. Einmal schaute ich in den Spiegel und sah, daß meine Nase zwar immer noch lang und spitz, aber nun in weichere Wangen eingebettet war. Die Augen hinter meinen Brillengläsern hatten ihre besorgte Gier verloren, die Hoffnungslosigkeit hieß, dank Abdullah und der Zeit. Gleichzeitig bemerkte ich, daß meine Großmutter einen Sprung vor ins Alter getan hatte. »Ach, sie war eben krank«, sagte ich zu meiner Mutter, als ich an der Art, wie sie meine Großmutter anschaute, bemerkte, daß sie es auch gesehen hatte. »Warte eine Woche, und dann ist sie wieder die alte.«

Aber meine Großmutter blieb sichtbar geschrumpft, mit einer neuen Sparsamkeit in all ihren Bewegungen. »Deine Mutter macht das Essen, wenn sie kommt«, sagte meine Großmutter.

»Fährst du in die Bronx?« fragte ich. Paul hatte einen zweiten Sohn gekriegt, den sie John nannten. Großmutter sagte, nächste Woche vielleicht.

»Warum hast du dann das Seidenkleid an?«
»Jetzt kommt gleich Liberace.«
»Und?«
»Er hat immer einen Frack an«, sagte meine Großmutter, und drehte am Knopf und setzte sich vor den Kasten und lächelte, als Liberace erschien und sich seine eigene Kennmelodie spielte. Die Kamera schwenkte auf sein Gesicht, auf dem der Fluch eines ewigen Lächelns lag. Entsetzt sah ich, daß meine Großmutter eine Hand hob und leicht mit den Fingern winkte.
»Omama, weißt du, wo Liberace ist? In Kalifornien. Weißt du, wo Kalifornien ist? Tausend Meilen von New York entfernt.«
»Aber ich seh' ihn«, sagte meine Großmutter.
»Omama, du warst doch im Kino. Du hast doch Figuren gesehen, die sich auf der Leinwand bewegen.«
»Aber er lächelt mich an«, sagte meine Großmutter.
»Er lächelt in die Kamera, Omama. Kannst du dir das nicht vorstellen, daß ein Mann vor einer Kamera steht und hineinlächelt?«
»Wo ist die Kamera?«
»Nirgends. In Kalifornien.«
»Komm her, Lore! Stell dich hinter mich. Siehst du, er schaut mich direkt an«, und meine Großmutter lächelte Liberace an und nickte mit dem Kopf.
»Omama, tu mir einen Gefallen. Komm her, nur ganz kurz. Bitte.«
»Ich bin zu müde.«
»Gut, ich dreh' den Fernseher um. Schau! Wie kann in dieser Kiste ein Mann sein? Omama! Denk an das Klavier!«
Meine Großmutter sagte: »Gehst du heut' nicht mit Abdullah aus?«

»Ich habe Abdullah seit einem Jahr nicht mehr gesehen. Wo ist das Fernsehprogramm? Da: ›Liberace‹. Schau – in Klammer steht ›Aufzeichnung‹. Das heißt, es ist nicht einmal live aus Kalifornien. Die Sendung ist vor Tagen aufgezeichnet worden – vor Monaten vielleicht.«
In den folgenden Tagen fiel mir auf, daß meine Großmutter nicht fernsah. »Soll ich einschalten, Omama? Jetzt kommt Liberace.«
Sie hob ihre rechte Hand und machte eine wegwerfende Bewegung. Es war nicht mehr wichtig.
»Magst du ihn nicht mehr?«
»Sie haben ihn aufgezeichnet«, sagte meine Großmutter.
»Omama, willst du zum Dreieck hinunter?«
»Ich mag mich nicht anziehen. Morgen vielleicht«, sagte meine Großmutter.
»Komm schon, Omama. Du mußt ab und zu raus. Willst du vielleicht zu Paul und den Buben? Soll ich mit dir gehen? Ich bring' dir dein Seidenkleid. Komm schon, Omama.«
Meine Großmutter stand langsam auf. Sie sagte: »Ich werd' bald sterben. Auf was wart' ich noch?«
»Ja, und ich muß auch sterben. Und alle müssen sterben«, sagte ich, denn ich fand, daß das eine hämische Bemerkung von meiner Großmutter war. Wenn es etwas anderes war, wollte ich es nicht wissen. Ich sah, daß sie auf der Straße vorsichtiger auf das Grünlicht wartete als ich, die ich mein ganzes Leben zu verlieren hatte, und wie behutsam sie vom Gehsteig auf die gefährliche Straße stieg.
Wir nahmen ein Taxi. Meine Großmutter sagte: »Ich hab' über Gott nachgedacht.«
»Was denkst du? Glaubst du an Gott, Omama?«
»Gott ...«, sagte meine Großmutter und wurde still, und

einen Moment später warf sie ihn weg mit der Abwärtsbewegung ihrer rechten Hand.
Paul schaute mager und müde aus. Er hatte in dem Jahr seinen Job als Tierbetreuer im Forschungsinstitut aufgegeben und im Geschäft eines Numismatikers angefangen, wo er Münzen sortierte. Er machte die uninteressante, penible Arbeit schlecht und wurde angeschrien. Daheim waren seine beiden lebhaften kleinen Söhne im Alter von drei und vier Jahren. Peter schaltete den Fernseher aus und ein, und der kleine John krabbelte hin und her. Meine Großmutter verstand keine Silbe des englischen Geplappers ihrer Enkel und war froh, als es Zeit zum Heimgehen war.
Als wir gingen, saß Paul auf einem Sessel zwischen den Betten der Buben. Er spielte auf einer Spielzeugmandoline von Macy's und sang das Kinderlied, das er für sie übersetzt und in die neue Umgebung verpflanzt hatte:

Auf dem Hudson River
Schwimmt ein Krokodaxerl
Grinst mit seinem Schnauzerl
Plantscht mit seinen Haxerl'

Verdirb ihm nicht die Gaudee
Gib weg dein Schießgewehr
Tu die Semmel auf den Besen
Und lock es damit her.

Immer wieder legte er sein Instrument nieder und drückte ohne Dosenöffner zwei dreieckige Löcher in eine imaginäre Bierdose und erfrischte sich mit großen Phantasieschlucken.

Eines Abends brachte ich eine neue Arbeit nach Hause und ging gleich zum Zeichentisch, der jetzt dauerhaft im Wohnzimmer aufgestellt war. Ich rollte die Zeichnung aus und studierte die detaillierten blauen und purpurnen Rosen, von denen ich noch ein Dutzend abkupfern mußte, mit solch genervtem Mißfallen, daß ich, als ich bemerkte, daß meine Großmutter mir nachgegangen war, »Grüß dich, Omama« sagte, ohne mich umzudrehen, aber ich spürte, wie fremdartig sie hinter mir stand. Es war Monate her, daß sie auch nur ins Vorzimmer gekommen war, um mich zu begrüßen. Dann merkte ich, daß sie weg war. Ich ging ihr ins Schlafzimmer nach. Sie saß im Sessel vor dem stummen Fernseher. »Hast du Essen gemacht, Omama? Oder soll ich es machen? Die Mutti kommt spät.«
»Mach du's«, sagte meine Großmutter.
Als ich mit den Tellern zurückkam, saß sie in der gleichen Position da, und ich sagte: »Omama, willst du den Sessel nicht umdrehen? Omama?«
Sie legte ihre rechte Hand auf die Tischkante, als wolle sie sich beim Aufstehen abstützen, aber sie blieb reglos sitzen.
»Omama!«
Meine Großmutter erhob sich langsam – und blieb stehen.
»Dreh dich um, Omama.« Ich richtete ihr den Sessel, und sie setzte sich hin. »Ißt du nichts?«
Sie hob die Gabel, führte sie aber nicht zum Mund.
»Geht's dir nicht gut, Omama?« fragte ich.
Die rechte Hand meiner Großmutter zuckte, wie in Erinnerung an die abwehrende Bewegung, die sie immer machte. Ich fragte, ob sie ins Bett gehen wolle, und sie sagte, ja. Sie stützte sich auf meinen Arm und ging so langsam durchs Zimmer, als vergesse sie, einen Fuß vor den anderen zu setzen. Ich zog ihr die Schuhe aus, aber sie hatte keine Kraft mehr, die Beine ins Bett zu heben.

Ich rief meine Mutter an, und als sie da war, hatte meine Großmutter die Sprache verloren. Meine Mutter rief den Arzt.
Meine Mutter blieb daheim und pflegte meine Großmutter. Ihre Sprache kam wieder, aber sie schien nichts mehr zu finden, was es wert war, gesagt zu werden – und nichts zu essen, was sie zum Kauen verführen konnte. Doch bald saß sie aufrecht, und eine Woche später konnte sie stehen, obwohl sie beim Gehen nie mehr als ein schwaches Schlurfen zusammenbrachte.
»Du kannst nicht auf Dauer daheim bleiben«, sagte ich zu meiner Mutter.
»Ich weiß«, sagte sie.
»Außerdem solltest du dein Leben nicht damit verbringen, kranke Leute zu pflegen – den Vati und den Professor Schmeidig und dann den Opapa und jetzt die Omama ...«
»Ich weiß«, sagte meine Mutter. Ihr Gesicht war rot angelaufen. Die Tränen, die ihre Augen geweitet hatten, liefen nun über ihre Wangen.
»Ich bin natürlich meistens da, aber ich muß meine Arbeit holen und abliefern. Ich mein', man kann sie ja keine Sekunde mehr allein lassen.«
»Nein, nein«, sagte meine Mutter. »Das geht nicht. Das ist kein Leben für dich. Wir werden sie in ein Altersheim geben müssen.«
»Mutti, das ist gar nicht so übel«, sagte ich. »Dort haben sie ausgebildetes Personal, und es gibt andere alte Leute. Sie muß nie mehr allein sein.«
»Ja, das stimmt schon«, sagte meine Mutter, und die ganze Zeit weinte sie und weinte sie.
Einmal die Woche ging ich meine Großmutter im Pflegeheim besuchen, das in einem umgewidmeten braunen

Sandsteinhaus um die Ecke der Central Park West untergebracht war. Meine Großmutter saß in einem Sessel neben ihrem Bett. Ich saß neben meiner Großmutter und studierte die graue Tapete mit den grünen und gelben Chrysanthemen und den wurmartigen Blättern auf der Suche nach den Wiederholungen im Muster.
»Und? Haben Sie's schön warm?« fragte eine fettleibige schwarze Krankenschwester Mrs. Kelly, die an einem Hundstag im August in zwei Pullovern und mit einem Mantel um die Beine dasaß und das geschlossene Fenster bewachte. Die Schwester führte den letzten Löffel Apfelmus in das babyrosa Gesicht auf dem Polster, das im Bett neben meiner Großmutter lag, und sagte: »Ein Goldkind. Macht nie Schwierigkeiten. Nicht so wie Sie, Mrs. Mankjewicz. So, jetzt decken wir Sie schön zu – Sie Schlimme, Sie!« sagte die Schwester zu Mrs. Mankjewicz, die an Diabetes starb, und steckte die Decke an den Seiten fest. »Und wie geht's Ihnen heute?« fragte die Schwester und strich mit der Hand über das Haar meiner Großmutter.
Als sie uns den Rücken zudrehte, schnitt meine Großmutter Gesichter und sagte: »Sie versteht kein Wort von dem, was ich sag'. Aber die Nachtschwester ist eine Deutsche. Amerika!« sagte meine Großmutter und schaute durchs Zimmer, bis sie zu Mrs. Mankjewicz kam, die ihre Decke schon wieder runtergerissen hatte und mit ihren beiden mageren Stumpen, die vom Knie weg amputiert waren, in der Luft wachelte. »Amerika taugt nichts.«
»Servus, Omama«, sagte ich. »Ich muß wieder. Ich treff' einen Freund unten beim Riverside Drive.« Und weil meine Großmutter mir keine Fragen mehr stellte, sagte ich: »Er heißt David.«
»Komm bald zurück«, sagte sie.
Diese Ecke an der 74. Straße kann mich immer noch zu

einer Art trockener Tränen rühren, wie ein Schmerz hinter den Augen in den Stirnhöhlen. Mit einem Freudenstoß ging ich aus dem Altersheim hinaus in die Stadt, die erschöpft in der Spätnachmittagshitze lag. Der schöne Central Park hinter mir war grün, und das junge Mädchen, das die Columbus Avenue überquerte, schwang seine hageren Schultern und rauschte mit seinem farbenfrohen Rock, auf den schwarze, orange-und türkisfarbene Galeeren aufgedruckt waren. Als Hintergrund gab's Pyramiden, die mir vertraut vorkamen, so daß ich ihr einen Block stadtauswärts nachging, um sie genau zu begutachten – und tatsächlich, keine andere Hand als die meine hätte so einen unbeholfenen Bug malen können. Es war ein »Konversationsdruck« aus der ägyptischen Periode, die vor der römischen Ära dran war und den Stoff in mein Studio-Polacek-Jahr datierte.

Ich bog hinunter in die Amsterdam Avenue. Plötzlich befiel mich eine große Traurigkeit, in der ich die vertrauten Zutaten von Einsamkeit und Scham und beginnender Übelkeit schmeckte. Ich blieb an der Ampel Ecke Broadway stehen und schaute in mich und fragte mich, was jetzt schon wieder los war. Aus meinem Augenwinkeln sah ich die Markise des Hotel X und die unversehrte Erinnerung an den schummrig beleuchteten Tanzsaal und meine versuchsweise Erweichung in den Armen des traurigen, ekligen Elektrikers. New York hat so viel von meiner Vergangenheit, wie alte Stoffe von mir durch die Straßen wandeln. Auf der 57. Straße, zum Beispiel, gibt es einen Autohändler, der gleich heißt wie der Verleger, der meine erste Geschichte abgelehnt hat, und jedesmal, wenn mich der Fifth-Avenue-Bus an dem Schild vorbeibringt, spüre ich eine ärgerliche Verlegenheit, die aber mittlerweile so verblaßt ist, daß ich mir nicht mehr die

Mühe mache, die Ursache zu suchen. Es ist, glaube ich, diese Art, wie sich unsere Geschichten in die Luft legen, auf die Straßen, auf die Häuser von New York, was den Fremden eingemeindet.

Die Ampel wurde grün, und ich ging über den Broadway. An der West End Avenue erwischte ich den warmen Wind, der vom Fluß her wehte, und sah David, der von einer Bank unter den schweren Sommerbäumen herwinkte.

Meine Großmutter starb in der Nacht ihres 81. Geburtstags und wurde auf einem riesigen Friedhof in New Jersey begraben. Meine Mutter lebt allein in der 157. Straße. David und ich haben geheiratet und sind in ein Apartment in Midtown gezogen. Wie der kleine Hund, der sich dreht und dreht, bis er ein Loch in die Erde geschartt hat, das seinen Proportionen entspricht, durchsuchte ich die Antiquitätenhandlungen, bis ich unseren Eßtisch hatte – mit ausklappbarem Seitenteil, 18. Jahrhundert und englisch. David sagte: »Denkst du nicht, daß Queen Anne in der 72. Straße West etwas deplaziert sein könnte?« Ich sagte: »Schon, aber bitte, ich brauche das.« Und so haben wir uns ein Zuhause geschaffen.

Ich schaue um mich: Kriege gibt es immer noch, aber keiner meiner Leute ist, zur Zeit, krank. Jeden Tag gibt's Stunden, in denen ich schreiben kann. Und wir haben unsere Freunde. Mein Mann ist auch Jude, aber in Amerika geboren, und diese normale Zeit in unserem Leben ist für ihn keineswegs alarmierend. Aber ich, wo ich jetzt Kinder habe und in dem Alter bin, in dem meine Mutter war, als Hitler kam, bewege mich behutsam und voll Staunen auf dieser Insel meiner Behaglichkeit, denn ich weiß, daß sie auf allen Seiten umgeben ist von Katastrophen.

Miep Gies
Meine Zeit mit Anne Frank

Erlebte Zeitgeschichte. Gelebte Menschlichkeit.

Miep Gies versteckte und versorgte Anne Frank und ihre Familie bis zu ihrer Entdeckung. Anne Franks Tagebuch und die Erinnerungen von Miep Gies: Zwei Perspektiven der gemeinsamen Angst, der gleichen verzweifelten Hoffnung – und der bitteren Wahrheit.

Das ergreifende Dokument erlebter Zeitgeschichte und gelebter Menschlichkeit – so bewegend, eindringlich und unvergessen wie das Tagebuch der Anne Frank!

Knaur

Edith Hahn Beer
Ich ging durchs Feuer und brannte nicht

Die Jüdin Edith Hahn Beer ist eine junge begabte Studentin in Wien, als die Nazis 1938 auch dort die Macht ergreifen. Der Mann, den Edith über alles liebt, wird ihr zum Verhängnis. Der Mann, den sie hassen müsste, weil er überzeugter Nazi ist, rettet ihr das Leben: er verliebt sich in sie und heiratet sie – in vollem Bewußtsein ihrer wahren Identität ...

Eine Liebesgeschichte vor dem Hintergrund einer Zeit, in der die Menschen sich – mit tödlicher Konsequenz – entscheiden mussten: für Liebe oder Verrat, Freundschaft oder Feigheit, Hilfsbereitschaft oder Gleichgültigkeit.
»Eine mitreißende Lebensgeschichte – ähnlich Victor Klemperers Tagebüchern«
Süddeutsche Zeitung

Knaur

Eleonore Hertzberger
Durch die Maschen des Netzes

Ein jüdisches Ehepaar im Widerstand gegen die Nazis

Ein Entschluss in letzter Minute: Als Hitler die Macht übernimmt, zieht Eleonore Katz, damals fast noch Kind, mit ihren jüdischen Eltern von Berlin nach Amsterdam. Dem Rassenhass der Nazis ist sie damit jedoch nicht entronnen. Als 1942 im besetzten Holland die antijüdischen Razzien verschärft werden, flieht Eleonore unter abenteuerlichen Umständen in die Schweiz und nimmt den Kampf gegen die Nazis auf.

»Packend, spannend, präzise und ohne jede Eitelkeit.
Wie im Fieber liest man mit.«
Bild am Sonntag

Knaur